Andreas Schindl
Paurs Traum
Roman

*Für die liebe Helga
sehr herzlich

A. Schindl*

ANDREAS SCHINDL

PAURS TRAUM

Roman

braumüller

Die Arbeit an diesem Buch wurde durch das Bundeskanzleramt gefördert.

Bibliografische Information der Deutschen Nationalbibliothek
Die Deutsche Nationalbibliothek verzeichnet diese Publikation in der
Deutschen Nationalbibliografie; detaillierte bibliografische Daten sind im
Internet über http://dnb.d-nb.de abrufbar.

Alle Rechte, insbesondere das Recht der Vervielfältigung und Verbreitung
sowie der Übersetzung, vorbehalten. Kein Teil des Werkes darf in irgendeiner Form (durch Fotokopie, Mikrofilm oder ein anderes Verfahren)
ohne schriftliche Genehmigung des Verlages reproduziert oder unter
Verwendung elektronischer Systeme gespeichert, verarbeitet, vervielfältigt
oder verbreitet werden.

1. Auflage 2018
© 2018 by Braumüller GmbH
Servitengasse 5, A-1090 Wien
www.braumueller.at

Coverbild, Umschlag, Vor- und Nachsatz:
Krahuletz-Museum Eggenburg / Peter Ableidinger
Druck: FINIDR, s.r.o., Lípová 1965, 737 01 Český Těšín
ISBN 978-3-99200-218-4

25. Juli 1751

Der Traum

Die Sonne steht im Zenit. Aber das ahnt man heute mehr, als man es sieht. Nach den Regenfällen der letzten Tage quillt seit dem Morgen aus den Wiesen und Wäldern dichter Dunst. Das ganze Becken scheint zu dampfen, der Himmel ist milchig, das Licht diffus. Der Duft von feuchtem Heu, fetter Erde und frisch gesägten Brettern liegt über der Ebene. Es herrscht Ruhe ringsumher. Kein Vogelgezwitscher, kein Pferdegewieher; kein Sensensirren, kein Hammerschlag, kein Sägensingen; keine Stimmen. Totenstill liegt der Bauplatz zu Füßen des hölzernen Gerüsts, auf dem Leopold steht, um den Fortschritt der Arbeiten zu prüfen. Jeden Tag erklimmt er zur Mittagsstunde den Turm. Da und dort glimmt die Glut einer Esse, der Rauch steigt in der stehenden Luft fadenförmig auf. Die Zimmerer und Maurer, die Zeichner und Vermesser, die Pflasterer und Schmiede kennen die Gewohnheit des Bauherrn und wagen nicht, sie zu stören. Ermattet durch die Anstrengung der morgendlichen Arbeit und durch die Schwüle der mittäglichen Hitze ruhen die Lehrlinge, Gesellen und Meister unter ihresgleichen. Sie wissen, dass sie ausgewählt wurden, weil sie die Ersten ihrer Zunft, die Spitzen ihrer Gilde sind. Denn es erfordert die Besten, um das Werk zu verwirklichen, das dieser Bauherr ersonnen hat.

Leopolds Blick schweift zuerst nach Nordosten: Schnurgerade verläuft die Achse der Straße, die zum *Tor des Nordwindes* führen soll, drei Meilen in Richtung Horn und weiter bis Retz und Znaim. Hier kommen die Arbeiten gut voran. Auch das Gelände in den jeweils anschließenden Sektoren ist in einem Maß planiert worden, das darauf hoffen lässt, dass der Untergrund für die Fundamente der Straßen und Plätze, der Kirchen und Häuser vor dem Herbst ausreichend befestigt werden kann. Die Straße nach Altenburg ist im Augenblick noch eher eine Ahnung. Der in diesem Bereich tätige Bautrupp ist in den vergangenen Wochen langsamer vorangekommen als jener im nördlichen Abschnitt. Allerdings ist das Gelände hier ungleich schwieriger. Um das Bett für die südöstliche Hauptstraße und die Gebäude der angrenzenden Viertel bauen zu können, müssen noch einige Hügel abgetragen und wohl ebenso viele Senken aufgeschüttet werden. Vielleicht wird es erforderlich sein, im Süden mehr Taglöhner für das Fällen der Bäume und das Kupieren der Kuppen einzustellen, überlegt Leopold, der sich nun weit über die Brüstung der obersten Plattform hinauslehnt. Das diesige Zwielicht schmerzt in den Augen, er muss ein paar Mal blinzeln und mit dem Handrücken über die Lider fahren, um besser sehen zu können. Am größten ist der Baufortschritt entlang der Ost-West-Achse. Sie ist fast vollständig gepflastert, die Quellen und Bäche in ihrem Verlauf sind gefasst, die Brunnen gemauert und die Abwasserkanäle gezogen. Leopold blickt auf den Plan, wendet sich nach links und schaut nach Osten.

Dort, wo das *Tor der Aufgehenden Sonne* die Verbindung der Stadt nach Eggenburg markieren soll, hat man bereits begonnen, die Stämme für das Gerüst der Bogenkonstruktion abzuladen. Entsprechend der alten Tradition der Baumeister hat Leopold angeordnet, den Grundstein zu seiner Stadt im Nordosten zu legen, und zwar an der Stelle, wo die Sonne am Morgen des 15. November, dem Tag des Heiligen Leopold, über den herbstlichen Horizont steigt. Demnächst wird dort die *Porta Orientalis*, das prächtigste der Stadttore, in die Höhe wachsen.

Leopold sieht sich durch die breiten, sternförmig aufeinander zulaufenden Straßen gehen, an deren Kreuzungspunkt er den Aussichtsturm errichten hat lassen, von dem aus er jetzt den Fortgang der Bauarbeiten prüft. Hier wird das Zentrum seiner Stadt entstehen, ein Ort der Zusammenkunft, des Handels mit exquisiten Spezereien aus aller Herren Länder ebenso wie mit erlesenen Gedanken aus allen Denkschulen der Welt. Raum soll es hier geben und Licht, denn große Ideen können nur gedeihen, wenn sie Platz haben, um sich zu entfalten. Leopold weiß, dass solide Kenntnisse des Lateinischen, der Arithmetik und der Philosophie die Grundlage allen neuen Denkens sind. Aber er ahnt auch, dass neue Entdeckungen und Erfindungen nur dann möglich sind, wenn man die Enge des Klassenzimmers hinter sich lässt. Oft genug haben ihn Pater Kajetans engstirnige Ermahnungen zu mehr Fleiß beim Repetieren der lateinischen Konjugationen aus seinen Träumen gerissen, in denen er über das sonnendurchflutete Forum Romanum schlenderte oder im Tempel der Athene sein Opfer darbringen wollte. Immer wieder war er in der Geometriestunde des Pater Anselm von seinen derben Mitschülern mit Knüffen in die nach Hirseeintopf und Bohnensuppe stinkende Wirklichkeit des Klassenzimmers zurückgeholt worden, wenn er etwa im Begriff war, ein Dreieck gemäß dem Satz von Thales zu konstruieren oder ein Parallelogramm zu spiegeln. Und häufig war die kurze Stunde der nachmittäglichen Freizeit vorbei, die er mit dem Zier- und Küchengärtner des Stiftes zwischen dessen Blumen und Kräutern zu verbringen liebte, bevor er auf alle seine Fragen eine Antwort erhalten hatte. Ein solides Rüstzeug braucht man, das ist wahr, aber gleichbedeutend sind Raum und Zeit für Müßiggang und Hirngespinste. Ja, Müßiggang soll in seiner Stadt nicht als Laster gelten, Träumer sollen gleiches Ansehen genießen wie Handwerker und Doktoren. Und nicht nur aus Wien oder Prag sollen die Gelehrten in seine Stadt kommen, sondern auch aus Paris und Bagdad, Tripolis und Jerusalem, ja selbst aus Sansibar und Shanghai sollen die größten Denker und Mathematiker, Doktoren der Medizin und Arzneikunde, Juristen und Theologen sich hier versammeln. Zum Wohl der Menschen seiner Stadt und des ganzen Erdkreises will er jene Männer um sich scharen, die in der Lage sein werden, den

Hunger und die Pest, die Armut und den Aussatz, die Dummheit und die Krätze zu besiegen. Um dieses Ziel zu verwirklichen, sollen Tempel und Kirchen, Bibliotheken und Schulen errichtet werden. Die Häuser sollen viele Fenster aufweisen, ihre Grundrisse und Fassaden will er entsprechend den Vorbildern aus Athen und Rom gestalten lassen, ohne unnützen Zierrat, ganz dem Ziel der Formung und Festigung des Charakters ihrer Bewohner unterworfen.

Während Leopold in die Weite der unter ihm liegenden Ebene starrt, meint er, in den Straßen und auf den Plätzen der Stadt bereits das Gewirr der Stimmen ihrer aus allen Teilen der Welt stammenden Einwohner zu hören. Ein fröhliches Wirrwarr verschiedenster Zungen, bestehend aus kurzen, harten Lauten ebenso wie aus weichen, vokalreichen, dabei harmonisch und melodisch wie das treffliche Zusammenklingen von Mandolinen und Posaunen, Dudelsäcken und Harfen. Ähnlich dem vielstimmigen Gesang der Vögel des Waldes bei Sonnenaufgang. Doch der Spiritus Rector dieser Stadt ahnt, dass es zum Gelingen seines Vorhabens einer ordnenden Hand bedürfen wird. Einer Hand, die die Noten für das Spiel des aus verschiedenartigen Individuen zusammengesetzten Orchesters aufschreiben wird müssen. Seine Stadt wird eine eigene Verfassung benötigen. Einer der Grundsätze dieser zukünftigen Konstitution wird darin bestehen müssen, keinem ihrer Bürger mehr Rechte einzuräumen als einem anderen. Und größere Fähigkeiten sollen den Einwohnern nur größere Pflichten auferlegen.

Um den Fortbestand und das Gedeihen dieser idealen Siedlung über die Jahrhunderte zu sichern, wird es eine den Unwägbarkeiten der Zeiten trotzende finanzielle Einnahmequelle brauchen. Zölle und Mauten werden dafür aber nicht infrage kommen. Denn seine Stadt soll nach allen Richtungen der Windrose hin offen sein. Zudem will Leopold die Bewohner nicht durch hohe Abgaben und Steuern daran hindern, ihren Neigungen nachzugehen, mögen sie auch binnen kurzer und mittlerer Fristen wenig oder gar nichts einbringen. Die Bürger der Stadt werden über etwas Einzigartiges verfügen müssen, das die übrige Welt sehen oder haben möchte, das sie fortwährend brauchen wird und das sich stets erneuern lassen muss ...

Eine plötzlich einsetzende Änderung der Szenerie bringt Leopold zurück in die Wirklichkeit dieses schwülen Sommertages. Die bis dahin wie eine undurchdringliche Membran wirkenden Dunstschleier werden von der Kraft der hochstehenden Sonne durchdrungen und geteilt, sodass sich jetzt die Konturen der Gegenstände und Personen rings um den Beobachtungsturm scharf gegen ihre Umgebung abgrenzen. War die Gegend die längste Zeit in milchige Trübe getaucht, wirken die Dinge und Personen mit einem Mal wie frisch gewaschen. Dieser Eindruck wird noch dadurch verstärkt, dass die Sonne ein kleines Stück nach Westen gewandert ist und allem, worauf ihr Licht nun unvermindert trifft, einen schmal-schwarzen Schatten verleiht. Leopold strafft die Schultern und blinzelt erneut, um den Blick zu schärfen. Sein Auge fällt auf die Gruppen der Handwerker und Bauleute. Wie kann es sein, dass sich unter diesen Hundertschaften noch immer kein Laut regt, sich nicht einmal eine Bewegung wahrnehmen lässt? Die Zeit der Mittagsruhe ist schließlich fast vorüber. Müssten die Männer nicht längst ihren Hunger und Durst stillen wollen? In diesem Moment dringen die Glockenschläge der Stiftskirche in Altenburg an sein Ohr. Zweimal kurz, dann einmal lang. Als ob die Männer zu seinen Füßen auf dieses Zeichen gewartet hätten, hebt nun ein Lachen und Schwätzen, ein Rufen und Singen, ein Hantieren mit Krügen und Messern an. Verdutzt richtet Leopold seinen Blick zur Sonne, als könnte sie ihm das Rätsel enthüllen, dessen Zeuge er geworden ist. Doch ihre Helligkeit ist zu groß. Die Augen tränen, Leopold muss sie schließen.

Als er sie wieder öffnet, liegt er im duftenden Gras ...

Nur langsam wird ihm bewusst, was geschehen ist: Er muss hier auf der Höhe bei Burgerwiesen im Schatten der Hainbuchen eingeschlafen sein. Eigentlich wollte Leopold am Weg von Horn, wo er das Piaristengymnasium, die *Schola Hornana*, besucht, zum Hof seines Vaters in Altenburg nur kurz ausruhen. Was hatte er da in seinem Traum nicht alles zusammenfantasiert? Er, der Erdenker und Erbauer seiner eigenen Stadt? Offene Tore, ein kreisrunder Aufriss, schachbrettartig und diagonal verlaufende Straßenzüge, Bürger aus aller Herren Länder, die gleichberechtigt und friedlich zusammenleben? Wenn das der Vater wüsste! Tadeln würde er seinen erstgeborenen Sohn! Oder noch schlimmer: auslachen! Beim Vater heißt es stets parieren; sputen muss man sich bei ihm, und spuren: Da ist weder Platz für geträumte Schlösser noch für geträumte Städte. Bei seiner Mutter hingegen wäre sein Traum gut aufgehoben gewesen, ihr hatte man solche Gespinste anvertrauen können. Sie, die nie eine Schule betreten hatte, hatte doch über einen weit offeneren Geist verfügt als sein Vater, der wohlhabendste Bauer der Gegend und Dorfrichter von Altenburg.

Leopold, dessen schnelle Auffassungsgabe dem Lehrer bald aufgefallen war, war den Patres in Horn anempfohlen worden und erhielt einen freien Platz im Gymnasium. Natürlich spekulieren die Pfaffen darauf, dass ihre Schützlinge in den Orden eintreten und womöglich selbst Lehrer werden. Aber das will Leopold ganz sicher nicht! Ein Leben in der Enge der Klostermauern kann er sich nicht vorstellen. Tagein, tagaus im muffigen Studierzimmer dummen Buben Algebra und Arithmetik, lateinische Konjugationen und griechische Deklinationen einbläuen, das wird nicht das Leben des Leopold Paur sein. Er will hinaus aus Altenburg, hinaus aus Horn, fort aus der Provinz, in die Haupt- und Residenzstadt will er. Auf die Universität will er, ein richtiger Doktor der Rechte will er werden, nicht so ein Winkeladvokat und Beutelschneider wie sein Vater, den die Bauern und Häusler als Einäugigen unter den Blinden zum Dorfrichter gewählt haben. Seine Mutter hatte immer an ihn geglaubt. Ihr war es gleichgültig gewesen, dass er von kleinem Wuchs war, dass sein Kinn so weit aus dem Gesicht sprang und nach oben zeigte, dass es beinah die Nasenspitze berührte. Sie hatte sich nie darüber lustig gemacht, dass ihr Sohn, wenn er aufgeregt war, beim Reden ganze Wörter und halbe Sätze verschluckte. Als ihn Pater Johann Nepomuk, der Direktor der *Schola Hornana*, wegen dieser Neigung zum Stottern und Stammeln von der Teilnahme an den zur Ehrbezeugung des Grafen Hoyos stattfindenden Theateraufführungen der Schuljugend ausgeschlossen hatte, hatte sie ihn mit der Hoffnung getröstet, dass er dereinst trotz seines Sprachfehlers zu Ansehen kommen werde. Auch seinen Kummer darüber, dass in den gedruckten Programmen der zur Darbietung kommenden Stücke die Namen seiner adeligen Kollegen als die der Darsteller von Fürsten und Edelknaben aufschienen, während für ihn, den Klassenprimus, nicht einmal eine Nebenrolle bei den Tänzen oder in den Singreihen übrig blieb, hatte sie zu lindern gewusst: „Dein Name wird eines Tages in richtigen Büchern gedruckt stehen, Leopold, das weiß ich gewiss!"

Warum hatte sie der Herrgott bloß so früh zu sich geholt? Im sechsunddreißigsten Jahr ihres Alters war sie gestorben. Leopold kann bis heute nicht verstehen, warum. Er war damals ein Knabe von elf Jahren gewesen. Eines Tages hatte die Mutter auf der Nase braune Knoten bekommen, die aufgebrochen waren, auf einem Auge wurde sie blind und immer wieder hatte sie Schmerzen in der Brust. Drei Tage nach dem Festtag der Heiligen Drei Könige, am 9. Jänner Anno Domini 1747, war Maria Paur, geborene Eisenhauer, mit einem entsetzlichen Schrei auf den Lippen beim Fegen der Stube niedergestürzt und tot liegen geblieben. Als Leopold an diesem Tag von der Schule heimkehrte, war ihre Leiche bereits fortgeschafft worden, wie ihm sein Vater erzählte, den er, im Zustand fortgeschrittener Trunkenheit, im Wirtshaus sitzend, antraf. Bereits am folgenden Tag wurde die Mutter, ohne dass Leopold sie noch einmal zu Gesicht bekommen hatte, von Pater Andreas begraben. Als Begründung für die überstürzte Beerdigung nannte der Vater seinem Sohn eine Seuche, an der die Mutter gestorben sei. Das verwirrte Leopold, denn der schwarze Tod war schon lange nicht mehr in der Gegend gewesen. Und außerdem waren die Knoten im Gesicht der Mutter eben nicht schwarz, sondern braun gewesen. Von Unkeuschheit wurde bald getuschelt und von der Spanischen Krankheit. Aber niemand, den Leopold danach fragte, konnte oder wollte ihm etwas über das schlimme Leiden seiner Mutter sagen. So kam es, dass Leopold im Schatten einer unbenennbaren Erbsünde aufwuchs. So kam es, dass er immer verschlossener und reizbarer wurde. Und so kam es, dass der schmächtige Bub bald jeden verdrosch, der den Namen seiner Mutter mit einer Schande beschmutzte, deren Ursache er nicht verstehen konnte.

Gerade heute musste der Ebenlander Joseph eine tüchtige Tracht Prügel einstecken. Er hatte den anderen Buben, die sich nach der Katechismusstunde am Schulhof versammelt hatten, gegenüber erwähnt, dass wohl der bekannte Geiz des alten Paur am Tod seines Weibes mit schuld sei: „Wahrscheinlich hat er beim Bader das Geld für die Quecksilberkuren sparen wollen." Dabei hatte der Joseph absichtlich so laut gesprochen, dass Leopold, der wie immer etwas abseits stand, nicht nur sein schiefes Grinsen sehen, sondern auch seine schmähenden Worte hören musste. Sich vor dem breitschultrigen Burschen aufzupflanzen und ihm die Faust ins Gesicht zu schlagen, fiel in eins. Im nächsten Augenblick wälzten sie sich keuchend im Staub. Bei der Rauferei sprang weder Leopold noch seinem Peiniger einer der Umstehenden bei. Leopold hilft nie jemand, aber es stellt sich auch keiner offen gegen den Sohn des Dorfrichters. Jedenfalls hatte sich der Joseph eine blutige Nase geholt, bevor die Streithähne von den Patres getrennt wurden.

Leopolds Blick fällt auf die zerrissene Hose und das zerschundene Knie, das aus dem Loch hervorlugt. Das gibt wieder ein paar Hiebe mit dem Rohrstock, denkt er sich und schaut zu, dass er auf die Beine und endlich nach Hause kommt.

18. August 1753

Das Zerwürfnis

Als Leopold erwacht, ist es noch dunkel in der Kammer. Im Osten steht bereits ein schmaler Streifen falber Helligkeit am Horizont. So gerne möchte er wieder auf den Strohsack zurücksinken. Möchte wieder eintauchen in das Niemandsland zwischen Nacht und Tag, wo die Träume noch klebrig an einem haften wie der Spinnweb des Altweibersommers. Oh, welch süßen Traum hat ihm diese kurze Nacht doch beschert!

Anfangs tanzte er mit einer Gruppe von Burschen und Mädchen ums Sonnwendfeuer. Wie Glühwürmchenschwärme stoben die Funken in die nächtliche Schwärze. Wie Schüsse knallten die berstenden Scheite. Als das Feuer dann niedergebrannt war, wollte Leopold es den anderen Burschen des Dorfes gleichtun und zum Beweis seines Muts über die Feuerstelle springen. Doch gerade in dem Augenblick, in dem er zum Sprung ansetzte, loderten die Flammen wieder auf und wurden zu einem Scheiterhaufen, um den sich Elsa, die neue Magd vom Ehrenbergerhof, inmitten einer Rotte rothaariger Jungfrauen in ekstatischen Zuckungen zu einer infernalischen Melodie drehte. Leopold sah sich selbst dieses wollüstige Spektakel am Rand des Lichtkreises stehend beobachten. Er spürte die Hitze der Flammen auf seiner Brust, fühlte die Kälte der Nacht in seinem Nacken. Elsa löste sich aus dem Verband der Hexen, die im nächsten Augenblick verschwunden waren, und trat auf ihn zu.

Die Arme sittsam hinter dem Rücken verschränkt und mit jetzt keusch-blauem Blick küsste sie ihn zärtlich auf den Mund. Leopold erwiderte den Kuss anfangs befangen, dann immer leidenschaftlicher. Während des furiosen Spiels ihrer Lippen und Zungen drängte Leopolds Körper gegen den des Mädchens. Seine Hände suchten, fanden und reiften ihre Brüste aus dem Mieder ...

Draußen kräht der Hahn und Leopolds Hemd klebt klamm an seinen Lenden. Rasch ist er aus dem Bett gesprungen, um sich am Brunnen zu waschen, bevor der Vater Fragen stellen konnte. Nach einem hastig verzehrten Frühstück hat er den Hof über das „Hintaus" verlassen, ist dem Graben gefolgt, den leicht ansteigenden Weg zum Kloster entlanggelaufen und hat sich im Hof der Meierei eingefunden. Und ist trotzdem zu spät gekommen. Denn Elsa steht schon dicht beim Schober Gregor. Der Sohn des Kleinhäuslers balzt auf ungenierte Weise, was auf die Magd offenkundig Eindruck macht. Mit verliebt verklärtem Augenaufschlag folgt sie seinen großspurigen Aufschneidereien, was den grobschlächtigen Burschen noch weiter anspornt. Leopold hat genug gesehen.

Ganz gekränkte Männlichkeit mäht er seither in einiger Entfernung zu den anderen Burschen die Wiesen zwischen dem Doppel-Teich und dem Egerstein, während die Mädchen das Gras rechen und zu Heumandln zusammenbinden. Als Sohn des Bauern und Dorfrichters Franz Paur, dem in der Feldfreiheit Altenburg acht Parzellen in vier verschiedenen Rieden mit einer Gesamtfläche von etwas über elf Joch gehören, muss dessen Erstgeborener der Grundherrschaft an fünfzehn Tagen des Jahres für Frondienste zur Verfügung stehen. Die meisten anderen jungen Männer sind als Söhne von Kleinhäuslern, Hofstättern oder Inleuten dazu verpflichtet, über fünfzig Tage im Jahr für die Grundbesitzer zu schuften. Dank der Lage des Paurischen Hofes direkt am Dorfplatz ist Leopold nach Stift Altenburg zuständig. Das bedeutet für ihn eine weitere glückliche Fügung. Denn die dortigen Benediktiner behandeln ihre Robotpflichtigen weit weniger ausbeuterisch als etwa die Herren von Abensperg und Traun zu Maissau oder die Grafen Hoyos in Horn. Auch die Art der zu leistenden Robot ist sehr unterschiedlich. Viele Untertanen haben auf den Feldern der Herrschaft beim Säen und Mähen, beim Brecheln und Hecheln zu helfen; manche werden samt Pferd und Wagen auf Geheiß des Richters ihrer Stadt zur Wegrobot angefordert und müssen solcherart Reparaturen an Land- und Poststraßen durchführen, während wieder andere im Rahmen der Zugrobot Baumstämme zum nächsten Fluss zu transportieren haben. Darüber hinaus sind noch Naturalabgaben zu leisten. Auch was diese betrifft, kann sich die Familie Paur glücklich schätzen. Ihre jährlichen Leistungen an das Kloster belaufen sich auf jeweils 15 Eier zu Ostern und zu Pfingsten sowie zwei Hühner, eines im Herbst und eines im Fasching. An Hauerabgabe werden 24 Kreuzer eingehoben.

Außerdem haben die geistlichen Herren von Altenburg unter ihrem jetzigen Abt vieles erneuert und verbessert. Einige Jahre vor Leopolds Geburt – so hat es ihm seine Mutter erzählt – sind die Kirche und das Kloster umgebaut und erweitert worden. Hochwürden Placidus Much hat einen berühmten Maler aus Tirol kommen lassen, der innerhalb weniger Monate die Bibliothek und die Kuppel in der Klosterkirche mit Fresken geschmückt hat, wofür ihm angeblich 1.000 Gulden bezahlt worden sind – fast doppelt so viel, wie der Paurische Hof samt der untrennbar damit verbundenen Grundstücke wert ist! Auch die Landwirtschaft ist in Altenburg nach ganz neuen Gesichtspunkten geordnet worden. Statt wie ehedem auf den Feldern zwei Jahre lang Roggen oder Hafer anzubauen und den Boden im dritten Jahr brach liegen zu lassen, hat der neue Abt verfügt, dass auf den klösterlichen Feldern jedes Jahr etwas anderes angepflanzt werden soll. Darunter erstmals auch Erdäpfel und Klee. Der alte Paur und die anderen Landwirte der Gegend stehen diesen Neuerungen dank ihrer angeborenen Engstirnigkeit ablehnend gegenüber. Leopold hingegen hat in den vergangenen Jahren gesehen, dass die Erträge, die die geistlichen Herren erwirtschaften, den Plänen des Herrn Placidus recht geben. Zwar erhöht sich durch die modernen Maßnahmen der Zehent, den die Bauern an Feldfrüchten und Vieh abzuliefern haben, in Summe profitieren aber beide: Grundherr und Bauer. Dies auch deshalb, weil der Verwalter vom Abt angewiesen worden ist, die Felder bei eingetretener Reife der Früchte unverzüglich zu inspizieren, um Ernteschäden gering zu halten. Darin unterscheiden sich die Patres ebenfalls von den weltlichen Herrschaften, die den beginnenden Herbst gern für zahlreiche Jagdausflüge nützen, die sie daran hindern, die Äcker ihrer Untertanen begutachten zu lassen. Die Bauern dürfen die Ernte jedoch nicht vor der Bestandsaufnahme einbringen, sodass regelmäßig bedeutende Teile des Fruchtertrages durch Unwetter, Fäulnis und Schädlinge zunichtegemacht werden. Hinzu kommt, dass der den Landwirten zustehende Teil der Ernte, ist sie einmal glücklich eingebracht, entsprechend dem Anfailzwang zunächst dem Grundherrn zum Kauf angeboten werden muss. Dieser zahlt nach seinem Gutdünken und verkauft das Getreide, die Erdäpfel oder die Trauben dann zu einem weitaus höheren Preis. Dadurch bleibt denen, die den Boden bebauen und beackern, oft nicht genug, um sich, ihre Kinder und ihr Gesinde durch den Winter zu bringen. Denn der Mühlen- und Pressbann zwingt die Bauern das wenige, das sie selbst von der Ernte behalten dürfen, gegen entsprechendes Entgelt in den Mühlen ihrer Grundherrn mahlen und in ihren Pressen zu Most verarbeiten zu lassen.

Ist das alles wirklich gottgegeben? Muss das für alle Zeit und Ewigkeit so sein, fragt sich Leopold, während er mäht, wetzt, dengelt und wieder mäht.

Und warum, zum Teufel, kriegen die groben Kerle immer die besten Mädchen?

Als es von der Stiftskirche zehn Uhr schlägt, ist das für alle, die zur Maht eingeteilt sind, das Zeichen für die erste Pause. Ignaz Frank, einziger Sohn des Klostertischlers, und Gregor Schober werfen sich schwer atmend und schweißüberströmt neben Leopold unter die Schatten spendenden Buchen, die das südliche Ufer des Doppel-Teiches säumen. Vom Lärm der rastenden Burschen aufgeschreckt steigt ein Reiherpaar aus dem schmalen Schilfgürtel in das Silbergrau des bedeckt-vormittäglichen Himmels. Seit Maria Himmelfahrt ist das Wetter durch eine schwüle Hitze gekennzeichnet, die das Mähen noch beschwerlicher macht, als es ohnedies schon ist.

„Eine Hitze ist das heute wieder!" Ignaz keucht heftig.

„Ja, nicht zum Aushalten", pflichtet ihm sein Freund Gregor bei und holt aus seinem Ranzen einen Krug hervor. Er nimmt einen kräftigen Zug und reicht das Gefäß weiter. Nachdem auch Ignaz seinen ärgsten Durst gelöscht hat, bekommt schließlich Leopold ein paar Schlucke vom kühlen Bier.

„Ich glaube, dieser Sommer ist fast so heiß wie der vor drei Jahren", stellt Ignaz fest.

„Du meinst wohl den anno '49, als wir im August mit den Heuschrecken zu kämpfen hatten?", fragt Leopold.

„Ja, den mein ich. Ist das jetzt schon wieder vier Jahre her?", wundert sich Ignaz.

„Tempus fugit", erwidert Leopold, „das war das Jahr, in dem ich die Rhetorikerklasse abgeschlossen habe."

Aus Vitis, wo sich der Schwarm, der ursprünglich aus Wien gekommen war, in drei kleinere Schwärme aufgeteilt hat, ist damals eine Wolke der Insekten ins Horner Becken gezogen und hat erheblichen Schaden auf den Haferfeldern angerichtet. Die drei Burschen, zu dieser Zeit freilich noch Knaben, sind damals mit den anderen Dorfbewohnern mit Glocken und Ratschen, Trompeten und Musketen bewaffnet in die Fluren gezogen, um die gefräßigen Insekten durch ihr Lärmen zu vertreiben. Diese ließen sich aber wohl aufgrund ihrer Erschöpfung nicht stören und lagerten handhoch übereinanderliegend auf den Feldern und Bäumen, wo sie auch die darauffolgende Nacht blieben.

„Wisst's ihr noch, wie am nächsten Tag um sechse in der Früh auf dem Feld die Mess g'lesen worden is?", erinnert sich Gregor Schober.

„Ja, freilich", bestätigt Leopold, „ich glaub aber, dass eher die später angezündeten Feuer das Geschmeiß zum Weiterziehen gebracht haben."

„Aber ohne die Hilfe des Allmächtigen und die Fürsprache der Mutter Gottes hätt'n die ganzen Feuer nichts ausg'richt", entgegnet der gottesfürchtige Gregor.

„Hauptsache, die Biester haben nicht die ganze Ernte aufgefressen." Für Ignaz Frank zählt wie immer das Endergebnis.

„Geh Poldi, gib mir den Krug mit dem Bier rüber! Mein Mund ist noch immer trocken wie Papier."

„Je mehr du trinkst, desto mehr schwitzt du", gibt Gregor zu bedenken.

„Das ist dummes Zeug", erklärt Leopold, der hier eine Gelegenheit erkennt, den Nebenbuhler zu übertrumpfen. „Wer viel schwitzt und wenig trinkt, dessen Säfte werden zu dick."

„Ah, da schau her! Ausgerechnet der Herr Oberschüler, der vom wahren Leben keine Ahnung hat, will uns was über die Säfte beibringen", stichelt der Sohn vom Schober.

„Was willst du damit sagen, Gregor?" Leopold hat sich aufgerichtet. Er merkt, wie ihm das Blut in den Kopf schießt.

Ignaz versucht zu beschwichtigen: „Lass gut sein, Gregor."

„Ich hab langsam die Nase voll von unserem Dorfrichtersöhnlein! Bei der Arbeit reißt er sich nie ein Bein aus; aber die anderen, die schuften wie die Ochsen, will er mit klugen Sprüchen belehren. Und ausgerechnet über die Säfte! Dabei weiß doch jeder außer er selbst, welche Säfte seine Frau Mutter ins Grab gebracht haben ..."

Leopold springt auf und fährt dem Gregor ins Gesicht: „Lass meine selige Mutter aus dem Spiel! Wer ihr Andenken entweiht, den schlag ich windelweich!"

„Ja, weil du eben keine Ahnung hast! Darum kannst du gar nicht wissen, dass sie keine Heilige gewesen sein kann. Denn eine Heilige holt sich nicht die Lustseuche!"

Leopold ist in der Bewegung erstarrt. Mit einem Schlag ist das Blut aus seinem Gesicht gewichen. Leichenblass und zitternd steht er in der Vormittagshitze.

„Die Lustseuche?! Meine Mutter?! Wer behauptet so etwas?!"

„Alle wissen das, du Einfaltspinsel! Vom Pfarrer bis zum Knecht, vom Kutscher bis zur Kramerin. Und natürlich weiß es auch dein sauberer Herr Vater. Nur der kleine Leopold hier hat keine Ahnung von der Spanischen Krankheit und wie man sie sich holt. Nämlich durch schmutzige Unzucht!"

„Schmutzige Unzucht", murmelt Leopold vor sich hin. „Schmutzige Unzucht, schmutzige Unzucht!" Leopolds Stimme überschlägt sich. „Du bist selbst ein dreckiges Schwein, Gregor Schober!", brüllt er und will dem anderen die Fäuste ins Gesicht schlagen. Zum Schweigen will er den bringen, der das Andenken seiner Mutter besudelt.

Mit Mühe vermag Ignaz, ihn von seinem Kameraden zu trennen.

„Meine Mutter war frei von Sünde und Tadel! Keusch und sittsam ist sie zeit ihres Lebens gewesen!", presst Leopold zwischen den Lippen hervor.

„Wenn das so ist, wie du sagst, mein lieber Leopold, dann gibt es nur eine Erklärung …", provoziert der Schober den jungen Paur weiter. „Dann hat der saubere Herr Dorfrichter sein Eheweib wohl selbst angesteckt. Der soll ja noch heute bei seinen Fahrten ins Kreisamt nach Krems den dortigen Dirnen beiwohnen ..."

Es dämmert bereits und graue Wolkentürme steigen in den westlichen Abendhimmel, als Leopold nach Hause kommt. Den Dorfplatz mit dem Pranger im Rücken will er das Tor zum Hof öffnen. Die Rechte schon auf der Klinke fällt ihm überdeutlich der an manchen Stellen abblätternde Anstrich ins Auge: Die dunkelgelbe Farbe der Schlagleiste und das Kaminrot, mit dem die zwölf Kassetten eingefasst sind, weisen tiefe Risse und Sprünge auf. Diese Zerklüftungen erinnern an die Borke der Bäume, aus deren Holz das Tor einst gezimmert worden ist. Eine plötzliche Erkenntnis überkommt Leopold: Ich werde dieses Tor nie mehr streichen. Er öffnet den Gehflügel und betritt den Dreiseithof. Das Gackern der Hühner und die Schreie des Hahnes dringen überlaut an sein Ohr.

Der Vater sitzt allein im Herrgottswinkel der Stube, vor sich einen Humpen Bier. In den vergangenen Stunden hat der Erbe des Paurischen Hofes beim Mähen der Wiesen genug Zeit gehabt, seine Wut auf den Vater zu bezähmen. Fast will es scheinen, dass gerade die Gluthitze ihren Teil daran hatte, dass sich Leopolds Gemüt abkühlen konnte. Jetzt ist sein Blick kalt und hart. Der Vater schaut auf und erkennt trotz der aufkeimenden Trunkenheit die Veränderung, die im Wesen seines Sohnes seit dem Morgen vonstattengegangen sein muss. Ist es sein bäuerlicher Instinkt oder sein schlechtes Gewissen, das ihm sagt, dass er an diesem Tag seinen Sohn verloren hat? Leopold weiß in diesem Moment, dass sein Vater ihm heute zum ersten und zugleich letzten Mal seinen Wunsch ohne ein Widerwort erfüllen wird.

„Vater, ich gehe fort. Ich fahre nach Wien und werde Advokat. Du sprichst morgen mit dem Abt Placidus und bittest ihn um seine Erlaubnis. Außerdem brauche ich von Onkel Thomas aus dem Stift Melk ein Empfehlungsschreiben an die Universität. Ich verzichte auf den Hof und erwarte von dir lediglich, dass du mir so viel Geld gibst, wie nötig sein wird, um in der Hauptstadt Fuß zu fassen."

Leopold kann kaum glauben, welche Worte da aus seinem Mund kommen. Nicht minder ungläubig sieht ihm sein Vater ins Gesicht. Aber er nickt stumm.

„Zwanzig Gulden werden reichen. Ich unterschreibe einen entsprechenden Kontrakt und werde nie wieder nach Altenburg zurückkehren."

In dem Augenblick, in dem sich Leopold umwendet, um die Stube zu verlassen, meint er, in einem Augenwinkel des Vaters eine Träne stehen zu sehen. Doch das ist vielleicht nur ein Lichtreflex der Lampe.

Kaum tritt Leopold ins Freie, trommeln die ersten Tropfen schwer aufs Dach.

2. Oktober 1753

Die Ankunft

Der erste Eindruck, den Leopold von Wien bekommt, ist der einer Stadt, die sich militärisch gut zu verteidigen und steuerlich gut zu finanzieren weiß. Gleich hinter dem Dorf Währing muss der Postwagen an einem mit Palisaden bewehrten und im Zickzack angelegten Erdwall halten, dem ein breiter Graben vorgelagert ist. Kaum ist die Kutsche vor dem Schlagbaum zum Stillstand gekommen, treten zwei städtische Zollbeamte aus ihrem Amtsgebäude, das freilich nicht viel mehr ist als eine windschiefe Bretterbude. Der eine ist ein langer, schlaksiger Kerl, sein weitaus älterer Kollege ist kleinwüchsig und fettleibig. Ihre Uniformröcke haben die beiden nur nachlässig zugeknöpft, ihre Beinkleider starren vom Schmutz der Straße.

„Aussteigen, die Herrschaften, das Liniengeld ist hier fällig!", ruft der groß gewachsene Zollbeamte mit hoher Fistelstimme. Leopold und die anderen Insassen der Postkutsche steigen aus, die weniger zahlungskräftigen Passagiere klettern vom Dach des Wagens. Der ältere Zöllner schlendert um die Kutsche herum, die Hände am Rücken verschränkt, die Reisenden unter den halb geöffneten Lidern musternd. Als er an Leopold herantritt und ihn nach dem Zweck seiner Reise befragt, schlägt diesem der Gestank von billigem Fusel ins Gesicht.

„Ich fahre nach Wien, um an der *Alma Mater Rudolphina* beide Rechte zu studieren", antwortet Leopold nicht ohne Stolz.

„Ah, da schau her, ein Rechtsverdreher will das Bürscherl werden! Als ob wir nicht schon genug windige Winkeladvokaten in der Stadt hätten!"

„Erlauben Sie, Herr Zöllner ..."

„Für dich Herr Linienposten-Aufschlagseinnehmer, du Grünschnabel!"

„Ich bitt vielmals ... Verzeihung, Herr Linieneinnehmer...! Ich ... aus Horn und dort ...", stammelt Leopold, dem in der Aufregung die Silben, die er nicht verschluckt, aus dem Mund purzeln und perlen.

Über die Gesichtszüge des Beamten huscht ein höhnisches Lächeln, das Leopold zunächst nicht deuten kann. „Jesus, Maria und Joseph, aus Horn kommt das Buberl!", ruft er aus. Und zu seinem Untergebenen gewendet, fährt er fort: „Ferdinand, hast das g'hört! Aus Horn! Dort, wo s' a Bier brauen, was die Farb hat wie Rosspisse! Und was auch so schmeckt!" Mittlerweile ist der Beamte in schallendes Gelächter ausgebrochen. Verwirrt und gedemütigt sieht sich Leopold dem Spott der Amtsperson ausgeliefert. Da löst sich aus der Gruppe der Umstehenden jener Passagier, der auf der Etappe von Maissau bis hierher an den Linienwall stets schweigend neben Leopold im Wagen gesessen ist. Er richtet mit sonorer Stimme das Wort an den Zöllner: „Verzeihen Sie die Störung bei der Amtshandlung, Herr Linienposten-Aufschlagseinnehmer Engelmayr. Was hat sich denn mein junger Freund zuschulden kommen lassen, dass Sie ihn gar so auslachen, wenn ich fragen darf?"

„Zuschulden hat er sich nichts kommen lassen, Herr Schwarz. Zumindest noch nicht! Ich hab ihn aber noch nicht richtig examiniert und perlustriert ... Aber stellen S' Ihnen vor: Er sagt, er kommt aus Horn und will auf die Hochschul, um Juristerei zu studieren, der Grünschnabel! Wahrscheinlich will er in Wirklichkeit Tabak oder sonst was in die Stadt schmuggeln."

„Jetzt hör einmal zu, Engelmayr!", fährt der in feines Tuch gekleidete Herr Schwarz fort, „ich selbst stamme aus Schrems und verbitte mir deine blöden Witz über die Leute aus dem Viertel oberm Manhartsberg. Schlimm genug, dass du dich nicht schämst, deine Sauferei durch das regelmäßige Augenzudrücken und Handaufhalten bei uns Handelsleuten und Faktoren zu finanzieren. Aber dann auch noch einen unbescholtenen Studiosus nach Strich und Faden zu sekkieren, das geht zu weit!"

Der Finanzbeamte, der dank seiner jahrzehntelangen Erfahrung im blitzschnellen Taxieren von Menschen und Möglichkeiten selbst im Suff erkennt, wann es Zeit ist, einen Rückzieher zu machen, verbeugt sich auf servile Weise und bekennt zerknirscht: „Verzeihen Euer Hochwohlgeboren, man konnte ja nicht ahnen, dass der junge Herr da wahrhaftig ein zukünftiger Rechtsgelehrter ist. Und noch dazu ein Freund von Euer Gnaden. Halten zugute, gnädiger Herr, dass unsereiner laufend von allerlei Subjekten gefoppt und hintergangen wird. Und dann der harte Dienst ...!"

„Kein Wort mehr, Engelmayr! Reiß dich zusammen. Da hast deine persönliche Maut für heut und jetzt halt uns nimmer länger auf!"

Er drückt dem Steuereinnehmer ein paar Münzen in die Hand mit einem Blick, der erkennen lässt, dass kein Widerspruch geduldet und kein Aufschub gewährt wird.

Daraufhin befiehlt der Aufschlagseinnehmer seinem Untergebenen, der noch mit dem Einkassieren des Liniengeldes beschäftigt ist, die Amtshandlung zu beenden und den Schlagbaum zu öffnen. Dieser sieht ihn ungläubig an, gehorcht aber schweigend.

Nachdem Leopold wieder in die Kutsche gestiegen ist, wendet er sich an Herrn Schwarz: „Ich bedanke mich recht herzlich dafür, dass Sie mir gegen diesen Kerl beigestanden sind." Und nach einer kurzen Pause fügt er halblaut hinzu: „Das kommt nämlich selten vor."

In diesem Moment öffnet sich im Südwesten die schmutzig graue Wolkendecke ein wenig und wie durch einen Riss im fadenscheinig gewordenen Gewebe eines verwaschenen Vorhangs fällt ein schräges Strahlenbündel auf die vor den Reisenden liegende Stadt. Einen Augenblick später nimmt die Szene noch an Dramatik zu: In der nach einem vormittäglichen Regenschauer feuchten Luft hat dieser Pfeil aus Licht im Himmel über Wien ein Regenbogensegment entstehen lassen, dessen Ende die Erde just an der Stelle berührt, an der der höchste Kirchturm der Stadt wie ein Finger in den Himmel zeigt. Einen Gedanken lang schiebt sich eine Erinnerung an den Theologieunterricht im Horner Gymnasium in Leopolds Bewusstsein. Pater Renatus hatte den Principisten Geschichten aus der Genesis erzählt, wovon sich zwei in sein Gedächtnis eingebrannt haben: die Erschaffung Adams, die der weit gereiste Pater durch die Schilderung des Freskos in der Sixtinischen Kapelle ausgeschmückt hatte, das die Berührung von Gottes Zeigefinger mit jenem des ersten Menschen zeigt; und jene Zeilen, in denen das Ende der Sintflut geschildert wird: *Meinen Bogen setze ich in die Wolken; er soll das Bundeszeichen sein zwischen mir und der Erde ... Steht der Bogen in den Wolken, so werde ich auf ihn sehen und des ewigen Bundes gedenken zwischen Gott und allen lebenden Wesen.*

Ähnlich wie es Noah angesichts der Berge Ararat ergangen sein muss, wallt in Leopolds Brust das Gefühl auf, ein rettendes Ufer erreicht zu haben.

Als die Postkutsche wenig später die Alservorstadt hinter sich lässt, die freie Fläche des Glacis überquert und auf das Schottentor zurollt, starrt Leopold ungläubig auf die haushohen Mauern der zacken- und sternförmig angeordneten Basteien, die die Stadtmauer zusammen mit ihren Schanzen und Brücken schützen und unüberwindlich wirken lassen. In der Schule hat man ihm und seinen Mitschülern vom letzten Türkenansturm und dem glorreichen Sieg der abendländischen Heerscharen über die Heiden berichtet, die mit Wien das Tor zum Abendland aufstoßen wollten, um es zu unterwerfen. Seither, so scheint es, sind die Mauern noch höher, die Gräben noch tiefer und die Tore noch stärker geworden. Beidseits der Schottenschanze erheben sich die wuchtigen Wehranlagen der Mölker Bastei und der Elendbastei.

Der Kutscher hält mit dem Gespann auf das dreibogige und mit einem kleinen Turm bewehrte Tor zu, das die Zufahrt zur Schottengasse schützt. Durch diese Pforte soll weiland der siegreiche Polenkönig Sobieski nach dem geglückten Entsatz von Wien in die Stadt eingezogen sein. Gleich rechter Hand passieren die Reisenden die lang gestreckte Fassade eines Gebäudes, an dem Maurer und andere Bauleute zugange sind. Es hat zwei, drei – nein, nun, da Leopold den Kopf in den Nacken legt, erkennt er es: vier Geschoße.

„Das ist der Melkerhof", erklärt ihm sein Sitznachbar, der Leopolds erstaunte Miene bemerkt hat. Mittlerweile hat der junge Paur von seinem Beschützer wider die Willkür der Behörden erfahren, dass es sich bei ihm um einen Tuchmacher handelt, der alle paar Wochen in Geschäften nach Wien reist. „Er wird seit ein paar Jahren auf Wunsch der Kaiserin von dem Baumeister Gerl umgebaut. Und das linker Hand ist das Schottenkloster."

„In Melk ist mein Onkel der Abt", erzählt Leopold stolz.

„Dann verdankst du wohl seiner Fürsprache die Gelegenheit, in die Hauptstadt zu reisen."

„Ja, das ist wahr. Er hat mir geholfen, die Erlaubnis des Abtes von Altenburg zu erwirken – und die des Vaters." Der Ausdruck von Verschlossenheit in Leopolds Gesicht bewirkt, dass Herr Schwarz nicht weiter in ihn dringt.

Der Wagen kommt auf der engen und überfüllten Gasse nur schleppend voran, immer wieder schimpft der Kutscher lauthals, um seinem Gefährt den Weg zwischen den dahineilenden Menschen zu bahnen, die ebenfalls dem Inneren der Stadt zustreben. Die meisten gehen zu Fuß, einige reiten, wieder andere sitzen in Sesseln, die an langen Stangen befestigt sind, an deren Enden je ein Träger die Last seines Herrn schleppt. Diese Tragsessel stellen zusätzliche Hindernisse in dem schier undurchdringlichen Gewühl und Gewimmel dar. Nach etwa fünfzig Klaftern weitet sich die Gasse zu einem dreieckigen Platz, auf dem ein unbeschreibliches Getöse und Geschrei, ein Laufen und Raufen, ein Feilschen und Fluchen herrscht.

Leopold erkennt vor dem Hintergrund einer riesigen Kirche und eines weitläufigen Friedhofes Verkaufsbuden und Stände, in denen vor allem Getreide und Backwaren feilgeboten werden. Auch Kuchen und Lebzelten kann man hier erwerben.

„Wo kaufen die Wiener denn ihr Fleisch, ihre Fische und das Gemüse?", fragt Leopold den Tuchmacher interessiert.

„Hier auf der Freyung werden hauptsächlich Getreide, Brot und Kuchen verkauft. Ein paar Bauern aus der Umgebung bieten wohl auch Grünzeug und Wurst an, doch sie müssen den Markt eine Stunde nach Sonnenaufgang räumen, weil sonst nicht genug Platz wäre für die Kutschen und Wagen. Aber Wien ist so groß, dass es eigene Märkte für Wildpret, Fische, Fleisch und Mehl gibt."

„Und was ist das dort hinten links für eine Kirche?"

„Das ist die Schottenkirche. Auf dem Platz davor sind im Jahr des Türkensturms die Verräter und Kollaborateure aufgeknüpft worden. Und das Palais da auf der anderen Seite gehört denen von und zu Daun. Von hier sind es nur ein paar Schritte bis zur Burg, wo der Hof der kaiserlichen Hoheiten steht."

„Der Kaiser und die Kaiserin wohnen in einer Gegend, wo es so erbärmlich stinkt?", wundert sich Leopold. Gleich nach dem Passieren des Tores ist ihm der Gestank in die Nase gestiegen, der von den Rinnsalen ausgeht, in denen Pferdeäpfel und Erdäpfelschalen schwimmen und der Inhalt von Nachttöpfen mit jenem von Kochtöpfen zu einem widerlich gelblichbräunlichen Schlamm sich vermischt.

„Unsinn", antwortet Herr Schwarz. „An die Nase der Majestäten dringt dieser Gestank natürlich nicht! Bei Hofe gibt es Kammerfrauen, die die Kaiserin mit Rosenwasser und anderen Essenzen besprühen und in der Hofwäschekammer tragen Leib- und Mundwäscherinnen dafür Sorge, dass die Kleider unserer Herrscher täglich frisch gewaschen werden und bei Tisch stets blütenweiße Mund- und Tischtücher vorhanden sind. Aber jetzt sag einmal, du angehender Studiosus, wo wirst du denn deine Zelte aufschlagen in der schönen Wienerstadt?"

„Ich weiß es noch nicht, Herr Schwarz. Können Sie mir einen Gasthof oder eine Mansarde empfehlen, von wo ich es nicht zu weit zur Universität habe? Viel kosten darf es halt nicht!"

Inzwischen rollt die Diligence langsam über den Graben und nähert sich dem Stephansdom.

„Wenn du erlaubst, darf ich dir einen Rat geben, Leopoldus Paur."

„Ich ersuche Euer Gnaden darum."

„Wenn wir gleich beim Zollamt in der Wollzeile ankommen, dann mach dich unverweilt auf den Weg zur Universität. Denn an den Toren der *Alma Mater* werden zu Beginn des Studienjahres die Ausschreibungen für die Stipendien der verschiedenen Stiftungen angeschlagen. Da es noch ein paar Tage hin sind bis Sankt Koloman, dem Tag, an dem das akademische Jahr beginnt, besteht durchaus die Möglichkeit, noch einen Zuschuss zu den Immatrikulationstaxen zu bekommen. Und mit viel Glück gibt es sogar noch einen Platz in einem der Stiftungshäuser. Die Bonifikationen werden meist für die Dauer des zweijährigen philosophischen Lehrgangs gewährt. Auf diese Weise hast du genug Zeit, dich in der Stadt nach einer brauchbaren Mansarde umzusehen."

„Wieso brauche ich einen philosophischen Lehrgang, wenn ich doch Advokat werden will? Und ist es denn bei der großen Anzahl von Stockhäusern wirklich so schwierig, ein kleines Zimmer zu finden?", wundert sich der angehende Studiosus.

„Lieber Leopold", antwortet Herr Schwarz geduldig, „schön der Reihe nach. Zu deiner ersten Frage: Von einem befreundeten Hofadvokaten habe ich unlängst erfahren, dass vergangenes Jahr ein Dekret veröffentlicht wurde, wonach die Zulassung zum Studium der Rechte erst nach Absolvierung eines zweijährigen philosophischen Curriculums möglich ist. Man will wohl seitens der Universität sichergehen, dass die zukünftigen Herren Juristen ausreichend in Logik, Mathematik, Metaphysik et cetera, et cetera geschult sind, bevor sie sich anschicken, Kirchenrecht und Römisches Recht zu studieren. Zum Zweiten gibt es in Wien zwar viele Häuser und in den Häusern viele Zimmer, es gibt aber in der Stadt auch viele Menschen und unter den vielen Menschen viele Hofleute und Beamte."

„Und außerdem ist der Platz aufgrund der Umgürtelung durch Basteien und Stadtmauern eben doch begrenzt", erkennt Leopold ganz richtig.

Als wenig später der Wagen beim Zollamt in der Wollzeile anhält, werden jene Passagiere, die wie Herr Schwarz Waren zu verzollen haben, vom Kontrollor und den manipulierenden Offizieren befragt und wird ihr Gepäck untersucht. Leopold, der nur ein kleines Bündel mit Wäsche und ein paar Büchern mitführt, bedankt sich nochmals herzlich bei seinem Beschützer und begibt sich zum nahe gelegenen Universitätsplatz, um die Anschläge an den Türen zur Aula zu studieren. Dort herrscht beträchtliches Getriebe: Die Scholaren und Studenten, die Magister und Doktoren bevölkern den kleinen Platz vor dem Universitätsgebäude und erfüllen ihn mit einem vielstimmigen Gemurmel. Die Szene vermittelt angesichts des nahenden Semesterbeginns den Eindruck von gespannter Fröhlichkeit. Leopold hat Glück. Tatsächlich verkündet einer der zahlreichen Anschläge, dass die Goldbergstiftung noch ein Stipendium und einen Platz im Stiftungshaus zu vergeben hat. Der Pedell erklärt ihm den Weg in die Johannesgasse. Leopold folgt dem Verlauf der breiten Stadtmauer. In diesem Viertel wird allenthalben gebaut: Niedrige Häuser werden demoliert und mit ihren Ziegeln mehrgeschoßige Gebäude errichtet. Der Platzmangel innerhalb der Stadtmauer scheint tatsächlich beträchtlich zu sein. Hinter der Wollzeile begleitet die Kurtine zunächst das Bett des Wienflusses, bevor sie in einem stumpfen Winkel vom Verlauf des Gewässers weg und nach rechts biegt. Leopold passiert die Braunbastei und hält auf die anschließende Wasserkunstbastei zu, wo er sich nach rechts wendet. Kurz darauf betritt er das einstöckige Gebäude der Goldbergstiftung.

Eine knappe Stunde später, die Sonne versinkt bereits zwischen den Häuserzeilen und der Abend senkt sich über die kaiserlich königliche Haupt- und Residenzstadt, hat man Leopold Paur, Sohn des Bauern und Dorfrichters aus Altenburg in Niederösterreich, seitens des Provisors des Goldbergs der Unterstützung im Sinne der Stifterin als würdig erachtet, wozu das Empfehlungsschreiben des Onkels einen nicht unwesentlichen Beitrag geleistet hat. Leopold hat einen Tuchmantel mit verbrämtem, rundem Kragen, einen dreieckigen Hut mit drei gelben und schwarzen Quasten, ein paar grauwollene Strümpfe und einen

Degen eingehändigt und einen Platz im Schlafsaal zugewiesen bekommen. Weil er nicht gänzlich mittellos ist, gebührt ihm weder eine Urkunde als Bettelstudent noch einer der Plätze für jene Stiftlinge, die Kost und Logis frei haben. Vielmehr ist er unter jene Studenten gereiht worden, die lediglich freie Wohnung haben. Leopold hat seine Habseligkeiten schnell im Schlafsaal verstaut und sich anschließend in die Hauskapelle begeben. Jetzt kniet er vor Beginn der Abendmesse alleine vor dem Altar, um seinem Schöpfer für all das Gute zu danken, das ihm in den vergangenen Tagen widerfahren ist.

10. April 1756

Die Aula

„Stell dir vor, was in dem Brief steht, den der Postbote vorhin abgegeben hat!" Entrüstet stürmt Leopold, mittlerweile Studiosus der Rechte im ersten Jahr, in die Studierstube im Goldberghaus. Franz Sonnleithner, sein Kommilitone bei morgendlichen Vorlesungen an der Fakultät und Kumpan bei nächtlichen Unternehmungen im Wimmerviertel, hebt den Blick. Er hat in dem Lehrbuch der Geschichte, das ihr gemeinsamer Professor Michael O'Lynch kurz nach seiner Berufung an die hiesige *Alma Mater* veröffentlicht hat, gelesen und war gerade in das Kapitel über das antike Rom vertieft. Neben dem Buch liegen Tinte, Feder und Papier, die er nach alter Sitte in den Kanzleien und Amtsstuben erbettelt hat.

„Wenn ich wüsste, wer der Absender ist, fiele mir das Raten leichter."

„Als Absender firmiert das hochlöbliche Konsistorium namens der perlustren Magnifizenz unserer heiß geliebten Universität."

„Und was schreibt dir unser Rektor, mein treuer Leopoldus?"

„Nun, die Kommissäre Debiel, Aigner und Gewey wollen festgestellt haben, dass der Alumnus Leopold Paur bei seinen Studien sehr schlechte Noten erhalten hat und es auch sonst an ernsthaftem Fleiß mangeln lässt ..."

„Hat sich der alte Gewey denn schon von den Strapazen der Festivitäten der verwichenen Woche erholt?", wundert sich Franz.

Gemeinsam haben die beiden Freunde Joseph Gregor Gewey, Doktor der Rechte, zugleich Hof- und Gerichtsadvokat, Syndikus an der Universität zu Wien, Hofrichter des Schottenstiftes und Verordneter des Stiftes Melk, am vergangenen Samstag inmitten der am Jesuitenplatzel versammelten akademischen Festgemeinde erkannt. Der von seinen Studenten gleichermaßen geehrte wie gefürchtete Jurist ist Teil jener Abordnung gewesen, die die beiden kaiserlich königlichen Majestäten zu Beginn der Zeremonie anlässlich der feierlichen Übergabe des neuen Universitätsgebäudes am Fuße der Stufen der akademischen Kirche der Gesellschaft Jesu empfangen hat. Von Frühling ist an diesem 5. April morgens früh um neun nichts zu bemerken gewesen. Ungeachtet des Schneeregens, der den beiden Studiosi und ihren Kollegen schnell nasse Füße bescherte, nahmen neben dem Kaiserpaar auch Erzherzog Joseph, die Erzherzoginnen Maria Anna und Maria Christina unter Begleitung aller Hofdamen, Vertreter der Hofämter, sämtliche Minister, geheimen Räte und kaiserlich königlichen Kämmerer an dem Festakt teil. Von der kaiserlichen Familie sah Leopold anfangs nicht viel. Nur als Franz Stephan und Maria Theresia aus der von acht Rappen gezogenen goldenen Kutsche stiegen und dabei in die Menge winkten, konnte Leopold einen Blick auf das Kaiserpaar werfen: Unter dem Dreispitz nahm der Scholar das viereckige, doch füllige Gesicht und die fleischigen Lippen des Kaisers wahr, den er sich größer vorgestellt hatte. Unter seinem mit Fell besetzten Mantel trug Seine Majestät einen weißen Spitzenkragen und einen dunkelblauen Rock, während seine Gemahlin eine taubengraue Robe angelegt hatte, aus deren Dekolleté und dreiviertellangen Ärmeln ebenfalls Wogen feinster Spitze brandeten. Die Schultern der Monarchin wärmte ein pfirsichfarbenes Samtcape. Obwohl der Mund der Kaiserin ein eher schmales Lächeln zeigte, meinte Leopold eine gewisse Ähnlichkeit mit der Physiognomie ihres Gatten zu erkennen. Vielleicht stimmt es ja, dass sich Eheleute im Laufe der Zeit immer ähnlicher werden, dachte er.

Etwas eingehender konnte Leopold den Thronfolger betrachten, von dem er weiß, dass er sechs Jahre jünger ist als er selbst. Im Gegensatz zu seinen Eltern ist Joseph von schlanker Statur. Zudem hält er sich weitaus aufrechter als sein Vater, dessen Kinn und Lippen er zweifellos geerbt hat. Deren Fülle steht in einem gewissen Widerspruch zum eher dreieckig geformten Gesicht und der langen, schlanken Nase mit ihren nur angedeuteten Nasenflügeln. Die beiden Gesichtshälften des Erzherzogs scheinen nicht ganz zueinander zu passen, vielmehr sogar in einem latenten Gegensatz zueinander zu stehen. Gekleidet war der künftige Kaiser des Heiligen Römischen Reiches Deutscher Nation mit einem scharlachroten, mit Goldborten gesäumten Rock, passenden Beinkleidern samt schwarzen Stiefeln und einer mit Gold- und Silberfäden bestickten Weste.

In diesem Moment begannen die Glocken der Universitätskirche zu läuten und zeigten damit den Beginn des Festgottesdienstes an, den Kardinal Johann Joseph Graf von Trautson, Erzbischof von Wien, zugleich *Prorector Studiorum*, mit einem feierlichen ambrosianischen Lobgesang eröffnete. Danach hielt der Weihbischof, Generalvikar und Universitätskanzler Franz Xaver Anton Marxer ein gesungenes Hochamt. Als dieses zu Ende gegangen war, verfügten sich die Universitätsangehörigen in strenger Ordnung in die der Kirche schräg gegenüberliegende neue Aula, an deren Fassade man erkennen konnte, was in akademischen Kreisen seit einiger Zeit für Aufregung sorgte: die Bestrebungen des Kaiserhauses, die Universität dem Einfluss der Kirche zu entziehen, um die eigene Macht auf diese Stätte der Erziehung und Bildung auszuweiten. Neben einem eigenen Theater für die Zergliederungskunst verfügt das Universitätsgebäude auch über eine Sternwarte.

An der Spitze der Festgemeinde schritten die Doktoren nach dem Rang der vier Fakultäten die Stufen der neuen Aula hinauf. Anschließend an die Stiftungsrepräsentanten sah man, gewandet in schwarze Mantelkleider, die Konsistorialräte und die Prokuratoren der vier akademischen Nationen, dann die vier Senioren der Fakultäten, gefolgt von allen 27 Professoren der *Alma Mater* und den vier kaiserlich königlichen Studiendirektoren, die den gleich mehrfach personifizierten Einfluss darstellten, den das Kaiserhaus in Hinkunft auf die Geschicke der Universität zu nehmen gewillt war. Als Nächste in der Reihe waren der administrative Rektor des Herz-Jesu-Kollegiums, der Universitätskanzler und endlich Seine Magnifizenz Johann Adam von Penz zu sehen. Letzterer empfing im weiteren Verlauf der Zeremonie die Vertreter des Kaiserhauses unter dem doppelflügeligen Tor des neuen Universitätsgebäudes. Im großen Saal war ein Baldachin errichtet worden, unter dem die Majestäten Platz nahmen.

Daraufhin trat der oberste Kanzler, Friedrich Wilhelm Graf von Haugwitz, vor, um kniend den Befehl zu empfangen, dem zufolge er die Schlüssel der Universität dem Erzbischof als Studienprotektor überreichen sollte. Dieser händigte sodann die Schlüssel nach einer förmlichen Danksagung an die kaiserlich königlichen Majestäten dem *Rector Magnificus* aus, womit die Eröffnung der Aula offiziell vollzogen wurde.

Den Abschluss der Feierstunde bildete eine Dank- und Lobrede in lateinischer Sprache auf das Herrscherpaar, gehalten und demselben in gedruckter Form feierlich übergeben von Georg Maister von der Gesellschaft Jesu, Doktor der Theologie und Professor für Eloquenz an der Artistenfakultät.

Als die Mitglieder der kaiserlichen Familie das neue Gebäude der *Alma Mater* kurz nach Mittag verließen, ertönten auf dem vorgelagerten Platz Vivat- und Bravo-Rufe; Trompeten wurden geblasen, Pauken geschlagen und Kirchenglocken geläutet. Um auch dem gemeinen Volk diesen denkwürdigen Tag in Erinnerung zu erhalten, ließ man nicht nur zahlreiche gedruckte Exemplare der Lobrede des Doktor Maister, sondern auch eine nicht unbeträchtliche Anzahl goldener und silberner Gedenkmünzen verteilen.

Am darauffolgenden Montag hielten Leopold und alle anderen Stipendiaten der Universität ein weiteres Zeichen der kaiserlich königlichen Mildtätigkeit in Händen: den aliquoten Anteil an den tausend Dukaten, die dem Studienprotektor zur Verteilung unter den bedürftigen Studiosi eingehändigt worden waren.

„Und welche Sanktionen haben sich die Patres Debiel und Gewey für den faulen Paur ausgedacht?", fragt Franz.

„Ich soll abgemahnt und im Falle der nicht erfolgten Besserung mit Aberkennung des Stipendiums bedroht werden", antwortet Leopold. „Erst das kaiserliche Zuckerbrot und dann die konsistoriale Peitsche. So spielt nun einmal das Leben."

14. November 1757

Die Mitzi

In den vergangenen Jahren war, von den meisten Menschen unbemerkt, die Welt in Brand geraten. Unbemerkt deshalb, weil sich das Pulverfass, in das der erste Funke geschlagen wurde, in der Neuen Welt befand. England und Frankreich waren sich in den amerikanischen Kolonien in die Haare geraten. Durch die verwirrende Politik der Bündnisse griffen die Flammen allerdings bald auf den europäischen Kontinent über. Weder Leopold Paur noch die übrigen Einwohner Wiens, die durch das zweimal wöchentlich erscheinende und stets bestens informierte *Wienerische Diarium* über die Geschehnisse auf dem Laufenden waren, konnten im Herbst 1757 ahnen, dass der eben erst begonnene Krieg insgesamt sieben Jahre dauern würde.

Langsam fallen oft nicht nur militärische Entscheidungen, langsam mahlen auch Gottes Mühlen. Nirgends weiß man das besser als in Wien, wo man sich nur zu gern durch die Annehmlichkeiten des irdischen Lebens von Dingen ablenken lässt, die eigentlich längst erledigt sein könnten. Trotzdem ist es auch in der k. k. Residenzstadt gelegentlich möglich, die Resultate eines solchen göttlichen Mahlprozesses zu erleben, denkt Leopold voller Genugtuung: Just an seinem Namenstag erfährt er, dass gegen Pater Debiel, der ihn vergangenes Jahr namens des Konsitoriums wegen Mangels an Fleiß mit der Aberkennung seines

Stipendiums bedroht hat, Anklage erhoben worden ist. Der Vorwurf gegen den Gelehrten, der mittlerweile zum Direktor des Theologiestudiums avanciert war, lautet auf Umgehung von landesfürstlichen Verordnungen durch schikanöses Verhalten. Ankläger ist kein Geringerer als Gerard van Swieten, der von der Monarchin kürzlich als Reformator in Studienbelangen eingesetzte Medicus, dem der Ruf vorauseilt, alles in die Tat umsetzen zu können, was er sich vorgenommen hat. Daher dürften die Tage des Pater Debiel an der *Alma Mater* gezählt sein.

Leopolds Hochstimmung hat neben der Schadenfreude über die Ablöse Debiels noch einen zweiten, erhabeneren Grund. Und der heißt Mitzi.

Gestern besuchte Leopold gemeinsam mit Franz Sonnleithner und einigen anderen Kommilitonen zum ersten Mal das erst vor zwei Jahren errichtete Hetztheater unter den Weißgerbern. Die jungen Männer haben lange gespart, um sich dieses Vergnügen leisten zu können. Schon bald nach Mittag finden sich die Studiosi dort ein. Vor dem gemauerten Eingang des Rundbaus kann man bei den Standlern Bier und Brezeln erwerben, um mit gefüllten Bäuchen das schaurig-schöne Treiben in der Arena zu verfolgen, das bis zum Einbruch der Dunkelheit dauern wird. Das Theater ist drei Stock hoch und aus Holz gezimmert. Ein schmales Satteldach schützt die Zuschauer auf den Rängen vor Hitze und Regen. Als Leopold und seine Freunde durch das Tor ins Innere des Amphitheaters treten, werden sie von den Wachen angewiesen, sich im hinteren Bereich des Parterres freie Plätze zu suchen: Für die vorderen Reihen oder gar die Logen in den oberen Rängen hat ihr Erspartes nicht gereicht. Leopold sieht sich um. Unter dem ohrenbetäubenden Lärm einer Kapelle, die vis-à-vis den Logen im ersten Rang türkische Musik spielt, strömen die Menschen ins Theater.

„Wie viele Zuschauer fasst das Theater wohl, was meinst du?", fragt Franz.

„Schwer zu sagen. Zweitausend werden es schon sein", antwortet Leopold.

„Ich habe gehört, dass bis zu dreitausend Besucher hier Platz finden. Die Arena soll einen Durchmesser von 22 Klaftern haben", meldet sich Johann Baptist Pauli zu Wort.

Leopold wendet seinen Blick von den oberen Reihen ab und der Mitte des Innenhofes zu. Er muss sich auf die Zehenspitzen stellen, um besser sehen zu können. Da erkennt er einige wohl an die fünf Klafter hohe Baumstämme, deren Bedeutung er allerdings nicht ergründen kann, sowie ein etwa zwei Klafter im Durchschnitt messendes Wasserbassin.

Ein Trommelwirbel zeigt den Beginn der Vorstellung an. Der Hetzmeister betritt das Rund der Manege, begrüßt das pleno titulo Publikum und wünscht gute Unterhaltung, verbunden mit dem Ersuchen, das Etablissement bei Gefallen der Vorstellung weiterzuempfehlen. Die Pfeifer und Tamboure heben neuerlich an zu spielen und unter dem Gejohle der Menge werden aus zwei der sechs Eingänge die ersten Stiere in die Arena getrieben. Ihnen folgen die Hetzknechte, die die Bullen mit Strohpuppen, denen man rote Röcke angezogen hat, reizen. Anfänglich lassen sich die Tiere, soweit Leopold das aufgrund der eingeschränkten Sichtverhältnisse beurteilen kann, kaum aus der Ruhe bringen. Ein Umstand, der die Kenner unter den Zuschauern dazu veranlasst, ihrem Unmut durch Gemaule und Buh-Rufe Luft zu machen. Der Direktor kennt sein Publikum gut genug, um rasch gegenzusteuern. Auf seinen Wink hin greift ein Rudel ausgehungerter Hunde in das Geschehen ein. Das Gebell zeigt die gewünschte Wirkung: Die beiden Stiere geraten in Rage, galoppieren mit gesenkten Köpfen auf die Hunde zu und versuchen, sie mit den Hörnern aufzuspießen. Die Strategie der Hunde wiederum besteht darin, die Stiere voneinander zu trennen und von verschiedenen Seiten gleichzeitig anzugreifen. Der Kampf gewinnt rasch an Härte. Ein Hund wird durch die Luft gewirbelt, Sand spritzt unter den donnernden Hufen der Stiere in die Höhe. Die Laune der Besucher hebt sich zusehends.

Das meiste von dem, was sich in der Manege abspielt, kann Leopold nur erahnen. Seine geringe Körpergröße erweist sich als missliches Hindernis. Was er aber trotzdem jetzt unschwer erkennen kann, ist die Bedeutung der Baumstämme: Sie dienen den Hetzknechten als Zuflucht vor der rasenden Wut der wilden Tiere. Wer nicht schnell und sicher genug ist, droht zerrissen oder zertrampelt zu werden. Leopold bemerkt, dass er – ganz Teil der erregten Menschenmasse – den Atem anhält, wenn einer der Helfer des Hetzdirektors es gerade noch rechtzeitig schafft, sich durch einen Sprung auf einen der Steigbäume in Sicherheit zu bringen. Leopolds Pulsschlag beschleunigt sich und er spürt, dass sich die Menge insgeheim danach sehnt, auch Menschenblut fließen zu sehen. Heute scheint es jedoch keine Toten zu geben. Selbst als zu guter Letzt noch drei Löwen in die wilde Jagd eingreifen, können die Hetzgehilfen ihre Haut retten. Das Fazit des heutigen Spektakels kann sich trotzdem sehen lassen: zwei getötete Stiere, eine Handvoll zerrissener Hunde und ein verendender Löwe, dem der Gnadenschuss gegeben wird.

Die Welle der Erregung, die die Menge ergriffen hat, ebbt selbst nach dem Verlassen des Hetztheaters nur langsam ab. Auch die Studenten fühlen sich aufgekratzt. Während sich die meisten Zuschauer allmählich in den Gassen und Gaststätten der Vorstadt verlieren, ziehen Leopold und seine Kameraden singend und einander in angeberischen Gesten überbietend in die Nacht und die Stadt hinein.

„Lasst uns noch Kegelscheiben gehen", schlägt Johann vor.

„Ein guter Gedanke. Und dazu einen Krug Bier", meint Franz.

„Wie wäre es mit einem fetten Kapaun? Ich lade euch ein!" Leopold verspürt an diesem Freudentag den Drang, sich in Szene zu setzen.

„Sehr generös von euch, mein Herr", erwidert Franz. „Wir nehmen die Einladung dankend an."

„Wohin gehen wir?", fragt Johann.

„Im Gasthaus *Zum Roten Dachl* sind die Portionen groß und die Krügel ordentlich voll, hab ich gehört", antwortet Leopold.

Die drei überqueren den Wienfluss, passieren das Stubentor, setzen ihren Weg in Richtung des Fleischmarktes fort und erreichen nach einer Viertelstunde das Gasthaus, das in einem zweigeschoßigen Gebäude mit einem turmartigen Zubau untergebracht ist. Als sie eintreten, ist der niedrige Gastraum erfüllt vom Lärm der Zecher und dem Qualm der Pfeifenraucher. Die Wände haben durch die jahrzehntelange, manche sagen jahrhundertelange Imprägnierung mit den Ausdünstungen des Gastronomiebetriebes eine unbestimmbare Färbung angenommen. Man fühlt sich wie in einer Höhle oder besser wie in einem Uterus. Wer ein wenig Geld hat, wird hier mit allem versorgt, dessen er bedarf: Nahrungsmittel in fester und flüssiger Form, dazu eine als animalisch zu bezeichnende Wärme.

In einer hinteren Ecke der Gaststube finden Leopold und seine Freunde noch einen schmalen Tisch, an dem sie Platz nehmen. Die Bedienung ist rasch und freundlich. Nach wenigen Minuten haben die Kameraden je ein gut eingeschenktes Krügel Bier vor sich stehen und der Wirt zählt ihnen die Speisen des heutigen Tages auf. Dass der Kapaun aus ist, erleichtert Leopold enorm, denn nachdem er seine Barschaft in Gedanken überschlagen hat, ist ihm zu Bewusstsein gekommen, dass er sich seine großspurige Einladung auf einen fetten Hahn nie und nimmer hätte leisten können. Zwar hat er in den ersten Wochen nach Semesterbeginn bei einem Schneidermeister, dessen Kindern er beim Korrepetieren ihres Lernstoffes hilft, ein wenig Geld verdient, doch einen Großteil für die Aufbesserung seines Speisezettels und für die Tierhatz schon wieder ausgegeben. Man bestellt also Hirnknödelsuppe, blauen Kohl mit Würstel, Rostbraten mit Zugemüse und Ochsenschlepp mit Knödel. Unter dem Einfluss des starken Bieres ist Leopolds kurze Ernüchterung angesichts seines finanziellen Engpasses einer neuerlichen Woge des Wohlbehagens gewichen, die seine Gedanken in Watte bettet und seine Zunge löst. Er beginnt zu schwadronieren, sich und seinen Freunden seine Zukunft als geachteter und gut bezahlter Advokat auszumalen. Dabei geschieht etwas, was den Sprecher selbst am meisten überrascht: Der Alkohol bewirkt bei ihm, anders als bei den meisten Menschen, dass seine Sprache trotz der eigenen inneren Erregtheit eine Verdeutlichung der Artikulation erfährt. Er, der sich üblicherweise bei Kolloquien und Rigorosen oft verhaspelt, hängen bleibt und über seine eigene Zunge stolpert, ist jetzt in der Lage, klar auszudrücken, was er sagen will. Dabei verhält sich der Grad der Vernebelung seines Geistes direkt proportional zur Klarheit seiner Sprache. Fast will es scheinen, als ob der im Gespräch oft gehemmt und linkisch wirkende Leopold sich zu rhetorischen

Höhenflügen aufzuschwingen imstande ist. Wenn er von sich und seiner goldenen Zukunft schwärmt, gelingt es ihm, selbst lange Schachtelsätze, die er mit lateinischen Phrasen würzt, vollständig und bis auf die letzte Silbe richtig betont hervorzubringen. Während sonst Gestik und Mimik dem Sinn der Rede oft störend entgegenstehen, verhelfen sie heute Abend der Suada des Jünglings zu einer ungeahnten Leichtigkeit, fast Brillanz. Und dies bleibt nicht ohne Wirkung auf seine Zuhörer, die förmlich an seinen Lippen hängen. Umso mehr ergeht sich der angehende Advokat in der plastischen Schilderung seines Lebensweges. Sobald er zum Doktor beider Rechte promoviert worden sein wird, gedenkt er eine Laufbahn im Staatsdienst anzustreben. Nicht nur Gerichts-, sondern auch Hofadvokat will er werden. Denn er will den Zentren der staatlichen Macht nahe sein, will mitwirken bei der Administration des Gemeinwesens. Vor allem aber will er Einfluss und Einkommen generieren, sodass es ihm gelingen sollte, sich eine Braut aus einer geachteten und wohlhabenden Familie zu suchen, was seine Karriere weiter befördern soll. Als er endlich endet, versteigen sich seine Kommilitonen zu anerkennenden „Hört, hört!"-Rufen und klopfen ihm aufmunternd auf die Schulter.

Die Bierkrüge sind im Eifer der Paurischen Echauffierung geleert worden, weshalb die Schankmagd immer wieder zum Tisch der studentischen Zecher gekommen ist. Zunächst wollte sie gemäß dem Auftrag des Wirts dafür sorgen, dass die Humpen möglichst rasch und am besten mehrmals wieder gefüllt werden. Die Aufmerksamkeit der Runde war aber von dem kleinwüchsigen Vielsprecher so in Anspruch genommen worden, dass die Magd gar nicht bemerkt wurde. Und auch sie selbst ist der Rede des jungen Mannes, von der sie zwar nur einzelne Fetzen vernehmen konnte, anheimgefallen. Deshalb versucht sie seit geraumer Zeit ihre Runden durch die Gaststube so einzurichten, dass sie möglichst viel von den klugen Sätzen des Studiosus aufschnappen kann. Schön ist er zwar nicht, muss sich die Mitzi eingestehen, aber reden kann er!

„Derf ma dem jungen Herrn Advokaten und seinen Freunden noch eine Runde Bier bringen?"

Überrascht von der Stimme des Mädchens, in der sich Scheu mit Bewunderung vermischen, wendet Leopold den Kopf. Er strafft mit den Muskeln, die seine Linsen scharf stellen, gleichsam die Zügel seiner Aufmerksamkeit für seine Umgebung, die er während seines rhetorischen Galopps hat schießen lassen. Sein Blick, der auf die von ihm beschworene eigene Zukunft und somit gleichermaßen nach innen wie in die Ferne gerichtet gewesen ist, akkommodiert schlagartig auf die naheliegende Gegenwart. Und die besteht in diesem Moment aus nichts anderem als einem Paar blauer Augen, roten Lippen und kastanienfarbenen Locken.

„Möchten die Herren noch was trinken?"

Leopold muss Mitzi verständnislos angestarrt haben, weshalb sie ihre Frage sicherheitshalber wiederholt. Sie lächelt ihn an. Und plötzlich sind weder

Karriere- noch Heiratspläne wichtig. Wichtig ist in diesem Augenblick allein, die Aufmerksamkeit dieses Mädchens zu erringen.

„Bring uns noch eine Runde! Und verrat uns, wie du heißt, du Hübsche", sagt Johann, bevor Leopold den Mund aufbringt, zieht das Mädchen an sich heran und legt den Arm um seine Hüfte.

„Gern, gnädiger Herr. Ich bin die Mitzi."

„Ein fesches Mäderl, gell?" Johann schaut Mitzi, die schon am Weg zur Schank ist, nach und spricht dabei gerade so laut, dass sie seinen Kommentar noch hören kann.

„Könnt mir auch gefallen, das Mensch. Aber die hat sicher einen Schatz", erwidert Franz.

„Und wenn schon! Den stech ich allemal aus. Was ist schon ein Tischlerlehrling oder ein Müllergesell gegen einen Studiosus."

Leopold kann kaum glauben, was er da hört. Wie können sich seine Freunde einbilden, dass sie bei dem Mädchen eine Chance haben? Haben sie denn nicht bemerkt, wie sie ihn angesehen hat? Oder hat er sich das nur eingebildet? Schaut sie am Ende alle Männer so an, damit sie mehr Bier bestellen?

„Die Runde geht auf mich."

Mitzi ist gerade mit den drei frisch gezapften Krügeln an den Tisch getreten.

„Haben Euer Gnaden 'leicht gar Grund zum Feiern?"

Sie hat sich mit der Hüfte voran in den schmalen Zwischenraum zwischen Franz' und Johanns Stühle geschoben, beugt sich ein wenig seitlich vor und stellt die Gläser so auf den Tisch, dass sie Leopold bei dieser Frage ebenso tief in die Augen schauen kann wie er zwischen ihre Brüste. Ihr Körper verströmt einen betörenden Duft aus salzigem Schweiß und süßlichem Talg. Geistesgegenwärtig wie selten zuvor ergreift er die Gelegenheit, sich die Aufmerksamkeit Mitzis erneut zu sichern.

„Morgen ist mein Namenstag und heut hab ich mich verliebt."

„Ja, da gratulier ich dem jungen Herrn recht herzlich. Und zwar gleich doppelt. Aber warum sind Euer Gnaden dann nicht bei seiner Liebsten?"

Mitzi sammelt die leeren Gläser und Teller ein und wischt mit einem Lappen über den Tisch.

„Vielleicht ist meine Liebste eh da", erwidert Leopold und versenkt seinen Blick in die blauen Augen des Mädchens.

„Machen S' keine Gspass mit einem armen Mensch wie mir, gnä' Herr. Das ist nicht recht. Erst tun die jungen Herren unsereiner schön, dann lassen s' uns mit einem dicken Bauch stehen."

Züchtig schlägt die Schankmagd ihre Augen nieder, hebt die Gläser mit der Rechten, die Teller mit der Linken hoch und verschwindet damit in der Küche.

„Also doch eine Gschamige, die Mitzi. Da ist Hopfen und Malz verloren, wenn nicht einmal die Liebesschwüre unseres zukünftigen Hofadvokaten etwas ausrichten können", meldet sich mit leichtem Spott in der Stimme Johann Pauli zu Wort.

„Mach dir nichts draus, Leopold. Andere Väter haben auch fesche Töchter." Franz kennt das aufbrausende Temperament seines Freundes und will heute Abend einen Streit vermeiden. „Trinken wir aus und schauen wir zu, dass wir nach Hause kommen."

Leopold ist enttäuscht und entmutigt. Einmal hat er seine ganze Schneid zusammengenommen und dann ist er vor den Augen seiner Freunde so kläglich gescheitert. Missmutig starrt er in sein Krügel, leert es mit schnellen Schlucken und drängt zum Aufbruch. Er winkt den Wirt herbei, zahlt die Zeche und verlässt mit den Freunden das Wirtshaus, ohne sich noch einmal nach dem Mädchen umzusehen.

Als die jungen Männer auf der Gasse stehen, bemerkt Leopold, dass er seinen Hut am Haken hat hängen lassen. Widerwillig kehrt er um, drängt sich durch die jetzt zahlreich aufbrechenden Gäste, findet den Dreispitz noch an seinem Platz und will schon wieder zur Tür hinaus. Da steht plötzlich die Mitzi vor ihm, drückt ihm, bevor er noch ein Wort herausbringt, einen Kuss auf die Wange und sagt: „Morgen Früh um achte geh ich am alten Fleischmarkt einkaufen, mein gescheiter Studiosus. Wennst mich lieb hast, komm hin."

Die kühle Nachtluft trifft Leopold wie ein Schauer eisigen Wassers auf einen erhitzten Körper. Jeder Zentimeter seiner Hautoberfläche prickelt, als hätten Myriaden von Nadelstichen sie gereizt. Und so als wären durch diese unendlich vielen Stiche jeweils winzige Mengen eines süßes Giftes unter seine

Haut gelangt, steigt Leopold ein Rausch zu Kopf, den er nie gekannt hat. Am liebsten würde er sein Glück laut hinausschreien, seine Freunde umarmen und Freudentänze aufführen. Doch es scheint ihm klüger, sein Geheimnis für sich zu behalten. Und so hakt er sich bei Franz und Johann unter und stimmt mit Inbrunst das *Gaudeamus igitur* an. Sollen sie ihn für betrunken halten; den wahren Grund für seine Euphorie werden sie noch früh genug erfahren.

17. November 1757

Der Kuss

Das Läuten von Kirchenglocken weckt Leopold. Aber welche Glocken sind das? Die des benachbarten Ursulinenklosters sind es nicht, so viel ist sicher. Der eben vernommene Klang ist ihm genauso fremd wie die Umgebung, die er im Halbschlaf nur schemenhaft wahrnimmt. Fremd ist ihm auch der Geruch, der ihn umgibt. Es riecht zugleich süßlich und salzig. Und dann ist da ein Geruch von Fett, Feuchtigkeit und Fisch. Außerdem glaubt er, das Plätschern von Wasser zu hören ... Wo bin ich nur, denkt er sich, dreht sich auf die andere Seite und – schläft noch einmal ein. Wenig später wird er zum zweiten Mal geweckt. Diesmal weitaus abrupter und unwiderruflicher, als ihm lieb ist.

„Poldi, wach auf! Wir hab'n verschlafen und es ist schon fast sechse! Jeden Moment kann der Vater kommen!"

Mit einem Schlag ist Leopold hellwach. Innerhalb weniger Sekunden setzt sein Gehirn viele kleine Mosaiksteinchen zu einem erschreckenden Ganzen zusammen: Er ist nicht in seinem Bett im Goldberghaus aufgewacht, sondern in dem von Mitzi. Dieses Bett steht in der Kammer, die sie im zweiten Stock des rückwärtigen Teils des Gasthauses *Zum Roten Dachl* nahe der Burgermusterung bewohnt. Der modrig feuchte Geruch stammt demnach von der Donau, die nur einen Steinwurf entfernt unter der Schlagbrücke zur Leopoldstadt dahinfließt. Das süß-salzige Aroma, das in der Luft liegt, hat seinen Ursprung in der stattgefundenen Vereinigung von Leopold Paur und Mitzi Engel. Und Mitzi Engel ist – wie Leopold seit Kurzem weiß – die Tochter des Wirtes *Zum Roten Dachl*. Doch über weitere Einzelheiten dieser letzten Stunden nachzudenken, ist jetzt keine Zeit! In Windeseile ist Leopold aus dem Bett und in seinen Kleidern; schon will er zur Tür hinaus.

„Wart ein Momenterl, Poldi."

„Aber ich muss weg, dein Vater ..."

„Eben drum. Wennst jetzt über den Pawlatschengang und die Wendeltreppe in' Hof runtergehst, läufst ihm direkt in die Arme. Komm lieber noch einmal her zu mir. Ich zeig dir was ..."

Unsicher macht Leopold an der Tür kehrt. Er beugt sich zu Mitzi hinunter und umarmt sie zärtlich. Sie erwidert die Liebkosung kurz und zeigt dann auf das Fenster auf der anderen Seite des Bettes.

„Du musst da beim Fenster raus. Gleich drunter ist der Dachvorsprung vom Nachbarhaus. Von dort springst aufs Vordach vom Eingangstor und kletterst am Spalier nach unten. Dann durch den Eingang, vorbei an der Wasserpumpn und zum Hof hinaus auf die Gassn. Halt dich nach rechts und geh über `n Hafnersteig ... Und jetzt gib ma ein Busserl und dann verschwind!"

„Mitzi ... Ich ... Du ... danke ..."

„Schon gut. Gemma, gemma, schau, dass d' weiterkommst."

Tags zuvor hat Leopold mit seinen Studienkollegen in der Universitätskirche die Frühmesse gehört. Franz und Johann waren ebenso übernächtig und bleich wie er; aber im Gegensatz zu seinen beiden Freunden friert er an diesem nieselnassen Herbstmorgen nicht. Eine inwendige Wärme verleiht seinem übermüdeten Körper ungeahnte Kräfte, sodass es ihn einige Mühe kostet, den Weg zur Kirche nicht übermütig hüpfend zurückzulegen. Im vorderen rechten Bankblock finden der verliebte Student und seine Freunde ein paar freie Plätze.

Die eigentümliche Mischung aus Müdigkeit und Aufgekratztheit, die Verliebte nach durchwachten Nächten empfinden, verhindert Leopolds Konzentration auf den Ablauf der Liturgie. Er lässt seine Gedanken und Blicke schweifen. In einer der Seitenkapellen entdeckt er in dem Altarbild die Apotheose seines Namenspatrons. Die übrigen Gemälde der Leopoldkapelle zeigen die Schleierlegende und den Bau des Stiftes Klosterneuburg. Bisher hat Leopold den Stil des Italieners Andrea Pozzo, der Anfang des Jahrhunderts mit der Neugestaltung der Kirche beauftragt worden war, für übertrieben prunkvoll, fast ausschweifend verschwenderisch und darüber hinaus für schlichtweg altmodisch erachtet. Doch erfüllt von einer seit dem gestrigen Abend in ihm Platz greifenden Lebensfreude, sieht er die gewohnte Umgebung plötzlich mit den Augen eines Menschen, der zum Genuss fähig und bereit ist. Ein solcher Blickwinkel lässt selbst die größten Spötter die Intention von Künstlern verstehen, die mit ihren Werken – und seien diese auch den kurzlebigen Moden ihrer Epoche unterworfen – die Lobpreisung von Gottes ewiger Schöpfung im Sinne haben. Und was anderes ist diese Schöpfung als ein Ausdruck des Feuers der Liebe; der Liebe zwischen Gott und dem Menschengeschlecht und der Liebe zwischen den Geschlechtern der Menschen? Wer diese Liebe fühlt, versteht, warum Architekten gewundene Säulen aus Stuckmarmor erschaffen, warum Tischler bauchige Bankverkleidungen mit Intarsien verzieren und Maler durch raffinierte Pinselführung Kuppeln schaffen, wo keine sind ... Hat nicht Leopold selbst vor wenigen Stunden unter dem anerkennenden Blick von Mitzi Engel in seinen Gedanken und Worten eine Welt erschaffen, in der er nicht mehr der von irdischen Sorgen gepeinigte Student ist, sondern ein Gebieter über Gerechtigkeit und Geld?

Ja, das Feuer der Liebe, das die Herzen in Brand setzt, ist es, das alles vermag. Als Leopold seinen Blick in der Kirche umherschweifen lässt, mit einer Schärfe, als sähe er dies alles hier zum ersten Mal, stellt er fest, dass dieses Feuer in der Ausschmückung des Kirchenraumes allgegenwärtig ist. Es lodert aus den beiden Amphoren über den Pfeilern der Empore, es findet sich in Form von brennenden Herzen am Schnitzwerk des Gestühls und es schlägt aus sechs goldenen Vasen am Hochaltar. Dessen Bild stellt die Himmelfahrt Marias dar, der Namenspatronin seiner angebeteten Mitzi. Darüber schweben, von Engeln gehalten, eine goldene Krone und ein roter Baldachin. *Assumpta est Maria. Gaudent Angeli,* steht darunter zu lesen. Leopold, der Baumeister, Maria, die Mutter Gottes und dann noch die Engel, denkt der verliebte Paur. Doch bevor er Mitzi seine Liebe gestehen kann, muss es ihm gelingen, sich unter einem Vorwand vor den heutigen Vormittagsvorlesungen zu drücken. Welcher Grund könnte triftig genug sein, um den Unterricht zu versäumen, und dabei gleichzeitig nicht zu schwerwiegend, um am Abend nicht wieder ausgehen zu können? Welches Leiden ließe sich vorschützen, an nasskalten Novembertagen, an denen man leicht bekleidet unterwegs gewesen ist?

„Hatschi!" Leopold niest herzhaft. Einmal, zweimal, dreimal.

„Helf Gott!", sagt Franz.

Leopold beginnt zu husten. Erst dezent, dann immer heftiger. Seine Freunde werfen ihm anfangs fragende, später mitleidige Blicke zu. Am Weg zum Empfang der heiligen Kommunion klappert Leopold höchst überzeugend mit den Zähnen.

„Na, dich hat's ja ordentlich erwischt, Freund Leopoldus", stellt Johann mitfühlend fest. Wenn du wüsstest, wie recht du hast, denkt Leopold.

„Dann wird's wohl g'scheiter sein, du gehst zurück ins Goldberghaus und kurierst dich schön brav aus."

„Ja, das ist wahrscheinlich das Beste", stimmt Leopold dem Rat seines Kameraden zu. „Entschuldigt's ihr mich, bitte, bei den Professoren?"

„Wird gemacht."

Um acht am alten Fleischmarkt hat sie gesagt, aber wo dort, hat sie nicht gesagt, denkt Leopold ein wenig ratlos, als er dem Ort seines Stelldicheins mit Mitzi zustrebt und das dichte Gedränge sieht. Hat sie den westlichen oder den östlichen Abschnitt gemeint? Nicht einmal einen Hausnamen hat sie ihm zur Orientierung gegeben. Das ist überhaupt ein übler Missstand hier in der Haupt- und Residenzstadt, grübelt Leopold weiter. Am vernünftigsten wäre es, den Straßen eindeutige Namen und den Häusern eindeutige Nummern zuzuteilen. Wie soll sich jemand, der zum ersten Mal in ein ihm unbekanntes Viertel kommt, mit derartig unpräzisen Bezeichnungen wie „durch das Sauerkrautgassel durch, auf die alte Burgermusterung zu", „auf der anderen Seite des Platzes gegenüber vom Jesuitenkolleg nach dem alten Fleischmarkt zu" oder „links über die Auhöhe, hinter Sankt Laurenz herauf" zurechtfinden können? Auch die Hausbezeichnungen, die sich oft auf jahrhundertealte Überlieferungen beziehen, die nur jene kennen können, die schon immer in der bewussten Gegend gelebt haben, sind keine rechte Hilfe. *Hafner Baad, Der große Drach, Zur Flasche in Ägypten,* diese Hausnamen sind für einen Fremden völlig wertlos. Am besten gehe ich systematisch vor, überlegt Leopold. Ich fange am östlichen Ende beim Zwölferischen Haus an und gehe dann in Richtung zum Laurenzerkloster. Da auf der Gasse, in den Gewölben und Innenhöfen der Häuser allenthalben Waren aller Art feilgeboten werden, die beträchtliche Käuferscharen anlocken, kommt er nur mühsam voran. Und weil er viele der verwinkelten Ecken dieses Viertels nicht kennt, muss er immer wieder erstaunt feststellen, dass man sich leicht verirren kann in den Höfen, Durchlässen und Stiegen, die die teils uralten Gemäuer auf verwirrende Weise miteinander verbinden.

Ebenso mannigfaltig wie das Warenangebot in den Häusern des alten Fleischmarktes ist das Spektrum der Berufe und Ämter, die ihre Besitzer und Bewohner innehaben. Landkutscher wohnen Tür an Tür mit wirklichen Hofkammerräten, hier logieren Gerichtssequester, gewesene Stadt-Banco-Hauptkassa-Buchhalterei-Verwalter, Häringer und Wirte. Aus dem *Wienerischen Diarium* weiß Leopold allerdings, dass hinter den Fassaden der teils mit vergoldeten Medaillons geschmückten zwei- und dreistöckigen Gebäude längst nicht alles Gold ist, was glänzt. Es gibt kaum eine Ausgabe der Zeitung, in der nicht zu Notverkäufen und Versteigerungen aufgerufen wird. Harte Tische, Hausrat, Bilder und Bücher kommen gleichermaßen unter den Hammer wie Scharlatiner-Mäntel, Seidenstoffe, Leib- und Bettwäsche. Selbst Fuhrwerke kann man bestbietend erwerben. Und auch die Gebäude wechseln manchmal jährlich ihre Eigentümer. Fast will es scheinen, dass jedermann, gleich ob Adeliger, Bürger oder Tagwerker, sich über beide Ohren verschuldet, um an dem schönen Leben teilzuhaben, das diese Stadt in reichem Überfluss zu bieten hat.

Beim Gasthaus *Zum Roten Dachl* angekommen, wendet sich Leopold nach links in die Griechengasse, die so eng ist, dass man hier die Fundamente der Häuser durch Prellsteine vor Beschädigungen durch Fuhrwerke und Kutschen zu schützen versucht, und geht die Stufen zur Burgermusterung hinunter. Er passiert die lang gestreckte Fassade der niedrigen Häuser am Hafnersteig, biegt beim Kloster von Sankt Laurenz rechts ein und befindet sich nach der Überwindung der leichten Anhöhe am westlichen Ende des alten Fleischmarktes. Von Mitzi keine Spur. Leopold steht schon sehr verzweifelt vor dem Eckhaus mit dem Namen *Zum weißen Ochsen*, ursprünglich ein Einkehrwirtshaus der Raaber Viehhändler, das seit einigen Jahren als Sitz des Hauptmaut- und Handgrafenamtes dient. Jener Behörde, die Leopold wegen seiner Perlustrierung durch den Aufschlageinnehmer Engelmayr am Tag seiner Ankunft in Wien noch in schlimmer Erinnerung ist.

Schließlich ist es Mitzi, die ihn findet und lächelnd vor ihm steht. „Da is er ja endlich, mein fideler Herr Studiosus. Hamma keine Uhr, Euer Gnaden?" Leopold fühlt sich jetzt bei Tageslicht und auf der belebten Gasse ziemlich gehemmt.

„Grüß Sie Gott, Fräuln Mitzi", stammelt er. „Ich hab ... gefürchtet, dass ich Sie ... Gewühl da gar nimmer finden werd."

„Samma heut wieder förmlich? Und überhaupt: Ich hab dich g'funden, gell?!"

„Da ... wieder recht. Ich bitt recht ... Verzeihung ... Also dann: Servus, Mitzi. Schön, dass ... gefunden haben", stammelt Leopold. Sein altes Leiden macht sich wieder bemerkbar.

„Ja, aber was is denn los heut mit dir? Hat's dir gar die Red verschlagen? Oder bist leicht einer, der was ein paar Bier braucht, damit er zum Reden anfangt?"

„Nein, nein, es ist nur ..." Leopold nimmt sich sehr zusammen, um keine Silben zu verschlucken. „Ich bin halt überrascht, dass Sie, also, dass du mir wirklich ein Rendez..., also ein Stelldichein, gewährst."

„Um ehrlich zu sein: I hab die ganze Nacht über nach'dacht, ob i wirklich herkommen soll. I bin nämlich dem Sohn vom Fleischhacker Katzenbeißer versprochen. Von sein' Vater kauft mein Herr Vater das Fleisch fürs Wirtshaus ... Da Pepi is eh a liaba Kerl, aber er hat halt solche dicken Pratz'n ... Und net so zarte Händ wie Euer Gnaden."

„Ich ... auch nicht ... geschlafen. Hab dauernd denken müssen an dich, Mitzi."

„Ja, wo die Lieb' halt hinfallt, gell?"

„Hast du mich denn wirklich so gern?"

Leopold schaut Mitzi ganz tief in die Augen.

„Geh schau net a so, da krieg i ja a Ganslhaut. Hilf ma lieber tragen, der Korb mit die Pastinaken und die Krauthappeln is ganz schön schwer."

„Ja, gern. Gib nur her."

„A paar Forellen brauch i no. Hast Zeit?"

Ohne seine Antwort abzuwarten, geht Mitzi den alten Fleischmarkt in jene Richtung entlang, aus der Leopold vorhin gekommen ist. Sie biegen links in die Rotenturmstraße ein und gehen ein paar Schritte stadteinwärts, dann nach rechts auf den Lichtensteig und sehen vor sich den Hohen Markt. An dessen hinterem Ende haben die Häringer ihre großen Bottiche aufgestellt, in denen die verschiedensten Fische schwimmen. Mitzi bleibt stehen, mustert Leopold noch einmal ausgiebig, fasst ihn danach an der Hand, geht mit ihm ein paar Schritte in die Rotgasse hinein und dort in ein offenes Haustor. Sie nimmt seinen Kopf zwischen ihre beiden Hände, stellt sich auf die Zehenspitzen und – küsst ihn auf den Mund. Es ist ein Necken, ein Kosten und Forschen. Nie ist Leopold gleichzeitig kindlicher und kundiger geküsst worden. Die Zeit scheint still zu stehen. Er kann nachher nicht sagen, wie lange dieser Kuss gedauert hat.

Ein schlanker buckeliger, mit einem schwarzen Rock bekleideter Herr kommt aus dem Haus und muss an dem Paar vorbei. Mitzi löst sich von Leopold. Kaum ist der Herr hinaus auf die Gasse und ins fahle Licht des Vormittags getreten, wendet sich Mitzi ihrem Studiosus wieder zu. Ihr Lachen ist das eines frisch gewaschenen Frühlingsmorgens.

„Den Fisch geh i jetzt besser doch allein kaufen. Erstens kennen mi die Häringer und die anderen Marktleut. Und außerdem bist ma eh ka Hilfe in dem Zustand! Komm lieber heut kurz vor der Sperrstund ins Gasthaus. Und lass deine Kollegen heut daheim, hörst?!"

Als Leopolds Kommilitonen nach den nachmittäglichen Disputationen ins Goldberghaus zurückkehren, ist Leopold gerade im Begriff, dieses zu verlassen. Wenige Augenblicke zu spät, um ein Zusammentreffen zu vermeiden. Dass er schon wieder auf den Beinen ist, ja sogar ausgeht, ruft beträchtliches Erstaunen hervor.

„Wohin so eilig?", will Franz wissen.

„Das muss ja eine Wunderheilung gewesen sein!", spottet Johann.

„Ich muss noch schnell zum Buchhändler Kirchberger. Hab ganz vergessen, dass ich bei ihm etwas bestellt hab", lügt Leopold ziemlich überzeugend und fügt hinzu: „Ja, der Tag im Bett und die heißen Kompressen haben gut angeschlagen."

„Dann treffen wir uns später auf ein Bier", schlägt Franz vor.

Darauf war Leopold nicht vorbereitet.

„Äh, ja ... nein ... vielleicht ..."

„Gut, also um halb neun im *Roten Dachl*." Franz bohrt gern in offenen Wunden.

„Nein, dort geh ich nimmer hin." Leopold beginnt zu schwitzen.

„War nur ein Spaß, Leopoldus. Ich hab eh kein Geld für eine neuerliche Zecherei."

„Ich geh heut auch nicht mehr aus", sagt Johann.

„Schau halt, dass du wieder zurück bist vom Buchhändler, bevor der Schebesta das Tor zusperrt."

Um halb zehn betritt Leopold das Gasthaus. Er sucht und findet einen Platz an einem Tisch im hintersten Winkel der Wirtschaft, wohin nur ein schwacher

Schein der Ampel fällt. Aufgeregt wartet er, wer wohl kommen wird, um seine Bestellung aufzunehmen. Der Wirt selbst oder die Schankmagd? Zu seiner großen Erleichterung hat Mitzi ihn beim Betreten des Gastraumes gesehen. Als sie an seinen Tisch kommt und ihn fragt, ob sie ihm ein Bier bringen soll, glaubt Leopold, in ihrer Stimme eine gewisse Unsicherheit zu bemerken. Als sie ihm wenige Minuten später sein Krügel bringt, stellt er fest, dass er sich getäuscht hat: „Wennst aus'trunken und 'zahlt hast, gehst hinten in den Hof und dort die Stiegn in zweiten Stock rauf. Die dritte Tür auf der linken Seitn führt zu meiner Kammer. Mach' kan Mucks und wart, bis i komm."

15. Juli 1759

Die Trennung

An diesem strahlenden Sommermorgen ist es Mitzi, die in Leopolds Bett aufwacht. Wahrscheinlich hat sie das ungewohnt laute und nahe Rauschen der Donau geweckt, deren Pegel durch die Unwetter der vergangenen Wochen stetig angestiegen ist. Am Dienstag ist der kleine Donauarm bei der Rossau über die Ufer getreten, die Wassermassen haben die anliegenden Häuser erreicht und mit den Ratten die Sünden der Stadt ans Tageslicht gespült. Ein bestialischer Gestank liegt seither in der Luft. Hier im Stubenviertel, das ein wenig höher liegt, hat es gottlob kaum Überflutungen gegeben. Und gestern hat der Regen endlich aufgehört. Mitzis Unruhe hat neben dem Hochwasser noch einen zweiten Grund. Und dieser hängt mit dem neben ihr schlummernden Leopold zusammen, dessen Schlaf angesichts des heraufdämmernden Morgens ebenfalls unruhiger zu werden beginnt.

Seit ihrer ersten gemeinsamen Nacht vor eineinhalb Jahren ist viel geschehen. Leopold hat bei seinen juristischen Studien seither etwas mehr Eifer an den Tag gelegt, was in erster Linie darin begründet liegt, dass ihn *jus feudale* und *jus naturale* mehr begeistern als Rhetorik und Metaphysik. Außerdem hat Mitzi einen positiven Einfluss auf ihn. Zwar kann sie mit ihm nicht über rechtstheoretische Spitzfindigkeiten disputieren, seinen Ehrgeiz anzustacheln vermag sie aber allemal. Das gelingt ihr just dank einer Eigenschaft, die sie als Wirtstochter zwar nicht ererbt, aber doch frühzeitig erlernt hat: der Gabe, zuhören zu können und dabei den Eindruck zu erwecken, dass nichts wichtiger wäre als das, was man ihr gerade erzählt. Für sie ist es gleichgültig, ob ein betrunkener Zecher über sein zänkisches Eheweib klagt, ein aufgeblasener Junker mit seinem Lotteriegewinn prahlt oder ein angehender Gerichtsadvokat mit juristischen Fachbegriffen um sich wirft. Die Gäste wünschen sich, dass man ihnen Gehör und Aufmerksamkeit schenkt. Denn dazu kommen viele von ihnen hauptsächlich in die Wirtshäuser und Weinschenken, wo sie für wenige Stunden die sein können, die sie zu Hause, im Magazin oder im Amt nicht sein dürfen. Diesbezüglich bestehen übrigens Ähnlichkeiten zwischen Wirtsleuten und Friseuren: Beredtes Schweigen und verständnisvolle Verschwiegenheit sind gut fürs Geschäft. Die Barbiere und Friseure haben gegenüber den Schankwirten und Traiteuren jedoch den Nachteil, dass sie dem Mitteilungsbedürfnis ihrer p. t. Kunden nur schwer entrinnen können. Beim Einseifen und Rasieren, beim Kämmen und Toupieren, beim Pudern der Perücken und Parfümieren der Hälse ist der Coiffeur dem Redeschwall der mitteilungsbedürftigen Klientel schutzlos ausgeliefert. Denn im Gegensatz zum Wirt kann er keine Bestellung am Nachbartisch und keine Bezahlung im Nebenraum vorschützen, um sich dem verbalen Feuerwerk zu entziehen. Erschwerend kommt aufgrund des langen Stehens das höhere Risiko der

Friseure für Krampfadern hinzu. Da mag es immerhin als ausgleichende Gerechtigkeit gelten, dass die Gesprächsthemen der Friseurbesucher tendenziell intellektuell ansprechender sind und die Neigung zur verbalen Ausfälligkeit eher geringer ist.

Mitzis Kunst, zuhören zu können, hat Leopolds Selbstbewusstsein deutlich gestärkt. Umgekehrt konnte auch die Wirtstochter aus dem Umgang mit dem Studiosus Vorteile ziehen: Denn was Leopold von seinen oft aus guten Häusern und alten Familien stammenden Kommilitonen an Sitten und Gebräuchen, Gesten und Redensarten übernommen hat, hat sich das Mädchen, ohne darüber nachzudenken, einfach abgeschaut. Leopold hat sich zudem zu einem passionierten Kaffeehausbesucher und Zeitungsleser entwickelt und lässt Mitzi gern an seinen aus der Lektüre des *Wienerischen Diariums* und der *Neuen Zeitungen von Gelehrten Sachen* gewonnenen Erkenntnissen und Einblicken in die gesellschaftlichen und politischen Zusammenhänge teilhaben. Auch über Kunst und Architektur fabuliert Leopold in Mitzis Anwesenheit und unter ihren bewundernden Blicken gern. Schließlich verleiht ihm diese Art der Wissensvermittlung den Nimbus des weisen Weltläufigen.

In den Tagen nach ihrer ersten Liebesnacht ist den beiden Verliebten rasch klar geworden, dass dieses Techtelmechtel entweder ein solches bleiben und daher beendet werden muss, bevor Mitzis Vater oder der für sie bestimmte Sohn des Fleischhackers davon Kenntnis erlangen, oder dass Leopold um ihre Hand anhalten muss. Ihm wäre es am liebsten gewesen, nichts zu überstürzen. Mitzi hingegen, für die viel mehr auf dem Spiel stand, hat von ihm eine Entscheidung verlangt. Denn nur mit einem klaren Bekenntnis zu ihr sei es ihr möglich, den zu erwartenden Zorn des Vaters erst zu überstehen und schließlich durch die Aussicht auf einen Schwiegersohn aus besseren Kreisen zu besänftigen.

Doch bevor sich Leopold dazu durchringen konnte, den Weg zum Besitzer des *Roten Dachls* anzutreten, um den entscheidenden Schritt zu tun, hat das Schicksal einen entscheidenden Schnitt gemacht. In Wirklichkeit hat der Sohn des Fleischhackers diesen Schnitt ausgeführt; nicht im übertragenen Wortsinn, sondern im eigentlichen. Und zwar so unglücklich, dass er beim Zerteilen eines Schweins abgerutscht ist und sich dabei das Messer in den Oberschenkel gerammt hat. Die Wunde ist nach ein paar Tagen brandig geworden, das Bein ist rot angeschwollen und hat sich schwarz verfärbt. Schließlich ist das Fieber gekommen. Eine Woche nach dem Unglück ist der Katzenbeißer Pepi von Gott zu sich geholt worden. Mitzi hat ehrlich und aufrichtig getrauert, ihr Vater hat von Herzen und ausgiebig geflucht und Leopold war einfach erleichtert. Einige Wochen nachdem der gewesene Fleischergeselle und zukünftige *Dachl*-Wirt begraben worden war, haben die heimlichen nächtlichen Zusammenkünfte von Mitzi und Leopold wieder begonnen.

Zu Beginn des heurigen Wintersemesters hat Leopold eine Anstellung als Adlatus von Peter Banniza,

Professor für Römisches Recht, bekommen, was ihn in die Lage versetzte, aus dem Haus der Goldbergstiftung auszuziehen. Da er jedoch weiterhin als unterstützungswürdig eingestuft blieb – seine Verwandtschaft mit dem Abt des Stifts Melk wirkte sich neuerlich zu seinen Gunsten aus – erhielt er einen zwar bescheidenen, aber ausreichenden monatlichen Geldbetrag zum Ankauf von Feuerholz, Kohle und Büchern. Eine glückliche Fügung wollte es zudem, dass Mitzis Vater zur Belebung des Geschäfts beschlossen hatte, im dritten Stock Zimmer zu vermieten. Über den Preis für Kost und Logis sind sich Paur und Engel rasch einig geworden und so konnte Mitzi ihren Leopold in den vergangenen neun Monaten regelmäßig sehen. Natürlich war es weiterhin wichtig, nicht erwischt zu werden; dieses Risiko hatte sich aber durch die räumliche Nähe zueinander beträchtlich verringert.

Auch für das Kaiserhaus sind die vergangenen Monate turbulent gewesen. Im Krieg Maria Theresias gegen Friedrich II. war es seit dessen Ausbruch vor vier Jahren noch zu keiner Entscheidung gekommen. Daran hatte auch der Umstand, dass Feldmarschall Leopold Graf Daun zunächst bei Kolin, später bei Breslau die Truppen des Preußenkönigs geschlagen hatte und dass österreichische Einheiten Berlin eingenommen und mit einer Kontribution belegt hatten, nichts ändern können.

Das Leben der Menschen in Wien war jedoch von ganz anderen Dingen bestimmt: Die Auswüchse der

Bürokratie machten den ohnehin harten Kampf ums tägliche Überleben noch ein wenig mühsamer. Es schien schier undenkbar, trotzdem war es unbestreitbare Tatsache: Während sich die kaiserlich königlichen Bataillone in immer neuen Angriffswellen dem Gewehr- und Geschützfeuer der Preußen entgegenwarfen, erdachte man in den Kanzleien und Amtsstuben Wiens Wellen von Patenten und Fluten von Verordnungen.

So kam es, dass sich Mitzi bei Leopold eines Tages über ein Patent beklagte, das ihrem Vater zukünftig untersagte, unzimentiertes Geschirr zu verwenden. Darüber hinaus musste jedes im Handel oder im Gewerbe gebrauchte Gefäß mit dem Meisterzeichen der Zinngießer, Kupferschmiede, Klampferer und Hafnermeister versehen werden, bevor es geeicht und schließlich zum Verkauf angeboten werden durfte. Gastwirte und Wirtschaftseigentümer, die sich Getränke- oder Marktgeschirre ohne den „obrigkeitlichen Stempel" bedienten, sollten für den Fall, dass man sie mit solchen „im Ausschank betritt, nebst Zerschlagung des Geschirrs" mit einer Geldstrafe bedroht werden. Weil anzunehmen war, dass die Zünfte die zusätzlichen Kosten für die staatliche Überprüfung ihrer Produkte auf den Verkaufspreis aufschlagen würden, lag es für Mitzi und ihren Vater auf der Hand, dass folglich Gläser, Flaschen und Töpfe in Hinkunft teurer werden würden.

„Wo soi des no hinführen?", fragte Mitzi ihren Studiosus, als er abends in der Gaststube sein Abendessen mit einem Schluck Bier aus einem per sofort als ungesetzlich einzustufenden Humpen hinunterspülte.

„Wenn des so weitergeht, wird ma uns bald vorschreib'n, was ma essen und was ma anzieh'n dürf'n."

„Ja, und das Tabakrauchen wird ma uns eines Tages aa verbieten", ergänzte Herr Engel sorgenvoll.

„Ich verstehe Eure Aufregung", erwiderte Leopold, der sich unversehens in die Rolle des Verteidigers der kaiserlichen Reformen gedrängt sah, gleichzeitig aber seinen Quartiergeber nicht vor den Kopf stoßen wollte. „Man muss aber auch bedenken, dass diese Patente erlassen werden, um Schaden von den Untertanen abzuwenden. Wenn Euch, Herr Wirt, zimentierte Krüge und anderes Geschirr vorgeschrieben sind, so hat sich auch der Bierverschleißer und der Schmalzversilberer an dieses Gesetz zu halten. Das bedeutet, dass auch Ihr hinkünftig sicher sein könnt, dass die Menge Bieres oder Schmalzes, die Ihr kauft, dem entspricht, was angegeben wird."

„Des kann schon sein. Aber ois wird teurer werd'n."

„Will man den Staat verbessern, so kostet das natürlich etwas. Und der Einzelne muss sein Scherflein dazu beitragen."

„Den Staat verbessern! Wenn ich des scho hör!", ereiferte sich der Wirt. „Beitragen tun immer nur wir Untertanen."

„Da habt Ihr natürlich recht, Herr Engel. Ich weiß da leider auch keinen Ausweg", gab Leopold ein wenig kleinlauter geworden zu. „Manchmal erschließt sich einem der Sinn einer Sache erst später."

In dieser Nacht war Mitzi nicht in seine Kammer gekommen und Leopold hatte zum ersten Mal, seit er seine Geliebte kannte, die vage Ahnung, dass es außer den Standesunterschieden, die sie bisher erfolgreich verleugnet hatten, noch etwas gäbe, was zwischen ihnen stand.

Die folgenden Monate waren durch die vom Kalender vorgegebenen Ereignisse und dem einander näher Kennenlernen geprägt. Das zu Ende gehende und das neue Jahr spiegelten sich im Lauf der katholischen Messliturgie und der damit untrennbar verbundenen Festlichkeiten im *Roten Dachl* ebenso wider wie in der allmählichen Entwicklung und Erprobung der kleinen Rituale, die Liebende – verheiratete gleichermaßen wie heimliche – miteinander teilen. So selbstverständlich wie Leopold und Mitzi als Kinder einst gelernt hatten, dass auf das Gloria das Credo und auf die Weihnachtszeit die Fastenwochen folgten, so lernten sie jetzt, wie man einander Liebesfreuden und Eifersucht, Zwistigkeiten und Versöhnungen bereiten konnte. Ein Vorteil dieser zunehmenden Vertrautheit war, dass Leopold, wenn er abends in der Gaststube saß, nun in der Lage war zu erkennen, wann Mitzi nach der Arbeit im Wirtshaus zu müde sein würde, um ihn in seiner Kammer zu besuchen, und Mitzi wusste, dass Leopold vor einem Kolloquium gereizt und unleidlich war und man ihn in diesen Tagen besser alleine ließ. Trotz der Nähe, die sich zwischen den beiden im Laufe der Monate einstellte, blieben zwei Themen ausgespart, die miteinander verwoben waren und einander bedingten: ihre Ansichten über die Politik des Kaiserhauses und ihre Aussichten als Paar. Leopold hatte die anlässlich der Diskussion über das Dekret betreffend die Eichung von Geschirr zutage getretenen weltanschaulichen Gegensätze zwischen Mitzis Familie und sich selbst nicht vergessen. Erschwerend kam für ihn hinzu, dass er wusste, dass ein Reich wie das Heilige Römische nur regiert und die Lebensbedingungen seiner Untertanen nur verbessert werden konnten, wenn man die Zügel straff anzog. Gleichzeitig brannte in ihm seit früher Jugend der Wunsch nach der Aufhebung einer gesellschaftlichen Ordnung, in der Geburt und Stand darüber entschieden, was aus einem Menschen werden konnte. Und Mitzi spürte instinktiv, dass Leopold letztlich nach Höherem strebte und dass sie in der Welt, die er in seiner Vorstellung baute, keinen Platz haben würde. Weil aber die gemeinsam verlebten Stunden beiden Amanten das Gefühl von Unbeschwertheit gaben, mieden sie Gespräche über politische und persönliche Perspektiven wie die Berührung mit einem Aussätzigen.

Doch ebenso wenig wie man den Dampf in einem auf dem Feuer stehenden Kochtopf auf Dauer am Entweichen hindern kann, so unmöglich ist es, bedeutende Bereiche des täglichen Umgangs gänzlich unter Verschluss zu halten. So verlebten Leopold und Mitzi die Stunden der Zweisamkeit nicht nur zwei Stockwerke über der väterlichen Küche, sondern gleichsam auf dem brodelnden Vulkan ihrer unausgesprochenen Differenzen – wissend, dass eine Eruption unvermeidlich sein würde. Daher war es verwunderlich, dass die Auseinandersetzung, die Leopold und Mitzi gestern Abend gehabt hatten, nicht schon früher stattgefunden hatte. Der Auslöser war eigentlich eine Lappalie gewesen: Mitzi hatte Leopold vor dem Einschlafen erzählt, dass sich ihr Vater gemeinsam mit einigen seiner Stammgäste darüber ereifert hatte, wie sehr die Moral im Allgemeinen und die Geschäfte im Besonderen unter der sich stetig erhöhenden Zahl der Juden in Wien litten. Er verstehe nicht, warum man nach ihrer erfolgreichen Vertreibung vor knapp hundert Jahren seitens des Hofes in den vergangenen Jahrzehnten wieder zunehmend judenfreundlicher handelte.

„Des wird no dazu führ'n, dass ma den Juden erlauben wird, sich wie Christen zu kleiden, Handwerke und Gewerbe auszuüben", hatte der Gastgeber Engel mit deutlicher Abscheu in der Stimme zu seiner Tochter gesagt. Als Leopold das hörte, begann sich in ihm sein Widerspruchsgeist zu regen. Bislang war er gewiss kein Judenfreund gewesen, im Grunde waren ihm die Juden schlicht gleichgültig. Dass man Menschen, die einem anderen Glauben anhingen, aber für alle Zeit von bestimmten Berufen ausschloss und sie auch in vielen anderen Bereichen des Lebens benachteiligte, schien ihm aber schlichtweg ungerecht zu sein. Dies umso mehr als die Vertreter der katholischen Kirche Steuerfreiheit besaßen, wohingegen die jüdische Gemeinde verlässlich immer dann geschröpft wurde, wenn die kaiserlichen Kassen leer waren.

„Ich hätte jedenfalls nichts dagegen einzuwenden, wenn Juden an der Universität studieren dürften", meinte Leopold daher zu Mitzi, wohl wissend, dass er mit dieser Bemerkung Öl ins Feuer gösse. „Unter denen gibt es bestimmt eine Menge gescheiter Leute. Und schreiben und lesen können von den Juden viel mehr als von uns."

„Des kann net dei Ernst sein, Poldi?! Des wär das End von unserm christlichen Abendland, wenn die Juden die gleichen Rechte bekommen täten wie wir."

„Aber geh, Mitzi! Jetzt übertreibst aber."

„I versteh di immer weniger, Poldi! Was san denn des für Anschauungen? Willst ma am End einreden, dass es kane Unterschied gibt unter die Menschen? Dass Lutherische, Mohammedaner und Juden gleich viel wert sein soll'n wie wir Katholiken?"

„Aber Mitzi! Nicht einmal alle Katholiken sind gleich viel wert! Hast du dich nie gefragt, warum die Pfaffen und die Grafen keine Steuern zahlen müssen, während die Bauersleute, die Handwerker und die Gastgeber unter der Last des Zehenten, der Mauten und Taxen zusammenbrechen?"

„Poldi, versündig di net! Des ist halt amal Gottes Wille und der Lauf der Dinge. Die einen san oben und die andern halt unten. Wer dagegen aufmuckt, der kommt in d' Höll!"

Leopold spürte, dass angesichts solcher apodiktisch vorgetragener Argumente eine weitere Diskussion fruchtlos bleiben musste. Wollte er keinen handfesten Streit vom Zaun brechen, blieb ihm nur stummer Rückzug.

„Wahrscheinlich hast du recht, Mitzi. Es hat wohl schon alles seine Ordnung."

Das durch dieses Gespräch ausgelöste Gefühl einer neuerlich aufkeimenden – weitaus grundsätzlicheren – Unstimmigkeit mochte auch dafür verantwortlich gewesen sein, dass Leopold vor dem Einschlafen an seine alte Heimat und an seinen Vater dachte.

War es Zufall oder Fügung, dass Leopolds Stiefmutter just in dieser Nacht wieder einmal in den Wehen lag. Bereits am Nachmittag hatten bei Anna Maria Paur beim Unkrautjäten auf dem nördlich der Klostermauer gelegenen Feld die Wehen eingesetzt. Nach dem Nachtmahl war die Fruchtblase gesprungen und ihr Mann hatte die Nachbarinnen zusammengerufen, um der Kreißenden beizustehen. Und zu der Stunde, als Leopold in seinem Zimmer in Wien beim Grübeln über seine eigene Vergangenheit und seine gemeinsame Zukunft mit Mitzi schließlich die Augen zufielen, tat in der Schlafkammer des Paurischen Hofes ein Mädchen seinen ersten Schrei, das tags darauf von Hochwürden Burchard Fidler auf den Namen Maria Magdalena getauft werden sollte. Zuvor waren ein Mädchen, das den Namen der Mutter erhalten hatte, und ein neuer Stammhalter namens Simon sowie ein zweiter Bub mit Namen Martin auf die Welt gekommen. Doch das Glück schien Franz Paur zusammen mit seinem Erstgeborenen verlassen zu haben. Anna Maria und Martin waren im September Anno Domini 1758 innerhalb weniger Tage von den Blattern dahingerafft worden und auch Simon, auf dem alle Hoffnungen des alten Paur geruht hatten, war im März dieses Jahres im Alter von fünf Jahren am Keuchhusten gestorben.

Als Leopold die Augen aufschlägt, blickt ihn Mitzi, die schon einige Zeit wach gelegen ist, unverwandt an. Ihre Miene erinnert ihn an die Szene in der väterlichen Stube, die Jahre – fast will es Leopold wie ein Lebensalter scheinen – zurückliegt. Damals war es der alte Paur gewesen, der im Blick seines Sohnes das Ende ihres Umgangs miteinander erkannt hatte. Jetzt ist es Leopold selbst, der weiß, dass er seine Mitzi verloren hat.

„Du, Leopold, i muss dir was sagen …"
„Ich weiß, Mitzi. Es ist gut."

3. Juli 1767

Die Vertreibung

Zunächst dachte Pater Martin Dobrizhoffer, dass ihn fernes Donnergrollen geweckt hätte. Da diese Winternacht in Asunción stürmisch begonnen hatte, schien es naheliegend, den dumpf anschwellenden Lärm für den Vorboten eines Gewitters zu halten. Doch weder erhellten Blitze die Kammer des Jesuitenpaters, noch gab es Pausen in dem nächtlichen Basso continuo, das im Gegenteil langsam, aber stetig anschwoll. Der kleinwüchsige Mönch mit dem kurz gestutzten Vollbart erhebt sich trotz der nachtschlafenden Stunde – es muss lang nach Mitternacht sein – und eilt in die Vorhalle, wo sich schon einige seiner jüngeren Mitbrüder eingefunden haben. Noch bevor es den Geistlichen gelingt, die Ursache des nächtlichen Tumults zu ergründen, kommt schon der Pförtner gelaufen. Er ist kreidebleich und ruft: „Brüder, im Hof ist eine riesige Heerschar von Reitern eingefallen, die sich Einlass verschaffen will. Man droht, das Tor gewaltsam zu öffnen!"

„Um welche Art von Männern handelt es sich denn?", fragt Pater Martin.

„Diesmal sind es keine Paulistas. Die Männer sehen eher aus wie reguläre Soldaten."

„Nun, wenn es sich um königliche Reiter handelt, dann haben wir kaum etwas zu befürchten. Öffne ihnen die Pforte und bitte ihren Anführer zu mir."

Sofort stürmen die Soldaten ins Atrium und umstellen die Patres, die sich mittlerweile fast vollständig versammelt haben. Es herrscht Tumult, Verwirrung und Getöse.

Der grobschlächtige Hauptmann greift zur Pistole und feuert in die Luft.

„Im Namen und auf Befehl unseres Allerdurchlauchtigsten, Großmächtigen Fürsten und Herrn Karl, von Gottes Gnaden König von Spanien und der Provinz Paraguay, sind alle hier anwesenden Pfaffen ab sofort Gefangene der Krone. Seine Majestät hat über sie per allerdurchlauchtigstem Dekret die Verbannung ausgesprochen. Wer sich widersetzt, wird erschossen!"

Die Gefangenen werden auf ein Schiff verfrachtet und nach Buenos Aires transportiert, wo sie im Colegio Belén arretiert werden. Dort müssen Pater Dobrizhoffer und seine Mitbrüder auf die Überfahrt nach Europa warten. Anfang August ist es dann so weit. Von einem Trupp Grenadiere mit aufgepflanztem Bajonett werden die Jesuiten auf eine Fregatte eskortiert und im fensterlosen Zwischendeck eingeschlossen.

„Was haben wir uns denn zu Schulden kommen lassen, Bruder Martin, dass uns der König mit seinem Bann belegt und wie Vieh behandelt?" Der Laienbruder Johann Steinhesser war erst vor wenigen Monaten aus Schlesien in die Neue Welt gekommen und hat gemeinsam mit einem erfahrenen Mitbruder die Missionsstadt San Laurenzo mit ihren etwa 5.000 einheimischen Bewohnern geleitet. Sein Lehrer, Pater Bernhard Nußdorfer, ist vor zwei Tagen, im 59. Lebensjahr stehend, an den Folgen des Fiebers gestorben, das unter den Gefangenen seit Beginn der Überfahrt grassiert.

„Mein junger Bruder, unsere Schuld besteht wohl darin, dass unser Orden die Wilden der überseeischen Provinzen seit über zwei Jahrhunderten erfolgreich missioniert hat. Zu erfolgreich, wie zu vermuten ist!"

„Ehrwürdiger Bruder Martin, habt die Güte, und erzählt mir die Geschichte unserer Mission in Paraguay von ihrem Anfang an."

„Da wir nun, wie die Dinge stehen, ausreichend Zeit haben dürften, will ich deinem Wunsch gern nachkommen", antwortet Pater Dobrizhoffer. Sein Blick richtet sich in die Ferne und in die Vergangenheit, als er seine Erzählung beginnt. „Dieses ansehnliche Land, das so arm an edlen Metallen, aber so reich an fruchtbaren Böden ist, war vom wahren Glauben abgefallen, als es im Jahr des Herren 1516 der Spanier Juan Díaz di Solís an die Krone von Kastilien zu bringen trachtete, von den Wilden aber getötet und – wie manche sagen – aufgefressen worden war. Nicht viel besser erging es den Portugiesen, die einige Jahre später aus Brasilien eindrangen und dasselbe versuchten. Erst ein Menschenalter später gelang es Juan González de Mendoza, der weit vorsichtiger vorging als seine Vorgänger, sich mit seinen Gefährten in der Stadt Asunción festzusetzen und ein Bistum zu errichten. Um diese Zeit langten dort auch einige Franziskaner als Missionare ein, konnten aber mit ihrer geringen Zahl diese Aufgabe nicht bewältigen."

„Und daher wurde unsere Gesellschaft aus der Alten Welt dorthin berufen?", fragt der junge Laienbruder.

„Unser Orden war zu dieser Zeit bereits seit beinahe dreißig Jahren in Brasilien mit der Missionierung befasst und hatte, namentlich in der Person des Pater Anchieta, hohes Ansehen gewonnen. Auch in Peru hatte man sich wenige Jahre zuvor niedergelassen und in diesen beiden Königreichen eine schier unendliche Zahl von Wilden bekehrt. Eben darum war man allgemein zu der Überzeugung gelangt, dass unser Orden eine besondere Sendung und Gnade vom Himmel erhalten hatte, das Reich Christi in der Neuen Welt aufzurichten. Durch die harten Frondienste, welche die bekehrten Wilden für die spanischen Grundherren zu leisten hatten, sowie durch deren Hochmut und Gewinnsucht drohte aber bald darauf alles, was unsere Brüder an Gutem vollbracht hatten, wieder zu verderben. Aus diesem Grund begann unser Orden einen Entwurf für die Errichtung einer christlichen Republik in den spanischen Provinzen Südamerikas auszuarbeiten ..."

„Eine res publica?", ruft Johann überrascht aus. „So nimmt es mich nicht wunder, dass der Zorn des Königs über unseren Orden gekommen ist."

Pater Martins Züge verfinstern sich: „Zügle dein Temperament, mein Bruder, und höre mich weiter an, bevor du vorschnell urteilst."

„Verzeiht mir meine Unbotmäßigkeit. Ich bitte Euch, fahrt fort."

„Es sei! Zwar dachte man in unserem Orden daran, die spanischen Kommandanten abzuschaffen und eigene, von den Landverwesern unabhängige Siedlungen zu gründen, wo die Indianer unter der Aufsicht unserer Brüder ein ruhiges Leben nach der Art der ersten Christen führen könnten. Jedoch war zu keiner Zeit eine Opposition zum König von Spanien intendiert. Ganz im Gegenteil: Seine Majestät sollte die Oberherrschaft über diese Gebiete innehaben und aus ihnen Zinsen ziehen. Tatsächlich billigte im Jahre unseres Herrn 1610 Phillip III. diesen Plan, der seither von allen seinen Nachfolgern bekräftigt worden ist. Unter diesen günstigen Vorzeichen setzten unsere Brüder ihre Missionierung weiter fort. Sie erreichten, dass eine nennenswerte Anzahl der Indianer sesshaft wurde und ordentliche Hütten und Häuser erbaute. Diese Siedlungen, Reduktionen genannt, wurden, wie du schon zu beobachten Gelegenheit hattest, immer nach demselben Muster angelegt: In der Mitte steht auf einem großen Platz die Kirche, daneben das Haus, worin unsere Brüder ihre Wohnung haben, mit einem Obst- und Gemüsegarten, auf der anderen Seite die Werkstätten, worin jener Teil der Indianer, der nicht auf den Feldern arbeitet, als Tischler, Schneider oder Schuster seine Arbeit verrichtet. Schon nach den ersten Jahren sahen die Indianer mit Freuden die Früchte ihrer Arbeit, dankten für die erhaltenen Unterweisungen und ließen sich schließlich in Glaubensfragen unterrichten. Endlich suchten sie selbst die übrigen Wilden auf und überzeugten sie von den Vorzügen des gemeinsamen sesshaften Lebens."

„So herrschte also lange Zeit eitel Wonne?", fragt Johann.

„In diesen Siedlungen arbeitete ein jeder für alle und alle für einen. Ohne etwas kaufen oder verkaufen zu müssen, hatte ein jeder alles, dessen er für ein angenehmes Leben bedarf, also Nahrung, Kleidung, Wohnung, Arznei und Unterricht. Man kennt dort kein Geld und keine Münze. Doch leider währte dieses irdische Paradies nicht lange. Meist aufgestachelt von den Mamelucken, einem ehrlosen Volk von Portugiesen, Franzosen, Italienern und Holländern aus San Paolo, und gemeinsam mit denselben überfielen kriegerische Indianerstämme, namentlich die Abiponen, unsere Siedlungen. Sie raubten alles aus, brachten die zu guten Christenmenschen gewordenen Bewohner um oder machten sie zu Sklaven."

„Was wurde unternommen, um diesen Überfällen Einhalt zu gebieten?"

„Zum einen wurden jene Reduktionen, die schwer zu verteidigen waren, aufgegeben oder an sichere Orte verlegt. Zum anderen lernte man sich gegen die Räuber zu wehren. Von den Erträgen der Felder und Werkstätten verschafften unsere Brüder den Bürgern der Siedlungen Lanzen und Speere, Pfeil und Bogen. Daraufhin blühten die Siedlungen prächtiger als zuvor, sodass sich allein in der Gegend von Guairá hundert Jahre später dreißig Siedlungen und hierin über hundertzwanzigtausend Christen befanden."

„Und zu welcher Zeit kamt ihr, ehrwürdiger Abbé, in den Kolonien an?"

„Ich stand in meinem dreißigsten Jahr, als ich von unserem Ordensgeneral in die Provinz Paraguay geschickt wurde. Damals schrieb man das Jahr 1748. Die Überfahrt geschah von Lissabon aus, auf einem Schiff namens *San Jacobo*, und dauerte drei Monate. Bald nach meiner Ankunft in Buenos Aires begab ich mich mit fünf Dutzend meiner Mitbrüder nach Córdoba. Wir reisten diese hundertvierzig Meilen lange Strecke in Gesellschaft eingeborener Spanier. Unser Geleit bestand aus über hundert Wagen, die von je vier Ochsen gezogen wurden. Wenn es durch morastige Landstriche ging, wurden sogar acht Ochsen eingespannt. Da die Achsen der Wagen niemals geschmiert wurden, fingen diese und somit auch die Wagen mehr als einmal Feuer. Zum Schutz vor der sengenden Hitze der Sonne und den seltenen Regengüssen dienten uns Dächer aus Leder und Wände aus Brettern oder Schilfmatten. Meist reisten wir bei Nacht, weil die Ochsen die Hitze des Tages in dieser Wüstenei nicht lange aushielten. Tagelang konnten wir unseren Durst nur durch das Trinken von schlammigem Regenwasser stillen, das sich in Löchern am Rand des Weges gesammelt hatte."

„Doch ihr seid wohlbehalten in Córdoba angelangt?"

„Ja, mit Gottes Hilfe. Doch schon bald befahlen mich meine Vorgesetzten nach San Xavier, wo ich die Sprache und die Eigenheiten des Volkes der Mocobier studieren konnte."

„Aber seid ihr denn nicht für eure genaueste Kenntnis der Abiponen berühmt, Pater Martin?"

Als der Abbé fortfahren will, wird die Tür zu dem feucht-finsteren Verlies aufgeschlossen, in dem die Verbannten vegetieren. Ein Soldat stellt eine Blechkanne mit Wasser in die Ecke und wirft einen Sack, aus dem einige Brotstücke kollern, zwischen die am Boden hockenden Gefangenen. „Das Abendessen für die aufständischen Pfaffen! Leider haben wir weder Oblaten noch Wein für euch!", ruft er ihnen zu und verschließt das Gefängnis wieder. Die noch nicht zu sehr vom Fieber, von der Ruhr oder vom Hunger ausgezehrten unter den Geistlichen machen sich daran, das, was von den teils steinharten Brotkanten, teils grünlich feuchten Scheiben noch halbwegs essbar ist, an die Schwächeren der Schmachtenden zu verteilen. Die Kanne mit dem brackigen Wasser macht die Runde. Man versucht die fiebernden Lippen zu kühlen und den schlimmsten Durst zu mindern. Nach wenigen Minuten ebbt die durch das Essen entstandene Unruhe unter den Gefangenen wieder ab. Der eine oder andere rutscht noch auf den feuchten Planken hin und her, um eine Stellung zu finden, in der ein wenig Schlaf möglich ist; da und dort hustet einer, ganz im Hintergrund hört man gemurmelte Rosenkränze.

Mit gedämpfter Stimme wendet sich Steinhesser wieder an Dobrizhoffer: „Seid Ihr schon müde? Oder wollt Ihr mir ein wenig über eure Abenteuer bei den Abiponen berichten?"

„Todmüde bin ich, junger Bruder. Doch an Schlaf ist nicht zu denken. Darum will ich deinem Wunsch entsprechen. Denn sollte ich diese Reise nicht überleben, so soll es einen Menschen geben, der in der Alten Welt Zeugnis geben kann über dieses kriegslustige Volk. Und kriegerisch waren die Abiponen tatsächlich. Sie sind in verschiedene Horden eingeteilt, die zu jener Zeit fortwährend ihre Wohnplätze wechselten. Sobald sie die Kinder und die Alten in Sicherheit gebracht hatten, machten sie ihre Streifzüge in die benachbarten Ansiedlungen, um zu rauben und zu morden. Die abgeschnittenen Köpfe ihrer Feinde nahmen sie als Siegeszeichen nach Hause. Kein Winkel war vor ihnen sicher. Läge zwischen Amerika und Europa nicht das Weltmeer, so wären die Abiponen, dessen bin ich mir sicher, längst in England und Spanien eingefallen."

„Wie konntet Ihr und Eure Mitbrüder Euch dann Eures Lebens erwehren?"

„Als ich in San Jerónimo zum ersten Mal auf sie traf, hatten sie dank der Bemühungen unseres aus Klagenfurt gebürtigen Bruders Joseph Brigniel ihre Überfälle auf die Spanier und uns Missionare schon fast gänzlich eingestellt. So gelang es mir, ihre Sprache zu erlernen und ein Wörterverzeichnis derselben anzulegen. Das Schwierigste daran ist, dass jeder Ausdruck, der im Zusammenhang mit einem Verstorbenen zu verwenden wäre, verboten ist und daher sofort geändert werden muss. Die Erfindung dieser neuen Wörter obliegt den alten Frauen, von denen gesagt wird, dass sie sich auf die Zauberei verstehen. Es ist mehr als erstaunlich, dass diese neuen Begriffe sofort von allen Abiponen angenommen werden und sich in Windeseile ausbreiten. In der Zeit meines Aufenthaltes änderte sich beispielsweise das Wort für Jaguar dreimal, das für Krokodil zweimal."

„So lebtet Ihr die meiste Zeit in Frieden mit ihnen?"

„Das gerade nicht. Denn wankelmütig sind diese Wilden wie die Weiber. So kam es nicht nur immer wieder zu Angriffen auf die Spanier, auch unter den verschiedenen Horden der Abiponen gab es häufig Krieg. Um dir ein Exempel für ihren Wankelmut zu nennen, will ich dir vom Häuptling Ychoalay berichten: Unter seinen vielen Kopfbedeckungen hatte er auch eine gelbe Mütze. Wir nannten sie Ychoalays Wetterglas, weil sie anzeigte, ob bei ihm ein Gewitter aufzog, das sich gegen andere Stämme oder auch die Spanier entladen wollte. Einige Zeit nach dem Friedensschluss mit dem Häuptling Debaya-kaikin begann Ychoalay die Kirche zu besuchen und ließ sich endlich auch taufen. An diesem Tag war die Kirche überfüllt, denn alle wollten der Taufe jenes Mannes beiwohnen, vor dem einmal die ganze Provinz gezittert hatte."

„Dies muss ein denkwürdiger Tag gewesen sein, Pater Martin! Wie lange bliebt Ihr in San Jerónimo? Habt Ihr noch andere Siedlungen der Abiponen besucht?"

„Das will ich meinen! Man sandte mich nach Timbo, wo ich eine neue Reduktion errichten sollte. Einige Wochen nach meiner Ankunft erhielten wir die Kunde, dass einige Hundert Toba beabsichtigten, unsere Siedlung zu überfallen. Die Nachricht machte im Dorf rasch die Runde und veranlasste die allermeisten der Abiponen zur Flucht. So blieb ich mit einem Dutzend wehrfähiger Männer und ihren Familien zurück. Eines Nachts kamen dann die Toba, trieben sechzig unserer Pflugochsen weg und umstellten den Palisadenzaun der Siedlung. Die Wilden schossen Pfeile über den Schutzwall, von denen einer meinen rechten Oberarm durchbohrte. Da der Pfeil mit Widerhaken versehen war, musste er lange wie ein Quirl im Kreis bewegt werden, ehe es gelang, ihn aus dem Fleisch herauszuziehen. Die Wunde heilte erst nach über zwei Wochen. Schließlich feuerten meine Männer unsere kleine Kanone ab, was die Toba in die Flucht schlug.

Diese beständigen Unruhen machten es mir unmöglich, die Abiponen an ein geordnetes Leben zu gewöhnen. Sie kamen kaum mehr zum Unterricht, tranken ständig Schnaps und wollten wieder zu ihren abergläubischen Gebräuchen zurückkehren. Zudem fehlte es mir an Unterstützung. Denn eines musste ich in all den Jahren immer wieder bemerken: Die beste Predigt vermag nicht zu bewirken, was Tand und Branntwein zu erreichen vermögen. So suchte ich vor zwei Jahren um Versetzung nach Asunción an."

„So scheint Ihr nach diesen Jahren der mühevollen Arbeit enttäuscht und auch entmutigt zu sein? Nach meinem Empfinden habt Ihr jedoch Großes geleistet, ehrwürdiger Vater."

„Du verstehst es wohl, einem alten Mann zu schmeicheln, junger Bruder. Nun, es wird kaum ein

Mensch leugnen, dass die von uns erreichte Befriedung der Abiponen ganz Paraguay genützt hat. Denn nachdem wir sie in den Siedlungen sesshaft gemacht hatten, konnten die Spanier wieder frei atmen. Auf den Landstraßen, auf denen die Waren der Kaufleute transportiert werden, herrscht wieder Sicherheit. Und da die Meiereien bekanntlich die Quellen des Wohlstands von Paraguay und Tucumán sind, verdanken uns die Spanier reiche Einnahmen. Umso größer ist ihre Ungerechtigkeit zu veranschlagen, mit der sie uns wie Vieh zusammentreiben ließen, um uns aus dem Land zu verbannen, das wir für sie erst nutzbar gemacht haben."

„Dieses Unrecht erregt Euer Gemüt auf begründete Weise. Doch sagt mir, Pater Martin, was gedenkt Ihr nach unserer Ankunft in Europa zu tun?"

„Ohne Zweifel werden wir, sollten wir lebend über das Weltmeer gelangen, Spanien sofort nach unserer Landung dort verlassen müssen. Deshalb werde ich um Versetzung auf eine Stelle in Wien ersuchen, wo ich mich vor meiner Abreise nach Amerika einige Zeit aufgehalten habe. Und wenn es meine Gesundheit erlauben sollte und ich die Zeit dazu erübrigen werde können, so möchte ich gerne die Erfahrungen meiner Jahre bei den Abiponen in einem Buch niederschreiben."

15. August 1768

Die Wohnung

Wie es wohl der Mitzi Engel an ihrem Namenstag geht, überlegt Leopold, als er an diesem Montag, der wegen des Festes von Mariä Aufnahme in den Himmel arbeitsfrei ist, aus der Salvatorkirche kommend wieder ins Freie und in einen azurfarbenen Augusttag tritt. Die kleine Kirche war erfüllt gewesen vom Duft der Heilung versprechenden Kräuter, die an diesem Marienfeiertag traditionell geweiht werden. Jetzt tragen viele der Gläubigen die kleinen Sträuße aus Arnika, Johanniskraut, Kamille, Königskerze, Salbei, Wegerich und Wermut nach Hause, um im Falle von Krankheit oder Verletzung daraus Umschläge oder Tees zu bereiten. Nach dem langen Aufenthalt im kühlen Halbdunkel des Kirchenschiffs empfindet Leopold die Wärme der Sommersonne besonders angenehm. Die vereinzelt am Himmel hängenden Schäfchenwolken vervollkommnen die Tiefe der Bläue, so als wären sie Schönheitsflecken im Antlitz des Firmaments. *Assumpta est Maria. Gaudent Angeli.* Diese Worte des Pfarrers haben bei Leopold die Erinnerung an seine ehemalige Geliebte wachgerufen.

Wahrscheinlich hat sie einem stets betrunkenen Nachfolger ihres Vaters im Gasthaus *Zum Roten Dachl* bereits ein halbes Dutzend Kinder geboren und lebt nach wie vor glücklich und zufrieden in der Wohnung über dem Wirtshaus, sinniert Leopold. Ein absehbares Schicksal erfüllt sich entlang seiner vorgezeichneten

Bahn. Wie glücklich kann ich mich schätzen, dass mein eigener Lebensweg vielversprechender ist.

Im Juni 1760 hat Leopold sein fünfjähriges Studium der Rechtsgelehrsamkeit ohne weitere Verzögerungen mit der Promotion erfolgreich abgeschlossen und ist seither berechtigt, sich Doktor beider Rechte zu nennen. Bald danach hat er die Zulassung für den Hofkriegsrat erhalten. Einer Behörde, die als ein Archetypus der habsburgischen Verwaltung bezeichnet werden kann. Schon die Umstände der Gründung dieser erstmals in der Geschichte des Reiches auch in Friedenszeiten tagenden militärischen Ratsversammlung offenbaren das Dilemma, das diesen Verwaltungskörper zeit seines Bestehens kennzeichnet: Nach der Verfügung Kaiser Ferdinands I. vom 8. Mai 1556, der zufolge „ein Kriegsrat zum fürderlichsten verordnet und aufgerichtet werde", dauerte es sage und schreibe eineinhalb Jahre, bis die Behörde ihre Arbeit aufnehmen konnte. Zwar drängte die Niederösterreichische Regierung darauf, so rasch wie möglich von der Bürde der ausfernden Militäragenden befreit zu werden, allein es gelang nur langsam, entsprechendes Personal zu finden. Dies wahrscheinlich auch deshalb, weil bereits der ursprünglichen Konzeption der Behörde ein Geburtsfehler anhaftete: Obwohl sie gleichzeitig Administration, Stab und Kanzlei des kaiserlichen Oberbefehls und das militärische Kabinett des Kaisers repräsentierte, fehlten ihr zwei wesentliche Kompetenzen: die der militärischen Befehlsgewalt, die beim Herrscher selbst verblieb, und – noch weitaus bedeutender – die Verfügungsgewalt über die notwendigen finanziellen Mittel, die bei der Hofkammer angesiedelt war. Daher musste der im Felde stehende Kommandierende die Weisungen des Kaisers abwarten, der vom Hofkriegsrat beraten wurde, aber Material und Mannschaften nur in dem Umfang bereitstellen konnte, wie ihn die Hofkammer sich zu finanzieren bereit fand. Da keine der zahlreichen von den namhaften Präsidenten des Hofkriegsrats ins Werk gesetzten Reformen an dieser Unzulänglichkeit seines Fundamentes etwas Substanzielles zu ändern vermochte, verwundert es, dass der Hofkriegsrat trotzdem wichtige Aufgaben zufriedenstellend erfüllen konnte. Dies mag wohl in einem Spezifikum des Österreichischen an sich begründet liegen: der Fähigkeit, sich durchzuwursteln.

Für Leopold bedeutet die Zulassung als Advokat beim Hofkriegsrat, dessen Amtsstuben zum Zeitpunkt seines Eintritts über die ganze Stadt verteilt sind, neben einem gesicherten Einkommen auch ein freies Zimmer oberhalb seiner Kanzlei, die in der Seilerstätte logiert. Zunächst war Leopold mit dem Kopieren und Konservieren von Aktenstücken und -faszikeln für ältere Kollegen betraut gewesen, durch seine rasche Auffassungsgabe aber bald im Ansehen seiner Vorgesetzten gestiegen, sodass er Mitte des Jahres 1766 ermächtigt wurde, sein erstes selbständiges Verfahren zu führen. Die Ankündigung dieser Causa im *Wienerischen*

Diarium am 1. Oktober 1766, in der sein Name erstmals gedruckt erschienen ist, hat Leopold ausgeschnitten und im Andenken an seine selige Mutter aufbewahrt: *Wasgestalten auf das Leopold Pauer beeder Rechten D., auch Hofkriegsraths- und Gerichtsadvocatens, als zu Vertrett- und Richtigstellung der von dem den 13. April dieß Jahrs allhier ab intestato verstorbenen kaiserl. königl. Hauptmann, und des General Baron Angerischen Infanterieregiments Quartiermeister Georg Fensel ruckgebliebenen Verlassenschaft gerichtl. verordneten Curatoris gehorsamstes Anlangen verwilliget worden, daß alle diejenige, welche an erstgedacht. Quartiermeister Fenselischer Verlassenschaft titulo crediti, aut alio quocunque einige Sprüche und Anforderungen haben, oder zu machen vermeinen, durch Ausfertigung gewöhnlich clausulierter Convocationsedicten einberufen werden sollen ...* Bis zum 11. Dezember um neun Uhr morgens desselben Jahres hatte man allenfalls vorhandenen Gläubigern des Hauptmanns und Quartiermeisters Zeit und Gelegenheit gegeben, ihre Ansprüche geltend zu machen.

Sein erster eigenverantwortlich abgehandelter Fall sollte für Leopold in mehrfacher Hinsicht bedeutsam und bezeichnend sein: zunächst dadurch, dass er den Beginn einer langen Reihe von Verlassenschaftsabwicklungen von Armeeangehörigen darstellte, die er als Jurist beim Hofkriegsrat verhandeln sollte; genau genommen wird Leopold zeit seiner Berufslaufbahn bis auf wenige – wenn auch bedeutende – Ausnahmen ausschließlich Verlassenschaftscausen betreuen. Bemerkenswert an der Verlassenschaft Fensel war ferner, dass sich aus dem anfangs simpel scheinenden Fall eine komplexe Rechtssache entwickelte.

Besagter Hauptmann Fensel war am 13. April 1766 im Alter von 38 Jahren in dem in der Alservorstadt befindlichen Spital der Heiligen Dreifaltigkeit am Hectira-Fieber, einer besonders schweren Form der Lungenschwindsucht, verstorben. Am nächsten Tag, morgens früh um halb acht, war sein mittlerweile in die eheliche Wohnung im Rudolf Tischlerischen Haus in der Leopoldstadt geschaffter Leichnam vom Beschauer Anton Hochmayr besichtigt und ein Totenschein ausgestellt worden, auf dem neben der Todesursache auch die Zugehörigkeit des Verstorbenen zur evangelischen Religion vermerkt wurde. Ein Skardiener brachte den Totenschein ins Totenschreibamt, wo eine entsprechende Eintragung ins Beschauprotokollbuch vorgenommen und ein Begräbniszettel ausgestellt wurde. Wenig später erhielt die Fenselische Witwe diesen ausgehändigt, um das Begräbnis ihres verstorbenen Ehegatten veranlassen zu können. Seitens des Totenschreiberamtes war überdies der Magistrat und der Hofkriegsrat verständigt sowie die Sperrs-Relation erlassen worden. All dies war in völliger Übereinstimmung mit den geltenden Gesetzen und Verordnungen vonstattengegangen.

Wenige Wochen später wurde dem Hofkriegsrat Meldung über die Festnahme des Fouriers des Angerischen Infanterieregiments nahe der Stadt Olmütz gemacht. Dieser für das Verpflegswesen zuständige

Unteroffizier wurde der Desertion und des Diebstahls verdächtigt, da er neben einem vermutlich gefälschten Entlassungsschreiben Wechselbriefe in der Höhe von dreizehntausend Gulden sowie wertvollen Schmuck mit sich geführt hatte. Im Zuge der Verhöre hatte der Fourier Wilhelm Wittich ausgesagt, dass ihm Geld und Pretiosen von der Witwe seines verstorbenen Regimentskameraden Fensel übergeben worden seien, um sie ins Ausland zu schaffen. Daraufhin war die Fenselin ebenfalls festgenommen, trotz ihrer offensichtlichen Schwangerschaft ins Militärgefängnis geschafft und dort verhört worden. Schließlich gab sie an, dass ihr verstorbener Mann Geld aus der Regimentskassa gestohlen habe, dieses Verbrechen aber angesichts des nahenden Todes bereut und sich daher seinem Spitalsarzt, dem Physicus secundarius Doktor Leopold Benedict Rhein, anvertraut habe. Doktor Rhein habe ihr empfohlen, das Kapital zunächst zur protestantischen *Herrnhuter Brüdergemeinde* und damit außer Landes und in Sicherheit zu bringen. Der Unteroffizier Wittich sollte gegen einen entsprechenden Anteil des gestohlenen Geldes diesen Transport besorgen. Nachdem Gras über die Sache gewachsen wäre, sollte das Geld wieder nach Wien gebracht werden. Weiters sagte Katharina Fenselin aus, dass ihr die dem Doktor Rhein unterstehende Hebamme Antonia Jägerin zum Beischlaf mit dem ehemaligen Kameraden ihres verstorbenen Mannes geraten hätte, weil eine Schwangerschaft sie im Falle des Falles vor dem Zuchthaus bewahren würde. Der Fourier

Wittich wurde der Militärgerichtsbarkeit zugeführt und schließlich zu zwei Jahren Schanzarbeit verurteilt. Die Untersuchung der mutmaßlichen Verfehlungen des Medicus Doktor Rhein und der geschworenen Hebamme Jägerin fiel in die Zuständigkeit der Universität, weshalb Leopold seitens des Hofkriegsrates das Konsistorium über die Causa informieren musste.

Zusätzliche Brisanz erlangte Leopolds erster Fall dadurch, dass seitens der *Alma Mater* mit Joseph Gregor Gewey, Mitglied des Konsistoriums und Universitätsnotar, just jener Mann mit dem Verhör des Doktor Rhein betraut wurde, der dem Studiosus Leopold Paur seinerzeit das Stipendium der Goldbergstiftung hatte aberkennen wollen. Nach einer Verfahrensdauer von zwei Jahren obsiegte jedoch der junge Doktor Paur dank seiner Zielstrebigkeit und Zähigkeit. Ein Umstand, der in Leopolds Behörde nicht eben geringen Eindruck machte. Für die Witwe des verstorbenen Hauptmanns konnte Leopold eine Freilassung aus dem Arrest sowie die Pfändung jener insgesamt 75 Gulden und 15 Kreuzer durch die Universität erwirken, die die Hebamme Jägerin ihr zu zahlen schuldig gesprochen worden war. Vor drei Monaten war schließlich ein entsprechender Befehl des Rektors an den Pedell Simon Dürr ergangen und der Akt damit geschlossen worden. Trotz dieses Erfolges war bei Leopold von der ganzen Sache ein schaler Nachgeschmack zurückgeblieben: Denn obwohl Doktor Rhein sich gleichzeitig in dem Verlassenschaftsverfahren seiner verstorbenen Gattin gegen Betrugsvorwürfe seiner Stieftochter verteidigen musste, hatte er mittels einer eidesstattlichen Erklärung, in der er behauptet hatte, von ihr zu der Veruntreuung angestiftet worden zu sein, die Schuld auf die Hebamme abwälzen können. Aufgrund der wohlwollenden Beurteilung durch die universitäre Untersuchungskommission wurde der Medicus daher freigesprochen und konnte sich gänzlich unbeschadet aus der Affäre ziehen.

Auch in Leopolds Privatleben ist es in der jüngeren Vergangenheit zu bedeutenden Veränderungen gekommen. Nach der Beendigung des Falles Fensel hatte Leopold festgestellt, dass er einige Ersparnisse auf die hohe Kante hatte legen können. Daher ist er vor wenigen Wochen aus dem Kabinett im dritten Stock seines Amtsgebäudes in seine erste eigene Wohnung übersiedelt. Genau genommen handelt es sich um ein straßenseitiges Zimmer samt Vorraum und Kammer im sogenannten *Kleinen Karmeliterhaus* in der Salvatorgasse. Eine gewisse Maria Elisabeth Muffatin hatte in den vermischten Nachrichten des *Wienerischen Diariums* „ein Zimmer auf die Gassen, nahe dem großen Christophorus, samt einer Kammer und einem besonderen Eingang monatlich oder jährlich, meubliert oder unmeubliert, alltäglich zu verlassen" angepriesen und damit Leopolds Interesse geweckt. Gleich am nächsten Tag hat Leopold Frau Muffat, geborene Winkler, verwitwete Dillingerin, verwitwete Kracklin (die Hausbesitzerin hat Leopold gleich bei der ersten Besichtigung der Wohnung die

Geschichte ihres Lebens und die des Sterbens ihrer bisherigen Ehegatten in allen Einzelheiten geschildert), eine feiste, freundliche und – wie sich bald herausstellen sollte – mütterliche Person, aufgesucht.

Frau Muffat erkundigte sich bei Leopold, aus wie vielen Personen seine Familie bestehe. Dass er ledig sei, schien sie zu seinen Gunsten auszulegen. Über den Mietpreis ist man sich dann rasch einig geworden. Des Weiteren kam man überein, dass Frau Muffat ihren Mieter für ein zusätzliches Kostgeld bekochen würde, und zwar mit Menüs bestehend aus mindestens zwei Fleischgängen samt Zu- und Mehlspeisen.

Der Grundriss der kleinen Wohnung sowie deren Lage im Haus sind für Leopold und seine weiteren beruflichen Pläne ideal. Zwar befinden sich die Zimmer im zweiten Stock über der Einfahrt in den Innenhof und sind nur über eine im Freien befindliche enge Treppe zu erreichen, jedoch haben sie durch den Umstand, dass sich sowohl unter als auch über ihnen ein bewohntes Geschoß befindet und sie an drei Seiten an andere Wohnungen angrenzen, den Vorteil, dass sie im Winter leicht zu heizen sein werden. Das Zimmer, in dem Leopold schläft und arbeitet, wird durch zwei nach Westen auf die Salvatorgasse gehende Fenster belichtet. Dieser Raum ist von der wesentlich kleineren Kammer durch den Vorraum getrennt. Dadurch eignet sich das Gelass zukünftig sogar als Arbeitsstätte für einen Schreiber, den Leopold gedenkt in Dienst zu nehmen, sollten sich demnächst mehr Mandanten einstellen.

Eine gute Gegend, in der ich jetzt wohne, denkt Leopold, als er die kurze Strecke zwischen der Salvatorkirche und seinem Wohnhaus zurücklegt. Das Rathaus ist nur einen Steinwurf entfernt, und wenn die im Amt kursierenden Gerüchte stimmen, denen zufolge die Kaiserin die Amtslokale des Hofkriegsrats an einem Standort Am Hof zusammenfassen will, bin ich zukünftig in der Früh in zehn Minuten bei Gericht.

Gerade als Leopold seine Wohnung betreten will, sieht er Frau Muffat auf dem leicht abfallenden Abschnitt der Gasse jenseits der Fischerstiege. Sie kommt wohl aus der Messe in der Kirche Maria Stiegen; tatsächlich erkennt Leopold in ihrer Rechten ein üppiges Büschel an Kräutern.

„Grüß Sie Gott, Frau Muffat."

„Grüß Gott, Herr Doktor. Waren S' denn heut Früh gar net in der Kirch'n?"

„Doch freilich. Aber ich hab die Mess in der Salvatorkirche g'hört", antwortet Leopold, der gelernt hat, mit den Wienern stets in demselben Jargon zu verkehren, dessen sich sein jeweiliger Gesprächspartner bedient, „eine komische Kirch'n übrigens."

„Da hab'n S' recht, Herr Doktor. A bissl z'ammg'würfelt is' schon, die Salvatorkirch'n. Aber sag'n S' amal, wo haben S' denn Ihren Kräuterbuschen?"

„Mit Verlaub, Frau Muffat, i halt nix auf diese Bräuch'. Die Kräuterumschläg', die die Herren Doktoren verordnen, helfen aa net besser, wenn der Wegerich mit Weihwasser besprizt worden is."

„Aber, aber! Mein lieber Herr Advocatus! Was san denn des für lästerliche Reden? Tun S' Ihna net versündigen! Auf die Fürsprach' der heiligen Mutter Gottes können S' allerweil vertrau'n, Herr Doktor. Und was ihr g'weiht word'n is, des hülft g'wiss. Glauben S' ma des!"

„Is scho' recht, Frau Muffat! Täten S' mir dann das Mittagessen richten, bitt' schön?"

Zur Feier des Tages lässt die Muffatin ihrem Lieblingsmieter heute eine Beuschelsuppe, falschen Hasen, gefüllten Karpfen und einen faschierten Kalbskopf, dazu Erdäpfel, Nockerl und Zugemüse servieren. Den Abschluss des Feiertagsschmauses bilden gebackene Milchrahmnudeln, die Mehlspeisspezialität von Leopolds Hauswirtin. Zudem hat Frau Muffat heute die wochentäglichen Zinnteller durch feiertägliches Porzellan ersetzt. Ein Indiz, das Leopolds aufkeimenden Verdacht verstärkt, dass Frau Muffat sich anschickt, ihn sich nach allen Regeln der Wiener Küche einzukochen. Um ihrem Ziel näherzukommen, versucht sie Leopold nach Tisch in ein Gespinst aus zarten, wenngleich reißfesten Fäden einer Konversation (in ihrem Fall hauptsächlich Tratsch aus der Nachbarschaft) einzuwickeln, was vor Leopolds innerem Auge das Bild einer Spinne hervorruft, die unablässig an dem Netz webt, das ihrer Beute zum Verhängnis werden soll.

Nur durch die Vorschützung von wichtigen Amtsobliegenheiten gelingt es Leopold, Frau Muffat höflich, aber bestimmt aus seiner Wohnung zu komplimentieren, um sich in der nun endlich eintretenden nachmittäglichen Ruhe der Lektüre der heutigen Zeitung zu widmen.

London, den 29. Heumonat. An unserm Hofe haben die Umstände, in welchen sich die Sachen in den amerikanischen Colonien von neuem befinden, zwischen dem 20. und 26. pass. zu verschiedenen Conferenzen Anlaß gegeben: es war dabey um Mittel und Wege zu thun, wie dieselben zum Gehorsam gegen die Gesetze des Königreichs und die Ansehung ihrer gefaßten Parlamentsschlüsse gebracht werden mögen, als gegen welche sie, zumalen wenn es um Schatzungen und Auflagen zu thun ist, noch immer den äußersten Widerwillen bezeigen, liest Leopold gleich auf der ersten Seite in der Rubrik Staatssachen. *Unter andern hat man sich zu Boston in Neu England nur kürzlich offenbaren Thätlichkeiten gegen einige Zollbeamte, die ihre Schuldigkeit thun wollten, überlassen ...* Wieder wird Leopold an den Aufschlagseinnehmer Engelmayr erinnert. Bei den Steuern hört sich dann rasch einmal der Spaß auf! Da wird noch einiges zukommen auf die Briten, überlegt Leopold noch, bevor er sanft hinübergleitet in ein mehlspeissüßes Nachmittagsschläfchen.

16. August 1768
Der Niederlagsverwandte

Wie doch die Zeit vergeht! Ludwig Décret, königlicher Niederlagsverwandter, sitzt sinnend an seinem Schreibtisch. Dreißig Jahre lebe ich nun schon in Wien. Und zwanzig Jahre ist es her – ja, just am heutigen Tag des Jahres 1748 war's! –, dass ich im Rathaus den Bürgereid abgelegt habe ... Das Grübeln ist sonst seine Sache nicht, aber aus irgendeinem Grund – vielleicht liegt es an dem schräg einfallenden Licht dieses goldenen Spätsommertages, das schon an den Herbst dieses Jahres und dieses Lebens gemahnt – schwelgt der sonst im Hier und Jetzt verhaftete, stets trocken taxierende und kühl kalkulierende Mann in seinen Erinnerungen.

Zusammen mit zwei Maurermeistern und einem Kompositionsgalanteriearbeiter sowie deren je zwei Zeugen hatte sich Ludwig Décret damals in der Wiltwerkerstraße eingefunden, um den Eid auf den Kaiser und die Stadt zu schwören, womit man als auswärts Geborener nach zehnjährigem Aufenthalt in der Haupt- und Residenzstadt das Bürgerrecht erlangen konnte. Nach Entrichtung der vorgesehenen Gebühr in Höhe von zwei Gulden und Vorlage der Nachweise, dass man keiner anderen Herrschaft untertänig war, sprachen Ludwig Décret und die drei anderen Aspiranten dem Stadtrat, der die Zeremonie leitete, die Eidesformel nach:

Ich schwöre dem Allerdurchlauchtigsten, Großmächtigen Fürsten und Herrn, Herrn Franciscus Stephanus, erwähltem Römischen Kaiser, auch zu Ungarn und Böhmen

König, dem Erzherzog zu Österreich, unserem allergnädigsten Herrn, als unseren rechten natürlichen Erbherrn und Landesfürsten, und Seiner Kaiserlichen Majestät, deroselben Erben und gemeiner Stadt Wien Nutz und Frommen zu betrachten, Schaden zu wenden und vorzukommen, nach allem meinem höchsten Vermögen, dass ich auch weder mit Gästen noch anderen, so mit der Stadt nicht mitleiden, kein Gesellschaft noch Gemeinschaft halten, noch denselben mit ihren Gütern oder Kaufmannswaren wider die Stadt-Recht durch- oder überhelfen, dazu ohne sondere Vergünstigung Willen und Wissen Bürgermeister und Rats keinerlei Versammlung bewegen machen noch dazu kommen will, sondern wo ich von einer heimlichen Versammlung oder sonsten Schlechtes hören würde, das wider höchsternennte Kaiserliche Majestät oder deroselben Erben oder wider Bürgermeister, Richter und Rat und gemeine Stadt wär, dass ich dasselb zu jederzeit anbringen und nicht verschweigen noch verhalten und also Höchstgedachter Römischen Kaiserlichen Majestät und eines Stadt-Rats-Gebot und Verbot in allem wirklichen nachkommen will.

Den Abschluss dieses administrativen Aktes bildete die verpflichtende Beichte in der angrenzenden Salvatorkapelle, von der Ludwig Décret damals den Eindruck gewonnen hatte, dass es sich bei ihr um eine irgendwie komische Kirche handle.

Das Klopfen an der Tür zu seinem Arbeitszimmer schreckt ihn aus seinen Tagträumen. Herein tritt sein Geschäftspartner Joseph von Salliet.

„Kennst du einen vertrauenswürdigen Advokaten?" Herr Décret hat seinem Besucher nach einer kurzen

Begrüßung, die aus nicht viel mehr bestand als aus einem angedeuteten Kopfnicken, einen Platz auf dem Sessel neben seinem Schreibtisch angeboten. Während es sich Herr von Salliet auf dem harten Sessel bequem zu machen versucht, kommt der Gastgeber, seinem Naturell entsprechend, ohne viel Umschweife auf den Kern seines Anliegens zu sprechen. Beide Herren sind, wie man so sagt, im besten Alter und streben folglich dem Zenit ihres beruflichen Werdegangs zu. Vieles verbindet die beiden und ihre Familien, weshalb es legitim scheint, sie als Vertraute, vielleicht sogar als Freunde zu bezeichnen. Verwandt sind sie seit der Hochzeit Ludwigs mit Josephs Schwester Maria vor 25 Jahren außerdem. Gemeinsam ist den beiden weiters die Herkunft ihrer Väter aus der Provinz Savoyen. Im Jahre des Herrn 1720 waren Ludwig – damals noch Louis gerufen – und Joseph, ausgestattet mit dem väterlichen Segen und einer nicht unbeträchtlichen Barschaft, aufgebrochen, um sich aus den langen Schatten ihrer Altvorderen zu lösen und ihre eigene geschäftliche Fortune unter Beweis zu stellen. Im Gegensatz zu vielen ihrer Landsleute, die sich während der Wintermonate in deutschen Landen als Wanderhändler verdingten, oder jenen, die als Kesselflicker, Zinngießer oder Maurer einige Jahre lang im Ausland ihre Dienste anboten, bedeutete der Aufbruch der beiden jungen Männer einen Fortgang für immer. Zunächst reisten sie über Bern, Zürich und Sankt Gallen nach Augsburg, wo es ihnen alsbald gelang, sich im Geschäft von Ludwigs Onkel durch Handel mit Waren aller Art erste geschäftliche Sporen zu verdienen. Als sich allmählich zeigte, dass die Stadt der Fugger für die Expansionspläne der beiden Kaufmänner ungeeignet sein würde, machte man sich auf in die Hauptstadt des Heiligen Römischen Reiches Deutscher Nation. Dies nicht zuletzt deshalb, weil eine Seitenlinie der Décrets dort bereits als Handelsmänner ansässig war. In Wien langte man im Jahr 1738 ein und nahm zunächst außerhalb der Stadt, und zwar in Schwechat, Quartier. Es schien ratsam, das liquide Kapital lieber in den Aufbau des Geschäfts und die Anmietung der dazu nötigen Gewölbe in der Stadt zu investieren, statt in kostspielige Wohnungen innerhalb der Stadtmauern. Schon recht bald hatte man geschäftlich und gesellschaftlich Fuß gefasst; der Umstand, dass beide Herren aus der Provinz des Hauses des in Österreich hochgeschätzten Prinzen Eugen stammten, öffnete ihnen eine Reihe der maßgeblichen Vorder- wie auch Hintertüren. Aus deutschen Landen daran gewöhnt, die Dinge beim Namen zu nennen, war es in erster Linie dem geschäftlichen Instinkt der Herren Handelsfaktoren zu verdanken, dass sie rasch genug erkannten, wie die Dinge hier in Wien gelagert waren, wo man fünf gerne einmal auch gerade und darüber hinaus den Herrgott einen guten Mann sein ließ, wenn ... ja, wenn man vom richtigen Stallgeruch umgeben war. Und welcher Stall hätte eine bessere Adresse abgegeben als jener des großen Feldherrn und glorreichen Türkenbezwingers?!

„Wir haben doch einen tüchtigen Advokaten", antwortet Joseph seinem Schwager mit Verwunderung in der Stimme. Trotz der Abstammung aus demselben

Landstrich und der vereint bestandenen beruflichen und privaten Abenteuer hätte der Unterschied zwischen den beiden größer nicht sein können. Der Inhaber des Geschäftsraumes im Erdgeschoß des Ruckenbaumischen Hauses in der Hutsteppergasse, vor Kurzem zum Wechselgerichts-Supernumerarius ernannt, ist von asketisch-hagerer, wenn auch ein wenig gebückter Gestalt, seine Kleidung von solider, jedoch keinesfalls exquisiter Qualität, dafür von praktischer Unauffälligkeit. Joseph von Salliet hingegen kann guten Gewissens als der lebende und lebensfrohe Beweis dafür angesehen werden, wie rasch Wien aus einem Zugereisten dank liebevoller Einlullung, dekadenter Demoralisierung und stetem Schlendrian einen gelernten Wiener zu machen imstande ist; vorausgesetzt, er wehrt sich nicht mit aller Kraft gegen diese zärtliche Vergewaltigung. Und gewehrt hat sich Joseph von Salliet gewiss nie gegen die Avancen der Wienerstadt – und ihrer Bewohnerinnen. Wohl auch darum ist es ihm schon wenige Jahre nach seiner Niederlassung hierorts gelungen, zum Hoflieferanten und Hofrat ernannt sowie in den erblichen Adelsstand erhoben zu werden – ein Umstand, der seinen Schwager, der noch dazu über das größere Vermögen verfügt, mit oft nur schwer unterdrückter Eifersucht erfüllt. Das Wort, das Herrn von Salliets Erscheinung am treffendsten beschreibt, ist rundlich. Nichts ernsthaft Eckiges, grantig Kantiges ist an diesem Mann. Er hat es sich in sich selbst gemütlich gemacht und genießt gottergeben, was an Genuss sich ihm bietet. Dass er ein Freund exklusiver Kulinarik, schwerer Weine und praller Dekolletés ist, ergibt sich demnach fast von selbst.

„Bist du denn mit unserem Doktor de Badenthal nicht mehr zufrieden?", fragt Joseph.

„Aus drei Gründen möchte ich einen anderen Advokaten mit der gegenständlichen Sache betrauen. Zunächst einmal hat sich Badenthal, wie du dich erinnerst, bei dem Geschäft mit der Ponegger Strumpffabrik nicht gerade mit Ruhm bekleckert ..."

Im vorigen Jahr hatte Herr Décret, der vier Töchter unter die Haube zu bringen und mit einer standesgemäßen Mitgift auszustatten hat, beschlossen, eine Handelsbeziehung zu einer der kürzlich neu entstandenen Manufakturen einzugehen. Nach reiflicher Prüfung der infrage kommenden Geschäftsfelder hatte er sich für eines aus dem Bereich der Bekleidung („anziehen müssen die Leute immer was"), namentlich für den Vertrieb von Damen- und Herrenstrümpfen, entschieden. Im oberösterreichischen Ponegen fand er eine Faktorei, deren Produkte nach seiner Einschätzung nicht nur in entsprechender Qualität, sondern auch in einer Menge verfügbar waren, die ansehnliche Umsätze ermöglichen sollte. Einen zusätzlichen Anreiz für diese Unternehmung stellte für Herrn Décret die von der Regierung initiierte Preisstützungsaktion in der Höhe von einem Gulden pro hundert Dutzend dar, die helfen sollte, die heimischen Produkte gegen ausländische Waren konkurrenzfähig zu machen. Die Aufgabe des Advokaten Badenthal hatte daher zunächst darin bestanden, herauszufinden, bis zu welchem Preis man seitens der mit einem *Privilegium privativum* versehenen Besitzerin der Ponegger Fabrik, der Frau Thürheimer, bereit wäre, dem Grossisten aus Wien entgegenzukommen, der im Hinblick auf die hohen Wegmauten und Frachtkosten scharf zu kalkulieren hatte. Doktor Badenthal hatte nach einer ausführlichen Besichtigungstour seinem Mandanten allerdings einen unzutreffenden Eindruck der Lage vermittelt. Herrn Décrets Angebot von 11 1/2 Gulden für ein Quantum von 100 Dutzend war demnach jenem des Carl Ägid Reinhold, seines Zeichens k. k. Pulver- und Salniterwesens-, Rechnungs- und Kassa-Liquidationsingrossist, und dem des Joseph Mayer, Tabaktrafikant und Lottokollekteur, unterlegen. Diese geschäftliche Schmach wog schwer und hatte das Vertrauen Ludwig Décrets in die Zuverlässigkeit seines bisherigen Advokaten beträchtlich erschüttert.

„Da muss ich dir freilich recht geben, Ludwig. Dieses Geschäft hat uns Badenthal wahrlich vermasselt." Joseph Salliet versucht es sich in seinem Stuhl etwas bequemer zu machen und will sich zu diesem Zweck auch eine Prise Schnupftabak gönnen. Kaum hat er die kleine goldene, mit Email-Einlegearbeiten verzierte Dose aus der Rocktasche gezogen, trifft ihn auch schon der durchdringende Blick seines Kompagnons, der dem Tabakgenuss nicht nur abhold ist, sondern diesen als luxuriöses Laster, weniger wider göttliches Gebot denn wider ökonomische Vernunft ansieht. Herr von Salliet erkennt die Sinnlosigkeit seines Unternehmens und steckt die Tabatière rasch zurück in die Tasche. Ein wenig verschnupft fährt er fort: „Und was sind die weiteren Gründe, in dieser offenbar heiklen Angelegenheit einen anderen Advokaten beizuziehen?"

„Da ich nicht sicher bin, ob es überhaupt gelingen kann, die in Aussicht genommene Angelegenheit in meinem Sinn zu Ende zu bringen, möchte ich jemanden beauftragen, der nicht in unseren Kreisen verkehrt …"

„Es soll also allenfalls kein Gerede geben?"

„Genau."

„Und drittens?"

„Drittens soll der Gesuchte jung und daher billig sein."

„Nun, um dir hier mit meinem Rat behilflich zu können, müsste ich dann aber doch wissen, worum es sich handelt bei diesem Geschäft?"

Ludwig Décret neigt sich seinem Besucher entgegen, was diesen unwillkürlich dazu veranlasst, sich seinerseits dem Sprecher zu nähern.

„Ich habe befunden, dass es an der Zeit ist, mir ein Haus zu kaufen."

„Du willst Geld für den Kauf eines Hauses – aufwenden?" Beinahe hätte Joseph von Salliet eingedenk der stadtbekannten Knausrigkeit seines Schwagers „verschwenden" gesagt.

„Warum sollte ich das nicht tun?"

„Weil du, mit Verlaub, für gewöhnlich nur Geld für Dinge ausgibst, die Geld einbringen."

„Ja, aber genau aus diesem Grund brauche ich ein Haus, und zwar ein großes. Ich brauche Platz für die Schar meiner Kinder und Schwiegersöhne. Und was noch schwerer wiegt: Ich brauche Platz für meine Waren. Der jährliche Zins für die Gewölbe und Lager wird mich demnächst ruinieren, wenn die Preise weiterhin so stark steigen. Außerdem kann sich so ein Hauskauf bald amortisieren, wenn noch ausreichend Wohnungen vorhanden sind, die man selbst vermieten kann. Du siehst also, bei genauer Betrachtung der Lage und Berechnung der Alternativen kann man à la longue durch den Kauf eines adäquaten Gebäudes nicht nur Geld sparen, sondern sogar noch welches verdienen."

„Ja, so betrachtet, hast du natürlich recht. Vorausgesetzt, man ist ausreichend liquid."

„Was man nur dann sein kann, wenn man sein Kapital nicht für prunkvolle Westen, neckische Galanteriewaren und Schnupftabak – verschwendet."

Herr von Salliet überhört diesen verbal-moralischen Seitenhieb geflissentlich und antwortet: „Du bist also auf der Suche nach einem jungen, ehrgeizigen Rechtsgelehrten, möglichst nicht aus Wien gebürtig und selten befasst mit Immobilientransaktionen."

„So ist es, mein Lieber. Und vor allem muss er sich in Testamentssachen auskennen."

„Du hast also schon ein bestimmtes Objekt im Auge?"

„Wie lange kennen wir uns schon, mon chèr Joseph?"

„Wie dumm von mir! Ich hätte es wissen müssen: Über Louis Décrets Lippen kommt in wirtschaftlichen Angelegenheiten kein Wort, bevor nicht alle Details erkundet und erwogen wurden. Demnach hat der Besitzer des Gebäudes ein Alter erreicht, das auf ein baldiges Ableben hoffen lässt?"

„Voilà!"

„Ich erinnere mich, vor einiger Zeit von einem vielversprechenden Hof- und Gerichtsadvokaten gehört zu haben, der sich bei der Abwicklung einer recht verzwickten Verlassenschaft mit einigem Ruhm bekleckert hat. Ich werde – selbstverständlich höchst diskret – Erkundigungen einziehen, wenn es dir recht ist."

„Sehr gut, mein Freund."

29. September 1768

Die Begegnung

Leopold wird das Gefühl nicht los, dass er den Mann, dem er jetzt an dessen Schreibtisch gegenübersitzt, schon früher einmal irgendwo gesehen hat. Es sind weniger die Gesichtszüge des soignierten Herrn, die Leopolds Erinnerung in Gang gesetzt haben, als vielmehr die etwas steife und zugleich leicht gebückte Haltung, mit der sein Gastgeber beim Eintritt in das Kontor die wenigen Schritte auf ihn zugegangen ist. Die Erregung, die sich des mittlerweile souverän auftretenden Gerichtsadvokaten bemächtigt hat, hat zwei Gründe.

Erstens die ungewöhnliche Art der Einladung zu diesem Gespräch. Vergangenen Freitag war Leopold in der Mittagspause im *Goldenen Engel* in der Weihburggasse eingekehrt. Der Krebsstrudel, die gedünsteten Tauben und der Karpfen mit schwarzen Brotbröseln waren vorzüglich gewesen. Leopold hatte soeben einen Schluck Wein getrunken und befand sich in Erwartung des Gugelhupfs, der dem freitäglichen Fastenessen den krönenden Abschluss verleihen sollte, als ein Bote das Gasthaus betrat und den Wirt um eine Auskunft fragte. Dieser zeigte zu Leopolds Überraschung auf ihn, worauf der Bote sich näherte und fragte, ob der gnädige Herr wohl der Herr Hof- und Gerichtsadvokat Leopold Paur sei. Er habe eine Botschaft zu überbringen, fuhr der Mann fort und überreichte ihm einen versiegelten Brief. Leopold erbrach das Siegel und faltete das Schreiben auseinander. Es enthielt die Einladung zur Konsultation in einer wichtigen juristischen Angelegenheit, zu der man den Doktor Paur für den kommenden Montag, abends um halb sieben in das Ruckenbaumische Haus in der Hutsteppergasse bat. Weder war jemals von einer Privatperson eine solch formelle Einladung an Leopold ergangen, noch wusste er mit dem Namen des Briefschreibers etwas anzufangen. Da der Bote aber den Auftrag hatte, die Antwort des Herrn Doktor sogleich entgegenzunehmen, und dieser durch die Außergewöhnlichkeit der Umstände neugierig geworden war, ließ sich Leopold bedanken und ausrichten, dass er sich zur festgesetzten Stunde einfinden werde.

Mit doppelter Eile verspeiste Leopold daraufhin seine Nachspeise und kehrte so rasch wie möglich in seine Kanzlei in der Himmelpfortgasse zurück, wo er dem Amtsdiener Johann Garber befahl, ihm die aktuelle Ausgabe des Staats- und Standeskalenders zu bringen. Nach kurzem Suchen waren dort gleich zwei Einträge unter dem Namen des Briefschreibers zu finden: einer in der Funktion als privilegierter Niederlagsdeputierter und ein anderer unter der Rubrik der *Merkantil- und Wechselgerichts-Supernumerarius-Assessoren*. Es scheint sich um eine einflussreiche Person des Wiener Wirtschaftslebens zu handeln, die meinen Rat einzuholen wünscht, dachte Leopold und fühlte sich geschmeichelt.

Der zweite Grund für Leopolds momentane innerliche Unruhe ist die junge Frau, der er vorhin im Vorzimmer begegnet ist. Sie ist wohl um die zwanzig Jahre alt, von mittlerer Körpergröße und von aufrechter, ein wenig fülliger Statur, soweit Leopold das in der Kürze der Begegnung und angesichts des eng geschnürten Mieders und der weiten bauschigen Röcke beurteilen konnte. Die großen wasserblauen Augen stehen in einem aufregenden Widerspruch zu den dunklen Brauen, die vermuten lassen, dass das Haar unter der Schicht des weißen Puders ebenfalls schwarz ist. Besonderen Eindruck haben die hohen Backenknochen und die vollen Lippen auf Leopold gemacht. Als er schließlich den hinter dieser holden Gestalt nachschwebenden Duft von Lavendel wahrgenommen hatte, war es um die Seelenruhe des Advokaten endgültig geschehen gewesen. In der unbewussten Empfindung seines eigenen Alters und seiner geringen Körpergröße hatte Leopold den Brustkorb gestrafft und den Gang elastischer gemacht.

„Guten Abend, Herr Doktor Paur. Ich freue mich, dass Sie meiner – etwas unkonventionellen – Einladung Folge geleistet haben."

„Ich habe zu danken, sehr geehrter Herr Décret. Es ist mir eine Ehre, Ihnen mit meinen bescheidenen Kenntnissen der Rechtswissenschaften dienlich sein zu dürfen. Wie weit das überhaupt in meiner Macht steht, muss vorerst dahingestellt bleiben, schließlich sind Sie als Gerichtsassessor in juristischen Belangen selbst bewandert."

„Sie haben sich über mich erkundigt?"

Leopold zögert einen Moment. War es klug darauf hinzuweisen, dass er im Staatsschematismus nachgeschlagen hatte?

„Selbstverständlich, Herr Décret. Freilich weniger aus persönlicher Neugier als aus beruflichem Instinkt. Schließlich wäre es vermessen, dem Sender einer Note, die an Klarheit der Form und des Inhalts wahrlich nichts zu wünschen übrig lässt, seine Zeit zu stehlen, indem man unvorbereitet zu der Verabredung erscheint."

Herr Décret, der bislang steif auf der Kante seines Sessels gesessen ist, lehnt sich für einen Augenblick zurück und lächelt kaum wahrnehmbar. „So, so. Nun gut. Dann lassen Sie uns unverweilt auf den Kern der Angelegenheit zu sprechen kommen. Aus verschiedenen Gründen, die nichts zur Sache tun, brauche ich einen verlässlichen Juristen, der dank seiner fachlichen Qualifikation und seiner äußersten Diskretion in der Lage ist, mir beim Erwerb eines Hauses behilflich zu sein, dessen Besitzerin wohl in absehbarer Zeit eine Verlassenschaftscausa begründen wird."

Jetzt kann Leopold ein Lächeln nicht vermeiden. Das ist wohl die sublimste je gehörte Verklausulierung der Hoffnung darauf, dass jemand, der etwas besitzt, das man selbst haben möchte, bald vom bösen Quiqui geholt wird!

„Ich verstehe, Herr Décret."

„Das habe ich Ihrem Gesichtsausdruck bereits entnommen, Herr Advokat. Nun, die Causa ist noch ein wenig komplizierter. Denn der in Aussicht genommene Erwerb der betreffenden Liegenschaft ist nur dann geschäftlich sinnvoll, wenn es gelingt, auch die beiden angrenzenden Häuser möglichst zeitgleich in Besitz zu bringen."

„Demnach beabsichtigen Sie, diese drei Häuser nach einem entsprechenden Umbau nicht nur für private Wohnzwecke zu nutzen, sondern auch als Geschäftsräume zu verwenden und einige Wohnungen darin gegen profitablen Zins zu vermieten?"

„Voilà, Monsieur! Ich sehe, wir verstehen uns."

„Jetzt ist mir auch klar, warum Sie mit dieser Angelegenheit nicht den Collega Badenthal betrauen können. Da bekannt ist, dass Sie sein Mandant sind, würden seine Erkundigungen zu früh enthüllen, wer hinter dem Kaufangebot steht, was dem Unternehmen wohl hinderlich wäre; schließlich ist bekannt, dass die savoyischen Handelsleute über die größten Vermögen in der Stadt verfügen."

Wieder erhellt sich der Gesichtsausdruck des Gastgebers auf ähnliche Weise wie zuvor.

„Der Herr Advocatus hat seine Hausaufgaben gut gemacht. Sieht er sich im Lichte des Gesagten nun in der Lage, diesen delikaten Auftrag zu übernehmen?"

„Es wird mir eine Ehre und ein Vergnügen sein! Darf ich den Herrn Niederlagsdeputationsadjunktus noch fragen, um welche Häuser es sich *in concreto* handelt?"

„Es handelt sich um das Popowitzische Haus in der Rotgasse und die beiden daran angrenzenden."

Bei der Nennung des Gassennamens fällt Leopold mit einem Schlag ein, wo er Herrn Décret schon einmal gesehen hat. An jenem Herbstmorgen anno 1757, an dem ihn Mitzi Engel im Hauseingang geküsst hat. Hoffentlich ist sein Gedächtnis nicht so genau wie seine Geschäftsgebarung, denkt Leopold und fährt fort: „Legte man diese drei Häuser zusammen, würden Sie wohl über ausreichend Platz für Geschäft und Familie verfügen." Hier hat Leopold endlich den Punkt gefunden, an dem er versuchen kann, das Gespräch aufs Private und somit auf die junge Frau im Vorzimmer zu lenken. „Darf man übrigens erfahren, mit wie vielen Kindern der Herrgott Sie gesegnet hat?"

„Dreizehn haben das Licht der Welt erblickt, wovon acht das stolze Vaterherz noch immer erfreuen."

„Respekt, mein Herr! Damit ist Ihre Kinderschar fast so zahlreich wie die des Kaiserpaares. Da glaub ich gerne, dass sie Platz brauchen für die große Familie."

In diesem Moment klopft es an der Tür und der Vermittler dieses Gesprächs tritt ein.

„Ich wünsche den Herren einen guten Abend", sagt Joseph von Salliet und drückt seinem Schwager die Hand.

„Sei mir gegrüßt, werter Freund. Darf ich dir den Herrn Hof- und Gerichtsadvokaten Doktor Paur *in persona* vorstellen."

„Ich freue mich, Ihre Bekanntschaft zu machen, nachdem ich schon einiges über Sie gehört habe. Mein Name ist Joseph von Salliet, Kaufmann aus dem schönen Savoyen gebürtig. Ich bin ein Geschäftspartner und zugleich Schwager Ihres Gastgebers. Wie ich an den Zügen meines Freundes Ludwig sehe, sind Sie handelseins geworden. Das freut mich sehr!"

„Die Freude ist auf meiner Seite. Ihnen verdanke ich also die Ehre, hierher eingeladen worden zu sein?"

„Ja, die Vermittlung dieser Bekanntschaft buche ich auf mein Konto. Wie es scheint, dürfte sich bestätigt haben, was man mir über Ihre berufliche Expertise gemeldet hat. Da ich Ihnen nun Aug in Aug gegenüberstehe, würde ich jedoch noch gern ein bissl was Privates über Sie erfahren. Erzählen Sie uns doch ein wenig mehr über sich, Herr Doktor."

„Mein lieber Joseph, nun da ich Doktor Paur erklärt habe, worum es bei seiner Tätigkeit gehen soll, wollen wir ihn nicht länger aufhalten. Schließlich hat er einen langen Arbeitstag im Amt hinter sich. Die Einzelheiten, auch betreffend das Honorar, können leicht bei einer nächsten Zusammenkunft besprochen werden."

„Jetzt sei doch endlich einmal auch ein wenig gemütlich, lieber Ludwig."

Herr von Salliet will eben eine Frage an Leopold richten, als nach kurzem Klopfen die junge Frau, die Leopolds Gedanken seit seiner Ankunft hier beschäftigt, den Kopf zur Tür hereinstreckt: „Das Essen wird in einer halben Stunde aufgetragen. Die Mama lässt fragen, ob die Herren zum Abendessen bleiben."

Ohne die Einladung seines Schwagers abzuwarten, antwortet Herr von Salliet, dass er gern zum Nachtmahl bleibe, und fügt hinzu: „Liebe Katharina, hab ich dir schon gesagt, dass du jeden Tag noch hübscher wirst."

Über ihre Wangen fliegt eine zarte Röte.

„Das sagst du jedes Mal, wenn du uns besuchst."

„Dann wird's wohl stimmen."

Leopold verfolgt jede Geste, jede Miene der jungen Frau. Er ist angetan von ihrer Anmut, die frei von Affektiertheit scheint. Selbstbewusst ist ihr Auftreten, gleichzeitig zeugen die Bewegungen ihres Gesichts und ihres Körpers von einer wundervollen Natürlichkeit. Nur zu gerne bliebe er in ihrer Nähe, doch fühlt er den Unwillen des Hausherrn. Daher verneigt er sich dankend gegen Herrn Décret und gibt seinem Bedauern darüber Ausdruck, dass es ihm nicht möglich sei, sich der Abendgesellschaft anzuschließen.

Nachdem die junge Frau die Tür hinter sich zugezogen hat, stellt Herr von Salliet mit Kennerblick kategorisch fest: „So ein sauberes Frauenzimmer, die Kathi!"

„Ja, sie macht uns große Freude."

Mehr lässt sich der schweigsame Herr Décret nicht entlocken. Herr von Salliet ist hingegen erpicht, weitere Einzelheiten über Leopold in Erfahrung zu bringen.

„Wie steht es denn mit Ihnen, Herr Advokat? Haben Sie Weib und Kind?"

„Ich bin ledig. Leider, wie ich sagen muss. Erst das lange Studium, dann die Laufbahn beim Hofkriegsrat. Doch seit Kurzem habe ich eine schöne Wohnung in der Salvatorgasse, dazu einen sicheren Verdienst ..."

„Sie logieren in der Salvatorgasse? In welchem Hause denn?", will Herr von Salliet wissen.

„Beim großen Christopherus, im Haus der Witwe Muffat." Leopold betont das T am Ende des Namens.

„Handelt es sich dabei um eine Angehörige aus dem Geschlecht der Grafen Muffat?" Der Hoflieferant spricht den Namen französisch aus.

„Ich glaube nicht, Herr von Salliet. Der verewigte Herr Gemahl der Muffatin war, soweit ich weiß, ein Hofmusikus."

„Dann sprechen wir wohl von Joseph Muffat, Hofscholar an der hiesigen Hofkapelle. „Im Übrigen habe auch ich eine nicht geringe Affinität zur Musik ...", fährt Herr von Salliet fort.

„Jetzt kommt wieder seine alte Geschichte von der Hochzeit dieses Gluck", murmelt der Inhaber des Kontors halblaut vor sich hin.

„Anno '50 hatte ich die Ehre, einer der Trauzeugen bei der Vermählung des großen Kompositeurs Christoph Willibald von Gluck, Ritter des Ordens *Zum Goldenen Sporn,* zu sein. Kennen Sie, Herr Doktor, einige der Singspiele des Herrn von Gluck?"

„Nun, äh, nein, ich ... gestehen ... Bisher keine Zeit, weder Theater ... Singspiel ..." Um Himmels willen, Leopold, reiß dich zusammen, denkt der Hofadvokat angesichts der hier und jetzt besonders unpassenden Wiederkehr seines alten Sprachproblems bei großer Aufregung.

„Also seine Oper ‚Orpheus und Eurydike' sollte man gesehen haben, ebenso natürlich den ‚Don Juan'."

„Um ... offen ... sprechen, mit ... Worten, also kurz gesagt: Ich mache mir nicht viel aus Musik und Theater, Oper und Konzert", antwortet Leopold, der kurzerhand beschlossen hat, sich nicht auf ein Terrain vorzuwagen, von dem er keine Ahnung hat. „Ich halte den Besuch von Bühnen jeder Art für Zeit- und Geldverschwendung. Wenn ich abends Muße habe, lese ich lieber die gelehrten Nachrichten in den Zeitungen oder ein Buch, aus dem ich etwas für das richtige Leben lernen kann."

Herr von Salliet zuckt bei diesen Worten schmerzhaft zusammen, der Gesichtsausdruck seines Schwagers hingegen hellt sich ein wenig auf: „Recht gesprochen, verehrter Herr Paur! Ich bin derselben Ansicht."

Diese Reaktion hat Leopold erwartet.

„Ein Steckenpferd reite ich aber doch", fährt Leopold ein wenig kokettierend fort.

„Und das wäre?", fragt Joseph von Salliet, der nicht glauben will, dass der von ihm hier eingeführte Jurist ein solcher Langweiler ist.

„Die Baukunst beschäftigt mich sehr. Sowohl theoretisch als auch *in praxi* ..."

„Hört, hört!", lässt sich Ludwig Décret vernehmen. „Wollen Sie uns dieses für einen Juristen doch ein wenig ungewöhnliche Plaisir ein wenig genauer erläutern?"

„Mit Freude! Jedoch möchte ich die Zeit der Herren nicht über Gebühr in Anspruch nehmen und ihre Aufmerksamkeit nicht allzu sehr strapazieren ..."

„Unfug, werter Herr Rechtsgelehrter! Fahren Sie fort. Bis zum Abendessen ist's noch eine gute Viertelstunde", meint der Hausherr.

„Nun, in aller Kürze, wenn's gestattet ist: Ich schaue mir gern Häuser an, alte und neue, hohe und niedrige ... Mich interessiert auch ihre Geschichte und die ihrer Bewohner. Manchmal komme ich von Amts wegen ja in verschiedene Behausungen; wenn es bei einer Verlassenschaft zum Beispiel eine Krida gibt und Hausrat und Möbel versteigert werden müssen. Zunächst betrachte ich mir die Grundrisse, die Anzahl und Lage der Zimmer, der Fenster und Kamine. Dann frage ich mich manchmal, wer in diesen Zimmern schon aller gewohnt hat, wie dort gelebt wurde … Es kann aber auch geschehen, dass ich bei meinen Wegen durch die Stadt ein offenes Haustor finde, dann gehe ich gern hinein und sehe mich in den Höfen um. Nicht aus stupider Neugier allerdings, sondern aus dem Bestreben, herauszufinden, wie man ein Gebäude am besten anlegt, um die Parteien, die dort wohnen, zufriedenzustellen. Welche Vor- und Nachteile haben Treppen im Freien mit außenliegenden Kommunikationsgängen, welche innenliegende Stiegenhäuser …"

„So viel zur Praxis. Was aber fesselt Sie an der Theorie der Baukunst?"

Leopold meint jetzt im Blick seines Gegenübers etwas Prüfendes, fast Lauerndes wahrzunehmen. Ein wenig verunsichert fährt er fort: „Das mag ein wenig sonderbar anmuten. Aber ich beschäftige mich seit einiger Zeit mit der Frage, wie man wohl eine Stadt errichten würde, wenn man ganz von vorn beginnen könnte, die ideale Stadt gleichsam …"

Die Lippen des Herrn Décret werden schmal, seine Brauen ziehen sich zusammen.

„Sagen Sie, Herr Doktor Paur, sind Sie am Ende gar Mitglied in einer von diesen Freimaurergesellschaften, von denen man jetzt immer öfter hört und liest?"

Leopold ist unsicher. Von solchen Vereinigungen hat er keine Ahnung. Wieder entschließt er sich zur ehrlichen Flucht nach vorn.

„Solche Gesellschaften sind mir gänzlich unbekannt, Herr Décret."

„Dann ist's recht. Von diesen geheimen Bünden gehen ketzerische und umstürzlerische Gedanken aus."

Neuerlich klopft es an der Tür. Diesmal ist es eine Dienstmagd, die meldet, dass das Abendessen nun aufgetragen sei. Die Herren erheben sich.

„Nun, Herr Advocatus. Ich darf Sie also ersuchen, sich die nötigen Einzelheiten der infrage stehenden Liegenschaften anzusehen. Sobald Ihnen diesbezüglich Fakten vorliegen, lassen Sie es mich wissen, sodass wir dann über Ihre Entlohnung sprechen und die nächsten Schritte planen können."

„Ich werde mir erlauben, Ihnen ehebaldigst Nachricht zukommen zu lassen, Herr Décret."

„Gut, gut, Herr Doktor."

„Herr Décret, Herr von Salliet, ich darf mich empfehlen."

1. Mai 1769

Der Antrag

Im Prater blüht bereits der Flieder. Die ersten Strahlen der Morgensonne entzünden die Kerzen der Kastanien, die vom beginnenden Frühling künden. Der Duft der Büsche und Bäume vermischt sich zu dieser frühen Stunde mit jenem der noch taunassen Wiesen. Leopold ist mit der Familie Décret zu einem Ausflug in das ehemalige kaiserliche Jagdrevier verabredet. Möglich geworden sind solche Vergnügungsfahrten, seit der Kaiser das Gelände zwischen dem Fugbach und dem großen Donauarm vor drei Jahren für alle Wiener freigegeben hat. Innerhalb kurzer Zeit haben es sich die Einwohner der Hauptstadt zur Gewohnheit gemacht – je nach Stand und Gehalt –, in den Prater zu spazieren, zu reiten oder zu fahren. Befördert werden diese Ausflüge ins Grüne durch die Erteilung der Erlaubnis zur Eröffnung von Wirts- und Kaffeehäusern. Seither sind vor allem beidseits der Hauptallee zahlreiche Restaurationslokale entstanden. Dort können die Wiener ihren durch allerlei Amusements in der frischen Auluft angeregten Hunger und Durst stillen, ehe sie sich vor dem Heimweg noch einen türkischen Kaffee und ein Dessert gönnen.

Durch die Erschließung des Praters kann sich das private Publikum nun auch an den Wettrennen der Laufer, die werktags – in den Wappenfarben ihrer Herrschaft gekleidet – vor den Kutschen einherlaufen, um den Weg freizumachen (und das Ansehen ihrer

Herren zu steigern), delektieren. Unter der Regentschaft Kaiser Karls VI. erstmals eingeführt, finden diese Bewerbe stets am ersten Tag des Monats Mai statt. In diesem Jahr sind über sechzig Laufer zum Rennen angemeldet worden. Die Strecke führt vom Beginn der Hauptallee bis zum Lusthaus und wieder zurück und wird von den Schnellsten in etwa einer Dreiviertelstunde zurückgelegt. Die Prämie für den Sieger beträgt achtzig Gulden, der Zweite erhält sechzig und der Dritte vierzig Gulden, die der Tradition entsprechend für wohltätige Zwecke gespendet werden. Der Favorit dieses Jahres ist naturgemäß der Gewinner des Vorjahres, Wenzel Bull, einer der beiden Laufer der Gräfin Pálffy. Ein kräftiger Kerl mit buschigen Augenbrauen und niederer Stirn.

Jetzt, kurz vor dem Start des Rennens, scheint die halbe Stadt auf den Beinen und am Beginn der Hauptallee versammelt zu sein. Als Treffpunkt hat Herr Décret die etwas abseits gelegene Kapelle mit der berühmten, aus dem Besitz eines herrschaftlichen Laufers stammenden Kopie des Gnadenbilds der weinenden Madonna von Pötsch vorgeschlagen. Leopold ist schon um fünf Uhr morgens aufgestanden, hat Toilette gemacht und ist dann zu Fuß, den Donauarm über die Schlagbrücke querend, in den Prater aufgebrochen. Er ist froh, dass er sich früh genug auf den Weg gemacht hat, denn er will rechtzeitig an Ort und Stelle sein, damit Herr Décret, der mit seiner Familie im eigenen Coupé und erst nach der Preisverleihung anreisen wird, nicht auf ihn warten muss. Außerdem fasziniert Leopold der dem Rennen eigene Rummel zu sehr, als dass er sich – Noblesse hin oder her – die knisternde Atmosphäre, die allen Wettkämpfen anhaftet und die er seit dem ersten Besuch des Hetztheaters in seiner Studentenzeit lieben gelernt hat, entgehen lassen würde.

Am Fuß der hölzernen Tribüne, auf deren oberster Reihe Leopold noch einen Platz gefunden hat, sind die Teilnehmer des heutigen Wettlaufs schon versammelt. Den Vorjahressieger erkennt man leicht an seiner Körpergröße und am Blau und Gold seiner Livree. Als weitere Favoriten gelten die beiden Laufer des Grafen Kinsky; sie tragen die Wappenfarben Rot und Silber. Die acht Teilnehmer des Hofes sind dank ihrer Anzahl und der markanten gelb-schwarzen Anzüge nicht zu übersehen. Im Publikum wird heftig über die Vorzüge der einzelnen Männer und deren Siegeschancen debattiert, da und dort werden Wetten abgeschlossen, man stärkt sich an Krapfen und Wein – kurz: Es herrscht Volksfeststimmung. Fanfaren werden geblasen, Trommeln gerührt und ein Ausrufer nennt die Namen der Wettläufer und deren Herrschaften, was je nach beider Beliebtheitsgrad von mehr oder weniger lautem Beifall und Bravo-Rufen begleitet wird.

In Erwartung des Startsignals tritt eine kurze Stille ein, in der das Publikum den Atem anzuhalten scheint. Als die Pistole abgefeuert wird, zuckt die Menge zusammen. Die Laufer beginnen zu rennen, ein bunter Schwarm aus fliegenden Beinen. Ihm folgen einzelne Lehrbuben, die Gelegenheit zur Selbstdarstellung vor der versammelten Schar der kichernden Stubenmädchen und Dienstmägde nutzend. Auch einige elegante Herren zu Pferd begleiten – im Übrigen ähnlichem Geltungsdrang folgend – den Pulk der Teilnehmer, bald vor diesen hertrabend, bald hinter sie zurückfallend. Dem Fortgang des Rennens entsprechend breitet sich eine Welle der Begeisterung aus, die an den Bäumen der Allee entlangbrandet, weiter wogt bis zum Rondeau, wo sie sich am Lusthaus, einem Leuchtturm auf der Mole, gleich bricht und kehrtmacht. Die Schuster- und Schneiderlehrlinge bleiben bald zurück und verschmelzen, nach Atem ringend, mit den Reihen der Zuschauer, aus denen sich Paare und kleine Gruppen lösen und in die Wiesen und Auen der Umgebung abperlen. Am Ende des Feldes zieht ein schmächtiger Teilnehmer, er trägt die Farben Rot und Grün, die ihn als Bedienten des Hauses Auersperg ausweisen, auf seinem Weg zum Wendepunkt der Strecke den Spott der noch versammelten Zuschauer auf sich. Als Letzter umrundet der blond gelockte Jüngling das Salettl, doch auf der zweiten Hälfte des Weges will es scheinen, als hätten ihm die Schmähungen, denen er zunächst ausgesetzt gewesen ist, ungeahnte Kräfte verliehen. Nach und nach gewinnt er Anschluss an das Feld der Konkurrenten, überholt einen nach dem anderen und arbeitet sich langsam, aber unaufhaltsam nach vorne. Die Zuschauer, die zu diesem Zeitpunkt noch die Allee säumen, beginnen jetzt, den Burschen, den sie zuvor verlacht haben, anzuspornen. Ja, die Gunst der Wiener liebt es, sich von den Verlierern auf die Seite der Gewinner zu verlagern, wenn es angelegen scheint. Durch den neu aufbrandenden Jubel angelockt, werden auch die in der Umgebung schon lustwandelnden Pärchen und Grüppchen wieder angezogen. Ein Name fliegt neben seinem Träger jetzt von Mund zu Mund und dem Ziel in der Jägerzeile zu: Johann Dietl. „Hopp auf, Hansi! Gemma, gemma, Dietl! Vivat Auersperg!", schallt es durch den Prater. Eine Viertelmeile vor dem Ziel hat er nur mehr den Wenzel Bull vor sich: Ein Duell zwischen David und Goliath zeichnet sich ab. Ihre Köpfe sind puterrot, der Schweiß rinnt ihnen in Bächen über die Wangen, ihr Atem geht keuchend und stoßweise. Jetzt ist der schmächtige Jüngling schon neben seinem Kontrahenten und will ihn bereits überholen. Da hebt Wenzel den Arm, um Johann am Vorbeilaufen zu hindern. Der duckt sich blitzschnell, sodass der Schlag des Favoriten ins Leere geht. Dieser verliert kurz das Gleichgewicht und gerät, schon völlig entkräftet, ins Wanken. Auf diese Gelegenheit hat Dietl nur gewartet. Er mobilisiert noch einmal alle seine Kräfte, zieht am Vorjahressieger vorbei und rettet sich zwei Schritte vor dem Gegner ins Ziel. Die Menge ist außer sich, man tobt und jubelt: „Bravo, Dietl, bravissimo! Der Johann lebe hoch!" Doch was geschieht da? Im nächsten Augenblick ist der Sieger kreidebleich geworden, kann sich kaum noch auf den Beinen halten, schwankt, will sich abstützen, greift ins Leere, bricht zusammen und stürzt zu Boden. Sofort wird der Gefallene von einer immer dichter an ihn herandrängenden Menschenmasse umringt. Auch Leopold ist aufgesprungen und hinuntergelaufen. Der Körper des Siegers liegt reglos im Staub. Ein dicker Mann im grünen Frack tätschelt seine Wangen. Ein Budenbesitzer will dem Gefallenen Bier einflößen. Doch jeder Versuch, ihn hochzuziehen, ihn wieder auf die Beine zu stellen, scheitert. Als die Umstehenden merken, was hier geschehen ist, weichen sie unwillkürlich zurück, so als hätten sie Angst, dass der Tod, der soeben den Sieger des heutigen Wettrennens niedergemäht hat, noch einmal mit seiner Sense ausholen könnte.

Schließlich fassen sich einige Kollegen des Verstorbenen ein Herz und ihn selbst an Armen und Beinen. Zu viert tragen sie den schlaffen Körper zur Seite und betten ihn unter einen der Kastanienbäume. Der unterlegene Laufer der Gräfin Palffy schließt ihm die Augen, ein anderer deckt den Leichnam mit einem Mantel zu. Kaum ist der Tote, dieser schwarze Punkt im fröhlich farbenfrohen Bild des jungen Frühlingsmorgens, aus dem Gesichtskreis der Menge entfernt, hebt auch schon das allgemeine Volksgemurmel wieder an. Pietät angesichts des Todes ist das eine, die möglichst rasche Verbreitung der Sensation das andere.

Um nach dem unerwarteten Rendezvous mit dem Gevatter Tod nicht zu spät zum vereinbarten Stelldichein mit der Familie seiner Angebeteten zu kommen, schlägt Leopold den Weg zur Kapelle ein. Er erreicht sie gut eine Viertelstunde vor zehn Uhr.

Leopold benetzt seinen Finger mit Weihwasser, bekreuzigt sich und kniet vor dem Bild der Mutter Gottes nieder, wo er für die Seele des verunglückten Laufers betet und um Beistand für das vor ihm liegende Unterfangen bittet. Kaum ist Leopold wieder in die helle Bläue des Vormittags getreten, trifft die Familie Décret ein. Im ersten Wagen sitzen Ludwig Décret mit seiner Frau Maria, sein erstgeborener Sohn Ludwig Franz, seine Töchter Maria Anna und Maria Theresia sowie Katharina – sein Mündel. Die junge Dame, an die Leopold sein Herz verloren hat, ist, wie er bald nach seinem ersten Besuch in der Wohnung des Kaufmanns erfahren hat, die Tochter dessen vor zwei Jahren verstorbenen Bruders Franz, auch er kaiserlich königlicher Niederlagsverwandter. Seit seinem Hinscheiden leben Katharina und ihre Mutter in Ludwigs Wohnung. Im zweiten Wagen, einem gemieteten Fiaker, kommen unter der Obhut von Michael Julius Décret Katharinas Cousins Johannes und Nikolaus gefahren.

Gleich bei der Begrüßung fällt Herrn Décret die ungewöhnliche Blässe in Leopolds Gesicht auf. „Lieber Paur, was ist Ihnen denn? Sie schauen ja aus, als ob Sie krank wären?"

„Ich bitte Euer Wohlgeboren, sich nicht um mich zu sorgen. Es ist alles in der besten Ordnung. Ich komm gerade aus der Kapelle, wo ich ein bissel gebetet hab. Und wie ich dann so aufschaue zur Madonna, hab ich für einen Augenblick den Eindruck gehabt, dass da Tränen in ihren Augen stehen. Das dürfte meine Nerven ein wenig erregt haben. Beim zweiten Blick hab ich aber erkannt, dass ich mich getäuscht haben muss." Leopold will Katharina und ihrer Familie die Geschichte von dem schrecklichen Todesfall des Laufers ersparen und ihnen die gute Laune nicht verderben. Schließlich wäre das seiner heutigen Absicht wohl eher abträglich.

„Ensuite, je suis heureux que ce n'est rien de mauvais", meint Frau Décret. „Si tout va bien, allons-nous nous promener, Louis!" Da seine Gattin trotz der vielen Jahre in Wien die deutsche Sprache nicht gut beherrscht, spricht Herr Décret mit ihr meist Französisch. Ein Umstand, der Leopold immer wieder irritiert, weil er zwar des Lateinischen und Griechischen mächtig ist, aber nie Französisch gelernt hat, weshalb er in solchen Situationen von dem Gefühl befallen wird, dass man etwas vor ihm verheimlichen möchte. Der Vorschlag, durch die Allee zu promenieren, weckt in Leopold die Sorge, dass die morgendlichen Geschehnisse nicht unentdeckt bleiben könnten. Sein zaghafter Widerstand, den er nicht mit handfesten Argumenten untermauern kann, wird rasch gebrochen. Als die Gruppe der Spaziergänger den Weg Richtung Lusthaus einschlägt, sieht Leopold zu seiner Erleichterung aus dem Augenwinkel, dass man den Leichnam des Johann Dietl offenbar schon weggeschafft und auch sonst etwaige Zeichen der Tragödie bereits entfernt hat.

Als ob Katharina seine Gedankengänge ahnen würde, spricht sie, am Arm ihres Cousins gehend,

Leopold auf das heutige Wettrennen an: „Sagen Sie, Herr Doktor, nachdem Sie ja schon einige Zeit vor uns hier herausgekommen sind, haben Sie da nicht noch etwas von dem jährlichen Laufwettbewerb miterlebt?"

Leopold will Katharina trotz seiner Sorge um die gute Feiertagsstimmung nicht anlügen: „Liebes Fräulein Décret, ich habe tatsächlich dem Ende des Rennens beigewohnt. Es war durchaus kurios. Denken Sie sich, ausgerechnet einer der jüngsten Teilnehmer, der noch dazu am Anfang wegen seiner Langsamkeit verspottet worden ist, hat schließlich gewonnen."

„Das ist ja ganz famos. Fast wie in der Heiligen Schrift: Die Letzten werden die Ersten sein!"

„Sie haben recht! Daran hab ich noch gar nicht gedacht."

„Zu welcher Herrschaft gehört denn der Sieger?"

„Es war einer der Auerspergischen Laufer, Fräulein Décret."

„Jetzt nennen Sie mich doch nicht immer Fräulein Décret. Da komm ich mir so alt vor." Katharina lächelt Leopold an und zwinkert ihm zu. „Ich erlaube Ihnen, dass Sie mich mit meinem Vornamen anreden dürfen. Schließlich gehen Sie ja bei uns schon fast ein und aus, seit Sie sich bei Onkel Ludwig in der Sache mit dem Hauskauf beinahe unentbehrlich gemacht haben."

Leopold ist es mit einigem Aufwand gelungen, herauszufinden, dass die derzeitige Besitzerin, Maria Elisabeth Freifrau von Mico, geborene von Popowitsch, keine leiblichen Erben hat. Über einen Kollegen im

Hofkriegsrat hat der Jurist außerdem einen Kontakt zum Medicus der Hausbesitzerin knüpfen können und in Erfahrung gebracht, dass dieser sie wegen wiederkehrender Wassersucht recht häufig zur Ader lassen müsse.

„Es wäre eine große Freude, wenn Sie, lieber Herr Advocatus, es zustande bringen könnten, dass unsere ganze große Familie unter diesem Dach vereint sein könnte."

„Wenn Sie die Freundlichkeit hätten, mich statt ‚lieber Herr Advocatus' einfach Leopold zu nennen, Fräulein Katharina, dann könnt ich mir vorstellen, dass ich meine Anstrengungen in dieser Angelegenheit sogar noch zu erhöhen imstande wäre!" Jetzt ist es an Leopold, Katharina ein wenig verschwörerisch zuzuzwinkern.

Unterdessen hat man ein gutes Stück des Weges in der Allee zurückgelegt. Die Frühlingssonne steht schon hoch und wärmt bereits kräftig. Die Damen haben ihre Schirme aufgespannt. Leopold sehnt sich danach, die Halsbinde ein wenig zu lockern, unterdrückt diesen Wunsch aber angesichts des tadellosen Sitzes derselben von Herrn Décret.

„Il fait déjà assez chaud aujourd'hui, n' est-ce pas?", bemerkt Frau Décret zu ihrem Gatten.

„Oui, ma chére! Tu as raison. Ich schlage vor, dass wir eine kleine Erfrischung zu uns nehmen."

Bis zum *Goldenen Hirschen* ist es nicht mehr weit. Der Wirt findet für die umfangreiche Gästeschar noch Platz an seiner Tafel und wenige Minuten später haben die Schanis kühles Bier und frische Limonaden aufgetragen. Leopold hat es so eingerichtet, dass er gegenüber von Katharina zu sitzen kommt.

Zwei Stunden später sind neun Décrets und ein Paur gesättigt, zahlreiche tiefe Blicke zwischen Leopold und Katharina gewechselt und einzelne flüchtige Berührungen ihrer beiden Fußspitzen ausgetauscht worden. Leopold hat seine Sitznachbarn mit Kindheitserinnerungen aus der *Schola Hornana* und Anekdoten aus der *Alma Mater* unterhalten. Herr Décret verkündet, dass er sich mit seiner Frau Gemahlin im nahe gelegenen *Zweiten Kaffeehaus* heute ausnahmsweise noch einen Türkischen und ein Gefrorenes zu gönnen beabsichtigt. Johannes und Nikolaus erhalten von ihrem Vater die seltene Erlaubnis sich beim Kegelscheiben zu versuchen. Da es Katharina gestattet wird, ihre Cousins zu dieser Belustigung zu begleiten, ergreift Leopold die Gelegenheit beim Schopf und schließt sich der Gruppe der jungen Leute an.

Bei dem nun folgenden Wettkampf – Leopolds zweitem an diesem ersten Frühlingstag – sind es gottlob nur die Kegeln, die liegen bleiben. Katharina feuert den jeweils Unterlegenen eifrig an und echauffiert sich dabei selbst. Die zarte Röte der Wangen steht ihr gut. Leopold kann seinen Blick kaum von ihr wenden. Als sie bemerkt, dass Leopold sie beobachtet, senkt sie zunächst verschämt die Lider. Im nächsten Moment jedoch lächelt sie ihm huldvoll zu. Jetzt ist es Leopold, der rot wird.

Nachdem die Partie beendet ist, laufen die jungen Männer zu den Eltern ins Kaffeehaus voraus. Leopold und Katharina spazieren gemächlich hintendrein. Der schmale Pfad zur Hauptallee ist menschenleer. Endlich sieht Leopold seine Chance gekommen. Er entnimmt seiner Rocktasche das neue Spitzentaschentuch, das er für Katharina vorige Woche bei einem Leinenhändler am Haarmarkt erstanden hat, und reicht ihr das Liebespfand mit den Worten: „Nimm das auf mehr hin."

22. Juli 1770

Die Vermählung

Unter heutigem Datum ist mit obrigkeitlicher Genehmhaltung zwischen dem ehrengeachten wohlgebohrnen Herrn Leopold Paur, der beiden Rechte Doctor, Hof- und Gerichts- auch Hofkriegsrathsadvocatus an einem: dann der tugendsamen und wohlgebohrnen Jungfrau Catharina Décretin, des ehrengeachten Herrn Franz Salius Décret, k. k. Niederlagsverwandter, selig, Catharina uxoris, als Braut andern Theils in Beisein deren hierzu erbetenen Zeugen als auf Seiten des Bräutigams Titl. Herr Augustinus Romani, J.U.D., dann auf der Brautseite Ludwig Décret, k. k. Niederlagsverwandter, nachstehender Heiratsbrief verabredt und beschlossen worden. Und zwar

Erstens wird obbenannter Bräutigam auf sein und seinem Beistande geziemendes Ansuchen und christliches Ehewerben die tugendsame Jungfrau Catharina Décret als eine Braut und künftige Ehewirtin bis auf priesterliche Copulation zugesagt und versprochen. Was nun

Zweitens die zeitlichen Güter belanget, verheiratet die Braut ihrem geliebten Bräutigam an Heiratsgut fünfhundert Gulden. Als

Drittens der Bräutigam dies obbenannte Heiratsgut seiner geliebten Braut mit tausend Gulden in barem Gelde zur Hälfte widerleget. Was

Viertens beide kontrahierende Brautpersonen während künftiger Ehe miteinander durch den reichen Segen Gottes erwirtschaften, ererben, oder sonst durch recht-

mäßige Titel an sich bringen, solle durchgehends ein gleich gemeinschaftliches Gut sein und verbleiben.

Fünftens und schließlich solle beiden Theilen einander durch letztwillige Disposition als Testament, Codicil oder Donation noch weiters zu betreuen frey- und bevorstehen.

Zur Unterzeichnung dieses Ehevertrages hat man sich im *Kleinen Saal* des Rathauses eingefunden. Der Raum mit seinen weiß-marmornen Wänden und dem Fresko an der Stuckdecke ist an diesem heißen Sommertag in milchige Kühle getaucht. Zunächst unterschreibt Leopold, dann seine Braut Katharina, schließlich August Romani, Leopolds Freund und Kollege als Advokat beim Hofkriegsrat, und zuletzt Katharinas Onkel und Vormund. Ludwig Décret ist, trotz aller Zuneigung zu seiner hübschen Nichte, in erster Linie erleichtert, dass er nicht länger für sie und ihre verwitwete Mutter zu sorgen haben wird. Auch Katharinas Gedanken sind an diesem Tag nicht gänzlich frei von materiellen Überlegungen. Erfüllt von der Vorfreude auf ein Leben an der Seite eines Mannes, der zwar weder familiäre Reputation noch nennenswertes Vermögen, jedoch ein gutes Herz und die Aussicht auf eine erfolgreiche berufliche Zukunft besitzt, ist sie vor allem befreit von der Sorge, als alte Jungfer zu enden, die vom Wohl und Wehe des Onkels abhängig ist.

Beruhigt blickt Katharina nach geleisteter Unterschrift daher auf und lächelt ihrem Bräutigam liebevoll zu. Dieser erwidert ihr Lächeln; er liebt Katharina sehr. Zugegebenermaßen hat der Umstand, dass ihm als Draufgabe der Zugang zu einer der wirtschaftlich einflussreichsten Familien Wiens winkt, auch einen gewissen Charme. Ein wenig Kopfzerbrechen bereitet dem nunmehrigen Ehemann und zukünftigen Familienvater allerdings, dass die Verlassenschaft seines vor bereits fast drei Jahren verstorbenen Schwiegervaters noch immer nicht abgewickelt ist, weshalb die vom Vormund vorgestreckte Mitgift entsprechend gering ausgefallen ist. Der Grund für die Verzögerung ist ein formal-bürokratischer und stellt als solcher auf den ersten Blick einen Ausbund an Absurdität dar. Die Causa verzögert sich durch die ungeklärte Frage darüber, welche Behörde für die Abhandlung des Verlassenschaftsaktes des verstorbenen Niederlagsverwandten, so er es zum Zeitpunkt seines Ablebens denn noch war, zuständig ist. Das genau ist nämlich der Punkt, an dem das herrschende Kompetenzgerangel festgemacht wird. Außer Streit gestellt ist mittlerweile, wie Leopold auf Ersuchen Katharinas durch Beziehungen zu und Indiskretionen von involvierten Rechtsexperten in Erfahrung bringen konnte, die Tatsache, dass Katharinas Vater schon bald nach seiner Ankunft in Wien ein Privilegium als Niederlagsverwandter verliehen bekommen hat. Strittig ist hingegen die Frage, ob es ihm erlaubt gewesen ist, dieses Privileg an seinen jüngeren Bruder Ludwig zu verkaufen. Ein solcher Verkauf hatte zwei Jahre vor Franzens Ableben aus einerseits gesundheitlichen und andererseits damit in Verbindung stehenden wirtschaftlichen Überlegungen stattgefunden. Wäre der Verkauf der Handelslizenz statthaft gewesen und damit rechtskräftig erfolgt, wäre deren Verkäufer, also Franz Décret, zum Zeitpunkt seines Todes nicht mehr privilegierter Niederläger, sondern lediglich Privater gewesen. Folglich wäre der Stadtrat der Haupt- und Residenzstadt Wien für die Bearbeitung des Verlassenschaftsaktes zuständig. Im Falle der Erkenntnis der Rechtswidrigkeit des erwähnten Verkaufes läge die Zuständigkeit in Händen der Landesregierung, die damals das Privileg verliehen hatte, mit dem auch die Unterwerfung unter die Jurisdiktion durch ebendiese Behörde verbunden war und noch immer ist. Als Leopold Katharina die Sachlage erklärte, sah sie ihn ungläubig an: „Und um solche Kleinigkeiten streiten sich die hohen Herren so lange? Das sind doch Spitzfindigkeiten, bei denen es um nichts geht außer ums Rechthabenwollen!"

„Ganz so einfach ist es nicht", entgegnete Leopold. „Wie immer in der Rechtswissenschaft sind an solche Spitzfindigkeiten, wie du sie zu nennen beliebst, auch handfeste Folgen geknüpft. Im gegenständlichen Fall betreffen diese Konsequenzen deine Mutter und deinen Onkel gleichermaßen und könnten sich äußerst nachteilig für einen der beiden auswirken."

„Wie sollte das nun hergehen?"

„Schau, es ist an dem: Sollte der damalige Verkauf des Privilegiums nicht statthaft gewesen sein, fehlte deinem Onkel Ludwig schlichtweg die rechtliche Grundlage für die von ihm in den vergangenen fünf Jahren gemachten Geschäfte. Und was noch schwerer wiegen würde: auch jene für alle in Aussicht genommenen zukünftigen wirtschaftlichen Angelegenheiten. Er müsste also in aller Eile selbst um die Erteilung eines solchen Privilegs einkommen. Und ob ihm ein solches unter den genannten Umständen erteilt würde, ist mehr als ungewiss."

„Oh, jetzt beginne ich zu verstehen ...", sagte Katharina.

„Und daher ist es auch leicht nachvollziehbar", führte Leopold weiter aus, warum beide Seiten darauf erpicht sind, die Entscheidungen der Behörden in genau jene Richtung zu lenken, die den jeweils eigenen Interessen entgegenkommt. Darüber hinaus stehen für die involvierten Behörden nicht nur ihre jeweiligen Amtsautoritäten auf dem Spiel, sondern es geht auch ums liebe Geld. Schließlich gebührt der zuständigen Abhandlungsinstanz das sogenannte *Mortuarium* oder Totenpfandgeld, dessen Höhe sich auf fünf von Hundert des Vermögens des Verstorbenen beläuft und somit im gegenständlichen Fall keine unbedeutende Summe darstellt."

„Konnten dir deine Kollegen beim Stadtrat eine Andeutung machen, wann in dieser Angelegenheit mit einer Entscheidung zu rechnen ist?"

„Man hat mir anvertraut, dass ein von der Wiener Behörde in Auftrag gegebenes Rechtsgutachten bestätigt, dass dein seliger Vater mit dem Verkauf seines Privilegs an seinen Bruder Ludwig alle Rechte eines Niederlägers verwirkt hätte. Dieser Rechtsauffassung hat man erwartungsgemäß seitens der Niederösterreichischen Regierung widersprochen und sich angesichts des hohen infrage stehenden Geldbetrages und der großen juristischen Tragweite dieses Falles an allerhöchste Stelle gewandt, um eine Resolution zu erwirken."

„Willst du damit sagen, dass der Hof mit der Abhandlung der Verlassenschaft meines Vaters befasst worden ist?"

„Ja, es will scheinen, dass unsere Kaiserin und Landesfürstin selbst Kenntnis von der Causa erlangt hat. Mehr noch: Sie soll von der Landesregierung bereits alleruntertänigst daran erinnert worden sein, im Sinne der Erben und Gläubiger ehebaldigst eine Entscheidung zu fällen. Ein diesbezügliches Schreiben soll erst vorgestern bei Hof eingelangt sein."

Gleichviel, denkt Leopold, der nach diesem kurzen gedanklichen Ausritt wieder zurückfindet in das Hier und Jetzt. Er ist trotz oder besser gerade wegen dieser vordergründig behördlich-formalen Auseinandersetzungen entschlossen, seinen gesamten Fleiß und Ehrgeiz darauf zu verwenden, seinem nunmehrigen Eheweib und den gemeinsamen Kindern, so Gott ihnen welche schenken wird, ein standesgemäßes Leben zu bieten und seinen Namen außerdem mit Ruhm und Ehre zu bedecken.

Als Leopold wenig später mit Katharina am Arm an der Spitze der kleinen Gesellschaft auf die Straße tritt, steht dort die Hitze des frühen Nachmittages wie eine gläserne Wand – ein gleißender Block geronnenen Lichtes. Leopold atmet tief ein ...

Am 31. Juli findet nach dreimaliger, im Anschluss an das sonntägliche Hochamt erfolgter Ankündigung die Trauung von Leopold und Katharina statt. Bei noch immer strahlendem Hochsommerwetter versammeln sich die Brautleute und ihre Angehörigen an diesem Samstagvormittag zu Sankt Stephan. Hochwürden Fastinger nimmt die kirchliche Kopulation und Segnung des Hochzeitspaares vor.

Katharina trägt ein schwarzes Festtagskleid, zu dem der weiße Brautschleier einen bemerkenswerten Kontrast bildet. Hinter dem feinen Gespinst schimmern Katharinas wasserhelle Augen und glühen ihre hohen Wangen. Eine dunkle Strähne fällt ihr ins Gesicht. Wunderschön ist meine Ehegemahlin, denkt Leopold.

Als er Katharina den Ring an den Finger steckt, bemerkt er die Feuchtigkeit, die sich in ihren Augen sammelt. Eine warme Welle der Glückseligkeit wogt durch seinen Körper. Ich bin am Ziel meines Strebens angelangt, glücklicher kann kein Mensch auf Gottes weiter Welt sein, denkt er.

20. Juli 1772

Die Geburt

"Mon Dieu, ich glaub, es geht los!" Katharina, die an diesem Dienstagabend soeben mithilfe ihrer Dienstmagd das Abendessen zubereitet, geht in die Knie und stützt eine Hand in die Hüfte. Die Fenster zum Hof stehen offen, der leichte Abendwind weht vom nahen Stephansplatz den für Wien so typischen süßlich-herben Duft in die Paurische Wohnung. "Ich glaube, die Fruchtblase ist gerade gesprungen. Paula, hol mir die Mama und dann lauf zur Hebamme Trimellin und sag ihr, dass sie hier gebraucht wird."

Leopold hat vor Kurzem einen neuen Fall – die Verlassenschaft der seligen Greißlerin Rosalia Miemlin – übernommen. Heute hat er zu Hause an diesem Akt gearbeitet. Auf den Ruf Katharinas hin eilt er in die Küche und sieht sich plötzlich seiner immer heftiger atmenden und alle paar Minuten aufstöhnenden Frau allein gegenüber. Er fühlt sich ziemlich hilflos. Soll er sie auf einen Sessel setzen, sie stützen und in die Schlafkammer geleiten, ihr ein Glas Wasser geben oder einen Schluck Wein, ihr gut zureden oder besser schweigen? Katharina bemerkt trotz der Wehen die Ratlosigkeit in der Miene ihres Mannes, der nervös in der Küche auf und ab läuft. "Hör zu, Leopold. Auf diese Weise bist du mir gar keine Hilfe. Ich nehme jetzt die Töpfe vom Feuer und stelle Wasser zu. Dann geh ich in die Kammer und lege mich ins Bett. Du isst dein Nachtmahl und kehrst dann am besten in dein

Schreibzimmer zurück, dort bist du uns wenigstens nicht im Weg. Denn helfen kannst du mir eh nicht."

Die Schwiegermutter tritt ein, erkennt mit dem geübten Blick einer Frau, in deren Schoß acht Kinder gereift sind, den Stand der Dinge, reicht ihrer Tochter den Arm und begleitet sie in die Kammer. „Viens, ma petite. C' est maintenant qu'il fait être courageuse!"

Eine Zeit lang ist es still in der Wohnung. Leopold hat sich wieder an seinen Schreibtisch gesetzt und fährt mit der Aufstellung seiner Depensen für die Abwicklung der Verlassenschaft fort.

„Mamaaah!" Was als Anrede an die Mutter gedacht war, wird zu einem minutenlangen Schrei, der Leopold zusammenzucken lässt. Auf der penibel ausgeführten Kostenabrechnung hat die erste Eröffnungswehe Katharinas als bizarr geformter Tintenklecks ihren Niederschlag gefunden. Leopold springt auf, läuft einem Reflex folgend in Richtung Schlafkammer, besinnt sich auf halbem Weg eines Besseren und eilt zur Wohnungstür. Schon ist er im Stiegenhaus. In diesem Augenblick tritt die Dienstmagd in Begleitung der Hebamme ins Hinterhaus des Neustädter Hofes, in dem die Paurischen wohnen. Man begegnet einander am Treppenabsatz des ersten Stocks. „Gott sei Dank, dass Sie da sind, Frau Trimell!", ruft Leopold verzweifelt. „Meine Frau schreit, als ob sie abgestochen würde. Ich bitt Sie, helfen S' ihr!"

„Beruhigen S' Ihna, Euer Gnaden. Das mach ma scho", antwortet die erfahrene Geburtshelferin, die Leopold schon aufgrund ihrer gutmütigen Rundlichkeit Vertrauen einflößt. „Is es das erste Butzerl?"

„Ja, das erste Kind! Rasch!"

„Na, dann hamma keine Eile. Das wird bis morgen Früh dauern, Herr Doktor. Gut, dass i ma was zum Essen ein'packt hab."

Der in diesem Moment einsetzende Schrei Katharinas hallt im Stiegenhaus grauenvoll nach – Leopold hat in seiner Hast vergessen, die Wohnungstür zu schließen.

„Ja, die feinen Damen schrei'n imma am lautesten", konstatiert die Trimellin mit leicht schief gelegtem Kopf und einem breiten Grinsen, das unter anderen Umständen als Beleidigung gegolten hätte. Frauen ihres Standes können sich solche Seitenhiebe auf die bessere Gesellschaft schon deshalb leisten, weil ihnen ihre Kundinnen in ihrer Not und Verzweiflung ausgeliefert sind und ihnen alles nachsehen würden, nur um Linderung und Beistand zu erfahren. Die Ehemänner sowieso.

Wenige Augenblicke später steht die Hebamme der Kreißenden gegenüber, deren Leib sich jetzt in regelmäßig wiederkehrenden Schmerzen aufbäumt und deren Finger sich dabei in die zerwühlten Leintücher krallen. Angesichts der ungesund grauen Hautfarbe Katharinas verliert die Wehemutter kurz die ihr sonst eigene Contenance. Doch genügt ein zweiter Blick, um ihr die Ursache für die Blutleere im Gesicht der Gebärenden zu enthüllen.

„Haben Euer Gnaden der jungen Frau vielleicht gar Bibergeiltinktur verabreicht?", fragt sie Katharinas Mutter mit einem Seitenblick auf das halb leere Fläschchen, das auf dem Nachttisch steht.

„Naturellement", antwortet Frau Décret nicht wenig pikiert. „Das hat mir meine Geburtshelferin, die Frau Hochin, weiland zur Linderung der Schmerzen angeraten."

„Da hat sie Euer Gnaden aber eine denkbar schlechte Empfehlung gegeben. Alle Welt weiß, dass hitzige Arzneien die Entzündung fördern und dadurch die Geburt erschweren."

„Was erlaubt Sie sich?!", empört sich die Décretin über die unbotmäßige Anmaßung dieser Frau aus dem gemeinen Volk.

Wieder lässt eine Wehe Katharina schreiend sich erst aufbäumen, dann mit abgewickelten Beinen zurück in die Polster sacken.

„Also, die Sach is ganz einfach, gnädige Frau. Entweder Euer Gnaden lassen mich mei Arbeit machen, wie ich es für richtig find, oder ich bin bei der Tür raus, bevor Euer Gnaden bis drei zählt hab'n."

Katharina blickt flehentlich zu ihrer Mutter. „Maman, ich bitte dich, lass die Frau Hebamme mich zuerst einmal untersuchen."

Die Décretische Witwe blickt ihre Tochter mit einer hochgezogenen Braue an; ein Katharina seit Kindesbeinen an vertrauter Ausdruck im Gesicht ihrer Mutter, der ihre Missbilligung anzeigt.

„Maman, bitte! Es tut so weh."

„Ah, bien. Comme tu veux."

„Sehr gut, Euer Gnaden. Ich seh, Sie sind vernünftig. Dann wer' ma gut z'sammenarbeiten. Und jetzt darf ich die Gnädigste bitten, die Beine abzuwinkeln und die Schenkel zu öffnen. Außerdem brauch ich einen Topf mit heißem Wasser ..."

Nachdem die Hebamme sich die Hände gewaschen hat, beginnt sie die Gebärende zu untersuchen.

„Ich spür schon das Kopferl. Und so wie 's ausschaut, liegt das Kind auch richtig. Jetzt kommt's drauf an, dass Euer Gnaden ordentlich mithelfen. Denn eins ist klar, das Kind muss da durch. Einen anderen Weg gibt es nicht."

In immer kürzeren Abständen kommen jetzt die Wehen, Katharina jedes Mal in die Höhe treibend und gleich darauf zwischen die Polster werfend. Mittlerweile ist es fast Mitternacht und die junge Frau ist knapp davor, das Bewusstsein zu verlieren. Die Leintücher sind besudelt von Fruchtwasser und Blut, die Luft in der Kammer ist geschwängert vom Schweiß der werdenden Mutter und dem der helfenden Hebamme.

„Um Himmels willen, Euer Gnaden, hören S' ma jetzt nur net auf zum Pressen. Und dazwischen tief einatmen. Wenn der Schmerz kommt, net glei die ganze Luft rauslassen, sondern versuchen S', mit geschlossenem Mund die Luft in den Bauch zu atmen. Damit helfen S' dem Butzerl und sich selbst."

Mit kundigen Griffen unterstützt die Trimellin die Austreibungswehen, indem sie mit den Unterarmen Druck vom Brustkorb auf den Bauch der Gebärenden ausübt, dann wieder weitet sie mit Daumen und Zeigefinger den Geburtskanal. Ein

Handgriff, der einen Riss des lockeren Gewebes zwischen Vagina und Anus verhindern soll.

„Ahhhhh! Mon Dieu, es tut so weh!"

„Euer Gnaden haben S' fast geschafft. Eine Schulter ist schon heraußen. Halten S' durch, dann is das Ganze in ein paar Minuten vorbei. Pressen, Euer Gnaden, pressen!"

Bei der nächsten Wehe folgt der Schulter der dazugehörige Arm, dann der zweite Arm und schließlich der halbe Oberkörper. Die Trimellin, die mittlerweile im Bett und zwischen den Schenkeln der Gebärenden sitzt, ergreift die beiden Hände des Kindes mit geübter Hand und zieht es ganz heraus. Im nächsten Augenblick fasst sie das glitschige Bündel an den Beinen und hält es in die Luft, auf dass es seinen ersten Schrei tue.

Einen Atemzug lang herrscht Stille, einen zweiten ...

Die Hebamme beutelt den kleinen Körper des Knaben, und da endlich entschließt sich der Stammhalter des Hauses Paur zu einem ersten kräftigen Schrei.

Im nächsten Moment stürmt Leopold in die eheliche Schlafkammer und wird Zeuge der Abnabelung: Die Trimellin hat die Nabelschnur im Abstand von etwa einer Spanne mit zwei Leinenbändchen abgebunden und durchtrennt sie jetzt mit einem Schnitt der Schere, die sie zuvor durch die Kerzenflamme gezogen hat. Es riecht wie beim Hufschmied. Kurz danach quillt zwischen den Schenkeln Katharinas der Mutterkuchen hervor.

„Wie wird Ihr Sohn denn heißen, Euer Gnaden?", fragt die Hebamme Leopold, während sie den Knaben mit feuchten Tüchern reinigt, mehr um den Vater vor dem Umkippen zu bewahren als aus Neugier.

„Antonius soll er heißen, und Jakob, nach seinem Paten", antwortet Leopold, der begeistert mitverfolgt, wie sein Sohn der Mutter an die Brust gelegt wird.

„Des is a gute Idee, Herr Doktor! Der heilige Antonius von Padua is bekanntlich einer der mächtigsten Heiligen überhaupt. Zu ihm bet ich immer, wenn ich was verloren hab oder sonst eine Hilfe brauch! – So, wie's ausschaut, sind Mutter und Kind wohlauf. Ich darf um mein Honorar bitten, Euer Gnaden. Morgen komm ich dann noch amal vorbei und werd nach den beiden schauen ..."

Anderntags erscheint die Trimellin kurz nach sieben Uhr und findet den Säugling friedlich an der Mutterbrust schlummernd. Eine routinemäßige Kontrolle der Wöchnerin zeigt weder entzündete Brüste noch Verletzungen des Dammes, weshalb die Geburtshelferin ihr Einverständnis zur Durchführung der Taufe gibt.

Leopold hat bereits nach Herrn Jakob Mannsperger schicken lassen, der die ehrenvolle Aufgabe des Taufpaten übernehmen wird. In diesem Punkt hat sich Leopold gegen die in der Familie seiner Gattin herrschende Tradition durchgesetzt, wonach stets eines der zahlreichen Mitglieder der Familie Décret – meist gemeinsam mit einem der nicht minder zahl- und einflussreichen Geschäftspartner – die Patenschaft über die Nachkommen übernimmt. Mangels vor Ort verfügbarer und vor allem standesgemäßer eigener Verwandter hat sich Leopold seit Bekanntwerden von Katharinas Schwangerschaft den Kopf darüber zerbrochen, wer diese heikle Aufgabe erfüllen und gleichzeitig die Décretischen von der Qualität des Paurischen Bekanntenkreises überzeugen könnte. Vor etwa drei Monaten hat es der werdende Vater im Rahmen der Versteigerung einer Wohnung eines seiner Mandanten mit dem Hofmarschallamt zu tun bekommen und dort in Herrn Jakob Ignaz Mannsperger, k. k. Niederösterreichischer Regierungs- und Obrist-Hofmarschallamtstaxator, einen ebenso kompetenten wie zuvorkommenden Beamten gefunden. Im Zuge der Zusammenarbeit hat es sich ergeben, dass auch das eine oder andere private Wort gewechselt wurde, wobei Leopold erfahren hat, dass sein Gegenüber neben seiner Stellung als Hofbeamter auch als Assistent der unter dem Schutz des Kaiserpaares stehenden *Englischen Erzbruderschaft der Allerheiligsten Dreifaltigkeit von der Erlösung der gefangenen Christen* fungiert. Herr Mannsperger, von der Tüchtigkeit Paurs angetan, hat schließlich Leopolds Bitte nach Übernahme der Patenschaft für das erstgeborene Kind nach kurzem Zögern umso freudiger entsprochen – und Leopold bei Katharinas Onkel und Brüdern einigen, wenn auch niemals offen gezeigten oder gar ausgesprochenen Respekt verschafft.

Am Abend finden sich Leopold und Katharina mit ihrem Erstgeborenen sowie Herr Mannsperger in Sankt Peter ein. Hochwürden Schnell nimmt die

Taufe des kleinen Antonius vor. Mit dem Vorspruch an die Gläubigen eröffnet der Priester die Tauffeier und wendet sich anschließend an den Paten:

„Quem constituis patronum infanti?"

„Antonius Jacobus", antwortet Herr Mannsperger.

„Antonius Jacobus sollst du heißen. Der heilige Antonius von Padua und der heilige Jacobus sollen deine Namenspatrone sein. Im Leben seien sie dir Vorbild, in jeder Gefahr dein Schutz, und im Tode mögen sie dich aufnehmen und heimgeleiten ins ewige Vaterhaus."

Während Leopold den halblaut und auf Latein gesprochenen Formeln mit nur einem Ohr folgt, lässt er seinen Blick über die lachsfarben gestrichenen Wände des Kirchenvorraumes schweifen, wo er an dem dort angebrachten Wappen des 1638 verstorbenen Philipp Friedrich Breier, Freiherr auf Stubing, Fladnitz und Rebenstein, und General Feldzeugmeister hängen bleibt. Und zwar aus zwei Gründen: Zum einen stammte Karl Oberhammer, sein Banknachbar in der Principistenklasse der *Schola Hornana,* aus Fladnitz, zum anderen wird der von drei schachbrettartigen Feldern gezierte Wappenschild vom kopflosen, aber geharnischten Oberkörper eines Ritters getragen, was ein durchaus bizarres Bild ergibt.

Beim nun folgenden – mittlerweile – dritten Exorzismus beginnt sich Leopold zu fragen, ob denn ein neugeborenes Kind tatsächlich bereits in solchem Maße vom unreinen Geist des Teufels beherrscht sein kann.

„... Dann will ich dich salben mit dem Öle des Heils in Christus Jesus, unserem Herrn, dass du das ewige Leben habest", fährt Hochwürden Schnell fort.

Herr Mannsperger nimmt den Täufling auf den Arm und tritt auf einen Wink des Priesters an das Taufbecken. Dieser übergießt Antons Stirn mit Weihwasser, woraufhin Katharina dem Paten das aus feinstem französischem Leinen gewebte und mit Brüsseler Spitze reichlich besetze Taufkleid reicht, das sich seit Generationen in der Familie befindet.

Bei ihrer Heimkehr werden Leopold und Katharina bereits von Antons Großmutter erwartet, die ihre Tochter und ihren Enkel herzlich umarmt, Leopold aber lediglich eines Seitenblickes würdigt. Die beiden Frauen ziehen sich in die Kammer zurück. Erst nach geraumer Zeit – Anton wird wohl gestillt und dann von Paula gewickelt worden sein – verlässt Katharina Décret das Paurische Schlafzimmer und wallt mit erhobenem Haupt und hohem Busen an Leopold vorbei.

Leopold schleicht sich auf Zehenspitzen ins Zimmer und findet seine Frau mit geröteten Augen auf dem Bett sitzend vor.

„Katharina, mein Augenstern. Was ist dir denn?"

„Ach, Leopold. Maman hat mich ob der Impertinenz, mit der sie von Frau Trimellin behandelt worden ist, gerügt und angedeutet, dass sie davon überzeugt ist, dass der fehlende Respekt der Hebamme Ausdruck der Geringschätzung ihrer Person durch dich sei."

„Das ist ja die Höhe! Bei allem Respekt, meine liebe Kathi, ich hoffe, du hast deiner Mutter klargemacht, dass die Dinge gänzlich anders, ja, geradezu umgekehrt gelagert sind. Merkt sie denn nicht, dass es im Gegenteil sie selbst ist, die mich, wenn vielleicht nicht gar verachtet, so doch zumindest äußerst gering schätzt."

„Ich habe mir die größte Mühe gegeben, dich zu verteidigen, Leopold. Aber Maman ist nach wie vor skeptisch, ob du in der Lage sein wirst, mich und unsere Kinder standesgemäß zu versorgen. Du weißt, seit mein Papa gestorben ist und der herrschende Rechtsstreit die Abhandlung seiner Verlassenschaft verzögert, geht ihr ganzes Sinnen darauf, wie sie eine Verarmung der Familie verhindern kann. Dazu kommt, dass sie eine kranke Frau ist, deren Leberleiden ihr enorm zu schaffen macht. Man kann ihr nicht ernstlich böse sein."

Leopold will zu einer ausführlichen Antwort ansetzen, die seine beruflichen Aussichten darstellen und die Anfeindungen durch seine Schwiegermutter entkräften soll, bemerkt aber, dass Katharina der Ruhe und Schonung bedarf. So begnügt er sich damit, lapidar festzustellen: „Du weißt, ich wünsche deiner Mutter, dass ihr der Herrgott ein langes Leben schenken möge", wissend, dass Katharina vermutlich ebenso bewusst ist wie ihm, dass man in Wien mit diesem fromm anmutenden Wunsch allzu oft dessen Gegenteil meint.

1. Dezember 1773

Die Erweckung

Als Leopold an diesem Dezembermorgen seine Wohnung verlässt und auf die Straße tritt, stockt ihm angesichts des eisigen Nordwinds der Atem. Der Wintersturm hat den in den vergangenen Tagen gefallenen Schnee in die Haustore und Durchhäuser geweht, wo er sich in teils mannshohen Wechten türmt. Die Nacht ist sternenklar gewesen, was die klirrende Kälte noch verstärkt hat. Das Wasser im Waschkrug war in der Früh mit einer Eisschicht überzogen, weshalb Leopolds Morgentoilette kürzer ausgefallen ist als sonst. Umso mehr Aufmerksamkeit hat er heute auf die Rasur verwendet und auch die neue Feiertagsperücke aufgesetzt. Leopold, der seit seinem Namenstag vor gut zwei Wochen aufgrund des Arbeitspensums in der Kanzlei die sonntägliche Messe versäumt hat, hat seiner Ehefrau an diesem Tag geraten, lieber in der warmen Stube zu bleiben. Sie hat seinen Vorschlag gern angenommen, weil sie vor dem nahenden Fest des heiligen Nikolaus noch allerlei im Haushalt zu erledigen hat.

Über der Stadt hängen erneut tiefe Schneewolken, die die Wintersonne kaum zu durchdringen vermag. Wahrscheinlich wird es bald wieder schneien, denkt Leopold und beschleunigt seine Schritte. In den Tuchlauben liegt der Schnee selbst in der Mitte der Straße gut einige Spannen hoch, am Graben kommt man etwas leichter voran. Entgegen seiner Gewohnheit tritt Leopold nicht wie sonst in die Peterskirche ein. Vielmehr lenkt er seine Schritte über den Graben und über den Stock-im-Eisen-Platz, lässt den Dom links liegen und biegt nach rechts in die Kärntner Straße ein. Beim nächsten Hauseck wendet er sich nach links in die Weihburggasse und dann gleich wieder nach rechts in die Rauhensteingasse. In der Kirche des Himmelpfortklosters hofft er die junge, hochgewachsene Frau wiederzusehen, der er unlängst in Begleitung ihrer Magd in dieser Gegend begegnet ist. Zwar liebt Leopold seine Katharina, ist ihr bisher auch immer ein treuer Gatte gewesen, doch beim Anblick dieser Frau hat etwas sein Innerstes erschüttert, das er sich selbst nicht erklären kann. Er spürt nur, dass er dieser Regung auf den Grund gehen muss, will er seine innere Ruhe und sein Gleichgewicht wiederfinden.

Die Kirche ist heute nur schwach besucht. Außer den Nonnen des angrenzenden Klosters haben sich nur wenige Gläubige eingefunden. Leopold ist trotz der Unbilden des Winterwetters gut eine Viertelstunde vor Beginn der Messe eingetroffen; es scheint, dass Ungeduld und Vorfreude seinen Schritt beschleunigt haben. Er beutelt seinen Mantel ab, auf dem sich die vom Sturm aufgewirbelten Schneeflocken verfangen haben, benetzt im Weihwasserbecken seinen Finger, bekreuzigt sich und begibt sich in eine der hinteren Bänke auf der Männerseite. Gleich am Mittelgang nimmt er Platz, denn von dort hofft er, die nach ihm Eintretenden besser sehen zu können.

Ungeduldig dreht Leopold seinen Dreispitz in den Händen. Immer wieder zieht er die goldene Uhr, die er an der Hose trägt, hervor, um festzustellen, wann die Messe beginnen wird. Jedes Mal, wenn eine der zumeist dicht vermummten Gestalten den Mittelgang entlang nach vorn schreitet, hebt Leopold den Blick. Doch in keiner der sich nach links wendenden Frauen erkennt er die Gesuchte wieder. Der Mesner ist mit dem Anzünden der Kerzen fertig, am Eingang zur Sakristei sind bereits die Silhouetten des Pfarrers und des Diakons auszumachen, da fährt ein eisiger Windstoß in das Kirchenschiff, weht einen Schneeschauer in das Innere des Gotteshauses und mit ihm die Ersehnte in Begleitung eines Mannes herein. Sie ist also verheiratet, denkt Leopold. Trotzdem durchdringt ihn eine Welle der Wärme. Mit gesenktem Blick setzt sich die Frau zwei Reihen vor Leopold in eine Bank auf der linken Seite. Obwohl sie die pelzbesetzte Kapuze ihres Mantels nach hinten schlägt, bleibt ihr Gesicht seinen Blicken entzogen. Nur hie und da, wenn sie sich nach vorne neigt oder zur Seite dreht, kann Leopold Einzelheiten ihres Antlitzes und ihrer Gestalt erkennen. Das wenige, das er ausnehmen kann, findet er sehr erfreulich: ein schlanker Hals, kastanienbraunes Haar, dessen Locken unter dem Schleier auf die schmalen Schultern fallen, und eine vornehm aufrechte Haltung.

Da ertönt schon die Glocke und gefolgt vom Diakon zieht ein alter Franziskanerpater in die Kirche ein. Vielmehr schleppt sich der Greis den Gang entlang bis zum Altarraum. Dort kniet er so umständlich nieder, dass Leopold befürchtet, der gebrechliche Geistliche würde aus eigenen Kräften nie wieder auf die Beine kommen. Tatsächlich muss er das Kruzifix des Diakons zur Hilfe nehmen, um sich wieder aufzurichten, steigt aber dann verhältnismäßig behände die Stufen zum Altar empor, wo er eine Verbeugung andeutet, sich bekreuzigt und mit überraschend deutlicher Stimme den Wechselgesang mit dem Diakon beginnt.

Die Abfolge zwischen Niederknien und Verbeugen an beiden Seiten des Altars, zwischen Hinwendung zum Gekreuzigten und zur Gemeinde, halblaut gemurmelten und deutlich gesprochenen Worten in lateinischer und deutscher Sprache will Leopold an diesem Wintermorgen wie die jahrhundertelang einstudierte Choreografie eines Singspiels scheinen.

Jakob ließ sich in dem Land nieder, in dem sich sein Vater als Fremder aufgehalten hatte, in Kanaan ... Israel liebte Joseph unter allen seinen Söhnen am meisten ... Als seine Brüder sahen, dass ihr Vater ihn mehr liebte als alle seine Brüder, hassten sie ihn und konnten mit ihm kein gutes Wort mehr reden. Einst hatte Joseph einen Traum ...

In diesem Augenblick fällt das Gebetbuch seines Nachbarn zu Boden. Die junge Frau, derentwegen Leopold die Messe an diesem für ihn ungewöhnlichen Ort besucht, wendet sich unwillkürlich nach dem Geräusch um, da treffen sich ihr und Leopolds Blick zum ersten Mal. Sie lächelt unbestimmt. Die Regenbogenhaut ihrer Augen changiert zwischen moosgrün und bernsteinfarben und wird von einem dunklen Ring begrenzt. In diesem Moment erkennt Leopold, welche Macht ihn hierhergeführt hat: Es ist die Ähnlichkeit der Unbekannten mit den Zügen seiner Mutter. Auch ihre Augen waren von dieser seltenen Farbe. Auch in ihrem Antlitz war diese Mischung aus Überraschung und Aufmerksamkeit gewesen, wenn er ihr als Bub von seinen Träumen erzählt hat ... seine Träume ... Josephs Träume ...

... Als er ihn seinen Brüdern erzählte, hassten sie ihn noch mehr. Er sagte zu ihnen: Hört, was ich geträumt habe. Wir banden Garben mitten auf dem Feld. Meine Garbe richtete sich auf und blieb auch stehen. Eure Garben umringten sie und neigten sich tief vor meiner Garbe ...

Leopold muss an jenen Sommertag denken, an dem er mit seinen Freunden die Wiesen rund um Altenburg gemäht hat. Sein Stolz auf seine Schulbildung. Die Schande über die Schmähungen. Sein Traum von der Stadt, in der alle Menschen friedlich zusammenleben. Der Ort, an dem kein Platz ist für Eifersucht, weil alle auf ihre Art glücklich sein dürfen. Gleich, ob sie arbeiten oder träumen. Die Stadt im Traum. Ist das ein Zeichen? War es Gottes Wille, dass ich dieser Frau begegnet bin, damit sie mich an meinen Traum erinnert. Es ist Leopold, als konzentrierte sich sein bisheriges und sein zukünftiges Leben in diesem Wort aus der Heiligen Schrift: Traum. Aus dem Mund des Geistlichen wird ihm die Gewissheit geschenkt, dass Träume erlaubt sind, ja, dass sie sogar gottgefällig sein können, wenn man sie nur richtig zu deuten weiß!

In dem Blick der jungen Frau sind in diesen Sekunden zwei Veränderungen eingetreten. Einen Herzschlag lang gewahrt Leopold ein Erschrecken, das wohl ein Spiegel seines eigenen Gesichtsausdruckes ist, dann ist da plötzlich ein Verstehen, ja beinahe so etwas wie eine wortlose Zustimmung und Ermunterung. Hat sie ihm zugenickt? Leopold spürt keine Kälte mehr, eine Welle von Wärme und Wohlbehagen breitet sich in ihm aus. Seit den Tagen seiner frühen Kindheit, als seine Mutter noch lebte, ist er nie mehr so glücklich gewesen wie jetzt.

Der Priester fährt in der Predigt fort. Das magische Wort „Traum" taucht immer wieder auf. Nur mehr mit halbem Ohr vernimmt Leopold die Ausführungen des Zelebranten über die sieben fetten und die sieben mageren Jahre. Immer wieder blickt Leopold hinüber zu der jungen Frau. Sie hält ihr Haupt leicht nach links geneigt. Zwischen ihren Brauen steht eine aufmerksame Falte. Leopolds Verstand beginnt zu arbeiten. Ohne dass er sagen könnte, wie das vor sich geht, wird ihm klar, was zu tun sein wird, um seinen Traum Wirklichkeit werden zu lassen. Er muss das Vertrauen von einflussreichen und vor allem wohlhabenden Klienten gewinnen. Das wird ihm immer neue Mandanten und somit weitere Einnahmen bringen. Auch wird er danach trachten müssen, sich Zutritt zu den Zirkeln der wohlbestallten Bürger und Adeligen zu verschaffen. Um dies zu bewerkstelligen, wird es wiederum erforderlich sein, mehr auf sein äußeres Erscheinungsbild zu achten. Es geht nicht mehr an, dass er nur zwei Röcke besitzt: einen für die Wochentage und einen für den Sonntag. Gleich morgen wird er zum Schneidermeister Hermann gehen und Maß nehmen lassen für ein paar weitere Röcke und einen Frack, nach dem neuesten Schnitt gefertigt, dazu passende Beinkleider und Schnallenschuhe. Außerdem braucht er Stulpenstiefel und zwei bis drei neue Perücken ...

Das Geld dafür wird er sich zunächst leihen müssen. Sobald die Verlassenschaft seines Schwiegervaters abgewickelt sein wird, wird er dieses Darlehen in eine gloriose Zukunft schon zurückzahlen können. Er wird Katharina erklären, dass er zu seinem beruflichen Fortkommen fortan genötigt sein wird, etwas darzustellen. Denn nur, wer sich kleidet und hält wie ein reicher Mann, kann auch einer werden. Und das ist es schließlich, was er, der aufstrebende Doktor beider Rechte, Hof- und Gerichtsadvokat sowie Hofkriegsratsadvokat, vor der Unterzeichnung des Heiratsbriefes Katharinas Onkel in die Hand versprechen hat müssen: das Erbe seines Bruders und das Ansehen seiner Nichte zu vermehren, um sich solcherart beiden würdig zu erweisen.

Die Umsetzung dieses Versprechens voranzutreiben, gelobt Leopold in diesem Moment innerlich zum zweiten Mal. Und mehr noch: Sein Name soll im gesamten christlichen Abendland im selben Atemzug mit jenen von großen Gelehrten und ruhmreichen Entdeckern genannt werden. Noch viele Generationen sollen mit Leopold Paur das Werk eines wahren Wohltäters und eines weitsichtigen Menschenfreundes loben und preisen.

31. Dezember 1773

Der Bibliothekar

Pater Martin Dobrizhoffer blickt aus dem Fenster seiner kleinen Wohnung in der Kurrentgasse. Der eben einsetzende Schneefall beschleunigt den Einbruch der Abenddämmerung. Das Indigo der kurzen blauen Stunde zerrinnt und hinterlässt vom Rest des Tages den Eindruck eines schlecht gefärbten Mantels, der zu oft gewaschen wurde. Das zu Ende gehende alte Jahr macht sich nicht einmal mehr die Mühe der Schönfärberei. Wozu auch? Es ist bereits so fadenscheinig, dass sein Gewebe zerbröselt und zu Staub zerfällt. Auflösung allerorten, denkt der Abbé, es gibt keine Gewissheiten mehr; nichts, woran man sich klammern könnte. Alles, was in seinem Leben Bedeutung besessen hat, verkommt zur vagen Ahnung. Denn zum zweiten Mal innerhalb weniger Jahre hat er seine Heimat verloren. Während ihm anlässlich der Verbannung aus Paraguay lediglich die vertraute Erde unter seinen Füßen abhandengekommen war, bedeutet das Verbot der Gesellschaft Jesu in seinem Vaterland nun den Verlust seines spirituellen und seelischen Zuhauses. Die Gegner der Gesellschaft Jesu hatten am Ende doch obsiegt. Dank immer neuer Gerüchte und Anwürfe war es ihnen gelungen, den einst so hochgeschätzten Orden, die Speerspitze des Katholizismus im Kampf gegen Ketzer aller Couleurs, bei Seiner Heiligkeit in Rom in Misskredit zu bringen. Zu diesem Zweck hatte man sich nicht zuletzt der systematischen und vorsätzlichen Fehlinterpretation der Ordensregeln bedient. So war etwa aus dem Aufruf zur Einigkeit innerhalb der weltweit verstreuten Mitglieder des Ordens gefolgert worden, dass es sich bei ihnen um eine Armee kirchlicher Soldaten handelte. Und dass dieses Heer auf den Befehl des Ordensgenerals in Rom hin jederzeit in Marsch gesetzt werden könnte, um die Herrschaft an sich zu reißen. Politischer Hauptagitator dieser Propaganda war der portugiesische Marquês de Pombal gewesen, der die Jesuiten als Ursupatoren Paraguays und Ausbeuter der Indianer diskreditiert und ihnen Konspiration mit unzufriedenen Adeligen, die man zur Ermordung des Königs angestiftet hätte, vorgeworfen hatte. Schützenhilfe hatten die geistlichen und politischen Gegner der Jesuiten durch atheistische Philosophen wie den Franzosen d'Alembert erhalten, der innerhalb der Gesellschaft einen Geist der Invasion vermutet hatte, der sich lediglich hinter einer Maske der Religion versteckte. Schließlich hatte es der Papst zur Beruhigung der innerhalb der Kirche hochgehenden Wogen vorgezogen, die Diskussionen durch die Entfernung des Zankapfels endgültig zu beenden. So hatte er im vergangenen Juli mittels des Breve *Dominus ac Redemptor* den Orden ohne nennenswerten Widerstand endgültig aufgelöst. Selbst die österreichische Kaiserin, die die Gesellschaft Jesu die längste Zeit unterstützt und gefördert hatte, war dem politischen Einfluss ihres Erstgeborenen zunehmend unterlegen. Joseph II., der es als bisher einziger Monarch gewagt hatte, bewaffnet ins Konklave einzudringen, um die Wahl seines Favoriten zum Papst durchzusetzen, war schon von jeher der Meinung gewesen, dass es neben der weltlichen Macht keinen wie immer gearteten Einfluss anderer Institutionen im Kaiserreich geben dürfe. Demnach war ihm, der nach dem Tod des Kaisers seit einigen Jahren Mitregent seiner Mutter war, das Verbot des Ordens, dem die schulische und universitäre Ausbildung der Untertanen übertragen gewesen war, höchst willkommen gewesen. „Unsere Kaiserin ist müde geworden", seufzt Dobrizhoffer, „morgen wird der Hof wohl zum ersten Mal seit Generationen den Beginn des neuen Jahres nicht in unserer Professkirche feiern."

Nachdem Pater Martin zusammen mit den anderen Überlebenden der Deportation 1768 auf der Fregatte Esmeralda in Cádiz gelandet war, wurde er von den spanischen Behörden wiederholt verhört. Dabei war es ihm gelungen, die Obrigkeit davon zu überzeugen, dass er erstens bei der mutmaßlichen Errichtung des Jesuitenstaates keine tragende Rolle gespielt hatte und zweitens als Sohn eines böhmischen Schneidermeisters aus Friedberg Untertan Maria Theresias sei. So war ihm das Schicksal vieler seiner aus Spanien und Portugal stammenden Ordensbrüder, die Folter und jahrelange Haft ertragen mussten, erspart geblieben. Seiner Reiseroute von vor über dreißig Jahren nun in umgekehrter Richtung folgend, war Dobrizhoffer im Frühling des Jahres 1769 erschöpft und ausgezehrt in Wien angekommen. Sein erster Weg führte ihn in die Ordenskirche am Hof, wo er auf die Knie fiel und dem Herrgott für seine Rückkehr dankte. Anschließend begab er sich ins benachbarte Professhaus und bat um Obdach.

Nicht nur Unterkunft wurde dem Heimkehrer aus der Neuen Welt gewährt, sondern auch fürsorgliche Pflege ließ man ihm angedeihen. Welch Genuss war es nach Jahrzehnten der Entbehrungen wieder in einem richtigen Bett zu schlafen, den Durst jederzeit mit Wasser und Wein löschen und den Hunger mit regelmäßigen warmen Mahlzeiten stillen zu können.

Eines schönen Spätsommertages ließ ihn Georg Maister, der Verwalter des Professhauses, rufen.

„Wie steht es um deine Gesundheit, Bruder Martin?", fragte ihn Pater Georg. „Ich danke Euch. Es geht mir gut. Meine Kräfte sind dank der aufopfernden Pflege meiner Mitbrüder meinem Alter entsprechend wiederhergestellt", antwortete Martin.

„Dann ist es gut, mein lieber Weltreisender. Denn wir bedürfen deiner körperlichen und geistigen Arbeitskraft."

„Es wird mir eine Freude sein, beide unserer Gesellschaft nach deren Gutdünken zur Verfügung zu stellen. An welche Tätigkeit hat man gedacht?"

„Es fehlt der Bibliothek unseres Hauses ein tüchtiger Gehilfe. Bruder Anton Cito ist nicht mehr in der Lage, sein Bibliothekarsamt alleine auszufüllen."

Die wettergegerbte Haut um die dunklen Augen des Paters legte sich in unzählige Fältchen. Man hätte ihm kein schöneres Geschenk machen können.

„Mit Freuden werde ich dem Bruder Bibliothekar zur Seite stehen. Ich danke Euch für die Übertragung dieser verantwortungsvollen Aufgabe."

An den darauffolgenden Tag erinnert sich Pater Martin noch gut und angesichts des grau heraufdämmernden Abends heute besonders gern. Es war der 7. September des Jahres 1769 und somit der Tag, an dem sich seine Taufe zum 51. Mal jährte. Vor Sonnenaufgang begab er sich in die Professkirche und aß nach der Morgenmesse eine Biersuppe zum Frühstück, um sich gestärkt zum Dienst in der Bibliothek zu melden. In froher Erwartung stieg er die Stufen in den ersten Stock hinauf.

Der alte Bibliothekar, ein Bruder von bald siebzig Jahren mit krummem Rücken und kleinen Augen, begrüßte seinen Helfer freudig und führte ihn zunächst in die Register seines Reiches ein. Beim Blättern in den Katalogen verging die Zeit wie im Flug und als die beiden zum ersten Mal von ihren Papieren aufblickten, war es später Vormittag geworden. Pater Cito erklärte seinem Gehilfen, bereits ein wenig ermüdet zu sein, und bat ihn, sich nun ohne ihn zwischen den Regalen und Lesepulten umzusehen. Er selbst bedürfe ein wenig der Ruhe und werde sich dem Jüngeren am Nachmittag wieder widmen können. Daraufhin zog er sich zurück und ließ Pater Martin in seinem nunmehrigen Wirkungskreis allein. Durch die großen Fenster ergoss sich das herbstlich goldene Licht in schrägen Bahnen, in denen Abertausende von Staubpartikeln tanzten wie Miniaturmoskitos. Die

Stille war vollkommen und an seine Nase drang der vertraute Duft, den Pergamente und Papiere nach jahrzehntelanger Lagerung verströmen. Zusammen mit dem aus ledernen Buchrücken und bauchigen Tintenfässern aufsteigenden Geruch erzeugte dies eine Atmosphäre friedvoller Freude.

In den folgenden Stunden wandelte Pater Martin andächtig zwischen engen Regalreihen und verglasten Bücherkästen, gelegentlich staunend innehaltend, da und dort eine der Leitern besteigend, ein besonderes Kleinod in Augenschein nehmend und angesichts der sich vor ihm stapelnden Schätze ständig erfüllt von einem Gefühl der Glückseligkeit. Immer wieder trug er einen der Bände zum Lesetisch, blätterte darin, begann zu lesen und versank für halbe Stunden in den Welten, die sich zwischen den Buchdeckeln auftaten und die ihn in ihre Arme schlossen wie eine liebende Mutter.

Die folgenden Monate hatten zu den glücklichsten seines Lebens gehört. Ein gutes Jahr später verstarb der alte Bibliothekar und ein jüngerer, für seinen Ehrgeiz bekannter Bruder trat seine Nachfolge an. Da Pater Anton Domnig der Meinung war, ohne einen Gehilfen zurechtzukommen und den Leiter des Professhauses von dieser Ansicht zu überzeugen wusste, wurden für Pater Martin andere Aufgaben gefunden. Er erhielt die Verwaltung einer Lehrlingsbruderschaft in der Professhauskirche übertragen und widmete sich der Krankenfürsorge. Darüber hinaus wurde er mit einem Predigeramt in der Theresienkapelle des neu errichteten Flügels der Hofkanzlei in der Fütterergasse betraut, wo er sonn- und feiertags die Kanzel erklomm.

Die Begabung, seine Reden durch farbenfrohe und eindringliche Erzählungen seiner Erlebnisse in der Neuen Welt zu würzen, sprach sich alsbald herum und bescherte Pater Martin einen regen Zustrom von Gläubigen. Seine Beliebtheit bei den Wienern tröstete ihn über den Verlust seiner Stelle in der Bibliothek hinweg und stellte zudem den Schlüssel zu seinem Entrée bei Hof dar.

Allem Anschein nach hatte man in den Vorzimmern der Kaiserin von seiner Begabung zur plastischen Schilderung seiner missionarischen Abenteuer Kenntnis erlangt und war zu der Ansicht gekommen, dass dieser weltläufige Jesuit in der Lage sein könnte, die Stimmung der seit dem Tod ihres geliebten Gemahls zur Melancholie neigenden Monarchin aufzuhellen. Möge dem gewesen sein wie auch immer; im vergangenen Mai erhielt Pater Martin den Auftrag, sich nach Tisch bei Hof einzufinden. Vom Schweizerhof kommend, gelangte er über die Botschafterstiege ins Entréezimmer und weiter in die Trabantenstube, wo er von der Gräfin Daun zunächst der Obrist-Hofmeisterin, der Gräfin von Vasquez, vorgestellt wurde. Diese führte ihn vorbei an den Wachen der kaiserlich königlichen Leibgarde in die Ritterstube. Dort bedeutete man ihm auf das Eintreffen Ihrer Majestät zu warten.

Zwar hatte Pater Martin die Kaiserin einige Male im Zuge der an den hohen Feiertagen stattfindenden Litaneien bei der Mariensäule vor der Professkirche zu

Gesicht bekommen; die Aussicht, Ihrer Majestät in wenigen Minuten nun Angesicht zu Angesicht zu begegnen, machte ihn doch einigermaßen nervös. Nach etwa einer Viertelstunde wurden die weißen Flügeltüren geöffnet und herein trat die Kaiserin, gefolgt von einigen ihrer Hofdamen. Die Monarchin trug ein dunkelgraues Gesellschaftskleid, das am Dekolleté und an den Säumen mit Spitzenbordüren verziert war. Sie lächelte Pater Martin freundlich zu und bat ihn, nachdem er ihr seine Referenz erwiesen hatte, Platz zu nehmen.

Die Gräfin von Vasquez flüsterte Maria Theresia ein paar Worte ins Ohr.

„Ihr seid also jener mutige Mann aus der Gesellschaft Jesu, der sich große Verdienste um die Missionierung der Indianer in Paraguay erworben hat?", fragte die Kaiserin.

„Eure Majestät, ich habe lediglich getan, wozu mich Gott berufen und was unser Orden mir befohlen hat", antwortete Pater Dobrizhoffer bescheiden.

„Ich höre, Ihr habt enorme Gefahren, darunter zahlreiche Angriffe der Wilden und eine Pestepidemie, überstanden?"

„Wohl ist es wahr, dass meine Brüder und ich verschiedentlich dem Tod ins Auge geblickt haben. Auch hatten wir einiges an Entbehrungen zu ertragen. Doch wurden wir von unserem Herrgott auch immer wieder reich beschenkt. Nicht zuletzt durch die Vielfalt seiner Schöpfung, die er uns in diesem Kontinent offenbart wie kaum an einem anderen Ort, und zu deren Pracht Tiere und Pflanzen gehören, die man sich in unseren Breiten kaum vorzustellen vermag. Eure Majestät würden sich an deren Anblick sicherlich ergötzen. Allein, es gibt auch erschreckendes Getier darunter. So sah ich beispielsweise einige Male eine Schlange, welche die Wilden die „große Schlange", die Portugiesen aber „Cobra de Veado" oder „Rehschlange" nennen. Sie ist dicker als ein Mann um seine Brust und größer als alle anderen Wasserschlangen. Ihren portugiesischen Namen erhielt sie wohl darum, weil sie selbst Rehe, die zum Trinken an den Fluss kommen, angreifen und verschlingen kann."

Erschreckt wichen einige der Hofdamen unwillkürlich zurück, was die Kaiserin erheiterte.

„Fahrt ruhig fort, doch erzählt uns lieber von angenehmeren Tieren."

„So will ich Eurer Majestät und den versammelten Hofdamen gerne von den Papageien berichten, die zu beobachten ich Gelegenheit hatte. Die vielen Arten unterscheiden sich voneinander durch die Verschiedenheit ihres Gefieders wie die Regimenter durch die Farben ihrer Uniformen und Rockaufschläge. Die Art, die wohl am talentiertesten bei der Nachahmung der menschlichen Stimme ist, heißt Paracautee. Diese Vögel sind nicht größer als unsere Tauben, ihr Gefieder lässt jedoch kaum eine Farbe des Regenbogens vermissen. Ihr Körper ist bedeckt von grasgrünen Federn, wohingegen der Kopf, der Schwanz und die Flügel gelb, rot und blau gefärbt sind. Ich selbst hielt mir über fünf Jahre ein gezähmtes Exemplar, das den

Namen Don Pedro trug. Dieser Vogel konnte nicht nur einzelne Wörter, sondern ganze Sätze sagen. Und das nicht nur auf Spanisch, sondern auch in der Sprache der Quaranier und der Abiponen. Don Pedro war auch in der Lage, Husten, Lachen und Weinen täuschend echt nachzuahmen. Hatte er Hunger, sagte er mit kläglicher Stimme: „Pobre Don Pedro, armer Herr Peter!"

An dieser Stelle lachte die Gräfin von Perthold herzlich auf. Da sie unter den Hofdamen der Kaiserin, die selbst ein Schmunzeln nur schwer unterdrücken konnte, deren Zuneigung am stärksten genoss, durfte sie sich so etwas gelegentlich erlauben.

Die Kaiserin erkannte, dass man ihr nicht zu viel versprochen hatte, als man die Eloquenz des Jesuitenpaters gelobt hatte.

Solcher Art unterhielt der Abbé die Kaiserin und ihren Hofstaat noch eine Weile. Als es Zeit war für die Kaiserin, sich wieder ihren Regierungsgeschäften zu widmen, reichte sie ihm zum Erstaunen der Anwesenden huldvoll die Hand zum Kuss. Mit einer Reihe tiefer Verbeugungen entfernte sich der Pater rückwärtsgehend in Richtung des Entréezimmers. Dort trat die Gräfin von Perthold nochmals zu ihm: „Sie haben Ihre Sache gut gemacht. Die Kaiserin wird es sich angelegen sein, Sie bei Gelegenheit zu einer Fortsetzung Ihrer Erzählungen wiederkommen zu lassen."

„Ich stehe untertänigst zu Ihrer Majestät Verfügung."

So geschah es, dass dem böhmischen Jesuitenpater beinahe ein Dutzend Mal die Huld zuteilwurde, der

Kaiserin ausführlich von seinen Abenteuern in der Neuen Welt zu erzählen. Da diese Stunden der Muße der Monarchin angenehm waren, wurde ihm in weiterer Folge auch gestattet, an den Appartements, die nachmittags in der zweiten Antikammer abgehalten wurden, teilzunehmen und dabei den engeren Kreis des kaiserlichen Hofstaates zu unterhalten. Bei einer dieser Gelegenheiten – Pater Martin hatte soeben von den Eigenheiten der Sprache der Abiponer Zeugnis gegeben – wandte sich Maria Theresia an ihn: „Ihr solltet ein Wörterbuch dieser seltsamen Sprache herausgeben und darüber hinaus Eure Reiseeindrücke in einem Buch der Nachwelt überliefern. Sie sind es wahrlich wert, nicht verloren zu gehen!"

16. Jänner 1776

Der Träumer

„Was gibt es Neues aus Amerika?", fragt Katharina, die soeben den einenhalbjährigen Maximilian gefüttert und seinen sechs Monate alten Bruder Johann Baptist gestillt hat. Der mittlerweile vierjährige Anton spielt in der Küche. Leopold sitzt im Zimmer und ist in die Lektüre des *Wienerischen Diariums* vertieft.

Er blickt kurz auf, dann liest er vor: *„Solchemnach hält nun dafür, dass nunmehr Quebec, Montreal und ganz Canada in der Gewalt der Rebellen seyn dürften. Noch jüngere Nachrichten von dem Generale Carleton, die erst bey Hofe eingegangen sind, haben eine große Conferenz unter den Ministern veranlasset, und nunmehr sagt man im Publikum, dieser Expresser habe die Bothschaft von der Uibergabe Quebecs mitgebracht, mit diesen Umständen, daß die Amerikaner mit starker Macht vorgerückt und wirklich Anstalten gemacht hätten, die Stadt zu beschießen, worauf der General, um den Ort und die Einwohner zu schonen, es für rathsam erachtet hätte, eine rühmliche Kapitulation einzugehen …"*

„Diese Rebellen sind doch alle Verbrecher, die man aufhängen müsste. Dann wäre dort drüben bald Ruhe und die Autorität des Königs rasch wiederhergestellt", ereifert sich Katharina.

„Nun, dazu dürfte es mittlerweile zu viele von ihnen geben. Denn wie man sieht, sind die über dreißigtausend Mann, die das britische Königshaus bisher zusätzlich nach Übersee verschifft hat, nicht in der Lage, mit den Aufständischen fertigzuwerden. Im Übrigen haben die Amerikaner anfangs lediglich als Gegenleistung für die Steuern, die sie zu zahlen verpflichtet sind, Sitze im britischen Parlament gefordert."

„Dieses Parlament ist der Ursprung allen Übels! Ich habe mich schon immer gefragt, welchen Nutzen der englische König aus dieser Versammlung von Männern teilweise niedrigen Standes zu ziehen vermeint. Dauernd wird dort geredet und debattiert. Und am Ende weiß man weniger als vorher. Was ja auch kein Wunder ist, denn wer könnte weiser sein als der Monarch?"

„Liebe Katharina, du magst dich daran erinnern, dass auch unser Kaiser über eine Reihe von Beratern und Ministern verfügt, auf deren Rat er einiges gibt …"

„Ja, Ratschläge einzelner gescheiter Männer sind aber auch etwas anderes als diese Horde ständig streitender Parlamentsmitglieder, die zugleich Handelsmänner und Bankiers und somit auf ihren eigenen Vorteil bedacht sind."

Wie dein Onkel und dein Bruder, denkt Leopold, verbeißt sich aber diese Bemerkung und versucht auf die Ursprünge des seit einigen Monaten in den Kolonien herrschenden Krieges zu sprechen zu kommen: „Da es in London das Parlament aber nun einmal gibt, ist es doch nur verständlich, dass die Amerikaner ebenso wie die Engländer selbst dort Sitz und Stimme haben wollen."

„Das muss ich dir wohl zugeben. – Das ganze Dilemma hat doch eigentlich mit dem Tee begonnen, nicht?"

Leopold erinnert sich, dass er schon kurz nach seiner Übersiedlung ins Haus der Muffatin erstmals in der Zeitung von der Weigerung der Einwohner Bostons, die Teesteuern an die britische Krone abzuführen, gelesen hat. Einige Jahre später gab es dann erste Meldungen, wonach die Einwohner Neuenglands die Pläne der Ostindischen Kompanie durch ihre Weigerung, für ihren Tee überhaupt Zoll zu bezahlen, durchkreuzt hätten. In weiterer Folge kam es zu einem Schulterschluss aller englischen Kolonien in Amerika, der im darauffolgenden Herbst in der Abhaltung eines sogenannten Kontinentalkongresses gipfelte, auf dem die Einstellung aller Handelsbeziehungen mit England und die Aufstellung eines eigenen Heeres beschlossen wurden. London beantwortete diese Provokation mit der Entsendung von Kriegsschiffen und Truppen. Im Juni dieses Jahres wurde das Wiener Publikum schließlich durch die Wiedergabe von Briefen aus London darüber unterrichtet, dass ein „öffentlicher Krieg zwischen England und den Kolonien" ausgebrochen sei.

„Ja, mit dem Tee hat es begonnen. Daran sieht man wieder einmal, dass selbst kleine Ursachen große Wirkungen haben können, Katharina. Ich wage mir daher kaum vorzustellen, welche Folgen die Veröffentlichung der Pläne zur Gründung meiner Stadt haben könnte ..."

Lange Zeit hat Leopold nach dem Besuch der Messe im Himmelpfortkloster seinen wiedergewonnenen Kindheitstraum entgegen seinem ersten spontanen Impuls, seine Frau einzuweihen, für sich behalten. Zu vage waren seine Vorstellungen, zu unausgegoren seine Pläne gewesen, um sie jemandem mitteilen zu können. Er fürchtete, dass Katharina, die als Tochter eines international tätig gewesenen Kaufmanns über viel Gespür für harte Zahlen, aber wenig Sinn für fantastische Fisimatenten verfügt, ihn ob seiner Träumereien tadeln würde; oder noch schlimmer – auslachen. Daher beschränkte sich Leopold in den folgenden Wochen darauf, sein zerlesenes, in einem Winkel seines Kastens verborgenes Exemplar von Thomas Morus' *Utopia* hervorzuholen und nun beinahe wie ein Evangelium zu studieren. In weiterer Folge verwandte er nicht wenig Zeit und nicht geringe Mittel auf die Beschaffung weiterer Literatur, die sich mit den unterschiedlichen Aspekten von idealen Siedlungen und Formen menschlichen Zusammenlebens beschäftigt. Nach und nach reihte sich an Platons *Politeia* der anonym erschienene *Oberrheinische Revolutionär – Buchli der hundert Capiteln mit vierzig Statuten*, Johann Eberlin von Günzburgs *Eine newe Ordnung weltlich Standts*, Caspar Stiblins *Commentariolus de Eudaemonensium Republica*, Tommaso Campanellas *Civitas solis*, Johann Valentin Andreaes *Christianopolis*, Francis Bacons *Neu-Atlantis*, Samuel Gotts *Nova Solymae Libri Sex*, eine deutsche Übersetzung von Cyrano de Bergeracs *Die Reise zu den Mondstaaten und Sonnenreichen*, der anonym publizierte *Ophirische Staat*, Daniel Dafoes *Robinson Crusoe* und Johann Gottfried Schnabels *Insel Felsenburg*. Abends saß Leopold immer öfter statt über seinen Akten und Eingaben über Atlanten und Exposés. Nachts warf er sich im Bett unruhig von einer Seite auf die andere, fand trotzdem keinen Schlaf, entzündete die Kerze, tappte dann an seinen Schreibtisch und kehrte erst in die Kammer zurück, nachdem er die gesuchte Passage eines Textes gefunden, sie in den Kontext mit seinen eigenen Ideen gesetzt und sich dazu Notizen gemacht hatte. Nun hätte dieses eigentümliche Verhalten, gepaart mit steigenden Ausgaben, selbst einer weniger aufmerksamen Ehefrau nicht lange verborgen bleiben können. Katharina, mit wachem Verstand und schneller Auffassungsgabe gesegnet, bemerkte bald die Veränderungen an ihrem Leopold. Nachdem sie eine Zeit lang anfangs amüsiert, später durch die Höhe der Ausgaben ihres Gatten zunehmend alarmiert, zugesehen hatte, stellte sie ihn zur Rede.

Mit den Worten „Leopold, ich muss mit dir reden!" hat sie, die Hände in die Hüften gestemmt und dank ihrer damaligen zweiten Schwangerschaft den Türrahmen zwischen Küche und Stube ausfüllend, ihrem Mann unmissverständlich klargemacht, dass eine Erklärung fällig war. Zunächst hegte Leopold kurz die Hoffnung, dass Katharina die Rede auf die Einstellung einer neuen Dienstmagd bringen wollte. Paula hatte man nämlich einige Wochen zuvor fortschicken müssen, weil einfach nicht genug Geld übrig geblieben war, um sie weiterhin beschäftigen zu können. Zwar war die Verlassenschaft von Katharinas Vater, nicht zuletzt dank Leopolds Einsatz, endlich im Sinne der Witwe abgewickelt und somit das Erbe an sie ausbezahlt worden, doch hatte sich deren Verhältnis zu Leopold kaum gebessert. Auch wenn sie ihre Tochter gelegentlich finanziell unterstützte, was allerdings unter der strengen Auflage geschah, diese Zuwendungen ausschließlich für Katharinas persönliche Bedürfnisse zu verwenden, so sei ihrer Ansicht nach die Aufbringung der Kosten für die Haushaltsführung die alleinige Aufgabe des Familienoberhaupts.

„Leopold, was ist los mit dir? Meinst du, ich merke nicht, dass du schon seit Wochen zwar körperlich anwesend bist, geistig aber wohl in irgendwelchen anderen Sphären weilst? Ich kenne dich zu gut, um mir darüber Sorgen zu machen, dass du eine Geliebte haben könntest. Trotzdem bemerke ich Veränderungen an dir, die jenen wohl ähnlich sind. Auch würde die Tatsache, dass kaum Geld im Haus ist, zu dieser Vermutung passen."

„Es ist weniger schlimm und zugleich schlimmer, was mit mir geschehen ist, Katharina", erwiderte Leopold.

„Das mag verstehen, wer will. Ich tue es nicht. Aber dieses verworrene Gerede ist Teil der Veränderungen, die von deinem Wesen Besitz ergriffen haben", antwortete Katharina.

„Es wird einige Zeit brauchen, um dir zu erklären, was mich umtreibt. Setz dich zu mir, dann will ich dir die Geschichte erzählen." Leopold begann mit dem Traum, den er als Jüngling auf dem Heimweg vom Horner Gymnasium gehabt hatte, schilderte Katharina, welch erhabenes Gefühl ihn damals durchströmt und welche Kraft dieser Traum ihm, dem stets Verlachten und Verhöhnten, gegeben hatte. Eine Kraft, die es ihm ermöglicht hatte, die Schule abzuschließen und sich vom Vater und vom Hof loszusagen. Er sprach von seiner Liebe zu seiner Mutter und von ihrem plötzlichen Tod. Dass sie angeblich an der Lustseuche gestorben war, verschwieg er aber ebenso wie den Umstand, dass sie weder aufgebahrt noch richtig begraben worden war. Auch über die Gründe für seinen im Nachhinein so bedeutenden Besuch der Messe im Himmelpfortkloster verbreitete sich Leopold nicht; schließlich wollte er Katharina keinen Grund zur Eifersucht geben – die Intensität der Leidenschaft, mit der er seither an der Realisierung seines Traumes gearbeitet hatte, wäre für sie ohnehin schwer genug zu verkraften. Katharina verfolgte die Ausführungen ihres Gemahls anfangs mit einigem Erstaunen und auch ein wenig Bewunderung; als er von seiner Liebe zu seiner Mutter und von seiner Trauer bei ihrem Ableben berichtete, traten ihr sogar Tränen in die Augen. Sobald Leopold jedoch von den nun notwendigen zeitlichen und finanziellen Anstrengungen zu sprechen begann, die eine detaillierte Auseinandersetzung mit bisher beschriebenen Vorstellungen von idealen Städten oder Staaten und eine Ausarbeitung seiner eigenen Visionen davon bedingen würden, wurden die Gesichtszüge seiner Gattin ernster und verschlossener, ihre Lippen schmal und ihr Unmut körperlich spürbar.

„Leopold, jetzt ist es aber genug! Deine Träume in Ehren! Aber wir müssen den Tatsachen ins Auge blicken: Die Einkünfte aus deiner Tätigkeit als Advokat ernähren gerade einmal unseren kleinen Anton und uns selbst. Auch müssen wir winters nicht frieren – zugegeben! Jedoch ist das nicht die Art von Leben, die sich mein Vater, Gott hab ihn selig, für seine Tochter gewünscht hat und die mir zu ermöglichen du meinem Onkel zugesagt hast. Versteh mich recht, ich habe mich bisher nie darüber beklagt, dass ich im Gegensatz zu meinen Schwestern und Schwägerinnen noch nie ein neues Kleid oder eine modische Haube von dir geschenkt bekommen habe. Auch dass wir uns weder ausreichend Dienstpersonal noch gar einen Wagen leisten können, verschmerze ich. Aber wenn du mir jetzt erklärst, dass du unsere geringen Ersparnisse für uralte Bücher ausgegeben hast, in denen von gotteslästerlichen Ideen, geheimen Inseln und ketzerischen Staatsformen die Rede ist, nur damit du dich selbst eines Tages dazu aufschwingen kannst, eine eigene Stadt zu gründen, dann hat meine Geduld ein Ende!"

Damit war das Thema für Katharina erledigt.

Nicht jedoch für Leopold. Zwar kränkte es ihn sehr, dass ihn seine Gattin nicht nur nicht ernst nahm, sondern ihn obendrein verspottete, doch war er von Kindesbeinen an mit solchen seelischen Erniedrigungen vertraut. Daher tat er, was er in solchen Situationen stets getan hatte: Er verfolgte sein Ziel trotzig weiter. Diesfalls setzte er sein Studium der Schriften der Vorgänger und Nachfahren des Thomas Morus unbeirrt fort, analysierte die Vor- und Nachteile ihrer utopischen Projekte und destillierte daraus, was ihm für seine eigene Stadtgründung sinnvoll und erstrebenswert erschien. Als unbestreitbaren Schwachpunkt der bisher veröffentlichten Pläne für ideale Siedlungen erkannte Leopold das Faktum, dass sie als Orte ihrer Verwirklichung stets entlegene Eilande gewählt hatten, deren Lage in den meisten Fällen obendrein bei schwerer Strafe geheim gehalten werden musste. Obwohl Leopold bewusst war, dass Inseln den unschätzbaren Vorteil der leichteren Verteidigung gegen äußere und innere Feinde aufwiesen, schien ihm die Wahl abgeschiedener Areale zur Umsetzung eines visionären Gemeinwesens zugleich auf eine bestimmte Weise – feige. Ja, anders konnte man es nicht nennen! Es wollte den Anschein haben, dass Campanella, Morus, Bacon, Dafoe und Schnabel ihren Visionen die Überprüfung an der rauen Realität gleichsam aus Angst vor der eigenen Courage verweigerten. De Bergeracs ideale Staaten sollten sich gar auf dem Mond und auf der Sonne befinden und solcherart nicht von dieser Welt sein. Zugegeben: Dies bedeutete die radikalste, weil wortwörtliche Umsetzung des Begriffs der Utopie – des „Nicht-Landes". Doch welche Verbesserung konnte ein solches Nirgendwo für das Leben tatsächlich existierender Menschen bedeuten? Konnte ein Staat ideal genannt werden, dessen Untertanen sich verstecken, hinter Mauern und Toren verbergen mussten, um den Fortbestand ihres angeblich perfekten Reiches zu gewährleisten? Bedurfte es nicht eines ungleich größeren Mutes, eine ideale Stadt in einem bereits bestehenden Staat zu gründen und sie nicht durch Ozeane, Gebirge, Mauern oder Himmelssphären abzuschotten? Wäre der Gründer einer Siedlung, deren Bürgerschaft sich aus Menschen aller Rassen und Religionen zusammensetzte, nicht ein weitaus größerer Geist als jene Denker, die ihre Städte und Staaten nur einem einzigen Menschengeschlecht, das denselben und einzigen Gott verehrte, vorbehalten wollten? Sollte es nicht möglich sein, Glückseligkeit für alle Einwohner zu erlangen, ohne ihnen vorzuschreiben, welche Kleider sie zu tragen und wie viele Stunden am Tag sie zu arbeiten hätten? War es unabdingbar, die Bürger regelmäßig zu behördlichen Beichten zu zitieren und auch sonst ständig überwachen zu lassen? Wenn Nahrung und Güter des täglichen Bedarfs in ausreichender Menge zur Verfügung stünden, sollte es doch jedermann möglich sein, innerhalb der Grenzen bürgerfreundlicher Gesetze und Verordnungen nach seiner Façon glücklich zu werden ...

„Welche Folgen die Veröffentlichung der Pläne deiner Traumstadt haben werden, kann ich dir genau sagen, Leopold: Ganz Wien, und bald darauf das ganze Reich, würde sich ausschütten vor Lachen", erwidert Katharina an diesem milchig trüben Jännernachmittag des Jahres 1776 auf Leopolds Überlegung. „Zum Gespött des Publikums würdest du unsere Familie machen. Man würde allenthalben vom närrisch gewordenen Advokaten sprechen, der sich eine Stadt zusammengeträumt hat. Nein, Leopold, ich will von deiner Traumstadt nichts mehr hören! Zumindest so lange, bis du mir die 700 Gulden zurückgezahlt hast, die ich dir voriges Jahr gegen den Willen meiner Mutter geborgt habe. Denn ich werde nicht zulassen, dass du uns und unsere Söhne in den Ruin treibst."

„Katharina, bemerkst du denn nicht, dass neue Zeiten anbrechen? Unterjochte Völker erheben sich gegen die Tyrannei ihrer ungerechten Monarchen, unser junger Kaiser hat gemeinsam mit Ihrer Majestät die Verwaltung des Reiches an die Gegebenheiten unserer Tage angepasst, überholte unmenschliche Methoden der sogenannten Wahrheitsfindung werden verboten, selbst in den Provinzen werden Schulen gebaut und gelehrte Bücher für den Unterricht der Kinder geschrieben, man sorgt sich um das Wohlergehen der Untertanen."

„Hör mir bloß auf mit den modernen Gedanken dieses Sohnes eines verarmten mährischen Talmudlehrers! Dieser Sonnfeld gibt unserem Kaiser gefährliche Gedanken ein ..."

„Er heißt Sonnenfels, cara Katharina, Joseph von Sonnenfels, um genau zu sein, und ist Professor für Polizei- und Kameralwissenschaft!" Leopold kann sich ein wenig Spott nicht mehr verkneifen. Sich gegen Zurückweisungen mit Zurechtweisungen zu wehren, ist ihm über die Jahre zur erprobten Strategie geworden.

„Gleichviel! Ich frage mich, welchen Nutzen das Reich daraus ziehen soll, dass jetzt jeder Bauerntölpel lesen und schreiben lernen soll."

Bei diesen Worten zuckt Leopold zusammen. Doch Katharina bemerkt seine Betroffenheit nicht. „Du wirst schon sehen, wohin das alles führen wird! Der Pöbel wird, angespornt durch die Lockerungen der christlichen Moral und der staatlichen Macht und aufgewiegelt durch jene Männer, die diesen Verfall der Sitten zu verantworten haben, aufbegehren. Und am Ende werden brave Bürger wie wir ihres Lebens nicht mehr sicher sein."

„Gewisse Veränderungen lassen sich nun einmal nicht aufhalten. Denke an die Erfindung des Herrn Gutenberg: Der Verbreitung der Druckerpresse verdankte der Protestantismus die seine. Eine Zeit lang konnte man mit eiserner Faust dagegenhalten, Hunderttausende sind gestorben, am Ende hat es alles nichts genützt. Denn niemand kann eine Idee, deren Zeit gekommen ist, auf Dauer aufhalten, Katharina! Unser Kaiser hat das erkannt und ist offenbar entschlossen, Neuerungen von sich aus und unter seiner Kontrolle zuzulassen, anstatt zu warten, bis sie sich gewaltsam von selbst Bahn brechen wie eine verheerende Sintflut oder eine unbeherrschbare Pestilenz."

Gerade als Katharina antworten will, klopft es an der Wohnungstür. Katharina öffnet und ein Fremder tritt ein, der sich mit ausländischem Akzent nach dem Herrn Gerichtsadvokaten Doktor Paur erkundigt. Leopold bittet den Herrn in die Stube. Aus der Tasche seines reich bestickten Brokatrockes zieht der Fremde eine Schnupftabakdose hervor, entnimmt ihr eine Prise und reicht sie dann an Leopold weiter. Leopold, der kein Freund des Schnupfens ist, lehnt höflich ab, kann aber nicht umhin zu bemerken, dass der Deckel der goldenen Tabatière eine eigentümliche Verzierung aufweist: Ineinander verschlungen sind ein silbernes Winkelmaß und ein ebensolcher Zirkel in das schwarze Email eingelegt.

„Mein Name ist Sudthausen, Franz August Heinrich von Sudthausen, Rittmeister in der Armee des dänischen Königs. Ich benötige Ihre Hilfe, Herr Doktor Paur ..."

16. Jänner 1776

Der Rittmeister

Während vor den Fenstern des Neustädter Hofes die winterliche Abenddämmerung hereinbricht, erläutert der Rittmeister von Sudthausen Leopold den Grund für seinen Aufenthalt in der Residenzstadt.

„Es handelt sich um eine Forderung in beträchtlicher Höhe aus einer verzwickten – sagt man das so: verzwickt? – ja, also aus einer verzwickten Streitigkeit über ein Lehen in Schlesien, das sich im Besitz meiner Familie befindet. Das Urteil der ersten Instanz wurde beeinsprucht, sodass die Sache nun vom Reichshofrat behandelt wird ..." Der Mann scheint etwa gleich alt zu sein wie Leopold. Er trägt das blonde Haar, das von einzelnen grauen Fäden durchzogen ist, ungepudert, streng nach hinten gekämmt und zusammengebunden. Der Rittmeister überragt Leopold selbst im Sitzen um gut einen Kopf, wobei seine aufrechte Haltung den Größenunterschied zwischen ihnen noch verstärkt. Man kann sich leicht aufrecht halten, wenn man nie zentnerschwere Getreidesäcke geschleppt und nie unter Plattfüßen gelitten hat, denkt Leopold. Trotz der augenscheinlichen Vorzüge seiner Abstammung und seines Wuchses ist ihm der Fremde nicht unsympathisch; im Gegenteil: Die freie Art sich zu bewegen und die ungezwungene Weise, in einer fremden Sprache nicht nur Konversation zu betreiben, sondern auch juridische Fakten zu schildern, wirken auf Leopold angenehm und nehmen ihn für seinen Besucher ein. Verstärkt wird dieser positive Eindruck durch die zwar erlesene, doch dezente Kleidung des Mannes: Der smaragdfarbene Rock ist ebenso mit Silberfäden bestickt wie die lindgrüne Weste des Rittmeisters, dessen weiß-seidene Beinkleider von schlichter Eleganz sind. Einzig der regelmäßige Konsum nicht eben geringer Mengen Schnupftabaks und das anschließende lautstarke Niesen wirken ein wenig affektiert.

Sudthausen setzt seinem Gegenüber die weiteren Einzelheiten der Rechtssache auseinander und weist mit leichter Ironie in der Stimme darauf hin, dass trotz einer Prozessdauer von einigen Jahren eine Entscheidung noch immer nicht in Sicht sei. Leopold stellt anerkennend fest, dass jemand, der zu solchen rhetorischen Nuancierungen fähig sei, eine Fremdsprache ausgezeichnet beherrschen müsse, und fügt schmunzelnd hinzu, dass die Abläufe beim Reichshofrat eben noch komplizierter – oder verzwickter – seien als beim Hofkriegsrat, an dem er selbst meist tätig sei. Schließlich kommt Sudthausen auf den Kern seines Anliegens zu sprechen: Er sei auf der Suche nach einem mit den Feinheiten der hiesigen Jurisprudenz vertrauten Advokaten, der den Prozess innerhalb eines überschaubaren Zeitrahmens zu einem ihm angenehmen Ende bringen könne. Natürlich sei ihm bewusst, dass man die Mitglieder des Hofreichsrats nicht direkt drängen oder gar beeinflussen könne, doch sei er überzeugt, dass gerade hier in Wien das richtige Wort am rechten Ort einiges bewirken könne.

Leopold stimmt zu, gibt aber zu bedenken, dass in dem speziellen Fall die insinuierte Intervention vom Hof oder noch besser aus dem Umfeld des Kaisers kommen müsse, um einen Erfolg zeitigen zu können. Am besten wäre es wohl, einen Kontakt zu einem der Vertrauten des Kaisers herzustellen. Infrage käme da vor allem der Kämmerer Franz de Paula Johann Joseph Graf von Thun und Hohenstein. Den kenne er, Leopold, zwar nicht persönlich, doch sei er mit einem Beamten im Taxamt des Obristen-Hofmarschallamts befreundet, der zufällig auch der Taufpate seines erstgeborenen Sohnes sei. Es wäre ihm eine Ehre und Freude, so Leopold weiter, den Herrn Taxator in dieser Angelegenheit um Rat und Hilfe zu bitten. Sicher wisse Herr Mannsperger einen Weg, sich beim Grafen von Thun Gehör zu verschaffen.

Der Rittmeister zeigt sich erfreut und bedankt sich bei Leopold, der ihm verspricht, ihn zu benachrichtigen, sobald er Genaueres erfahren habe. Sudthausen nennt ihm seine Adresse und erkundigt sich nach der Höhe des Vorschusses, den der Herr Advokat für seine Mühewaltung erhalten sollte.

Leopold wehrt bescheiden ab: „Noch kann ich ja nichts versprechen. Sollte meine Intervention Ihrer Angelegenheit tatsächlich förderlich sein, werde ich mir gern erlauben, Ihnen die Höhe meines Honorars zu nennen."

Sudthausen dankt Leopold neuerlich und ist schon im Begriff, sich zu verabschieden, als sein Blick auf die kleine Bibliothek des Hausherrn fällt.

Er tritt näher an den Bücherschrank heran und mustert aufmerksam die Titel.

„Mein seliger Vater sagte immer: Wenn du etwas über den wahren Charakter eines Mannes erfahren willst, schau dir an, welche Bücher er liest. In Ihrem Fall scheint es, dass Sie sich neben der Juristerei für Architektur und Politik interessieren. Eine durchwegs ungewöhnliche, doch bemerkenswerte Kombination für einen Rechtsgelehrten, wenn ich mir diese Bemerkung erlauben darf. Ich hoffe, dass wir demnächst Gelegenheit finden werden, uns in größerer Ausführlichkeit über Ihre vielfältigen Vorlieben zu unterhalten, verehrter Doktor Paur."

Zum Abschied gibt er Leopold die Hand, wobei er mit dem Daumen mehrmals einen sanften Druck auf jene kleine Grube des Handgelenks ausübt, in die man den Schnupftabak zu streuen pflegt. Leopold bleibt jedoch keine Zeit, um über diese eigenartige, vielleicht am dänischen Hof gebräuchliche Form des Händedrucks nachzudenken. Denn kaum hat der Besucher die Wohnung verlassen und ist ins nächtliche Wien entschwunden, steht Katharina wieder im Zimmer.

„Jetzt möchte ich aber wirklich wissen, warum du den Vorschuss des Herrn Rittmeisters so großspurig abgelehnt hast. Als ob wir uns das leisten könnten!" Stimmlage und Mienenspiel unterstreichen ihre Missbilligung.

„Nachdem du unsere Unterhaltung ohnehin verfolgt haben dürftest, sollte es dir nicht entgangen sein, dass es sich bei dem Herrn von Sudthausen um keine knauserige Laufkundschaft, sondern um einen Mann von Welt handelt, der gedenkt, meine Dienste längerfristig in Anspruch zu nehmen."

„Um einen Fremden jedenfalls, der dir reichlich Honig ums Maul geschmiert hat, nachdem du ihm ohne Weiteres kundgetan hast, an wen er sich wenden muss, um seine Schäfchen ins Trockene zu bringen. Leopold, du bist und bleibst ein Narr, der es nie zu etwas bringen wird."

Leopold erwidert trotzig, dass sein Ruf als Advokat wohl immerhin so groß sein müsse, dass man ausländische Mandanten an ihn verweise, um komplizierte Rechtsmaterien zu erörtern.

„Oder dein Ruf als Einfaltspinsel, den man ohne Schwierigkeiten übertölpeln kann."

In Leopolds Missmut über diese Respektlosigkeit mischen sich Spuren von Unsicherheit. Ist es tatsächlich klug gewesen, gleich in einem ersten Gespräch die Namen der maßgeblichen Personen zu nennen? Gibt es nicht gerade in Wien zahllose Blender und Scharlatane, die sich gern für hochgestellte Herren aus fernen Ländern ausgeben, um den Leuten das Geld aus der Tasche zu ziehen? Wer hat dem Herrn von Sudthausen – wenn er denn nun wirklich so hieß – seinen Namen und seine Adresse genannt? Ist Leopold nach dem Weggang des Besuchers ob der Aussicht auf ein lukratives Geschäft und eine interessante Bekanntschaft gut gelaunt gewesen, zernagen beim fast wortlos eingenommenen Abendessen Zweifel sein Gemüt wie hungrige Mäuse die Mehlsäcke in der Speisekammer.

Nach einer unruhigen Nacht begibt sich Leopold anderntags ins Obrist-Hofmarschallamt, um seinen Freund Jakob Mannsperger aufzusuchen. Die Nebel des gestrigen Abends haben sich aufgelöst und die Sonne strahlt vom aufgeräumten Winterhimmel. Es ist unversehens warm geworden in Wien. Nur in den kühlen Schatten der Hausmauern liegen noch – wie überlaufende Teiche, worin Miniatur-Eisberge schwimmen – Inseln aus Schnee. In den Höfen der Burg gleißt und glitzert am späten Vormittag das zerrinnende Weiß. Mit ihm lösen sich in Leopolds Brust die letzten Verkrampfungen der vergangenen Stunden. Durch die untrüglichen Zeichen der Hoffnung auf einen nahenden Frühling bessert sich seine Laune zusehends.

Kurz nach elf Uhr betritt Leopold die kaiserliche Residenz und steigt über die Zahlamtsstiege zu den Kanzleien der für die Quartierbeschaffung des Hofes und die Gerichtsbarkeit seiner Angehörigen zuständigen Behörde empor. Der Zeitpunkt seines Besuches beim Paten seines Erstgeborenen ist mit Bedacht gewählt. Denn zu dieser Stunde sind erfahrungsgemäß die wichtigsten Aktenstücke erledigt und man widmet sich so kurz vor Mittag der Erledigung leichterer Fälle oder der Korrespondenz. Erwartungsgemäß findet Leopold Herrn Mannsperger, nachdem ihm sein Besuch durch den Bürodiener gemeldet worden ist, bei geöffnetem Fenster und mit aufgeknöpfter Weste am

Schreibtisch sitzend und in den Zeitungen des heutigen Tages blätternd.

„No, mein lieber Leopold, dass du dich wieder einmal anschauen lasst! Freut mich sehr, teurer Freund, freut mich sehr! Was sagst zu dem famosen Wetter heut? Fast so, als ob's bald Frühling werden wollt, gell?! Komm, nimm Platz, es is ja noch ein bisserl Zeit, bis ich zu Tisch geh. Wie geht's denn deiner Katharina? Und was macht mein Patenkind, der Anton?"

Leopold setzt sich und berichtet über die letzten familiären Neuigkeiten, insbesondere über die gute Gesundheit und das treffliche Gedeihen seines ältesten Sohnes. Das zunehmend zänkische Betragen seiner Gattin erwähnt er eher im Sinne einer allgemeinen Bemerkung über das Wesen der Frauenzimmer in einem bestimmten Alter. Nachdem den Spielregeln der kameradschaftlichen Höflichkeit genüge getan worden ist, erläutert Leopold dem Herrn Taxator sein Anliegen. Er verhehlt dabei nicht, dass es für ihn von einiger wirtschaftlicher Bedeutung sei, dem offenbar wohlbestallten Herrn von Sudthausen dienlich sein zu können. Mannsperger teilt Leopolds Ansicht, dass in dieser speziellen Causa mit großer Diskretion und ebensolchem Fingerspitzengefühl vorgegangen werden müsse. Denn eine direkte Einflussnahme auf den zuständigen Referendar im Reichshofrat sei – selbst wenn sie vonseiten einer gleichrangigen oder höhergestellten Behörde erfolgte – primo sowieso unerhört und secondo somit kontraproduktiv. In Anbetracht der Tatsache, dass eine Sentenz seit Monaten, wenn nicht gar Jahren überfällig zu sein scheine, und infolge der daran geknüpften Vermutung, dass die Causa äußerst verzwickt sei, müsse man oben, ganz weit oben ansetzen. Demnach sei einzig ein kaiserliches Dekret zielführend. Dieses müsse nämlich lediglich vom Reichsvizekanzler unterschrieben werden, sodass der Amtsweg demnach ein kurzer wäre. Denn nach Verlesung einer solchen allerhöchsten Anfrage sei der Reichshofrat verpflichtet, dem Kaiser mittels eines *Votum ad Imperatorem* unverzüglich zu antworten. Allein, ein solches Aufforderungsschreiben des Monarchen zu erwirken, liege in der Macht nur einer Handvoll Männer, von denen er, Mannsperger, glücklicherweise ein oder zwei gut genug kenne, um sie um eine solche Gefälligkeit ersuchen zu können.

„Ich werd schau'n, was ich für dich tun kann, caro Leopoldus. Gib mir ein paar Tag Zeit, ich werd dir Nachricht zukommen lassen, so wie ich was Konkreteres weiß. In der Zwischenzeit Handkuss an die Katharina und grüß mir den Buben. Du entschuldigst mich jetzt?"

„Ich danke dir recht herzlich, lieber Jakob. Und auf bald!"

„Is scho recht, Leopold, is scho recht. Und jetzt Mahlzeit!"

Bereits drei Wochen später – der Föhn ist zusammengebrochen und seit einer Woche schneit es unaufhörlich – kann Leopold dem Herrn von Sudthausen von ersten Erfolgen seiner Bemühungen berichten. Der

Rittmeister ist, wie er es in seinem Brief an Leopold angekündigt hat, wiederum bei Einbruch der Nacht in die Paurische Wohnung gekommen. Katharinas Bedenken im Hinterkopf hat Leopold die Ankunft seines Mandanten am Fenster stehend erwartet, hätte diese aber beinahe verpasst, weil er damit gerechnet hat, dass sein Besucher in einer Kutsche oder einem Fiaker vorfahren würde. Darum ist ihm die in einen schwarzen Kapuzenmantel gehüllte Gestalt, die aus einem Tragsessel stieg, zunächst gar nicht aufgefallen. Lediglich der Umstand, dass sich der Mann verstohlen nach beiden Seiten umsah, bevor er rasch im Haustor verschwand, erregte Leopolds Aufmerksamkeit und – er musste es sich selbst zugeben – seinen Argwohn.

Wenig später tritt Sudthausen ein, klopft den Schnee von Mantel und Hut und folgt Leopold ins Arbeitszimmer. Bei der heutigen Begrüßung unterbleibt der eigenartige Händedruck. Das macht Leopold neuerlich stutzig: Hat er sich da letztens etwas eingebildet? Oder ist es in Dänemark vielleicht üblich, sich auf diese ungewöhnliche Art lediglich zu verabschieden? Und warum ist der Fremde so darauf bedacht, nicht gesehen zu werden? Wird er beobachtet, verfolgt?

„Verehrter Herr Doktor Paur. Lassen Sie mich Ihnen zunächst dafür danken, dass Sie mir so rasch Nachricht zukommen ließen. Dem Tonfall Ihres Briefes entnahm ich trotz meiner Schwächen Ihrer Sprache, dass Sie mir erfreuliche Neuigkeiten mitzuteilen hätten. Gehe ich recht in dieser Annahme?"

„Euer Gnaden scheinen mit den Feinheiten der deutschen Zunge wesentlich besser vertraut zu sein, als Sie wohl den Anschein erwecken wollen."

„Ich stehe nicht an einzugestehen, dass Ihnen einiges an meinem Auftreten ein wenig rätselhaft – sagt man so: rätselhaft? – ja, nun also, rätselhaft erscheinen mag. Sollte mir das Vergnügen vergönnt sein, in nähere Bekanntschaft mit Ihnen treten zu dürfen, wird es mir eine Freude sein, Ihnen diese Aspekte meiner Persönlichkeit zu erhellen. Zwischenzeitlich darf ich versuchen, Ihre Bedenken mit dem Hinweis zu zerstreuen, dass ich mich viele Jahre in Berlin und Hamburg in diplomatischen Diensten befunden habe."

Leopold weiß nicht und kann es Katharina später auch nicht begreiflich machen, warum er dem Herrn von Sudthausen trotz seiner Erklärung, die mehr Fragen aufwarf, als sie beantwortete, schlichtweg vertraut. Jedenfalls berichtet er dem Gast, was er zwischenzeitlich in Erfahrung hat bringen können: Mannsperger hat sich nach reiflicher Überlegung dazu entschlossen, nicht den direkten Weg über den Kämmerer Graf von Thun oder den Geheimen Rat Johann Baptist Graf Dietrichstein-Proskau zum Kaiser zu wählen; Erfolg versprechender schien es ihm, einen eher inoffiziellen Pfad zu beschreiten. Und welcher Umweg wäre in Wien besser geeignet, um ein Ziel möglichst rasch zu erreichen, als der über die Musik? Dank seines mehr als durchschnittlich zu nennenden Talents als Geiger verkehrt Mannsperger regelmäßig im Haus des kaiserlichen Rates Johann

Georg Obermayer, wo man alle zwei Wochen Hauskonzerte zu geben pflegt. Bei einer dieser Soireen hat er früher einen zwar stets etwas zu dezent gekleideten, aber äußerst geistreich über neue Strömungen in der Musik plaudernden Offizier kennengelernt. Von diesem erzählte man sich hinter vorgehaltener Hand, dass er durch irgendeine Heldentat während eines Kriegszuges die Gunst des Kaisers errungen habe und im Begriffe stehe, in den innersten Zirkel der Vertrauten Seiner Majestät aufgenommen zu werden. Bei Obermayer hatte Mannsperger den Oberleutnant Johann Valentin Günther, so hieß der gut aussehende Musikliebhaber, am dritten Donnerstag des Monats zwar nicht angetroffen, jedoch war er ihm vierzehn Tage später im Haus des Juweliers und Bankiers Arnsteiner begegnet. Kurz und gut: Mannsperger hat Günther anschließend an das Kammerkonzert bei einer Tasse Tee zur Seite und ins Vertrauen gezogen und dieser hatte seine Unterstützung zugesagt, berichtet Leopold seinem Gast nicht ohne Stolz.

Sudthausen zeigt sich beeindruckt von Leopolds exzellenten Kontakten und dem diplomatischen Fingerspitzengefühl, dessen sich dieser zu bedienen wisse. „Jetzt ist Geduld die Tugend der Stunde. Und somit bedarf es nach anfänglicher Weisheit nun der Stärke, wie einige meiner Freunde sagen würden", fährt der Rittmeister fort.

Leopold blickt ihn verständnislos an. Auf welche Kreise spielt Herr von Sudthausen wohl an? Warum ergeht er sich laufend in Andeutungen? Und was bezweckt er mit diesem Versteckspiel?

„Da ich nun wohl noch einige Wochen in Ihrer schönen Heimatstadt zu Gast sein werde, hätte ich zwei Bitten an Sie zu richten, verehrter Doktor Paur. Zunächst wäre es mir lieb, wenn ich Ihnen hier und heute für Ihre bisherigen und noch zu tätigenden Aufwendungen – sagt man das so: Aufwendungen – wie vereinbart ein Honorar, respektive einen Vorschuss, in der von Ihnen festzusetzenden Höhe einhändigen dürfte."

Zunächst will Leopold die Hände abwehrend heben, besinnt sich dann aber seiner angespannten wirtschaftlichen Lage und nennt Sudthausen die durchaus beachtliche Summe von siebzig Gulden. Ohne Zögern überreicht ihm sein neuer Klient einen wildledernen Beutel. „Hierin finden Sie zwanzig Dukaten, geschätzter Doktor Paur. Denn ich gedenke Ihre Dienste noch eine Weile in Anspruch zu nehmen."

„Ich danke Euer Gnaden für Ihre Großzügigkeit. Darf ich Euer Gnaden höflich fragen, womit ich noch dienen kann? Euer Gnaden sprachen von zwei Anliegen." Gewohnheitsmäßig rundet sich Leopolds Rücken zu einem subalternen Bückling.

„Mein zweites Anliegen betrifft Ihre äußerst bemerkenswerte Bibliothek. Wenn es Ihre Zeit erlaubt, würde ich gern erfahren, was einen Rechtsgelehrten dazu veranlasst, seinen Bücherschrank mit philosophischen und politischen Werken zu füllen, die sich offenbar in erster Linie mit Fragen der Baukunst und der Stadtplanung befassen."

„Das ist eine lange Geschichte, deren Anfänge in meine Kindertage zurückreichen ..."

Und so beginnt Leopold zu erzählen: von dem seltsamen Traum, den er als Knabe geträumt hat, und von den Plänen für eine ideale Stadt, für einen Ort, an dem Menschen aller Rassen und Religionen die Gelegenheit erhalten sollten, in Frieden und Freiheit miteinander zu leben, einander brüderlich zu lieben und voneinander zu lernen ... Als Leopold von brüderlicher Liebe spricht, gewahrt er, obwohl er, von seiner eigenen Rede berauscht, sein Gegenüber beinahe vergessen hat, in der Miene Sudthausens eine jähe Veränderung. Wie wenn ein Lichtstrahl, der durch den Spalt einer rasch geöffneten und ebenso schnell wieder geschlossenen Tür in das nächtliche Dunkel fiele und die Gesichtszüge des Rittmeisters für die Dauer eines Lidschlages erhellte, legt sich ein Glanz auf dessen Blick: „Lieber Doktor Paur, was Sie mir da von Ihrer Stadt und deren Verfassung erzählen, berührt mich sehr. Denn auch ich bin in gewisser Weise ein Baumeister ... Da es jedoch schon spät geworden ist, möchte ich Sie bitten, mir demnächst ausführlicher davon zu berichten. Sicher haben Sie auch schon Skizzen und vielleicht sogar Pläne, die Sie mir zeigen können: Ich bin begierig darauf, sie zu sehen. In den kommenden Tagen werden mich jedoch andere Angelegenheiten in Anspruch nehmen, sodass ich Ihnen heute keinen genauen Zeitpunkt für ein Wiedersehen nennen kann. Sollte Sie dies nicht allzu sehr inkommodieren – sagt man das so: inkommodieren? –, würde ich Ihnen wiederum kurzfristig Nachricht geben lassen, wann wir unsere ersprießliche Konversation fortsetzen können."

In den folgenden Wochen besucht Sudthausen Leopold in unregelmäßigen Abständen und erfährt bei diesen Gelegenheiten weitere Einzelheiten der „Stadt im Traume": Die *Porta Orientalis* soll das imposanteste der Stadttore werden. Unbefestigt und unbewacht, erhaben und einladend soll sie, wie ihre sieben Geschwister, niemanden ein- und keinen aussperren. Acht Tore soll es geben. Acht, die Zahl der alten Griechen, die Zahl der Wandelsterne, die Zahl des glücklichen Neubeginns, die Zahl der Taufe und der Auferstehung. Acht, die Zahl der Endlichkeit ... Der Austausch von Gedanken soll in dieser Stadt ebenso gefördert werden wie jener von Waren. Denn hinter der Endlichkeit der Zahl Acht liegt Neun, die neue Zahl, die den Horizont erweitert, die den Blick frei macht auf die Unendlichkeit. Acht Tore muss seine Stadt also haben, und kreisförmig muss sie sein wie eine ideale Insel. Denn der Kreis ist Pi, und Pi ist die Unendlichkeit. Und unendlich soll die Geschichte dieser Stadt sein, ihre Gründung soll den Beginn eines nicht endenden Zeitalters markieren. Einer Epoche der Menschlichkeit und des Miteinanders.

Die schachbrettartige Gliederung der Quartiere soll der Erleichterung des täglichen Lebens dienen. Niemand soll Zeit damit verschwenden müssen, das Haus eines anderen zu suchen oder nach dem Weg dorthin fragen zu müssen. Zur einfachen Auffindung eines jeden Gebäudes hat sich Leopold ein System erdacht, bestehend aus dem Anfangsbuchstaben des jeweiligen Stadtviertels, einer römischen Ziffer für den entsprechenden Kreissektor und einer zentrifugal fortlaufenden Verteilung von Nummern für jedes einzelne Haus mittels arabischer Zahlen.

Immer weitere Details seiner Pläne offenbart Leopold dem Rittmeister, immer mehr blüht er unter dessen anerkennenden Blicken auf. Seine Brust wölbt sich, seine Haltung strafft sich, sein Blick weitet sich. Und Sudthausen lobt Leopolds Ideen nicht bloß, sondern liefert ihm zudem Anregungen zu Aspekten, die Leopold bisher übersehen oder als unbedeutend erachtet hat. So bestärkt er ihn beispielsweise zwar darin, seiner Stadt einen kreisförmigen Grundriss mit strahlenförmig auf einen zentralen Platz zusammenlaufenden Straßen zu geben. Denn dies sei nicht nur aus architektonischer, sondern auch aus strategischer Sicht von Vorteil, wie er, Sudthausen, bei Aufenthalten in Baden und in Venetien gesehen habe. Jedoch rät er ihm dazu, Gotteshäuser und Schulen nicht im Zentrum der Stadt zu errichten, sondern stattdessen rund um die Marktplätze anzuordnen, die jedes Viertel erhalten soll.

Eines Nachmittags, es ist inzwischen Frühling geworden, holt Sudthausen Leopold mit einem Fiaker ab und fährt mit ihm in den Augarten. Vor dem Eingang zum ehemaligen kaiserlichen Park mit seinem triumphbogenartigen Tor steigen die beiden Männer aus der offenen Kutsche. Sudthausen bleibt stehen, legt den Kopf in den Nacken und sagt, auf die Inschrift weisend: „Mein lieber Doktor Paur, gewiss ist Ihnen dieser Ort vertraut. Doch liegt es in der Natur der Dinge, dass ein Fremder, dessen Auge ein bestimmtes Monument nie zuvor erblickt hat, mehr daran entdeckt als ein Einheimischer, dem sein Anblick wenig bedeutet. Und als Fremder erlaube ich mir zu behaupten, dass dieses Bauwerk von weitaus größerer Bedeutung ist, als es die meisten ihrer Mitbürger – und vielleicht auch Sie selbst – ahnen. ‚*Allen Menschen gewidmeter Erlustigungs-Ort, von Ihrem Schaetzer*‘, liest er laut. Ein Kaiser, der seinem Volk eine solche Stätte schenkt und darüber hinaus seine Hochachtung vor seinen Untertanen in Stein meißeln lässt, verdient als Herrscher verehrt zu werden, dessen Weitblick in ferne Zeiten geht; als ein Monarch, der die Zeichen der Zeit erkennt und weiß, dass der Gang der Geschichte nicht aufzuhalten ist, weder mit Gesetzen noch mit Geschützen. Aber noch aus einem weiteren Grund wollte ich mit Ihnen, lieber Paur, diesen Ort aufsuchen. Als ich unlängst hier zum ersten Mal stand, weckte der Anblick dieses symbolträchtigen Tores in mir die Erinnerung an die Beschreibung der *Porta Orientalis* Ihrer Traumstadt. Sagen Sie selbst: Muss sie nicht genau so aussehen?"

„Verehrter Herr von Sudthausen! Sie haben recht und unrecht zugleich!", ruft Leopold aus. „Unrecht haben Sie mit der Annahme, dass ich hier schon zuvor gewesen wäre. Zwar habe ich mir gleich nach der Öffnung vorgenommen, bald einmal mit meiner Gattin den Augarten zu besuchen, doch hinderte mich die Arbeit an den Akten und an den Plänen für die Traumstadt bisher daran. Ein Versäumnis übrigens, das mir meine Katharina ziemlich übelnimmt. Recht haben Sie jedoch mit der Vermutung, dass dieses Portal gänzlich meiner Vorstellung vom Tor der Aufgehenden Sonne entspricht. Man könnte gar meinen, der Architekt habe in meinen Gedanken gelesen!"

Leopolds Wangen glühen vor Erregung. Der Kaiser des Heiligen Römischen Reiches hat das von einem Bauernsohn vor einem halben Menschenalter erträumte Portal erbauen lassen! Ist Joseph von den gleichen Überlegungen ausgegangen wie er? Oder konnte es eine Verbindung zwischen einem Herrscher und einem Untertanen geben, eine unstoffliche Übertragung von Vorstellungen?

Sudthausen, der Leopold aufmerksam beobachtet hat, lächelt: „Wenn dem so ist, wenn dieses Tor wirklich jenem gleicht, das Sie erträumt haben, handelt es sich möglicherweise um mehr als einen Zufall, vielleicht um etwas, das ich gern als Fügung bezeichnen möchte. Denn Sie müssen wissen, lieber Paur, es existieren universell gültige Vorstellungen und Anschauungen, die zurückreichen in die Zeit der antiken Mysterien und die hineinreichen in eine Zukunft, in der die Kinder unserer Kindeskinder ihr Leben ausgehaucht haben werden. Und es gibt Männer, die jene ewigen Ideen weitergeben, sie weiterreichen wie ein Werkstück, an dem vor ihnen schon andere Meister gearbeitet haben und an dem nach ihnen wieder andere arbeiten werden; arbeiten in dem Wissen, dass die Vollendung des Werkes erst in einer jetzt noch nebelumfangenen, dann aber hell strahlenden Zukunft erreicht werden wird. Oder auch nie! Denken Sie an die Maurer und Steinmetze, die den Dom zu Sankt Stephan erschaffen haben: Keiner von denen, die bei der Grundsteinlegung beteiligt waren, konnte hoffen, die Vollendung des Baus zu erleben. Und in der Tat ist er selbst heute noch nicht vollendet. Trotzdem hat jeder von ihnen seine ganze Meisterschaft in die Ausführung selbst noch des kleinsten Kapitells, der filigransten Fiale gelegt. Und warum? Warum konnte er eine winzige, unbedeutend anmutende Abweichung vom Plan des Baumeisters nicht hinnehmen? Zum einen, weil er wusste, dass von der Perfektion seiner Arbeit die Qualität der Arbeit seiner Nachfolger abhängen würde; zum anderen, weil er wusste, dass dem Auge des Einen und Einzigen, des Allmächtigen, des großen Baumeisters aller Welten die kleinste Verzierung an der Kanzeltreppe ebenso bedeutend ist wie die vollkommene Symmetrie der Kreuzrose am hohen Turm."

Noch nie hat Leopold einen Mann auf solche Weise von der Baukunst und ihrer Bedeutung sprechen hören – ihrer Bedeutung für das Menschengeschlecht, ja für das Dasein schlechthin! Jedes Wort des Rittmeisters ist ihm eine Offenbarung, ist ihm Brot nach langem Hunger, ist ihm Wein nach langem Durst. Auf keinen Bissen will er verzichten, keinen Schluck will er missen.

„Und Sie, lieber Paur, sind hier in Wien, freilich ohne es zu ahnen, von zahlreichen Männern umgeben, die es sich zur Aufgabe gemacht haben, das, was ewig gültige Wahrheit, was ehernes Gesetz des Lebens ist, weiterzugeben und dabei an ihrer eigenen Veredelung zu arbeiten. Sie gleichen in diesem Bestreben, ihren Charakter zu vervollkommen, den Maurermeistern, die den rauen Stein so lange behauen und glätten, bis er sich fugenlos einfügen lässt in den Bau, den sie zur Ehre des Höchsten im Himmel errichten wollen. Solcherart trägt dieser Bund von freien Männern das Licht der Aufklärung in die profane Welt hinaus, um sie mit Weisheit zu erleuchten, mit Stärke zu erfüllen und in Schönheit zu vollenden. Der Name dieses weltlichen Ordens der Vernunft leitet sich von den Bauhütten der Steinmetze und Bauleute ab, er nennt sich selbst die Bruderschaft der Freimaurer."

Die Bruderschaft der Freimaurer! – Gelegentlich habe ich von dieser Gemeinschaft schon flüstern hören, denkt Leopold. Man erzählt sich allerlei Geheimnisvolles von ihren Mitgliedern. Sie sollen versuchen, Gold zu machen. Andere wollen wissen, dass sie schwarze Messen feiern. Hat nicht Herr Décret von diesem geheimen Bund als von etwas Ketzerischem, Aufrührerischem gesprochen ...?

„Fassen Sie sich, lieber Doktor Paur! Und verzeihen Sie mir, sollte ich Sie mit diesem Wort erschreckt haben."

„Nein, nein, verehrter Herr von Sudthausen. Erschreckt haben Sie mich nicht! Es ist nur an dem, dass man immer wieder fürchterliche Geschichten über diesen geheimen Orden hört. Und da man nun von dieser Gesellschaft kaum etwas wirklich in Erfahrung bringen kann, gedeihen Gerüchte über Goldmacher und Satansanbeter."

„Mit diesem Satz haben Sie den zweiten Anlass für meinen Besuch in Wien ans Licht gefördert. Ich selbst bin, Sie haben es längst erraten, ein Bruder Freimaurer und als solcher von meinen Oberen in Berlin nach Wien beordert worden, um hier für die Einhaltung dessen zu sorgen, was die Mitglieder unseres Bundes als die ‚Alten Pflichten' bezeichnen. Kurz: Um für Ordnung zu sorgen, damit dem Ruf unserer Bruderschaft kein weiterer Schaden zugefügt werde. Doch von dieser Angelegenheit wollen wir ein andermal sprechen. Heute habe ich es mir zur Aufgabe gemacht, Sie, lieber Doktor Paur, zu fragen, ob Sie gewillt sind, in den Bund der Freimaurer einzutreten?"

24. Juni 1776

Die Einweihung

Auch den Rittmeister von Sudthausen darf ich jetzt *Bruder* nennen. Leopold ist auf dem Heimweg von der Schwertgasse in den Neustädter Hof. Und kann kaum fassen, welche Ehre ihm an diesem Abend zuteilgeworden ist. Er, der Sohn eines versoffenen Landwirts und Winkeladvokaten aus Altenburg, ist in den erlauchten Kreis der Brüder Freimaurer aufgenommen worden und ist nun *Lehrling* der berühmten Loge *Zur Gekrönten Hoffnung*. Als solcher darf er hinkünftig auf den befruchtenden Gedankenaustausch mit Männern der Wissenschaft ebenso hoffen wie mit Ministern und Hofräten. Zwar ist es ihm verboten, irgendjemandem zu erzählen, was er bei seiner Einweihung erlebt und wen er dabei kennengelernt hat; aber Katharina und ihre Familie werden bald feststellen, dass er ab dem heutigen Tag einflussreiche Männer zu seinen Freunden zählt. Er blickt in den nächtlichen Himmel über Wien, der in dieser Johannisnacht vom Silberlicht des Vollmonds illuminiert wird. Dabei erinnert er sich an die beiden Säulen neben dem Eingang zum Logenraum, die von einer Sonne und einem Mond bekrönt waren. Und auch an das riesige Bild, das hinter dem Stuhl des Logenmeisters an der Wand hing. Es weckte in ihm das Gefühl, dass sich ein Kreis geschlossen hatte, dessen Anfang, wenn man denn bei einer Schlange, die sich in den Schwanz beißt, von einem Anfang sprechen kann, durch die Stunde markiert gewesen war, da er, in der Postkutsche sitzend, zum ersten Mal die Wiener Stadt vor sich gesehen hatte. Damals war ein Lichtstrahl durch die Wolken gebrochen und hatte im Taubengrau des Firmaments einen Regenbogen entzündet. Heute hat ihn ein Lichtstrahl mitten in finstrer Nacht von einem im Dunkeln tappenden Suchenden zu einem Sehenden gemacht; zu einem Sehenden, dessen erster Blick auf den Regenbogen fiel, der auf der Darstellung der Ankunft Noahs bei den Bergen Aarat an der Ostseite der Loge zu sehen war. Und wie vor über zwanzig Jahren wallte dabei durch seine Brust das Gefühl, ein rettendes Ufer, den Strand einer verheißenen Insel erreicht zu haben.

Eine Vorahnung dieser Empfindung hat Leopold schon beim Betreten des Hauses mit dem Namen *Zu den Sieben Schwertern* gehabt. Kurz nach halb sieben hatte ihn der Rittmeister von Sudthausen, der bei der Aufnahme in den Bund der Freimaurer als sein Bürge fungierte, in die kurze Gasse geführt, die die Wiltwerkerstraße mit der Salvatorgasse verbindet. Das lang gestreckte dreistöckige Haus war ihm noch aus den Zeiten, als er bei der Muffatin gewohnt hatte, vertraut. Doch nie hatte er sich damals träumen lassen, dass er hier eines Tages zu einem Bruder Freimaurer geweiht werden würde. Mit banger Erwartung hatte er das imposante Hauptportal mit seinen Atlanten und der Pietà-Gruppe nach Jahren wiedergesehen und erstmals betreten. Was wird in den nächsten Stunden geschehen? Werde ich die Prüfungen bestehen? Seine Hände wurden feucht und seine Füße schmerzten in den neuen Spangenschuhen.

Sudthausen stieg mit ihm in den ersten Stock und klopfte dort in einem eigenartigen Rhythmus an eine der Türen. Im Vorraum der offenbar weitläufigen Wohnung - Leopold konnte aus mehreren, weiter hinten gelegenen Räumen gedämpfte Stimmen wahrnehmen - wurde er von dem Herrn, der ihnen geöffnet hatte, nach seinem Namen und seinem Beruf gefragt und schließlich angewiesen, alles Metallische abzulegen. Sudthausen nahm Leopolds Geldbeutel und Wertgegenstände in Verwahrung und nickte ihm aufmunternd zu, als er von dem Unbekannten in ein angrenzendes Zimmer geführt wurde.

Der fensterlose Raum war lediglich mit einem schmalen Tisch und einem einfachen Sessel möbliert und von einer einzelnen Kerze erleuchtet. Man bedeutete Leopold Platz zu nehmen und zu warten.

Langsam gewöhnten sich seine Augen an das zwielichtige Halbdunkel. Vor sich auf dem Tisch gewahrte er einige Blätter Papier, daneben eine Feder, außerdem eine Sanduhr und einen Totenschädel. Was allerdings fehlte, war ein Tintenfass. Musste er eine Erklärung oder einen Vertrag aufsetzen? Waren an seine Aufnahme in diese Geheimgesellschaft Bedingungen geknüpft, die schriftlich festgehalten werden mussten? Aber womit sollte er die Spitze der Feder benetzen? Ihn schauderte bei dem Gedanken, dass man solche Verträge womöglich mit dem eigenen Blut zu schreiben und zu unterfertigen haben würde. Schweißperlen bildeten sich auf seiner Stirn, die Halsbinde schien plötzlich unerträglich eng geknüpft zu sein und der Rücken begann vom Sitzen auf dem harten Sessel zu schmerzen. Ebenso lautlos wie unaufhaltsam rieselte der Sand im Stundenglas. Da Leopold im Augenblick nichts weiter unternehmen konnte, begann er zu horchen, um vielleicht auf diese Weise die Geschehnisse, die ohne Zweifel bald ihren Anfang und Lauf nehmen würden, zu erraten. Das Stimmengewirr, das er beim Eintritt in die Wohnung wahrgenommen hatte, war verstummt; auch sonst war kein Laut zu vernehmen. Und doch wusste er, dass sich unweit von seinem Platz eine Gesellschaft von Männern versammelt hatte, um ihn zu prüfen und schließlich in ihre Mitte aufzunehmen. Immer dichter wurde die Stille rings um ihn. Und je undurchdringlicher die Lautlosigkeit wurde, desto größer wurde die Gelassenheit, die Leopolds Inneres erfüllte. Er erinnerte sich in diesen Minuten, da sein Pulsschlag sich verlangsamte, sein Atem tiefer und regelmäßiger ging, an jene unwirkliche und zugleich verheißungsvolle Stille, die er damals – er hatte das Gefühl, dass seither nicht Jahrzehnte, sondern Jahrhunderte vergangen wären – in seinem Traum, auf der hölzernen Plattform stehend und seine Stadt überblickend, erlebt hatte. Er ahnte, dass die Männer, die im Begriffe waren, die für seine Einweihung erforderlichen Worte zu sprechen und Handlungen zu vollziehen, dies in jener Lautlosigkeit täten, mit der die Handwerker und Bauleute in seinem Traum gearbeitet hatten ...

Überlaut dröhnten in diese absolute Stille die Glockenschläge von Maria Stiegen. Erst viermal lang, dann siebenmal kurz. Erschrocken zuckte Leopold zusammen. Denn gerade als der letzte Stundenschlag verklungen war, löste sich aus einer Wandnische, in die das Licht der Kerze nicht zu dringen vermocht hatte, ein Schatten. Und zusammen mit diesem Schatten löste sich von der Wand die blanke Klinge eines mächtigen Schwertes, das, von dieser gestaltlosen Schwärze umgeben, plötzlich in den Lichtkreis des Leuchters zu schweben schien. „Memento mori!", sprach der Schatten mit sonorem Bass. Leopold erzitterte, ein kalter Schauder lief über seinen Rücken, die Härchen an seinen Armen stellten sich auf. Noch nie hatte ihn eine menschliche Stimme auf vergleichbare Weise angesprochen. Wie aus einem offenen Grab heraus geflüstert klang sie; dumpf und drohend.

„Sie wollen in die Bruderschaft der Freimaurer aufgenommen werden. Die Schärfe meines Schwertes soll Sie an die Tragweite Ihres Entschlusses erinnern. Wir werden Sie nunmehr prüfen. Ein erster Teil dieser Prüfungen ist der Aufenthalt im Raum der Dunkelheit und Ruhe. Finsternis und Stille sind Symbole für die Nacht der Unwissenheit, aus der Sie sich befreien wollen, für das Dunkel des Todes, aus dem heraus Sie in ein neues Leben treten wollen. Wenden Sie jetzt die vor Ihnen liegenden Blätter um, lesen Sie das Geschriebene mit Sorgfalt und Eifer und unterzeichnen

Sie endlich diesen Katalog der Pflichten, denen Sie sich als Bruder Freimaurer zu unterwerfen haben. – Das Tintenfass finden Sie im Inneren des vor Ihnen liegenden Schädels …"

Das aus fünf Seiten bestehende Schriftstück war mit *Alte Pflichten* übertitelt und in sechs Paragrafen unterteilt, die sich mit *Gott und Religion*, *bürgerlicher Obrigkeit – hoch wie niedrig*, mit den *Logen*, mit *Meistern, Aufsehern, Gesellen und Lehrlingen*, der *Leitung der Bruderschaft bei der Arbeit* und mit *maurerischem Verhalten* beschäftigten.

Leopold las den Text einmal, dann, wie er es vom Studium wichtiger Dekrete und Akten gewohnt war, ein zweites Mal: kein Wort über Teufelsanbetung oder Goldmacherei. Einiges von dem, was da geschrieben stand, hatte ihm sein Bürge bereits erklärt, vieles nur angedeutet. Insgesamt war dies die Konstitution einer auf der Gleichwertigkeit ihrer Mitglieder beruhenden Bruderschaft, die sich der Vervollkommnung des Einzelnen und dem Wohl aller Menschen verschrieben hat. Solcherart beruhigt und befriedigt klappte Leopold die Decke des vor ihm liegenden Schädels auf, fand darin ein mit roter Tinte gefülltes Fässchen, tauchte die Feder ein und unterzeichnete das Dokument. Nachdem er seine Unterschrift geleistet hatte, wurden ihm die Blätter abgenommen. Die Stimme forderte ihn auf, sich zu erheben und sich umzudrehen. Dann wurde ihm eine Augenbinde angelegt, der Überrock ausgezogen, die Halsbinde gelöst, das Hemd aufgeknöpft, der rechte Schuh abgestreift (was wegen der Höhe seines Rists einige Mühe bereitete) und die Strümpfe nach unten gerollt. Ein Glück nur, dass ich mir ein Paar neue seidene Strümpfe gekauft habe, dachte Leopold, die alten, immer wieder gestopften, hätten gar zu peinlich ausgesehen ... Eine behandschuhte Hand fasste seine Rechte und führte ihn aus der dunklen Kammer, vermutlich zurück ins Vorzimmer. Jemand betätigte einen metallischen Türklopfer, worauf sich gedämpft eine Stimme vernehmen ließ: „Man klopft als Fremder an die Pforte des Tempels. Frère Sentinelle, sieh nach, wer Einlass begehrt!" Leise kreischte eine Angel, die Tür schwang auf und deutlich drang jetzt eine neue Stimme an Leopolds Ohr: „Wer begehrt Einlass?"

„Ich, in eigenem Namen und im Namen eines freien Mannes von gutem Ruf, der in die Bruderschaft der Freimaurer aufgenommen werden will."

In der folgenden Stunde wurde Leopold mit weiterhin verbundenen Augen dreimal im Kreis durch den Logenraum geführt. Aufgrund des langen Verweilens in der dunklen Kammer und des Tragens der Augenbinde war Leopolds Gehör so geschärft, dass er selbst leiseste Geräusche in seiner Umgebung deutlich wahrnahm. So blieb ihm nicht verborgen, dass einige der anwesenden Männer gelegentlich unruhig auf ihren Sesseln herumwetzten, während andere sich zwischendurch erhoben und umhergingen. Einer räusperte sich immer wieder, ein anderer atmete schwer und pfeifend, ein Dritter schnell und oberflächlich. Und auch seine Nase war feiner geworden.

Er unterschied diverse körperliche und textile Ausdünstungen und mehr oder weniger gelungene Versuche, diese durch Duftwässer zu übertünchen.

An verschiedenen Punkten dieser wohl symbolisch zu verstehenden Reise veranlassten ihn die ihn führenden Hände innezuhalten, um von verschiedenen Stimmen, die von unterschiedlichen Ecken des Raumes her erklangen, Erläuterungen und Ermahnungen zu erfahren. An diese anschließend wiederholte sich die stets von einem Platz am hinteren Ende des Zimmers mit einem Hammerschlag eingeleitete und an Leopold gerichtete Frage, ob er nach dem bisher Gehörten weiterhin bereit sei, in den Bund der Freimaurer einzutreten. Nachdem dies dreimal geschehen war, wurden Leopold die sechs Paragrafen der *Alten Pflichten* vorgelesen, woran sich die Aufforderung knüpfte, ein letztes Mal zu überlegen, ob sein Wille und seine Kraft ausreichen würden, diese Verpflichtungen einzugehen und zu erfüllen. Hierfür wurde ihm eine kurze Bedenkzeit gegeben.

Von der Stirnseite des Raumes ertönte ein einzelner Hammerschlag, man hörte, dass sich die Anwesenden erhoben. Die nun eintretende Stille war noch umfassender als jene, die zuvor in dem dunklen Zimmer geherrscht hatte. In Leopolds Brust hingegen hämmerte sein Herz so laut, dass er meinte, die Wände des Tempelraumes müssten davon widerhallen und erzittern. Waren die Schläge seines bang pochenden Herzens identisch mit den Hammerschlägen des Ordensobersten, waren sie das Medium, das Fluidum, mithilfe dessen die Weitergabe ewig gültiger Ideen und Anschauungen möglich war? War Freimaurerei etwas, das sich eigentlich und ausschließlich in den Herzen der sich zu ihr bekennenden Männer vollzog? Konnten ihre wahren Geheimnisse deshalb nur gefühlt und daher nie verraten werden?

„Die Frist ist um! Wer sich nicht stark genug fühlt, um die Pflichten eines Bruder Freimaurers auf sich zu nehmen, verlasse unverzüglich diesen Raum!"

Nichts regte sich. Auch Leopold verharrte unbeweglich an seinem Platz.

„Da Sie an Ihrem Entschluss festhalten, ein Bruder Freimaurer zu werden, fordere ich Sie nunmehr auf, die Rechte auf die Bibel zu legen und mir nachzusprechen: Ich, Leopoldus Paur, der Rechte Doktor, auch Hof- und Gerichtsadvokat ..."

„Ich, Leopoldus Paur, der Rechte Doktor, auch Hof- und Gerichtsadvokat, bin gewillt, ein Bruder Freimaurer zu werden, und bereit, die *Alten Pflichten* der Bruderschaft der Freimaurer auf mich zu nehmen."

„Ich nehme Ihr Wort an Eides statt an."

„Der Bund zwischen Ihnen, mein Bruder Leopold, und dem Orden der Freimaurer ist hiermit fürs Leben geschlossen. Seien Sie willkommen in unserer Mitte!"

Leopold wurde auf die andere Seite des Raumes geführt.

Eine Stimme sagte: „Frère Grand Maître, ich ersuche Sie für den Récipiendaire um das Große Licht."

„Geben Sie ihm das Große Licht!"

In diesem Moment wurde Leopold von seinem Bürgen die Augenbinde abgenommen. Im gleißenden Licht der gleichzeitig entzündeten Kerzen der Wandlampen stand Leopold umringt von einem halben Dutzend Männer, hinter deren Rücken ein Fresko mit einem Regenbogen die gesamte hintere Schmalseite des Zimmers bedeckte. Es bedurfte eines zweiten Lidschlages, um die geblendeten Augen zu trocknen und den bis dahin nach innen gewandten Blick zu schärfen. Erst jetzt konnte Leopold die Spitzen der auf ihn gerichteten Schwerter, die Gesichter der Männer, die sie hielten, und schließlich deren nähere Umgebung und ihre Einrichtung erkennen. Er befand sich in einem schmalen, lang gestreckten Raum mit hoher Decke, von der ein dreieckiger Leuchter hing. An den beiden mit Statuen und Stuckreliefs geschmückten Seitenwänden waren Bänke und Stühle aufgestellt, vor denen etwa zwei Dutzend Männer standen. Die meisten trugen dunkle oder rote Fräcke, manche waren in Uniform, einige ihrer Tracht nach als Handwerker zu erkennen, und auch ein oder zwei Herren in Soutanen erblickte Leopold zu seiner Überraschung. Den größten Eindruck machte auf ihn jedoch ein groß gewachsener Mohr, dessen weißer Turban einen bemerkenswerten Kontrast zu seiner ebenholzfarbenen Haut bildete. Allen Anwesenden gemeinsam war ein heller Lederschurz um die Hüften.

„Die auf Sie gerichteten Schwerter sollen Sie an die Strafe erinnern, die jedem Verräter droht, der die Geheimnisse unserer Bruderschaft nach außen trägt ..."

Auf ein Kommando des Mannes, der an einem Tisch oder Altar vor dem Regenbogenbild seinen Platz hatte und wohl der Großmeister dieser Loge sein musste, hoben die im Halbrund vor Leopold stehenden Männer die Schwerter in die Höhe.

„Die erhobenen Schwerter hingegen zeigen Ihnen den Schutz an, der jedem rechtschaffenen Bruder Freimaurer von seinesgleichen zu jeder Zeit und an jedem Ort zuteilwird."

In der Mitte des Raumes waren mit Kreide auf den Holzboden zwei Säulen, ein Zirkel, ein Winkelmaß, zwei Steine – einer davon rau, der andere glatt –, eine Knotenschnur und ein Senkblei gezeichnet worden. Umringt wurden diese Zeichnungen von drei Säulen, an denen je eine Kerze brannte.

„Meine Brüder, lasst uns unseren neu eingeweihten Bruder in die unzerreißbare Kette der Bruderschaft aufnehmen."

Die Männer traten nun einige Schritte vor und reichten einander – ohne Ansehen der Person oder des Standes – die Hände: der Pfaffe dem Mohren, der Graf dem Handwerker, der Beamte dem Musikus. Jetzt erst hatte Leopold erstmals Gelegenheit, seine neuen Ordensbrüder genauer zu mustern. Als sein Blick über die Gesichter der Anwesenden wanderte, erkannte er seinen Freund Mannsperger, einige Hofbeamte und auch Advokatenkollegen. Alle nickten ihm wohlwollend und aufmunternd zu.

Nach dem offiziellen Teil der Einweihung war man noch bei einigen Gläsern Wein beisammengesessen und Sudthausen hatte Leopold weitere Einzelheiten des maurerischen Ritus erläutert wie auch, dass es neben dem heute praktizierten, nach dessen Erfinder und seinem Freund Graf von Zinnendorf benannten und aus Schweden stammenden System noch eine ganze Reihe anderer Maurerrituale gebe; unter ihnen jene des Ordens der *Strikten Observanz* und der *Illuminaten*, weiters das in Frankreich weit verbreitete *Clermont-System* sowie solche der rosenkreuzerischen und alchemistischen Gesellschaften. Ein Umstand, der zu Verwirrung und Unstimmigkeiten unter den Brüdern Freimaurer geführt habe. Deshalb bemühe man sich, den österreichischen Kaiser als Schutzherrn für die nach dem *Zinnendorf-Ritus* arbeitenden Logen zu gewinnen. Diesem Zweck diene auch ein an Joseph II. gerichtetes Schreiben der unter der Patronanz des preußischen Königs stehenden Großloge von Berlin, in dem der Monarch um ein Protektorium für die erst vor wenigen Wochen etablierte österreichische Provinzialloge ersucht werde. Schließlich vertraute Sudthausen Leopold an, dass ihm dank seiner Vermittlung vor wenigen Wochen eine Audienz beim Kaiser gewährt worden sei, über deren Verlauf er ihm, Leopold, gern demnächst unter vier Augen berichten würde. Hier sei nicht der richtige Ort, denn die Spitzel des Polizeiministers Pergen infiltrierten möglicherweise mittlerweile auch die Freimaurerlogen.

Wenn auch die Aussicht auf eine Erzählung über eine kaiserliche Audienz aufregend sein mochte, so galt Leopolds Interesse im Augenblick hauptsächlich dem Afrikaner mit dem Turban. Um mehr über dieses Geschöpf zu erfahren, wandte sich Leopold an seinen Freund Mannsperger.

„Lieber Bruder Mannsperger, sage mir: Wer ist dieser Mohr? Und wie kommt es, dass einer wie er auch ein Bruder Freimaurer sein kann?"

„No, da schau ich aber! Du weißt nicht, wer Angelo Soliman is? Auf welchem Stern lebst du denn, mein teurer Bruder Leopoldus? Komm, setz dich her und lass dir erzählen ..."

In welche Welt war Leopold da vorgestoßen! Afrikanische Prinzen bevölkerten dieses neue Universum, in dem wahre brüderliche Eintracht zu herrschen und sich Macht mit Geist zu paaren schien, ebenso wie adelige Höflinge. In einem solch fantastischen Kosmos der Toleranz und Weisheit werde ich endlich verständige Unterstützer für die Verwirklichung meiner Traumstadt finden können, dachte Leopold voller Euphorie.

Ja, nicht nur den geheimnisvollen Hofmohren Angelo Soliman darf ich jetzt *Bruder* nennen, überlegt Leopold und biegt in die Sterngasse ein, sondern auch den einflussreichen Rittmeister von Sudthausen.

28. Juni 1776

Die Ermunterung

Vier Tage nach seiner feierlichen Einweihung in den Bund der Freimaurer treffen Leopold und Sudthausen wieder zusammen. Der Rittmeister hat als Ort der Zusammenkunft neuerlich den Augarten vorgeschlagen. Aus Angst, zu spät zu kommen, ist Leopold viel zu früh eingetroffen. Da es ihm unangenehm ist, vor dem Eingangstor zu warten, begibt er sich ins Innere des Gartens, wo er die kiesbestreuten Wege entlangwandert. Und mit ihm wandern seine Gedanken zu ihrem liebsten Ziel: der Stadt im Traume. Die Arbeit an den Skizzen und Plänen ist Leopold in den vergangenen Wochen gut von der Hand gegangen. Die Aussicht auf seine Aufnahme in den erlauchten Zirkel hat ihn angespornt und seinen Geist empfänglicher gemacht für neue Anregungen. Unlängst ist sein Blick beim Verlassen des Hofkriegsratsgebäudes auf das schräg vis-à-vis liegende Hallweilische Haus gefallen. Und obschon Leopold daran unzählige Male vorbeigegangen war, stellte er an diesem Tag fest, dass die Proportionen des unlängst in dem neuen, schnörkellosen Baustil renovierten Gebäudes ganz den Vorstellungen von den für seine Stadt erdachten Wohnhäusern entsprachen. Lediglich ihre Fenster sollten noch größer sein als jene ihres Vorbildes. Denn Leopold will den Einwohnern seiner Stadt Licht geben, viel Licht. Zu abstoßend ist ihm das modrig-rauchige Halbdunkel in der Stube und das säuerliche Zwielicht in den Kammern des väterlichen Hofes in Erinnerung. Ein Gestank, nein, ein Gefühl, das sich auf die Kleider setzte und aufs Gemüt; das eindrang in die Fasern der Hemden, der Haut und des Hirns. Aus allen Ecken und Ritzen, baulichen wie körperlichen, strömte diese an Vergänglichkeit und Verwesung gemahnende Ausdünstung, derer man sich weder durchs Scheuern mit Essigwasser noch durchs Baden mit Kernseife entledigen konnte. Zumindest nicht in der kalten Jahreszeit. In den kurzen Wochen des lang ersehnten Sommers bildeten dann der harzige Duft gefällter Bäume, der würzige Geruch gemähter Wiesen und das trockene Aroma des gedroschenen Korns das dankbar genossene Antidot gegen diesen alles zersetzenden Brodem. Die Bewohner moderner Städte entbehren dieses Heilmittels jedoch, wie Leopold aus leidvoller Erfahrung weiß. Deshalb soll ein beständig durch die streng symmetrisch angelegten Straßen und Plätze streichender Wind den Menschen seiner Stadt dieses Elixier ersetzen; soll die Sonne dank ausreichender Abstände zwischen den Gebäuden und dank hoher Fenster ihr reinigendes Licht, ihre heilsame Helligkeit in alle Winkel strahlen, die baulichen wie die körperlichen.

„Ehrwürdiger Bruder Paur! Hier finde ich Sie also!"

Sudthausen reicht Leopold erfreut die Hand und begrüßt ihn mit rhythmischem Daumendruck nach Art der Brüder Freimaurer.

„Verzeihen Sie, Herr Rittmeister ..."

„Lieber Herr Paur, wir sind jetzt Brüder im Geiste des flammenden Sterns. Bitte, machen Sie mir die

Freude, mich mit meinem Vornamen anzusprechen. Ich will es gern ebenso halten, wenn es Ihnen recht ist."

„Es gereicht mir zur Ehre, ehrwürdiger Bruder Franz."

„Ausgezeichnet. Denn was ich Ihnen nun berichten möchte, lieber Leopold, kann nur unter dem Siegel der Verschwiegenheit geschehen: Dank Ihrer Vermittlung wurde mir, wie ich Ihnen schon erzählt habe, die Ehre einer Audienz bei Seiner Kaiserlichen Majestät zuteil."

„Demnach ist der Einfluss des Oberleutnants Günther beim Kaiser sogar ein noch größerer, als von meinem Freund Mannsperger erwartet", sagt Leopold nicht ohne Stolz.

„Durchaus, lieber Leopold, durchaus. Bruder Valentins Meinung gilt beim Kaiser viel ..."

„Bruder Valentin?! Auch er gehört dem Bunde an?"

„Ja. Es stellte sich heraus, dass er unlängst in einer ungarischen Bauhütte den Gesellengrad erhalten hat. Am zehnten Mai empfing mich dank Bruder Valentins Fürsprache Seine Majestät in der Hofburg. Obzwar ich für zehn Uhr morgens einbestellt war, musste ich etwa eine Stunde im Vorzimmer warten, weil der polnische Gesandte noch beim Kaiser war. Schließlich wurde ich vom Kammerdiener angemeldet und vorgelassen. Bei meinem Eintritt ins Empfangszimmer stand der Kaiser in der Mitte des Raumes, um meine Referenz entgegenzunehmen. Bald winkte er mich näher und forderte mich auf das Entgegenkommendste auf, ihm weitere Einzelheiten meiner Rechtsangelegenheit zu erläutern. Allem Anschein nach hatte ihn sein Konzipist darüber schon in groben Zügen unterrichtet. Nach weiteren Fragen zu Details der Causa durfte ich Seiner Kaiserlichen Hoheit eine von mir vorbereitete Denkschrift überreichen. Der Kaiser versprach, ein diesbezügliches Dekret an den Reichshofrat zu verfassen, um sicherzustellen, dass der Fall ehebaldigst Behandlung erfahre und zu einem Abschluss gebracht werde.

Durch die Freundlichkeit des Kaisers couragiert, ergriff ich die Gelegenheit, ihm auch das Anschreiben, das mir von der *Großen Deutschen Landesloge* in Berlin übergeben worden war, einzuhändigen. Als ich den Absender des Schreibens nannte, verfinsterte sich die Miene Seiner Kaiserlichen Hoheit merklich, sodass ich fürchten musste, einen Fauxpas begangen zu haben. Der Kaiser fragte mich auch sogleich, was denn die Herren Freimaurer von ihm wollten, wo er doch keiner von ihnen sei. Ich erläuterte Seiner Majestät, dass man ihn in Berlin um die Gunst ersuche, ganz nach dem Vorbilde des preußischen Königs, für die in allen deutschen Landen arbeitenden Logen ein Protektorium auszusprechen. Der Kaiser hatte in der Zwischenzeit den Brief geöffnet und nachdem er ihn sorgfältig studiert hatte, fragte er mich, wie er denn eine Schirmherrschaft über einen Orden übernehmen könne, der von sich selbst behauptet, über Geheimnisse zu verfügen, von denen er keine Kenntnis habe. Ich versicherte die Kaiserliche Hoheit daraufhin, dass unser Bund sich lediglich mit Dingen befasse, die dem Wohl der Menschheit dienten. Insofern verfolge die Freimaurerei ähnliche Ziele wie er selbst. An dieser Stelle lenkte ich Seiner Majestät Aufmerksamkeit darauf, dass die Öffnung der kaiserlichen Jagdreviere zur Erbauung des Volkes ein leuchtendes Vorbild für jeden aufgeklärten Menschen darstelle. Kein Wort könne die Ziele unseres Ordens trefflicher beschreiben als das kaiserliche Motto ‚Alles für das Volk‘. Dies erkläre auch, warum sich die Vertreter unserer Bruderschaft vertrauensvoll mit der Bitte um kaiserlichen Schutz an Seine Majestät zu wenden wagten. Der Kaiser bestätigte mir, dass er keine schlechte Meinung von der Freimaurerei habe und dass diese nichts von ihm zu befürchten habe, solange man weiterhin humanitäre Ziele verfolge. Dessen ungeachtet sei es ihm aufgrund der in Wien obwaltenden Umstände unmöglich, einen offiziellen Schutzbrief zu erlassen."

„So konnten Sie den Kaiser demnach nicht dazu bewegen, das von der Berliner Großloge erbetene Protektorium zu erteilen?"

„Nun, Seine Majestät hat sich, wohl in Anbetracht der offenen Unterstützung des preußischen Königs für die Ziele unseres Bundes, dazu bereit erklärt, wenn schon kein offizielles Schutzschreiben, so doch einen persönlichen Brief an die Brüder in Berlin zu diktieren. Nach einer kurzen Pause des Nachdenkens gab Seine Majestät jedoch zu bedenken, dass besagter Brief nur schwerlich per Post nach Berlin geschickt werden könne, da sonst eine Stunde später ganz Wien dessen Inhalt kennen würde. Man bedenke: Der Kaiser selbst kann den Beamten in der Hofpoststelle nicht trauen!"

„In diesem Zusammenhang darf ich mir, Bruder Franz, den Einwand erlauben, dass unsere Kaiserliche Majestät an diesen Zuständen nicht ganz unschuldig ist. Hat der Kaiser doch höchstselbst seine Beamten dazu aufgefordert, nicht nur die Untertanen, sondern auch einander zu überwachen. Sogar Belobigungen und Belohnungen winken denjenigen, die verdächtige Umtriebe melden. Solcherart gedeihen daher Misstrauen und Denunziationen allenthalben."

„Ja, diesen Eindruck habe ich auch schon bald nach meiner Ankunft hier in Wien gewonnen ... Wie dem auch sei. Schlussendlich hatte der Kaiser die Güte, mir zu versichern, dass ich in vierzehn Tagen den Brief persönlich eingehändigt bekommen würde, um ihn nach meiner Rückkehr nach Berlin in der Großloge abzuliefern ..."

Plötzlich wird die zähflüssige vormittägliche Ruhe über dem Augarten von wildem Gewieher zerteilt. Ein Schreckensschrei zerreißt die Luft. Die beiden Männer schauen auf. Das Pferd eines Herrenreiters hat gescheut und geht in gestrecktem Galopp durch. Im Weg des stampfenden Rosses stehen eine Dame und ihre Zofe. Während das Dienstmädchen aus Leibeskräften um Hilfe schreit, scheint ihre Herrin vom Donner gerührt stumm Wurzeln geschlagen zu haben. Leopold erkennt die hohe Gestalt und das schmale Antlitz der Versteinerten. Es ist die Unbekannte, derentwegen er seinerzeit die Kirche im Himmelpfortkloster aufgesucht hat. In dieser Sekunde weiß Leopold mit Bestimmtheit, dass der Frau nichts passieren wird, ja nichts passieren darf. Sie bürgt mit ihrer Unversehrtheit auf unerklärliche Weise für die seines Lebenstraumes. Und tatsächlich gelingt es dem Reiter, die Zügel wieder zu fassen, sein Ross durchzuparieren und wenige Spannen vor den beiden Frauen zum Stehen zu bringen. Der Mann springt aus dem Sattel, reicht der Dame, die jetzt heftig zittert, den Arm und sprudelt einen Sturzbach von Entschuldigungen hervor. Sudthausen, der sich schneller gefasst hat als Leopold, will hinzueilen. Ohne zu wissen warum, hält Leopold den Rittmeister zurück. Ein Gefühl sagt ihm, dass er die Seifenblase, innerhalb derer sich die Ereignisse der vergangenen Sekunden vollzogen haben, nicht zerstören darf, will er das geheimnisvolle Gefüge von Ursache und Wirkung, von Zeit und Ewigkeit nicht zerreißen. Er murmelt etwas wie „Es ist ja gottlob nichts passiert" und „Der Kavalier kümmert sich ohnehin schon um die Dame". Sudthausen ist über Leopolds eigentümliches Verhalten nicht wenig verwundert, lässt sich von ihm aber zurückhalten, als dieser darauf drängt, die Details der zweiten Audienz beim Kaiser zu erfahren.

„Zwei Wochen später empfing mich Seine Majestät zum zweiten Mal, diesmal im kaiserlichen Lustschloss zu Laxenburg. Zunächst kam die Rede auf meinen Prozess, von dem der Kaiser meinte, dass ich nach seiner Intervention sehr bald eine Sentenz des

Reichshofrates erwarten könne. Sodann brachte Seine Kaiserliche Hoheit die Sprache neuerlich auf den besagten Brief an die deutsche Großloge, der aufgrund anderweitiger Verpflichtungen bis dato leider nicht aufgesetzt worden sei. Ich erklärte daraufhin, dass ich es mit meiner Abreise aus Wien nicht eilig habe, sodass ich die Zeit bis zur Fertigstellung des Schreibens abzuwarten in der Lage sei. In der Folge stellte mir der Kaiser weitere Fragen über die Ziele unseres Bundes und gab seinen Bedenken Ausdruck, dass Enthusiasten und Fanatiker unsere Bruderschaft in Misskredit bringen könnten. Auch sei die große Zahl einander widersprechender Maurersysteme und -lehrmeinungen oftmals verwirrend und bisweilen ärgerlich. Ich musste Seiner Majestät in dieser Einschätzung freilich recht geben, wies aber darauf hin, dass ein echter und rechtschaffener Maurer schon deshalb kein Fanatiker sein könne, weil er darin geschult sei, alle Dinge, die Maurerei eingeschlossen, aus dem richtigen Blickwinkel zu betrachten und ihnen nicht mehr Bedeutung beizumessen, als sie tatsächlich verdienen. Der wahre Maurer gründet sein Urteil nicht auf Hypothesen und Meinungen, sondern stets auf anerkannte Wahrheiten. Meine Rede, so will es mir bei aller geziemenden Bescheidenheit scheinen, dürfte auf den Kaiser einen so positiven Eindruck gemacht haben, dass er plötzlich zu mir sagte: ‚Sie erzählen mir so viel Gutes von diesem Bund, dass ich selbst ein Freimaurer werden möchte. Können Sie mich gleich hier und jetzt in den Orden einführen? Ich gebe Ihnen mein Wort, dass das, was Sie mich lehren werden, verschwiegen bleiben soll.' Ich muss Ihnen, lieber Bruder Leopold, gestehen, dass mich, wiewohl ich auf diesen Punkt hingearbeitet hatte, die Spontaneität, mit der der Kaiser seinen Wunsch nach Aufnahme in den Bund äußerte, doch sehr überraschte. So sehr, dass ich verabsäumte, das Naheliegende zu tun. Ich fürchte, ich habe durch mein Zaudern eine unwiederbringliche Gelegenheit ungenutzt vorüberziehen lassen. Dies umso mehr, als ich schon wenige Tage nach dieser Audienz erfahren habe, dass mein Besuch keine geringe Aufregung unter den der *Strikten Observanz* angehörenden Hofbeamten hervorgerufen hat. Dies erzählte mir Seiner Majestät Obersthofstallmeister Graf Dietrichstein, der ebenfalls ein Anhänger unseres *Zinnendorfischen Systems* ist. Zwar teilt Bruder Dietrichstein die Auffassung, dass ich recht daran getan habe, den Kaiser nicht stante pede einzuweihen, gab mir aber zu verstehen, dass unsere Feinde nun gewarnt seien und nichts unversucht lassen würden, um unsere maurerische Lehrart in Misskredit zu bringen. Insbesondere der kaiserliche Kämmerer Graf von Thurn und Valássina-Como-Vercelli, Ritter des Ordens der *Strikten Observanz*, dem gegenüber Seine Majestät nach meinem Fortgang die Vorzüge der *Zinnendorfischen Maurerei* gelobt hatte, hätte sogleich begonnen, Intrigen zu schmieden. Trotz allem bin ich weiterhin davon überzeugt, dass ich auf keinen Fall hätte anders handeln können, wenn mir die Wahrheit und die Weisheit unserer Bruderschaft am Herzen liegen. Und so wird erst die Geschichte zeigen können, ob der Rittmeister Sudthausen ein einfältiger Narr oder ein aufrechter Bruder Freimaurer gewesen ist."

Die Sonne steht schon hoch am vergissmeinnichtblauen Sommerhimmel, als Sudthausen seine Erzählung beendet hat. Leopold beginnt unter seiner Perücke zu schwitzen.

„Aber nun genug davon, lieber Bruder Leopold, sagen Sie mir, wie steht es mit Ihren Plänen für die Traumstadt?"

„Die Pläne gedeihen prächtig, lieber Bruder Franz. Allein, was mir noch immer schlaflose Nächte bereitet, ist die Frage ihrer Finanzierung. Wie soll ein rechtschaffener Jurist zu so viel Geld kommen, wie dafür nötig sein wird?"

„Entstammt Ihre Ehegattin denn nicht einer ebenso einflussreichen wie wohlbestallten Kaufmannsdynastie? Mir scheint, Sie erwähnten so etwas."

Ich entsinne mich nicht, ihm etwas über Katharinas Familie erzählt zu haben, denkt Leopold.

„Sie haben recht, lieber Bruder Franz. Die Décrets sind eine wohlhabende Familie aus der Heimat des Prinzen Eugen. Doch leider stellt ihre – nennen wir es – Sparsamkeit ihren Reichtum noch in den Schatten." Leopold lächelt schmerzlich.

„Ich verstehe", erwidert der Diplomat.

„Darüber hinaus erstrebe ich für meine Traumstadt nicht nur eine einmalige Geldquelle, sondern bin auf der Suche nach einer Möglichkeit, ihr und ihren Bewohnern ein Fortkommen auf Dauer zu sichern."

„Nun, dazu bedürfte es wohl einer Art Erfindung, die nur Ihnen allein bekannt ist, nach der aber alle Welt stets trachtet. Etwas, was beispielsweise ewige Jugend verspricht oder zumindest lange Gesundheit. Sie müssten also wohl einen Jungbrunnen, den Stein der Weisen oder die Quintessenz finden, werter Bruder."

„Ja, das muss ich wohl", antwortet Leopold nachdenklich.

„Wenn dies gelingen kann, dann wohl am ehesten mithilfe der Weisheit der Brüder unseres Bundes."

„Nach all dem Guten, das Sie dem Kaiser und mir über die Bruderschaft erzählt haben, kann ich es kaum erwarten, in deren Geheimnissen unterrichtet zu werden und mich in der königlichen Kunst zu üben."

„Haben Sie Geduld, lieber Leopold. Die wahren Mysterien der Maurerei erschließen sich nur dem, der seine Leidenschaften zu zügeln weiß. Dann allerdings kann ein solcher Mann Weisheit, Stärke und Schönheit in einem Maße erfahren, das weit über alles hinausgeht, was das profane Leben zu bieten hat."

Die beiden Männer sind nun beim Ausgang des Gartens angekommen und treten aus der schattigen Kühle des Torbogens in das gleißende Mittagslicht des Unteren Werds.

„Und jetzt ans Werk, Bruder Leopold. Es ist Hochmittag. Die Zeit, zu der die Maurer ihre Arbeit beginnen!"

12. Jänner 1780

Der Verleger

Hochwohlgebohrner Herr von Murr, Carissimo Christophorus! Dein Brief war mir höchst angenehm. Bis zum heutigen Tage bin ich der wöchentlichen Predigten wegen, die ich in der Theresienkapelle zu halten hatte, und wegen zweimaliger Krankheit, die mich ins Spital der Barmherzigen Brüder brachte, nicht in der Lage und Verfassung gewesen, deine Fragen uiber die Sprache der Abiponen zu beantworten. Dies ist mir erst möglich, nachdem ich nun mit allerhöchster Genehmigung unserer Kaiserin mein Predigeramt wegen Alter und geschwächter Gesundheit niedergeleget habe, schreibt Pater Martin an diesem klirrend kalten Wintermorgen an Christoph Gottlieb von Murr, Herausgeber des *Journals zur Kunstgeschichte und zur allgemeinen Literatur*.

Den kleinen Tisch, auf dem er seine Mahlzeiten einnimmt und an dem er in den vergangenen Jahren an seinem Manuskript gearbeitet hat, wann immer er dazu Gelegenheit fand, hat der Abbé in die Nähe des Kachelofens gerückt. Seit ihn heftige Lungenkatarrhe und Wassersucht immer wieder ans Bett gefesselt haben, verträgt er die Kälte zunehmend schlechter.

Nachdem er seinem Briefpartner einen kurzen Einblick in das Vokabular, die Grammatik und die Aussprache der abiponischen Sprache gegeben hat, beendet der Abbé seinen Brief mit den Worten: *Weiteres uiber die Geschichte, die Gebräuche und die Sprache der*

Abiponen wird ein Buch enthalten, das ich jetzt für den Druck abschreibe. Tui studiosissimus amantissimusque, Martinus Dobrizhoffer.

Seit ein paar Jahren wohnt der Abbé nächst dem Friedhof von Sankt Stephan, wo er bis vor Kurzem als Beichtvater tätig war. Fünf Jahre zuvor ist ihm das Amt des Vorstehers der Lehrlingsbruderschaft entzogen worden und auch seine Position als Prediger in der Kapelle der Hofkanzlei hat er unlängst eingebüßt. Immerhin hat die Kaiserin den Pater, der ihr so beredt von seinen Erlebnissen bei den Indianern in der Neuen Welt berichtet hat, nicht vergessen und ihm aus dem Ärar eine jährliche Pension von dreihundertfünfzig Gulden bewilligt. Durch die Erzählstunden bei den Appartements der Monarchin hat sich Martin Dobrizhoffer seine Reiseerinnerungen wieder ins Gedächtnis gerufen und bald nach der Aufhebung der Gesellschaft Jesu begonnen, sich zu den einzelnen Stationen seiner Missionsarsreisen sowie zur Geografie und Geschichte, Fauna und Flora der von ihm bereisten Provinzen Notizen zu machen. Diese Aufzeichnungen dienten als Grundlage für ein dreiteiliges Werk über Paraguay im Allgemeinen und die Abiponen im Besonderen. Fast vier Jahre lang hat der Abbé dann geschrieben und redigiert, verworfen und korrigiert. Die letzten Monate des vergangenen Jahres sind dem Feinschliff des monumentalen Werkes gewidmet gewesen. Jeder Band wird etwa fünfhundert Seiten umfassen und soll mit mehreren Kupferstichen illustriert werden sowie detaillierte Landkarten enthalten. Der Abbé hat sich nicht nur zur möglichst wirklichkeitsnahen Schilderung der Lebensbedingungen der Indianer und ihres Landes verpflichtet gefühlt; vielmehr ist ihm auch daran gelegen gewesen, sein Buch der Entlarvung der Verschwörer gegen die Gesellschaft Jesu und der Aufdeckung ihrer niedrigen Beweggründe zu widmen. Darüber hinaus versäumt er es nicht, ausgehend von den Erfahrungen, die er mit der Selbstverwaltung der indianischen Reduktionen gemacht hat, Empfehlungen für die Administration des Heiligen Römischen Reiches abzuleiten.

Obwohl der Abbé seinem Briefpartner gegenüber in dem heutigen Schreiben den Eindruck erweckt hat, dass sein Werk schon bald gedruckt und erhältlich sein wird, ist genau das seine größte Sorge: Er hat noch keinen Verleger gefunden, der bereit wäre, seine Reiseabenteuer herauszugeben. Dank der guten Verbindungen, über die die Gesellschaft Jesu von jeher verfügt hat – die Auflösung des Ordens hat in Wien wenig an dessen guter Reputation geändert –, ist es nicht schwierig gewesen, Kontakte zu Buchdruckern zu knüpfen. Auch der Inhalt des geplanten Werkes ist auf Interesse gestoßen. Allein der schiere Umfang des Buches hat sich als bisher unüberbrückbares Hemmnis erwiesen. Niemand war bisher bereit, das finanzielle Risiko, das mit dem Druck und der Bindung von gut tausendfünfhundert Seiten verknüpft ist, auf sich zu nehmen.

Am Nachmittag begibt sich Dobrizhoffer in dieser Sache in die Buchmacherei des Joseph Edlen von Kurzbek. Auf ihn und sein Geschäft ist der Abbé durch die von dessen Verlag veröffentlichten *Neuesten Beschreibungen aller Merkwürdigkeiten Wiens: Ein Handbuch für Fremde und Inländer* und durch die kürzlich erstmals gedruckte *Wienerische Kirchenzeitung* aufmerksam geworden. Das Blatt erscheint zwar nur einmal pro Woche, zeichnet sich aber trotz aller gebotenen Demut dem Kaiserhaus gegenüber durch eine pointierte Kommentierung der allerhöchsten Verordnungen und Dekrete aus, was der ehemalige Jesuit sympathisch findet. Daher ist er schon gespannt darauf, den Mann kennenzulernen, der hinter diesem Journal steht.

Vom Stephansfriedhof ist es nur ein kurzer Weg in die Untere Bräunerstraße. Unweit der dortigen Wechselstube befindet sich in einem Gewölbe das Geschäftslokal des Verlegers. Martin Dobrizhoffer tritt ein und wird von einem Bürodiener nach seinen Wünschen gefragt. Glücklicherweise habe der Herr Verleger gerade eben das Magazin betreten, antwortet man ihm auf sein Begehren, Herrn von Kurzbek sprechen zu wollen. Bald darauf wird Dobrizhoffer von einem Mann begrüßt, dessen Kleidung, Haltung und Mienenspiel ihn von sich einnimmt. Der Buchdrucker muss um die vierzig Jahre zählen, wobei seine flinken freundlichen Augen seinem Antlitz einen weitaus jugendlicheren Eindruck verleihen. Überhaupt ist der ganze Mensch ständig in Bewegung, kaum vermag er ruhig zu stehen oder gar zu sitzen.

„Womit kann ich dienen?", fragt Kurzbek seinen Besucher.

„Ich komme zu Ihnen, um in Erfahrung zu bringen, ob seitens Ihrer Druckerei Interesse bestehen könnte, die Reiseeindrücke eines Missionars von der Neuen Welt, namentlich von dem Staat Paraguay und seinen Völkern, dem Wiener Publikum zugänglich zu machen", antwortet der Abbé, nachdem er sich vorgestellt hat.

„Das Thema klingt recht vielversprechend. Jedoch müsste man naturgemäß mehr von diesem Weltreisenden wissen und einiges von seinem Manuskript, so ein solches vorhanden ist, gelesen haben, ehe man dazu verbindlich Auskunft geben könnte. Ich gehe wohl recht in der Annahme, dass Ihr selbst besagter Missionar seid?" Und statt eine Antwort erst abzuwarten, fährt er fort: „Des Weiteren vermute ich, dass Ihr ein ehemaliges Mitglied der Gesellschaft Jesu seid und dass meine bescheidene Druckanstalt nicht die erste ist, der Ihr in dieser Angelegenheit einen Besuch abstattet. Erstere Tatsache würde bedeuten, dass es eigentlich verwunderlich ist, dass wir uns nicht schon früher begegnet sind. Da ich seit einigen Jahren gegenüber dem Professhaus nächst dem Hallweilischen Haus logiere, müssen wir eine Zeit lang Nachbarn gewesen sein. Letzteres Faktum deutet hingegen darauf hin, dass mein Verlag dem breiten Publikum noch nicht so bekannt ist, wie er es sein sollte."

Obwohl Herrn von Kurzbeks Tonfall erkennen lässt, dass ihm bewusst ist, in welch schwieriger wirtschaftlicher und menschlicher Lage sich jemand wie sein Gegenüber in Anbetracht der herrschenden Umstände befinden muss, ist in seiner Rede keine Spur von Herablassung oder Geringschätzung.

Der Mann gefällt mir, denkt Martin Dobrizhoffer. Er händigt dem Geschäftsinhaber die mitgebrachten Abschriften aus und erwidert: „Sie haben ganz recht mit Ihrer Einschätzung, sowohl meiner Person als auch meiner Sache, Herr von Kurzbek. Dass ich Ihre Niederlassung nicht als erste aufgesucht habe, liegt wohl eher an meiner mangelnden Gelehrsamkeit in dieser Art von Geschäften als an dem mangelnden Ruhm Ihres Verlages. Umso mehr weiß ich es zu schätzen, dass Sie trotzdem eine Prüfung meines Werkes in Erwägung ziehen."

„Dies geschieht, bei allem Respekt gegen den Autor, durchaus in meinem eigenen Interesse." Das Lächeln, das die Worte Kurzbeks begleitet, verstärkt in Dobrizhoffer das Gefühl, es mit einem Geschäftsmann zu tun zu haben, dem nicht nur daran gelegen ist, reichen Profit zu machen, sondern auch daran, seinen potenziellen Autoren von Anfang an mit Wertschätzung zu begegnen.

„Welchen Umfang hat denn das Manuskript?", erkundigt sich Herr von Kurzbek, während er in den Papieren zu blättern beginnt.

„Ich habe meine Schriften in drei Teile gegliedert, wovon jeder wohl an die fünfhundert Seiten umfassen dürfte."

Der Verleger blickt auf. Nun ist doch ein wenig Überraschung in seinem Blick.

„Das sind aber viele Wörter, lieber Dobrizhoffer!"
„Dessen bin ich mir bewusst."

„Nun ist mir auch verständlich, warum sich der sogar mit kaiserlich königlichem Privilegium ausgestattete Herr von Trattner und meine anderen Kollegen dieser Sache nicht widmen wollen – oder können. Außerdem vermute ich, dass Ihr Euch Euer Werk mit einigen Kupferstichen geschmückt ausgedacht habt, was die Kosten noch um ein Beträchtliches erhöht."

„Auch in diesem Punkt trifft Ihre Bewertung ins Schwarze", gibt der Abbé unumwunden zu.

„Was Euch wohl nicht bekannt ist und – aufgrund Eurer, wie ich zu erraten glaube, langen Abwesenheit von unserer vielgeliebten Reichs- und Residenzstadt – nicht bekannt sein kann, ist das Faktum, dass es mir in den letzten Jahren gelungen ist, die von meinem seligen Vater ererbte Druckerei ganz neu einzurichten. Und zwar mit modernen Techniken betreffend den Letternguss und den Buchdruck selbst. Mit diesen Neuerungen ist es nicht nur möglich geworden, illyrische und orientalische Schriften zu drucken, sondern auch umfangreiche Werke in lateinischer oder deutscher Sprache in weit kürzerer Zeit und in weit größerer Qualität herzustellen als meine werten Konkurrenten. Sollten also die übrigen Seiten Eures Manuskripts bestätigen, was die vorliegende Auswahl nahelegt, so sehe ich mich durchaus in der Lage, einer Veröffentlichung näherzutreten."

Das beglückte Lächeln, das die Miene des Abbé jetzt erhellt und das wohl allen eigen ist, die sich über

Monate und Jahre der Erstellung eines literarischen Werkes gewidmet, ja, hingegeben haben, und erste Anerkennung dafür erfahren, entgeht dem Verleger nicht. In Wahrheit ist dies der eigentlich schönste Lohn meines Berufes, denkt Joseph von Kurzbek und lächelt seinerseits. Doch dann gewinnt der Geschäftssinn wieder die Oberhand und er ergänzt mit betonter Nüchternheit: „Ich werde Euer Exposé in den nächsten Tagen eingehender zu prüfen haben und Euch zu gegebener Zeit in Kenntnis setzen, ob und unter welchen Voraussetzungen eine Realisierung des Werkes möglich ist.

Zehn Tage später erhält der Abbé durch einen Boten die Einladung des Verlegers, ihn nachmittags um zwei Uhr in seiner Wohnung Am Hof aufzusuchen. Dort öffnet ihm eine Dienstmagd die Tür, führt den Abbé in ein Zimmer, dessen hohe Wände bis zur Decke mit Bücherregalen gesäumt sind, und bedeutet ihm, in dem Ohrensessel Platz zu nehmen, der dem vor dem Fenster platzierten Schreibtisch gegenübersteht. Dobrizhoffer setzt sich und stellt fest, dass er von seinem Platz aus direkt auf jenen Teil des einstigen Professhauses blickt, in dem seinerzeit die Bibliothek untergebracht war. Diese beiden Bibliotheken mögen aus räumlicher Sicht gesehen zwar nur wenige Klafter trennen, historisch betrachtet liegt zwischen ihnen hingegen der tiefe Graben, der zwei Epochen scheidet, sinniert der pensionierte Jesuitenpater. Der Schreibtisch, vor dem er sitzt, ist ein charakteristischer Vertreter dieser modernen Zeit, die sich gleichwohl so sehr an der Antike orientiert: Die rechteckige Schreibplatte aus Nussholz weist schmale bandförmige Marketerien aus hellen und dunklen Hölzern auf, ist davon abgesehen aber schlicht ausgeführt. Auf die Verwendung von Schnitzereien, Schnörkeln und Goldfarbe wurde ganz verzichtet. Man erkennt daran die Geisteshaltung des Auftraggebers, der den Tischler angewiesen haben muss, bei der Ausführung des Möbels ein Höchstmaß an Geradlinigkeit und Funktionalität zu verwirklichen.

Es vergehen zehn Minuten, eine Viertelstunde. Irgendwo in der Wohnung tickt eine Uhr, ansonsten herrscht eine Stille, die die innere Unruhe des Wartenden noch vergrößert. Da er es auf seinem Sessel nicht mehr aushält, steht Dobrizhoffer auf und tritt an die Regale und Kästen heran. Die Titel auf den Rücken der Bücher untermauern seine These von einem neuen Zeitalter, das nun angebrochen ist und dessen Avantgarde sie repräsentieren. Klopstocks *Messias* steht neben Lessings *Nathan*, Rousseaus *Nouvelle Héloïse* teilt sich ein Regalbrett mit Smith's *Inquiry into the Nature and Causes of The Wealth of Nations,* man sieht Goethes *Werther* und Winckelmanns *Gedanken über die Nachahmung der griechischen Werke in der Malerei und Bildhauerkunst*. Dass von der *Encyclopédie* des Atheisten Diderot alle bisher erschienenen Bände hier ebenfalls versammelt sind und sogar einen Ehrenplatz einzunehmen scheinen, lässt den Abbé allerdings heftigen Unmut empfinden. Schließlich ist dieses gotteslästerliche Lexikon im

Begriff, das bisher berühmteste, von Dobrizhoffers französischem Ordensbruder Pierre Bayle verfasste *Dictionnaire historique et critique* zu verdrängen.

Hinter dem Besucher knackt eine Parkette. „Die Welt um uns herum ist im Aufbruch begriffen, verehrter Herr Dobrizhoffer. Und woran könnte man das besser erkennen als an den Büchern, die diesem Aufbruch vorausgegangen sind, ja, ihn geradezu herbeigeschrieben haben?"

Der Angesprochene zuckt zusammen..

„Verzeiht, wenn ich Euch erschreckt haben sollte."

„Nicht Sie haben mich erschreckt, Herr von Kurzbek, sondern dieses *Wörterbuch der Wissenschaften, Künste und Berufe*, das aus der Feder dieses gottlosen Franzosen stammt."

„Man sollte mit den Gedankengängen seiner Widersacher vertraut sein, meint Ihr nicht? Doch seid Ihr nicht gekommen, um mit mir über die Bücher anderer Autoren zu disputieren, und so will ich Eure Geduld nicht länger strapazieren. Die sorgfältige Lektüre der paar Dutzend Seiten, die Ihr mir aus Eurem Manuskript überlassen habt, hat meinen ersten Eindruck nicht nur bestätigt, sondern noch übertroffen. Die Genauigkeit und die Lebhaftigkeit Eurer Erzählung sind außerordentlich. Ihr versteht es meisterlich, den Leser gleichermaßen zu unterhalten wie zu unterrichten. Eine erste Überschlagsrechnung der zu erwartenden Kosten für die Herstellung der ersten fünfhundert Stück, inklusive der gewünschten Kupfertafeln und Karten, hat gezeigt, dass die modernen Techniken unserer Druckerei einen Verkaufspreis ermöglichen werden, der der Leserschaft vernünftig erscheinen wird. Von Seiten der Zensur erwarte ich keine Schwierigkeiten. Kurz und gut, lieber Abbé: Wir werden Euer Buch verlegen!"

30. Jänner 1782
Das Zusammentreffen

Fünf Jahre sind seit der Abreise von Leopolds Bürgen und Mentor vergangen. Ende Mai 1776 hat der Rittmeister das vom Kaiser begehrte Schreiben an die deutsche Großloge erhalten. Nach der Gründung einiger weiterer Logen in Ungarn ist er schließlich im April 1777 nach Berlin zurückgekehrt. Für Leopold waren diese Jahre geprägt von Instruktionen über das freimaurerische Ritual, von Vorträgen über mystische und praktische Aspekte des Lebens und von Liederabenden und Tafellogen. Gelehrte Männer berichteten über die Mysterien der alten Ägypter ebenso wie über neue Methoden des Armenwesens oder die Notwendigkeit des Unterrichts für stellungslose Dienstmädchen. Gekrönt wurde Leopolds freimaurerische Laufbahn durch die Erhebung zum Meister. Dass dieser Akt zwar symbolisch zu verstehen ist, jedoch körperlich durchlebt werden muss, bescherte Leopold ein Erlebnis, das sich an Intensität mit jenem seiner Einweihung messen konnte, ja, dieses sogar noch übertraf. Im Mittelpunkt der Zeremonie stand die Darstellung der Hiramslegende, der zufolge der Architekt von Salomons Tempel von ruchlosen Bauleuten ermordet und sein Leichnam verscharrt wurde. Als Leopold, mit einem schwarzen Tuch bedeckt, in seinem Sarg lag, um an die Endlichkeit seiner irdischen Existenz gemahnt zu werden, legte sich unvermittelt die Erinnerung an den Tod seiner verstorbenen Söhne auf seine Brust wie Tonnen von Erdreich. Vor vier Jahren sind Maximilian und Johannes Baptist Nikolaus an Kindsblattern erkrankt. Zuerst war ein Rachenkatarrh, dann hohes Fieber aufgetreten. Als nach einem fieberfreien Tag die Temperatur wieder gestiegen war und sich im Gesicht und an den Armen erste Flecken und Pusteln gezeigt hatten, war Leopold und Katharina klar gewesen, welcher Feind die Belagerung ihrer Familie begonnen hatte. Bald verbreitete sich ein fürchterlicher Gestank in der Paurischen Wohnung. Das Bestreben der Eltern bestand nun in erster Linie darin, Leopolds Erstgeborenen und die zweijährige Maria vor einer Ansteckung zu schützen. Die Fenster wurden sperrangelweit aufgerissen, alles mit Essigwasser gereinigt. Nach zwei Wochen waren die beiden Buben der Krankheit erlegen. Der jüngere hatte drei Tage länger durchgehalten, dann war auch er, übersät mit prallen Eiterbläschen, Blut hustend und spuckend, gestorben. Unschuldige kleine Menschen sind sie gewesen, vier und fünf Jahre alt, die lange gekämpft, sich aufgebäumt und sich an ihr zartes Leben geklammert hatten.

Leopold fühlte sich in seinem Sarg liegend wie lebendig begraben, fühlte einen Panzer sich immer enger um seine Brust legen. Schon meinte er, in der schwülen Schwärze ersticken zu müssen, als endlich die samtene Decke zurückgeschlagen wurde. Der Meister vom Stuhl hob mithilfe der beiden Brüder Aufseher Leopold aus dem Grab, legte ihm die Hand um den Nacken und flüsterte ihm das geheime

Meisterwort ins Ohr, womit ihm der Meistergrad erteilt wurde.

Auch sonst ist viel geschehen in diesen Jahren; in Leopolds näherer wie in seiner ferneren Umgebung. Katharinas Onkel ist beim zweiten Anlauf endlich nobilitiert und mit dem heiß begehrten Adelsprädikat „Edler von" belehnt worden. Ihr Bruder Franz junior ist im August des Jahres 1780 im Alter von zweiundvierzig Jahren an Lungenschwindsucht gestorben. Und auch die Kaiserin Maria Theresia ist bald nach Beendigung des bayerischen Erbfolgekriegs vom Herrgott zu sich geholt worden und hat ihren letzten irdischen Weg in die Kapuzinergruft angetreten, wo sie neben ihrem geliebten Gatten die Auferstehung am jüngsten Tag erwartet. Ihr Sohn hat seine bereits früher eingeleiteten Reformen ins Werk gesetzt. Als deren vorläufige Höhepunkte waren zweifellos die Gewährung der Pressfreiheit und die Herablassung des Toleranzedikts zu sehen. Als Leopold dessen Kundmachung im *Wienerischen Diarium* las, fiel ihm sein Disput mit Mitzi Engel wieder ein. Tatsächlich war es so weit gekommen, dass es Protestanten und Juden jetzt erlaubt war, an der Hochschule zu studieren und sich in Sänften durch die Stadt tragen zu lassen. Die Welt steht auf kan Fall mehr lang, wird sich die Mitzi wahrscheinlich denken, überlegte Leopold.

Die Erkenntnis, dass die vom Kaiser anbefohlene Einrichtung eines Lehr- und eines Arbeitshauses für Dienstboten zur Unterbindung der Prostitution auf den Einfluss der Brüder Freimaurer bei Hofe zurückgeht, verdankt Leopold seiner sich vergrößernden Einsicht in die Arbeitsweise des Ordens. Denn auch nach seiner Erhebung in den Meistergrad versäumt er kaum je eine Logenarbeit, nimmt alle Belehrungen begierig in sich auf und besucht fleißig die geselligen Zusammenkünfte. Katharina nimmt Leopolds Engagement in diesem zwar rein katholischen, nichtsdestoweniger aber immerhin Geheimbund mit respektvollem Misstrauen zur Kenntnis und lässt ihn gewähren. Letztlich auch beseelt von der Hoffnung auf Besserung der finanziellen Situation der Familie. Die Loge nahm indes immer neue Mitglieder auf, unter ihnen den Mohren Angelo Soliman und den Vizepräsidenten der Obersten Justizstelle, Franz Wenzel Graf Sinzendorff. Ein größeres Logenlokal wurde gesucht und schließlich im Baron Moserischen Haus in der Landskrongasse gefunden, wo eine ganze Etage angemietet wurde. Gemeinsam mit drei anderen Logen richtete man eine Bibliothek mit einem Lesekabinett ein. Dort verbringt Leopold viele Stunden auf der Suche nach neuen Ideen für die Ausgestaltung seiner Traumstadt und deren Verfassung. Von den Einrichtungen des ebenfalls gemeinsam betriebenen physikalischen Kabinetts, in dem mit Magnetismus und etwas, was man galvanische Ströme nennt, experimentiert wird, hält sich Leopold sicherheitshalber lieber fern. Doch trotz der Vielzahl an Begegnungen und Gesprächen mit seinen Mitbrüdern bleibt tief in seinem Innern eine leere Stelle, ein blinder Fleck, der sich im Laufe der Monate und Jahre vergrößert, sich ausdehnt, ihn mehr und mehr erfüllt. Dass das damit verbundene Unbehagen in Wirklichkeit auf ganz andere Ursachen zurückzuführen ist, will sich Leopold nicht eingestehen. Zum einen darauf, dass die Freimaurerei entgegen allen anders lautenden Gerüchten tatsächlich über keinerlei Geheimnisse zu verfügen schien, außer eben denen, die jeder einzelne Bruder des Ordens in sich selbst findet. Zum zweiten auf den Mangel an tatkräftiger Unterstützung der Brüder für Leopolds Traum von seiner idealen Stadt. Zwar kann Leopold aus den Zeichnungen, die im Tempel gelegt werden, immer wieder neue nützliche Erkenntnisse gewinnen; zwar ist er jetzt umgeben von Männern, die seine hochtrabenden Pläne nachvollziehen und gutheißen können. Doch ist unter den vielen gelehrten Männern bisher keiner zu finden gewesen, der Leopold einen brauchbaren Rat für die Finanzierung seines Plans hätte geben können. Auch einen Künstler, der Leopolds Pläne in Kupfer zu stechen bereit gewesen wäre, hat er bislang unter den Brüdern vergebens gesucht. Und endlich lehnt Leopold die immer stärker betonte Ausrichtung der Ordenslehre hin zu einem rein christlichen Ritterorden innerlich zunehmend ab, steht sie doch im Widerspruch zu seiner Überzeugung der Gleichwertigkeit nicht nur aller Rassen, sondern auch aller Religionen.

So wich die anfängliche Euphorie einer zunehmenden Ernüchterung und Enttäuschung. Verstärkt wurde Leopolds Verdrossenheit noch, als er von Katharina mehr nebenbei erfuhr, dass sich ihre Mutter zur Errichtung ihres Testaments, anstatt den

Schwiegersohn damit zu betrauen, an seinen Kollegen und Konkurrenten, den Edlen von Thiming, gewandt hatte. Dies konnte de facto nur zweierlei bedeuten: Entweder sprach die alte Décretin ihm die erforderliche Kompetenz für die Abfassung dieses Dokuments ab oder ihr letzter Wille enthielt etwas, das Leopold nicht vor Eröffnung des Testaments erfahren sollte. Keiner der beiden Gründe konnte geeignet sein, seine Laune zu heben. In dieser Phase allgemeiner Bedrücktheit beschloss er, einige zu anderen maurerischen Systemen gehörende Logen näher kennenzulernen, weshalb er heute die erst vor wenigen Monaten gegründete und angeblich mit einem luxemburgischen Patent ausgestattete Loge *Zu den Sieben Himmeln* besucht.

Wenige Minuten vor sieben Uhr erreicht Leopold das *Kleine Uhlefeldische Haus*, das hinter den Minoriten gegen die Bastei zu liegt. Er ist ziemlich spät eingetroffen, weil er sich nach dem Haus erst hat durchfragen müssen. Wieder ärgert er sich über das unzulängliche Nummerierungssystem der Wiener Häuser; ein Ärgernis, das es in seiner Stadt nicht geben wird. Ziemlich echauffiert klopft er an die Tür der im ersten Stock untergebrachten Logenräume. Der Bruder, der ihm öffnet, lässt sich Leopolds Logenpass zeigen und fragt ihn nach dem Passwort. Da sich das der nach dem *Zinnendorf-System* arbeitenden Logen von dem der zu anderen Systemen zählenden Logen unterscheidet, wird Leopold zusätzlich aufgefordert, sich durch das geheime Zeichen und den Freimaurergriff zu legitimieren. Nach bestandener Prüfung bittet man ihn in ein geräumiges Vorzimmer, den *Raum der verlorenen Schritte*. Dort kommen gleich einige Brüder auf ihn zu, umarmen ihn brüderlich und erkundigen sich nach seiner Logenzugehörigkeit und seiner Profession. Er wird dem Meister vom Stuhl vorgestellt, einem Jacques de Lorenzo, Offizier im Regiment Carl von Toskana. Auch dieser richtet einige freundliche Worte an Leopold und bittet ihn schon jetzt, bei dem nach der rituellen Arbeit stattfindenden Brudermahl Gast seiner bescheidenen Bauhütte zu sein. Die hier herrschende Atmosphäre ist weit weniger förmlich und gespreizt als in den Logen, die Leopold bisher besucht hat, seine eigene mit eingeschlossen. Hier fühlt sich Leopold wahrlich willkommen. Auf Aufforderung des Bruders Tempelhüter tritt er als Gast als einer der letzten in den Tempelraum ein. Dieser ist mit schachbrettartig angeordneten, schwarzen und weißen Marmorplatten ausgelegt, die Wände, mit Bildern und Spiegeln in goldenen Rahmen geschmückt, sind mit roten Seidentapeten bespannt. Auffällig ist das Fehlen maurerischer Symbole in der Mitte des Raumes. Weder eine Kreidezeichnung noch ein Tapis mit den beiden Säulen, dem rauen und behauenen Stein, Sonne und Mond sind zwischen den Kerzenständern zu sehen, deren Zahl in Abweichung zu den maurerischen Usancen hier fünf ist. Nach einem Eröffnungsgebet und der Verlesung der Korrespondenz erhebt sich der Erste Aufseher, um seine Zeichnung zu legen. Leopold Föderl, ein Professor der Poesie, wie Leopold später erfährt, trägt eine selbst verfasste Ode an den Kaiser vor, worin des Monarchen Toleranz und Menschenliebe auf blumige Weise verherrlicht werden. Leopolds verstörte Miene muss dem Deputierten Meister, der seinen Sitz neben dem Stuhlmeister hat, aufgefallen sein. Denn dieser lächelt ihm mit einem um Entschuldigung bittenden Blick zu. Auch einer der anderen Brüder Gäste, ein ausgezehrt wirkender, beinah kahlköpfiger Geistlicher in schmuckloser schwarzer Soutane, dürfte auf diese Art von Darbietung nicht gefasst gewesen sein. Jedenfalls lassen das die aufeinandergepressten Lippen und die ineinander verschraubten Hände vermuten. Gottlob dauert der Vortrag nicht allzu lang. Nach dem Ende der rituellen Arbeit kommt der Deputierte Meister, der sich als Hans-Heinrich Freiherr von Ecker und Eckhoffen vorstellt, auf Leopold zu: „Ehrwürdiger Bruder Gast, ich bedaure sehr, dass wir mit unserer heutigen Logenarbeit Ihren Geschmack nicht getroffen haben."

„Ich bin es, der um Verzeihung bitten muss, sollte ich diesen Eindruck vermittelt haben, ehrwürdiger Bruder Deputierter Meister. In meiner Loge *Zur Gekrönten Hoffnung* haben wir nur ganz selten das Vergnügen literarischer Darbietungen von der Art, wie ich sie heute erleben durfte."

„Eure Antwort weist Euch als Diplomat und Menschenfreund aus. Doch ist uns wohl bewusst, dass Bruder Föderls Rezitationen nicht jedermanns Sache sind. Auch dem Bruder Dobrizhoffer dürfte es nicht anders ergangen sein als Euch."

„Ist dies der Bruder in der Soutane?"

„Ja, ein ehemaliger Jesuitenpater, der lange Zeit in der Neuen Welt als Missionar gewirkt hat. Nach seiner Vertreibung aus Paraguay predigte er in der Theresienkapelle und unterhielt die Kaiserin mit seinen Reiseerzählungen."

„Das klingt interessant."

„Wenn Ihr wollt, mache ich Euch gern miteinander bekannt. Und dann freue ich mich darauf, mit Euch gemeinsam das Brudermahl zu halten."

Wenig später sitzt Leopold zwischen dem Freiherrn und dem ehemaligen Jesuiten beim Abendessen in der Gastwirtschaft, die im Gewölbe des Logenhauses untergebracht ist.

„Ich habe von Ihren Reisen in die Neue Welt gehört, Bruder Dobrizhoffer. Sie müssen ja wahrhaftig großartige Abenteuer erlebt haben."

„Ihr seid zu freundlich, lieber Doktor Paur. Ich kann tatsächlich bei aller Bescheidenheit sagen, dass mir einiges Denkwürdiges widerfahren ist. In diesen Tagen und Wochen arbeite ich an der Drucklegung meiner Reiseberichte. Ich habe großes Glück mit meinem Verleger, dem Herrn von Kurzbek. Übrigens auch ein Bruder, wenngleich in einer Loge der *Illuminaten*."

„Von dieser Pflanzschule der Maurerei hört man ja wahrlich Sagenhaftes. Sind auch Sie ein Mitglied dieses Bundes, ehrwürdiger Bruder Abbé?"

„Ich bin es noch."

„Noch? Wie darf ich Eure Antwort deuten?"

„Nun, um offen zu sprechen, wie es unter Brüdern ja die Regel sein sollte: Ich bin nicht recht glücklich in dieser Bruderschaft."

Als von Ecker das hört, erzählt er in gefälligem Plauderton, dass es in diesen Tagen viele Brüder gebe, die sich – von den bisherigen Systemen und Pflanzschulen der Maurerei enttäuscht – auf der Suche nach einer neuen geistigen Heimat befänden. Dieser Entwicklung Rechnung tragend, sei unter seiner unmaßgeblichen Führung kürzlich ein neuer Orden gegründet worden, der es sich zur Aufgabe gemacht habe, die hervorragendsten Männer in einer Bruderschaft zu vereinen, die erstmals tatsächlich Heimstätte für Angehörige nicht nur aller Stände, sondern auch aller Rassen und Religionen sein wolle. Ein Anspruch, den man auch bei der Namensgebung berücksichtigt habe: *Der Orden der Ritter und Brüder des Lichts* oder kurz *Die Asiatischen Brüder* sei ein Hochgradsystem, so von Ecker weiter, das sich von den sieben weisen Vätern der sieben Kirchen Asiens herleite und dessen Bestimmung darin bestehe, Licht und Wahrheit zu verbreiten, Seligkeit und Frieden zu schenken und die echten geheimen Bilder der drei Grade der Brüder Freimaurer aufzuschließen. Die Hauptlehre referenziere auf die *Mago Cabala*, weshalb die Aufnahme von Juden, die schließlich uralte echte Brüder aus Asien seien, nicht nur möglich, sondern höchst erwünscht sei. Das neue System sei so überzeugend, dass man Persönlichkeiten wie den Grafen Sinzendorff als Großmeister und den

Fürsten Liechtenstein als Ordensprotektor gewinnen habe können.

Leopold ist hingerissen. Schon bei der Erwähnung der Möglichkeit, Juden und sogar Mohammedaner in diesen Bund aufzunehmen, ist ihm klar geworden, dass diese ideale Gesellschaft ein Vorbild oder besser ein Abbild seiner idealen Stadt darstellt. Die Nennung der Namen so prominenter und einflussreicher Mitglieder scheint ihm darüber hinaus im Hinblick auf eine mögliche Finanzierung seiner Traumstadt bedeutsam. Hinzu kommt, dass Leopold vom Grafen Sinzendorff gehört hat, dass er einer der Initiatoren der eben in Gründung befindlichen *Großen Landesloge von Österreich* ist. Auch der Abbé Dobrizhoffer zeigt sich von dem Gehörten beeindruckt. Und so verabreden die beiden auf Einladung Eckers, demnächst eine Versammlung der *Asiatischen Brüder* zu besuchen.

31. März 1782

Der Papst

Leopold und Katharina haben sich an diesem Ostersonntag schon in aller Herrgottsfrühe auf den Weg zur *Kirche zu den neun Chören der Engel* gemacht. Auf Katharinas Betreiben hin wollen sie heute Am Hof den päpstlichen Segen empfangen und den vollkommenen Ablass erhalten. Denn seit einigen Tagen weilt Pius VI. in Wien.

Auf öffentlichen Anschlägen ist dem innerhalb der Linien ansässigen Volk bereits vor Wochen die vorgeschriebenen Bußwerke kundgemacht worden, derer es bedarf, um sich dafür würdig zu machen. Katharina absolvierte daraufhin beim Beichtvater ihrer Familie die erforderliche Beichte und die vorgeschriebenen Gebete. Leopold verweigerte diese religiösen Übungen mit dem Hinweis auf sein aufgeklärtes Weltbild. So wie er dürften sich auch viele seiner Mitbürger, wenn auch eher aus Faulheit oder Bequemlichkeit, unvorbereitet hier versammelt haben. Und haben trotzdem die Gelegenheit zur Generalabsolution nicht verwirkt. Denn Österreich wäre nicht Österreich und Wien wäre nicht Wien, hätte man nicht für all jene, die es mit der Bußfertigkeit nicht so genau nahmen, einen Ausweg gefunden: Laut den Kundmachungen ist nämlich auch als würdig anzusehen, wer die vorgeschriebenen Bußhandlungen innerhalb einer vierwöchigen Frist nach Erteilung der Absolution noch vollziehen werde.

Als das Ehepaar Paur auf den Hof gelangt, hat sich dort bereits eine Menschenmenge eingefunden, deren Zahl wohl in die Tausende gehen muss. Menschen aller Stände und Berufe sind zusammengekommen. Der Accesist steht neben der Gräfin, die Baronesse neben dem Schmalzversilberer.

Dass hinter der päpstlichen Visite in der Hauptstadt handfeste politische Auseinandersetzungen stecken, ist den meisten Anwesenden weder bewusst noch wichtig. Auch Katharina will über die näheren Hintergründe nicht allzu viel erfahren. Für sie zählt allein, dass sie den Papst mit eigenen Augen wird sehen können. In Rom war die Kirchenpolitik Josephs schon die längste Zeit mit Argwohn verfolgt worden. Die Aufhebung der Orden, die Schließung der Klöster: All das deutete auf eine sukzessive Entmachtung des Heiligen Stuhls in den österreichischen Erblanden hin. Als der Kaiser alle Weisungen des Papstes sowohl an die Bischöfe als auch an die Ordensobersten der landesfürstlichen Genehmigung unterworfen hatte, sah man sich in Rom zum Handeln gezwungen. Obwohl Pius VI. seitens seiner Kardinäle zu einer Kirchenstrafe gegen den Kaiser gedrängt wurde, beschloss der Papst, seinem Beinamen „der Überredende" gerecht zu werden und seinen Gegenspieler mit einer noch nie dagewesenen Geste zur Räson zu bringen – mit einem umgekehrten Canossagang, einer Reise nach Wien! Dort wollte er den Kaiser mittels Eloquenz und Überzeugungsgabe zum Einlenken bewegen. Die Ressentiments gegen eine solche Reise waren erstaunlicherweise in Wien nicht geringer als in Rom. Da wie dort fürchtete man einen Gesichtsverlust vor aller Welt.

Um elf Uhr werden zum Zeichen des Auszugs des Heiligen Vaters aus der Stephanskirche, wo dieser das Hochamt zelebriert hat, alle Glocken der Stadt geläutet. Der Platz Am Hof ist mittlerweile so voll, dass keine weiteren Menschen mehr zugelassen werden. Leopold und Katharina haben sich bis zur Mariensäule durchgekämpft, von wo aus sie einen recht guten Ausblick auf den Balkon der Hofkriegsratskirche haben. Als Leopolds Blick über die Menge schweift, sieht er in einiger Entfernung den Abbé Dobrizhoffer. Durch Rufen und Handzeichen gelingt es ihm, den Geistlichen auf sich aufmerksam zu machen. Dieser erkennt Leopold, schlängelt sich geschickt durch die dicht an dicht stehenden Menschen und kann sich so zu Leopold und seiner Gemahlin durcharbeiten. Leopold macht Katharina mit Pater Martin bekannt, schweigt sich aber über die näheren Umstände ihrer Bekanntschaft aus. Nach einigen Bemerkungen über das Wetter und das Gedränge sagt Dobrizhoffer: „Es ließe sich wohl kaum ein Ort und eine Begebenheit denken, die geeigneter wären, die vielen Widersprüche unserer Epoche zu versinnbildlichen, als dieser Platz und dieser Tag."

„Wie meint Ihr das, Hochwürden?", fragt Katharina, die in Pater Martin einen Repräsentanten der guten alten Zeit erblickt.

„Nehmen Sie als Exempel für meine These das Gebäude, in dem Ihr Herr Gemahl seine Kanzlei hat.

Bevor es für den Hofkriegsrat adaptiert wurde, befand sich darin das Professhaus der Gesellschaft Jesu. Ein Orden, den unser Kaiser, neben vielen anderen, aufgelöst hat. Eine Maßnahme, die den Papst dazu veranlasste, erstmals in der Kirchengeschichte einen weltlichen Herrscher aufzusuchen, um die Einheit der Kirche zu bewahren. Der Kaiser des Römischen Reiches wiederum, der Protestanten und Juden den Katholiken gleichgestellt hat, empfing vor wenigen Minuten am höchsten Feiertag des Kirchenjahres die heilige Kommunion aus den Händen des Pontifex. Und es würde mich nicht wundern, befänden sich unter den Zigtausenden Schaulustigen, die sich auf diesem Platz versammelt haben, um von ihren Sünden losgesprochen zu werden, Dutzende, wenn nicht Hunderte von Freidenkern, Alchemisten, *Rosenkreuzer* und *Illuminaten* ..." Dobrizhoffer zwinkert Leopold verschwörerisch zu. „Und jetzt sagen Sie mir, meine Tochter, wo wäre so etwas in dieser Form noch denkbar außer hier in Wien? Hier, wo man entsagend genießt, asketisch üppig ist, und fromm Böses tut? Hier im Herzen der Stadt, die im Herzen des Kontinents an einem Kreuzungspunkt zwischen Süd und Nord, Ost und West gelegen ist?"

Die Antwort Katharinas geht in dem jetzt von der Färbergasse her aufbrandenden und am Hallweilischen Haus sich brechenden Lärm unter, der die Ankunft der Wagenkolonne mit dem Heiligen Vater begleitet. Die von sechs Schimmeln gezogene und von Dragonern eskortierte Kutsche kommt nur im Schritttempo voran, was der versammelten Volksmenge Gelegenheit gibt, die höchsten geistlichen Herren ausgiebig zu bestaunen. Die Gesichtszüge des Pontifex sind geprägt von einer hohen gewölbten Stirn, wulstigen Brauen und einem kräftigen Kinn. Ein feines Lächeln spielt um die Lippen des Papstes; er scheint die Ovationen des Volkes als Zustimmung zu seiner Politik zu deuten.

Der Balkon der Kirche ist rot spaliert, ein golddurchwirkter Baldachin spannt sich über dem hohen Lehnsessel, auf dem der Papst während der Zeremonie sitzen wird. Wenige Minuten nachdem Pius VI. mit seinem Gefolge die Kirche betreten hat, öffnen sich die Flügeltüren zum Balkon. Neuerlich brandet Jubel auf. Leopold fühlt sich in diesem Moment an seinen Besuch im Hetztheater erinnert. Die Hoffnung auf göttliche Vergebung scheint die Menschen ebenso in den Bann zu ziehen wie die Aussicht auf ein mörderisches Spektakel, überlegt Leopold.

Nun nimmt der Papst Platz und singt unter den Klängen der Hofmusikkapelle die Absolution über das versammelte Volk. Danach erhebt er sich und erteilt den Segen *Urbi et orbi*. Dies ist das Signal für das auf der Freyung postierte Grenadierkommando, durch eine Gewehrsalve das Zeichen zum Abfeuern der auf den Wällen stehenden Kanonen zu geben. Als das Echo zwischen den Häuserschluchten und den Kirchenkuppeln verhallt ist, setzt sich der Papst wieder. Da tritt der erste Kardinaldiakon Bathyan vor ihn hin, beugt sich zu ihm herab und bittet mit den Worten *Indulgentias Beatissime, Pater* um die Absolution für das gesamte Volk, worauf Seine Heiligkeit ausruft: *Plenariam*. Die Menschenmenge antwortet mit einem vielstimmigen Amen, das wie ein Kriegsruf über den Platz dröhnt.

Es dauert eine gute Stunde, bis sich nach der Abfahrt der päpstlichen Kolonne Richtung Burg die Stätte soweit geleert hat, dass man sich gefahrlos auf den Heimweg begeben kann. Mittlerweile ist es ein Uhr nachmittags geworden. Leopold ist hungrig, ihn schmerzen die Füße und der Rücken. Ich muss wieder zum Hühneraugenschneider, überlegt er. Bei dem Gedanken an den buckligen Bader, der in seinem feucht schimmeligen Gewölbe mit sadistischer Wollust die Hornhautwucherungen seiner Kunden ausbrennt, verschlechtert sich Leopolds Stimmung noch mehr. Aber vor Schmerzen beim Gehen krumm und schief zu werden, ist auch keine erbauliche Aussicht. Die Summe der Grauslichkeiten ist nach Leopolds Meinung konstant, es geht im Leben ergo darum, zwischen zwei Übeln zu wählen. Katharina hingegen strahlt erfüllt vom päpstlichen Segen und von göttlicher Gnade über das ganze Gesicht. Der Abbé wirkt nachdenklich: „Jetzt zerstreut sich die Menge, ergießt sich in die Wirtsstuben und in die Hurenhäuser. In ein paar Monaten wird sich dann die Anzahl der an der Lustseuche Verstorbenen und die der heute gezeugten Neugeborenen hoffentlich die Waage halten."

Die Lustseuche! Diese Geisel der Menschheit! Fände man ein Heilmittel gegen sie, wäre man mit

Sicherheit ein gemachter Mann. Einer, dessen Reichtum ausreichen müsste, eine Stadt zu erbauen. Doch dazu müsste man ein Bader oder noch besser ein Magister der Arzneikunde sein. Gibt es überhaupt ein Mittel, das diese todbringende Krankheit heilen kann? Denkbar wäre es. Wenn Gott diese Strafe für die unkeusche Lust erdacht hatte, wäre es dann nicht naheliegend, dass es in seiner Schöpfung auch ein Kraut zu ihrer Heilung gäbe? Schließlich hat Er ja zu allem auch sein jeweiliges Gegenteil in die Welt gesetzt. Aber warum hatten es die Magister und Doktoren in diesem Fall noch nicht gefunden? Hatte man vielleicht bisher am falschen Ort danach gesucht?

Leopold spürt plötzlich weder Schmerzen in den Füßen noch im Kreuz. Wie ein Blitzschlag hat die Erkenntnis, auf welche Weise er nicht nur die Geldmittel für die Errichtung seiner Traumstadt lukrieren, sondern auch seiner Mutter ein ehrendes Angedenken angedeihen lassen könnte, alle irdische Mühsal von ihm genommen. Dieses eine und einzige Ziel hat Leopold jetzt vor Augen.

21. Mai 1782

Die Eingebung

Nach einem Abend in den Logenräumen der *Asiatischen Brüder* sitzen Leopold und der Abbé im Berghof, einer hinter dem Neustädter Hof gelegenen Gaststätte, und trinken Bier. Ihnen angeschlossen hat sich Bruder Jean Wolstein. Er ist fast gleich alt wie Leopold, von Beruf Doktor der Medizin und Professor der Arzneikunde. Ein schmalschultriger Mann mit einem kleinen Mund und dunkel-melancholischen Augen unter schweren Lidern.

Gleich nach der ersten Runde Bier bringt Doktor Wolstein das Gespräch auf das heutige *Kleine Synedrion*, wie die *Asiatischen Brüder* ihre Logentreffen bezeichnen. Denn kurz vor dem Ende der Zusammenkunft hat sich Bruder Ismael, vulgo Thaddäus Steinbach von Kranichstein, kaiserlich königlicher Rat und Abt des Zisterzienserklosters in Saar, zu Wort gemeldet und sich nach dem Verbleib des Ordensgründers von Ecker und Eckhoffen, alias Rosch Hamdabrim, erkundigt, der schon seit Monaten nicht mehr in Wien gesehen worden ist; weder bei den rituellen Arbeiten der Bruderschaft noch sonst wo. Gerüchte würden die Runde machen, denen zufolge er in finanzielle Unregelmäßigkeiten des Ordens verstrickt wäre. Man höre gar von einem drohenden Ausschlussverfahren und einer Flucht ins Ausland. Eine heftige Diskussion war ausgebrochen, die der Obermeister nur kraft seiner Autorität und dank der Hilfe seiner Stellvertreter unterbinden konnte. Doch kaum war die Loge dem Ritual gemäß geschlossen und die Lichter gelöscht worden, ist die Debatte im Vorraum des Tempels wieder losgebrochen. Einige der Ordensmitglieder, die dem Freiherrn teils beträchtliche Summen zum Aufbau seines neuen maurerischen Systems auf dessen Bruderwort hin anvertraut hatten und die nun fürchteten, von ihm betrogen worden zu sein, haben ihrem Unmut lauthals Luft gemacht. Der weitaus bedeutendere Teil der Brüder hat sich jedoch von der Unschuld des Logengründers überzeugt und sich zu seiner Verteidigung bereit gezeigt. Mit dem Hinweis auf die enormen Kosten, die der Aufbau einer so neuen und bahnbrechenden Pflanzschule verschlänge, und auf die namhaften Schwierigkeiten und Gefahren, denen sich ihr Oberhaupt dadurch aussetzte, haben sie versucht, die zugegeben lange Abwesenheit des Barons zu rechtfertigen. Schließlich hat man sich – auch im Hinblick auf die genaue Beobachtung des Wiener Logenlebens durch den Polizeiminister Graf Pergen – darauf verständigt, noch zuzuwarten und der Nachrichten zu harren, die hoffentlich demnächst von Rosch Hamdabrim eintreffen würden.

Leopold bestellt eine zweite Runde Bier. Jean Wolstein, einer der Verteidiger des Freiherrn von Ecker und Eckhoffen, versucht die Zweifel am Oberhaupt der Bruderschaft mittels eines Zitats aus dem Katechismus des Ordens auszuräumen: *„Da alle Geheimnisse des Ordens wahres Licht sind, so verspricht der Ritter der Bruderschaft ihnen getreu bis an das Ende seines Lebens zu* *folgen, ohne jemals zu fragen, wer sie ihm gegeben hat, woher sie gekommen sind, wirklich kommen oder in Zukunft kommen werden. Denn wer das Licht klar sieht, muss unbekümmert um seinen Ursprung sein. Die Geschichte aller Zeiten rechtfertigt mehr als hinlänglich diese Notwendigkeit."* Leopold, der bei sich noch nicht entschieden hat, welcher der beiden widerstreitenden Parteien er sich anschließen will, kann gerade aus diesem Paragrafen keine Beruhigung ziehen, erkennt er doch, dass hier eine Diallele, ein Zirkelschluss, vorliegt – eher dazu geeignet, Wahrheiten zu verschleiern, als ihnen ans Licht zu verhelfen.

Der Abbé, in seiner Einschätzung der Lage ebenso schwankend wie Leopold, findet eine Reihe von Argumenten für und wider die These der vermuteten Treulosigkeit des mutmaßlich untergetauchten Freiherrn. Hitzig werden von den beiden Indizien zur Untermauerung ihrer Ansichten diskutiert. Nach einer halben Stunde und der dritten Runde Bier erlahmen schließlich die Kräfte Dobrizhoffers.

„Lieber Bruder Wolstein, Sie haben doch nicht nur in Wien studiert, sondern sich auch an verschiedenen Universitäten des Kontinents fortgebildet?", fragt Leopold in dem Bemühen, das Gespräch in eine ihm angenehme Richtung zu lenken.

„In der Tat, Bruder Paur. Ich begann meine Laufbahn als Lehrling bei dem Wundarzt König in Wigandstal und bei einem Bader namens Volckart in Görlitz. In Wien studierte ich ab anno 1760 neun Jahre lang Medizin und Geburtshilfe und bildete mich an verschiedenen Spitälern praktisch aus. Danach wurde ich auf Kosten des Ärars nach Frankreich beordert, um auch die Tierheilkunde zu erlernen. Auf Seiner Majestät Befehl hin erarbeitete ich nach meiner Rückkunft nach Wien einen Plan zur Errichtung einer Tierarzneischule. Als diese dann ihre Tätigkeit aufnahm, wurde ich zum Direktor derselben ernannt."

„Wann war das?"

„Vor mittlerweile sechs Jahren."

„So muss Ihr Talent ein wahrlich außerordentliches sein, wenn Ihr noch vor der Herablassung des Toleranzedikts zum Leiter dieser Viehrarzneischule bestellt worden seid." Leopold spielt auf Wolsteins Zugehörigkeit zum Protestantismus an, die ein weiteres Motiv für seinen Wechsel zu den *Asiatischen Brüdern* war. „Wäre es bei diesem übergroßen Talent für die Naturwissenschaften dann nicht naheliegend, ein Lehrbuch zu verfassen?"

„In der Tat arbeite ich seit einiger Zeit an einem Werk über die Verletzungen, die den Pferden im Krieg zugefügt werden, und über deren Behandlung."

Der Abbé erkennt seine Chance, sich nicht nur wieder in die Konversation einzuschalten, sondern auch auf seine eigene schriftstellerische Tätigkeit zu sprechen zu kommen. „Wie interessant! Hiezu könnte ich, wenn das gewünscht werden sollte, vielleicht sogar das eine oder andere beitragen. Während meines Aufenthaltes in Paraguay habe ich vor allem von den Abiponen einiges über die Kurierung von Verletzungen und Erkrankungen bei Rössern gelernt."

„Von den Abiponen?", fragt Wolstein, der mit der Lebensgeschichte des Abbé nicht vertraut ist.

„Ja, ein äußerst kriegerisches Reitervolk mit einem schier unglaublichen Geschick im Umgang mit Pferden. Demnächst erscheint ein dreiteiliges Werk über meine Erfahrungen mit diesem Indianerstamm und mit ihrer Lebensweise. Illustriert mit zahlreichen Kupfern."

„So habt ihr dort sicherlich Heilmethoden kennengelernt, die wesentlich andere sind als unsere."

Und als hätte der Veterinär mit diesem Satz eine Schleuse geöffnet, kommt ein Schwall aus Diagnosen und Therapien aus Dobrizhoffers Mund. Er erzählt von Mitteln gegen das Lahmen, von Tinkturen gegen die Krätze und Zaubersprüchen gegen Koliken. Immer neue Details sprudelt der Abbé in Erinnerung an seine südamerikanischen Abenteuer hervor. Alte Männer neigen zur Logorrhö, konstatiert Leopold. Schon ein wenig ermüdet und zunehmend unaufmerksam, lehnt er sich schließlich zurück und schließt kurz die Augen.

„... in einem weiteren Buch mit Krankheiten befassen, die aus der Verpaarung entstehen."

Plötzlich ist Leopold hellwach: Was hat der Doktor gerade gesagt? Ein Buch über venerische Erkrankungen will er schreiben? Und hat der Bruder Dobrizhoffer zuvor nicht heilende Umschläge für die Behandlung putrider Geschwüre erwähnt?

„Sperrstund is!", ruft in diesem Moment der Wirt zum dritten und letzten Mal.

Da weder der Abbé noch Wolstein Anstalten machen, die Zeche zu begleichen, sieht sich Leopold genötigt, die zwölf Krügel zu bezahlen. Dabei flucht er halblaut vor sich hin. Weitere Expensen für weitere leere Meilen! Die drei Männer erheben sich und erklimmen dem Grad ihrer Trunkenheit entsprechend die steile Treppe, die aus der gastfreundlichen Unterwelt an die Oberfläche und zum Ausgang führt. Man verabschiedet sich wortreich, dann entschwindet Bruder Wolstein rasch in die Dunkelheit des nächtlichen Wien. Von Sankt Peter ertönt das Armeseelenläuten. Da stößt der leicht schwankende Dobrizhoffer Leopold komplizenhaft an: „Auch wenn es mir der neunmalkluge Doktor hundertmal nicht glauben mag: Das Einzige, was bei eitrigen Geschwüren jeder Art verlässlich hilft, und zwar bei Ross und Reiter, sind Umschläge mit einem Brei, den die Abiponen aus verschimmelter Grütze zubereiten."

Das ist des Rätsels Lösung, denkt Leopold. Dass ich daran nicht schon früher gedacht habe: *Ubi morbus, ibi remedium*. Das Mittel zur Heilung einer Seuche, die aus der Neuen Welt kommt, kann nur in der Neuen Welt zu finden sein.

8. Jänner 1783

Das Experiment

Das Réaumurische Thermometer an der k. k. Sternwarte zeigt an diesem Wintermorgen 14 Grad unter null. Der schneidende, aus der russischen Steppe kommende Nordostwind, der rund um die Stephanskirche bekanntlich besonders stark weht, jagt einzelne Schneeflocken vor sich her. Leopold zieht den Mantel enger um den Leib, drückt den Dreispitz tief in die Stirn und beschleunigt seinen Schritt. Nur nicht wieder eine Verkühlung einfangen. Einen weiteren Bronchialkatarrh wie den, der ihn kurz nach dem Sankt Nikolaustag des vergangenen Jahres für zwei Wochen ins Bett gezwungen hat, käme Leopold jetzt äußerst ungelegen. Die Abhandlung der Verlassenschaft des Oberleutnants Johann Georg Lenk hat Leopold deshalb schon verschieben müssen. Ein Ärgernis, das vor allem Zeit kostet. Und Zeit ist dieser Tage besonders wertvoll. Als Advokat hat er zum Bedauern seiner Katharina zuletzt zwar wenig zu tun gehabt, als Gründer einer Stadt und Erfinder einer Arznei aber umso mehr. Stundenlang kratzt die Feder, Tinte gewordene Vorstellungen ergießen sich aufs Papier. Leopold arbeitet an der Verfassung seiner Traumstadt und an einer Zeitungsmeldung, die diese dem Publikum bekannt machen soll. Lästige Störungen seiner Arbeit durch lächerliche Kleinigkeiten des täglichen Lebens wie schulische Ermahnungen des elfjährigen Anton, Fragen nach Wirtschaftsgeld für die Beschaffung von

Lebensmitteln oder die Unordnung und der Lärm, die der monatliche Waschtag hervorrufen, lassen ihn immer öfter wütend aufbrausen. Keift Katharina dann zurück, verlässt Leopold Schreibtisch und Wohnung, um sich der zweiten großen Aufgabe zu widmen, die der Verwirklichung der ersten dienen soll: der Erforschung des Heilmittels gegen die Lustseuche. Zu diesem Zweck begibt sich Leopold in unregelmäßigen Abständen ins Bäckenhäusel, ein Pflegeheim für Sieche in der Alservorstadt, und ins Sankt Marxer Nepomucenispital an der Landstraße, wo Geistes- und Geschlechtskranke verwahrt werden. Auf die Auswahl der für seine Zwecke geeigneten Krankenhäuser hat Leopold viel Mühe verwendet, sollen seine eigenmächtigen Versuche doch unentdeckt bleiben.

Heute sucht er den Assistenzarzt Doktor Neumann im Sankt Marxer Spital auf, der gegen eine Aufbesserung seines kleinen Gehalts, ohne viele Fragen zu stellen, auf Leopolds Anweisungen Geschwüre aller Art mit einer Paste behandelt, deren Hauptbestandteil der moosig-pelzige Schimmelrasen von verdorbenem Brot oder Bier ist. Immer neue galenische Zusammensetzungen probiert der dem Branntwein anheimgefallene, ehrgeizlose Medicus an den Patienten aus. Die neue Behandlungsform, die sich dieser schrullige Advokat ausgedacht hat, ist für Neumann immerhin weit weniger anstrengend als das bisher übliche großflächige Einreiben der Syphilitiker mit Quecksilberpaste. Auch das mühsame Anheizen der Hitzestube, in die die Patienten anschließend gebracht werden müssen, um das Gift der Venus durch die Kraft des Merkur auszutreiben, erspart man sich mit der neuen Methode. Warum also nicht mitspielen, so die pragmatische Überlegung des Hilfsarztes. Zu Leopolds Bedauern ist die Zahl der Versuchspersonen, die an syphilitischem Schanker leiden, aktuell nicht allzu groß, sodass es schwierig ist, verlässliche Ergebnisse zu erhalten. Oft genug sterben die Probanden auch einfach, bevor man einen möglichen Erfolg der Schimmelbehandlung auf die Hautgeschwüre beurteilen könnte. Noch wesentlich schwieriger ist es, Kranke in fortgeschrittenen Stadien der Seuche zu finden, bei denen eine orale Therapie versucht werden kann. Denn so viel ist dem medizinischen Laien Leopold nach der Lektüre einschlägiger Fachbücher mittlerweile bewusst: Spätstadien der Lues sind nach herrschender Lehrmeinung nur durch die systemische Anwendung einer Arznei beeinflussbar. Eine Bestätigung der Theorie, wonach schwere Erkrankungen am besten mit giftigen Substanzen geheilt werden können, hat Leopold erst kürzlich erfahren. Es ist ihm zu Ohren gekommen, dass der Van-Swieten-Schüler Anton von Störck seit Neuestem Brustkrebs mit Schierlingsextrakt behandelt. Der Streit, der zwischen den Schierlingsanhängern und -gegnern entbrannt ist, hat längst die akademischen Kreise verlassen und wird mittlerweile vom gebildeten Wiener Publikum in Logen und Lesesalons heftig diskutiert.

Wegen des eiskalten Winterwindes hat Leopold am Stock-im-Eisen-Platz einen Fiaker hinaus auf die

Landstraße genommen. Die Stärke des Sturms und die Dichte des Schneefalls sind hier auf dem wenig bebauten Gelände am östlichen Linienwall noch bedeutend größer als in der Stadt. Als er die freie Fläche vor dem Waisenhaus passiert, spürt Leopold jetzt selbst im Inneren der Kutsche die eisigen Böen. Aufgrund der immer undurchdringlicher werdenden Wolkendecke ist der Tag trotz der vormittäglichen Stunde lediglich halbhell. Nur undeutlich nimmt Leopold daher die Einzelheiten des L-förmigen Spitalskomplexes und seiner von einem Turm bewehrten Begrenzungsmauer wahr. Auch das dem Krankenhaus benachbarte, in einem offenen Kuppelbau befindliche Standbild von Johannes dem Täufer ist im Schneesturm kaum auszumachen. Nachdem Leopold den Kutscher entlohnt und den Innenhof überquert hat, betritt er das Spital durch einen Seiteneingang nahe der Geburtenabteilung. Das Geschrei der Neugeborenen, von denen hier, wie Leopold von Doktor Neumann erfahren hat, über drei Viertel illegitim zur Welt kommen, empfindet er als weitaus angenehmer als das „seiner" hinfälligen und geisteskranken Patienten. Manche von ihnen brüllen an Ketten gefesselt in ihren Kottern beinahe ohne Unterlass: ein wenngleich gelegentlich an- und abschwellender, so doch stetig tosender Sturm, wohingegen andere – Möwen gleich – Serien von spitzen Schreien ausstoßen. Leopold vermag nicht zu entscheiden, welche Komponente dieser aus den Käfigen der Insassen brandenden Schallkulisse ihm mehr zu schaffen macht. Doch noch wesentlich schlimmer als dieser akustische Terror ist der olfaktorische, der in dem Verwahrungstrakt für die Verrückten herrscht. Wie eine zähflüssig-organische Masse hängt eine aus Exkrementen, Eiter und Erbrochenem bestehende Dunstglocke in den niedrigen Räumen. Leopold ist weiß Gott froh, dass er nicht selbst Hand anlegen muss an seine Probanden. Die Trunksucht des Doktor Neumann ist solcherart ebenso erklärlich wie seine Geldgier.

An die heutige Visite knüpft Leopold große Hoffnungen. Zum einen sind vor vier Wochen gleich drei Männer und eine Frau mit Lues tarda eingeliefert worden, bei denen Leopolds Helfer eine Behandlung mit Pastillen aus getrocknetem Schimmel begonnen hat. Zum anderen jährt sich morgen der Todestag von Leopolds Mutter zum sechsunddreißigsten Mal. Sie wird dann genauso lange tot sein, wie sie Jahre auf Erden verbracht hat. Trotz seiner aufgeklärten Denkweise will es Leopold nicht gelingen, dies nicht für ein Omen zu halten.

Beim Eintritt in die Kammer des Sekundararztes findet Leopold diesen vor einer Flasche Schnaps sitzend und vor sich hinstarrend. Abgesehen von Tisch, Stuhl und Bett scheint die Einrichtung des Kabinetts, soweit das Leopold im hier stets herrschenden Halbdunkel ausnehmen kann, hauptsächlich aus Hochprozentigem zu bestehen.

„Grüß Gott, Doktor Neumann."

Es dauert eine Weile, bis der Angesprochene Leopold erkennt.

„Grüß Gott, Herr Advokat." Der Medicus wischt sich mit dem Hemdsärmel über die fettigen Lippen. Er hat gerade sein Gabelfrühstück beendet und spült den Rest der Blutwurst mit einem kräftigen Schluck aus der Schnapsflasche hinunter. Anschließend rülpst er ausgedehnt. „Was raus muss, muss raus."

„Was gibt's Neues, Neumann? Welche Fortschritte machen unsere letzthin eingelieferten Patienten?"

„Es sind nur mehr zwei davon übrig. Das Frauenzimmer und eines der Mannsbilder hat's erwischt – Exitus letalis."

„Was für eine Schande! Woran sind sie denn gestorben?"

„Der Mann ist mit dem Kopf so lange gegen die Wand gerannt, bis er ohnmächtig hingefallen und nimmer aufgestanden ist. Aus einem Ohr ist ein dünner Blutfaden getropft. Bei der Prostituierten war die Sache interessanter. Der hab ich die doppelte Dosis von unserer Wunderarznei verabreicht. Die Beulen und Gummen auf der Haut sind nach zwei Wochen kleiner geworden. Ich hab schon Hoffnung gehabt, dass die Behandlung mit den Pastillen vielleicht anschlägt. Ein paar Tage später hat sie dann aber am ganzen Körper ein kleinfleckiges Exanthem – also einen Ausschlag – gekriegt, hat zum Röcheln angefangen und ist wenige Stunden später ebenfalls krepiert."

„Danke, Doktor Neumann, ich weiß sehr wohl, was ein Exanthem ist. Wie interpretieren Sie die geschilderte Epikrise?"

„Na vielleicht ist wirklich was dran an der Theorie von diesen Holländern, dass man was Giftiges braucht, um was Schlimmes zu heilen. Vielleicht müsste man mehr von dem Schimmel in die Pastillen hineinmischen."

„Aber die Weibsperson, der Sie die doppelte Menge gegeben haben, ist doch auch mit Tod abgegangen."

„Das freilich schon. Und der Ausschlag war auch komisch. So einen in der Art hab ich früher noch nie gesehen. Der war auch nicht typisch für die Syphilis. Aber ich könnt schwören, dass die Symptome am Anfang gebessert waren."

Für einen, der ständig säuft, hat er eine ungewöhnlich ausgeprägte Auffassungsgabe, konstatiert Leopold. „Leider hilft es uns gar nichts, wenn sich die äußeren Anzeichen der Lustseuche bessern, die Kranken dann aber trotzdem sterben."

„Ich bin halt kein Doktor der Pharmazie, aber ich könnt mir vorstellen, dass da in dem Schimmel was drinnen ist, was man herauslösen muss. Vielleicht sollte man das Gemisch irgendwie reinigen, destillieren. Aber dazu bräuchte man ein Laboratorium mit Reagenzien, Kolben, Trichtern und dem ganzen Zeug. Vor allem aber brauchen Sie bald ein anderes Spital ..."

„Ein anderes Spital? Was soll das heißen, Neumann?"

„Das heißt, Herr Advokat, dass die Venerischen und die Verrückten demnächst von hier fortgeschafft werden sollen. Man will hier ein Invalidenhaus für

Militärpersonen einrichten. Zumindest hat das gestern ein Besucher zu meinem Vorgesetzten gesagt."

„Und wo gedenkt man unsere Probanden hinzuschaffen?"

„Soweit ich verstanden habe, gibt es von allerhöchster Stelle einen Plan für ein neues Hauptspital, das anstelle des Großarmenhauses in der Alservorstadt errichtet werden soll. Angeblich wird es dort zweitausend Betten geben, und zwar für jeden Kranken ein eigenes!"

„Aber dann muss das ja ein mindestens vier Stock hohes Gebäude werden."

„Im Gegenteil. Höchstens zwei Geschoße soll es geben, hab ich gehört. Weite Innenhöfe und große Fenster sind geplant, damit der reinigende Wind die giftigen Miasmata wegblasen kann."

Das kann ja wohl nicht wahr sein, denkt sich Leopold gleichermaßen geschmeichelt wie verzweifelt. So wie ich für meine Stadt will auch der Kaiser Licht und Luft für sein Spital. Eigentlich könnte ich mich ob meines Weitblicks selbst beglückwünschen. Wäre da nicht das fatale Faktum, dass ich demnach hier nicht mehr allzu lange meine privaten Experimente anstellen werde können. Die Zeit läuft mir davon!

„Und für die Narren soll ein ganz eigener Bau errichtet werden. Kreisrund wie ein Gugelhupf, stellen Sie sich vor! Damit die sich nicht so leicht die Schädel einrennen können." Neumann ist mittlerweile in Fahrt gekommen.

Angesichts der ihm davonzuschwimmenden Felle wendet sich Leopold eindringlich an den Sekundararzt: „Hören Sie zu, Neumann, wir müssen handeln! Ich brauche Ergebnisse! Sie erhöhen die Dosis und ich Ihr Gehalt, einverstanden?"

„Einverstanden, Herr Advokat."

Auf dem Rückweg in die Stadt beschließt Leopold unter dem Eindruck von Neumanns Neuigkeiten nach Langem wieder einmal das Uhlefeldische Haus und dort jene Loge aufzusuchen, in der er einst den Freiherrn von Ecker und Eckhoffen kennengelernt hat. Denn deren Erster Aufseher, Maximilian Freiherr von Linden, k. k. Administrationsrat, gilt vor allem als ausgewiesener Kenner der chemisch-physikalischen Wissenschaften und ihrer kosmischen Zusammenhänge. Nach der rituellen Arbeit will Leopold Bruder Linden sein Anliegen schildern. Doch im *Raum der verlorenen Schritte* sind die Brüder mit einem gänzlich anderen Thema beschäftigt: der Installation einer österreichischen Landesloge.

Zwar hatte es schon seit Anfang der 1780er-Jahre Bestrebungen zur Gründung einer solchen gegeben, die Eigeninteressen der unterschiedlichen freimaurerischen Systeme waren dieser Initiative aber die längste Zeit entgegengestanden. Die Anhänger der *Strikten Observanz* wollten die von ihnen geliebten Rittergrade nicht aufgeben; die Logen, die so wie Leopolds Mutterloge nach dem *Zinnendorf-System* arbeiteten, waren mit der weit entfernten Aufsichtsbehörde in Berlin, die ihnen größtmögliche Freiheiten einräumte, sehr zufrieden; die Ungarn weigerten sich dem bei ihnen weitverbreiteten Hochgradsystem abzuschwören, und selbst der sonst auf Ausgleich bedachte Bruder Sonnenfels fürchtete, dass *Asiatische Brüder, Rosenkreuzer* und Anhänger des schottischen Ritus sich nicht auf gemeinsame Satzungen einigen würden können. Und so hätte sich am babylonischen Sprachgewirr, das während des Baus am Tempel der allgemeinen Menschenliebe innerhalb der österreichischen Logen herrschte, wohl nichts geändert, hätte nicht der Kaiser im Frühjahr 1781 eine Verordnung erlassen, der zufolge weder geistliche noch weltliche Orden künftig ausländischen Oberen unterstehen oder an solche Abgaben leisten durften. Bei der Erwähnung dieses von allerhöchster Hand herabgegebenen Dekrets muss Leopold lächeln. Schließlich war es die aus seiner Feder stammende Abhandlung *De restituenda metropoli Lauriacensi*, die den Kaiser zu diesem Handbillet angeregt hat. Auf welchen verschlungenen Pfaden das in einer durchwachten Nacht des Jahres 1774 rasch aufs Papier geworfene Paurische Pamphlet über die anzustrebende Unabhängigkeit der Erblande von jedweder ausländischer Diözesangewalt den Weg auf den Schreibtisch Josephs II. gefunden hat, konnte Leopold nie feststellen. Dass es, wenngleich mit zeitlicher Verzögerung, Eingang in die kaiserlichen Überlegungen gefunden hat, ist Leopold durch ein im Vertrauen fallen gelassenes Wort seines Freundes Mannsperger zu Gehör gekommen. Jedenfalls hat es seit der Veröffentlichung der betreffenden kaiserlichen Verordnung seitens der freimaurerischen Zirkel zahlreiche Delegiertenkonferenzen, Beratungen und Komiteesitzungen gegeben, deren Ziel es war, ein Statut für eine *Große Landesloge von Österreich* auszuarbeiten. Über dessen Gestalt scheint man sich weitgehend einig geworden zu sein, allein die Besetzung der Großlogenämter mit Vertretern der ehedem widerstreitenden Systeme sorgt offenbar, wie Leopold den erregten Wortwechseln der Brüder entnehmen kann, für neue Zwistigkeiten.

Nach einiger Zeit geduldigen Wartens – die meisten der Anwesenden rüsten zum Aufbruch ins Gasthaus – gelingt es Leopold, den Freiherrn von Linden anzusprechen. Basierend auf den allerorten diskutierten Überlegungen zur sogenannten Schierlingstheorie, begehre er von einem Experten wie Bruder Linden zu erfahren, ob am Ende gar auch aus etwas so Giftigem wie dem Schimmel eine Arznei gewonnen werden könne.

„Eine wahrhaft interessante theoretische Fragestellung, der nachzugehen lohnend sein könnte, werter Bruder Paur. Doch an dem Nutzen einer praktischen Anwendung eines solchen Extraktes zweifle ich sehr. Wogegen sollte wohl ein solches Medikament helfen?"

„Eine Frage, die Ihnen ein einfacher Advokat kaum beantworten wird können, ehrwürdiger Bruder Linden. Mich interessiert lediglich, ob es Ihrer Meinung nach Verfahren geben könnte, die in der Lage wären, eine Verwandlung von Gift in Arznei zu bewerkstelligen."

„Mein lieber Paur, bedenken Sie in diesem Zusammenhang zunächst, was uns der große Arzt Paracelsus gelehrt hat: Die Dosis macht das Gift. Weiterreichende Aussagen zu Ihrer ungewöhnlichen Frage kann ich allerdings erst tätigen, nachdem ich mich ausführlich mit den Mitarbeitern meines Laboratoriums beraten habe."

„So wollen Sie sich also dieses Themas annehmen?"
„Unbedingt, werter Bruder."
„Darf man erfahren, wo sich Ihr Laboratorium befindet?"
„Da unsere *Magia naturalis* nicht nur Freunde hat und wir nicht darauf erpicht sind, mit dem Strafgesetz in Konflikt zu geraten, haben wir uns zur Tarnung im Waisenhaus neben dem Nepomucenispital eingenistet. Dort stellt niemand lästige Fragen und auch die Behörden suchen diesen gottverlassenen Ort nur äußerst selten auf ..."
„Das ist ja großartig!", ruft Leopold aus. Und beißt sich im nächsten Augenblick auf die Lippen.
„Wie meinen Sie?"
„Ach nichts. Es ist nur, dass ich just heute schon einmal ganz in der Nähe, sagen wir – in Amtsgeschäften –, zu tun hatte."
„Ja, werter Bruder, die Welt ist klein und Wien ist ein Dorf. Darum ist es ratsam, sich vorzusehen."

Das Laboratorium

15. März 1783

Das Laboratorium des Freiherrn von Linden ist in einem verlassenen Nebentrakt des Sankt Marxer Waisenhauses untergebracht. Leopold hat das baufällig wirkende Gebäude, das am entlegendsten Winkel des Grundstückes steht, erst nach einigem Suchen gefunden. Er klopft im Meisterrhythmus an die doppelflügelige Tür. Nach geraumer Zeit – Leopold fürchtet schon, an ein falsches Tor gepocht zu haben – wird ihm geöffnet. Der Hausherr selbst drückt ihm die Hand und führt ihn nach einer kurzen Begrüßung tiefer in das Halbdunkel. Die Beleuchtung besteht, abgesehen von einem dreiarmigen Leuchter auf einem schemenhaft erkennbaren Schreibtisch, lediglich aus jenem halben Dutzend einzelner Flammen, die sich in Glasballons und -rohren widerspiegeln, deren verschiedenfarbige flüssige Inhalte sie erhitzen sollen. In der Luft liegt schwerer Schwefelgeruch. Man hört gedämpftes Blubbern und Plätschern, worunter sich gelegentlich ein scharfes Zischen mischt. Langsam gewöhnen sich Leopolds Augen an das flackernde Dämmerlicht. An den Wänden stehen bis an den Plafond reichende Regale, deren lange Reihen messingene Kessel, marmorne Mörser und kartonene Dosen beherbergen. Auch blecherne Büchsen, keramische Tiegel und gläserne Flaschen sind allenthalben zu sehen. In der Mitte des Raumes ordnet sich auf einem überdimensionalen Tisch ein Gewirr von Retorten und

Kolben, Röhren und Ventilen, Spiralen und Trichtern zu einer komplizierten Apparatur, die wohl auch der Erzeugung von Gold dienen könnte.

An der hinteren Stirnseite des Arbeitsplatzes gewahrt Leopold einige ins Gespräch vertiefte Gestalten, denen sich Bruder Linden nun gemeinsam mit ihm nähert.

Die Gruppe der Männer könnte unterschiedlicher kaum sein. Leopolds Verwunderung darüber weicht sogleich der Erkenntnis, dass eben dies eines der Geheimnisse der königlichen Kunst sei: Männer im Geiste des Lichts zusammenzubringen, die selten gleichrangig, niemals gleichartig, stets jedoch gleichwertig sind. Dass ihm die meisten der Anwesenden, wenigstens dem Namen nach, bekannt sind, erstaunt ihn ebenfalls nicht allzu sehr.

Den linken Flügel der kleinen Versammlung bildet ein trotz seiner Jugend reichlich untersetzter und buckeliger, demnach irgendwie kugelförmig wirkender Mann, den Leopold aus dem Hofkriegsrat kennt. Karl Fortunat Calvi ist der dortigen Buchhalterei als Accesist zugeteilt und fungiert ferner als Beisitzer beim Appellationswechsel- und Merkantilobergericht. Sein Händedruck ist von nachlässiger Schlaffheit, seine Sprechweise von nasaler Affektiertheit, seine Haltung servil. Ein typischer Vertreter jenes Beamtentypus, der für den Fortgang seiner Karriere nach oben buckelt und nach unten tritt.

Auch der neben Calvi stehende Johann Christian Bacchiochi ist Leopold bekannt. Zwar nicht aufgrund seiner beruflichen Stellung als Hauptzollamtswarenrevisor, doch als *Asiatischer Bruder* mit dem Logennamen Hocerian. So wie Leopold zählt der aus Bayern gebürtige Zollbeamte zu den geschädigten Gläubigern des Freiherrn von Ecker und Eckhoffen, was diesen jedoch nicht daran gehindert hat, eine eigene Loge zu gründen und dort den *Orden zum Goldenen Rosenkreuz* zu stiften. Das dazu erforderliche Vertrauen in die eigenen Fähigkeiten drückt sich in der tadellos aufrechten Haltung des mit Leopold etwa Gleichaltrigen aus.

Den Mittelpunkt der kleinen Runde bildet Rudolph Gräffer, ein aus Schlesien stammender Buchhändler und Wissenschafter. Auch ihn hat Leopold bereits das eine oder andere Mal bei den Zusammenkünften der *Asiatischen Brüder* angetroffen. „Das hervorragende berufliche Verdienst dieses Mannes hier", erklärt der Gastgeber Leopold, „besteht in der Erfindung des besonders widerstandsfähigen Velinpapiers, auf dem er wertvolle Bücher auf höchst gediegene Art und Weise zu drucken imstande ist. Was seine chemisch-magischen Fähigkeiten betrifft, zunächst in aller Kürze nur so viel: Mit seiner Hilfe ist es mir gelungen, ein Türkisch-Rot von noch nie gesehener Brillanz zu erzeugen."

Dem rechts von Gräffer stehenden Mann mit dem gewinnenden Lächeln und dem sächsischen Akzent ist Leopold bereits anlässlich seines letzten Besuches in der Loge *Zur Beständigkeit* begegnet. Von Linden stellt ihn Leopold als deren stellvertretenden Sekretär vor und fügt hinzu: „Bruder Johann Ziegler ist im profanen Leben Absolvent der Akademie der bildenden Künste, Kupferstecher und Vedutenzeichner in Diensten des Grafen von Thun. Gemeinsam mit Bruder Carl Schütz arbeitet er derzeit an einer Serie von Wiener Stadtansichten."

„Wie interessant!", antwortet Leopold. „Haben Sie, verehrter Bruder Ziegler, aus der gegenwärtigen Epoche ein Lieblingsbauwerk? Oder anders gefragt: Was halten Sie von dieser modernen Architektur, wie man sie beispielsweise am Hof und auf der Freyung jetzt finden kann?"

„Nun bin ich zwar ein Meistermaurer, aber kein Architekt oder Baumeister, und daher nur bedingt in der Lage, Ihre Frage erschöpfend zu beantworten. Aus Sicht des Malers und Ästheten befürworte ich, im Gegensatz zu vielen unserer Zeitgenossen, Häuser mit klar gegliederten Fassaden und ausreichend großen Fenstern. Darum bin ich sowohl vom ‚Schubladkasten' auf der Freyung als auch vom Umbau des Halleweilischen Hauses durchaus angetan, Bruder Paur."

„So freut es mich umso mehr, Ihre nähere Bekanntschaft zu machen. Denn auch ich, obschon ein Kind der Provinz und Sohn eines Ackermannes, finde Gefallen an der neuen Bauweise. Ich hoffe, mich mit Ihnen, lieber Bruder, demnächst intensiver über die Vorzüge moderner Häuser austauschen zu dürfen."

„Mit Freuden gern. Soweit es meine gegenwärtige Aufgabe, deren Umfang als nicht gerade unbedeutend einzustufen ist, zulassen wird. Im Übrigen stamme auch ich aus bescheidenen Verhältnissen. Mein Herr Vater war ein Schuster." Leopold deutet eine Verbeugung an und von Linden wendet sich dem Nächsten in der Runde zu.

Anton Freiherr von Stubitza, dessen tief in Stirn und Wangen gekerbte Sorgenfalten sein wahres Alter nur schwer erraten lassen, hat Leopold bisher nie persönlich getroffen, sein Name ist ihm jedoch geläufig. Man spricht von ihm in den Kreisen der Goldmacher und Rosenkreuzer wahlweise vom „Uradepten der Alchemie" oder vom „Orakel". Von seinen zahlreichen Kreditgebern, die überdies die Baronie des ungewöhnlich hageren und stets in Geldsorgen steckenden Mannes bezweifeln, wird Stubitza ob seines kargen Speisezettels vorzugsweise der „Knoblauchbaron" genannt. Zwar erzählt man sich, dass er in der Lage wäre, Diamanten von ungeahnter Größe herzustellen – in einem geheimnisvollen Koffer soll er angeblich die längste Zeit einen der weltgrößten Rubine mit sich herumgetragen haben; der reichlich von Motten angenagte Stoff seines Fracks und die von Flecken starrende Hemdbrust lassen indes vermuten, dass ihm ein solches Kunststück schon länger nicht mehr gelungen ist.

Nachdem die Vorstellungsrunde beendet ist, kommt der Freiherr von Linden auf den Grund der heutigen Zusammenkunft zu sprechen: „Obzwar es uns die Anzahl der anwesenden Maurermeister erlauben würde, eine rituelle Arbeit abzuhalten, habe ich euch, ehrwürdige und werte Brüder, heute Abend hierher gebeten, um mich mit euch, gleichsam inoffiziell, in einer Frage zu beraten, die unser Besuchender Bruder – an dieser Stelle deutet von Linden auf Leopold – unlängst aufgeworfen hat. Zur Erläuterung dieses Anliegens will es mir ratsam erscheinen, das Wort an Bruder Paur weiterzugeben."

Damit hat Leopold nicht gerechnet. Seine Hoffnung bestand darin, den Rat eines ausgewiesenen Experten in chemischen Fragen zu hören, im besten Fall von ihm und seinen Helfern ein Rezept zu erhalten, mit dessen Hilfe Doktor Neumann aus dem Schimmel ein Remedium gewinnen könnte, das geeignet wäre, die Symptome der Lustseuche und vielleicht sogar diese selbst zu heilen. Darauf, seine Überlegungen vor einer so zahlreichen Gruppe ausbreiten zu müssen, ist er keineswegs erpicht. Denn, wie heißt es so treffend: Wenn drei oder mehr Wiener ein Geheimnis teilen, so ist es die längste Zeit ein solches gewesen. Und auch wenn die hier Anwesenden Verschwiegenheit geschworen haben, so begehen bekanntermaßen auch Brüder Freimaurer gern eine Indiskretion, wenn sie etwa zu tief ins Glas geschaut haben oder einer Geliebten imponieren wollen. Was das Ganze noch schlimmer macht: Die verrückt anmutende Idee, aus Schimmel eine Arznei zu erzeugen, würde zu einer Zeit publik gemacht werden, zu der dieses Medikament lediglich in Leopolds Kopf existiert. Daher bestünde die Gefahr, der Unglaubwürdigkeit bezichtigt zu werden. Der zu erwartende Schaden für Leopolds Ruf würde, so steht zu befürchten, auch das Renommee seiner Stadt im Traume beflecken. Doch Leopold sieht augenblicklich keinen Ausweg. Will er sich nicht durch Schweigen vor seinen Brüdern bis auf die Knochen blamieren, so wird er jetzt wohl oder übel sein Geheimnis preisgeben müssen. Leopold hebt also zu einer Erklärung an ...

In diesem Augenblick fliegt die Tür zum Laboratorium mit einem explosionsartigen Knall auf. Grelle Blitze durchtrennen das Halbdunkel des Raumes, gelbe Nebelschwaden quellen herein. Und mit ihnen die Gestalt eines Unbekannten. Mit offenen Mündern und aufgerissenen Augen starrt die alchemistische Runde auf die Erscheinung, die sich ihr mit gemessenen Schritten nähert.

„Guten Abend, meine Herren. Verzeihen Sie meine Verspätung, ich wurde in der Stadt aufgehalten." Die Sprache des Unbekannten hat eine fremdländische Färbung. Leopold ist unsicher, ob der Mann ein gebürtiger Portugiese oder Spanier, ein Franzose oder ein Venezianer, ein Engländer oder ein Russe ist. Auch das Alter des Unbekannten kann er kaum bestimmen. Im gleißenden Schein der Lichtblitze wirkte das Gesicht des Mannes wie das eines Methusalems, mit tief ins Antlitz eingeschnittenen Falten auf Stirn und Wangen, unzähligen Runzeln um Augen und Mund. Doch sein Schritt und die Weise, mit der er gestikuliert, lassen schon im nächsten Moment an einen kaum erwachsenen Jüngling denken. Oder auch an eine Jungfrau. Denn genauso unsicher wie seine Herkunft und sein Alter scheint auch sein Geschlecht zu sein. Wer ist dieser rätselhafte Gast?

Gänzlich unbeeindruckt von der unverhohlen zur Schau gestellten Neugier der Anwesenden schreitet der Geheimnisvolle zielstrebig auf Herrn Gräffer zu: „Monsieur, ich wollte Sie heute in Ihrer Handlung aufsuchen, habe Sie allerdings dort nicht angetroffen."

Der Angesprochene steht anfangs nur steif und stumm da. Erst nachdem er zweimal geschluckt und sich geräuspert hat, gelingt ihm eine Antwort. „So ward Ihr es, der heute Vormittag nach mir gefragt und meinen Angestellten seine Adresse im Federlhof hinterlassen hat?"

„In der Tat, mein Herr. Ich logiere dort in demselben Zimmer, in dem 1713 Leibniz wohnte."

„Und mit wem habe ich die Ehre?"

„Monsieur, Sie kennen mich nicht? Das nimmt mich wunder. Haben Sie sich nicht, nachdem Ihnen die Kunde von meiner Visite hinterbracht wurde, auf dampfendem Ross auf Ihren Edelhof in Himberg begeben? Und haben Sie dort nicht jenes an mich gerichtete Empfehlungsschreiben geholt, das Ihnen der berühmte Maler und Abenteurer Casanova einst in Amsterdam aushändigte?"

„Wie können Sie das ...? Sind Sie am Ende gar ...?"

„Mein Name kann Ihnen gleichgültig sein! Ich mag Hinz oder Kunz, Piso oder Cicero heißen, Belmar oder d'Aimar."

„Allmächtiger! Der Marquis de Saint Germain!"

Aufgeregtes Gemurmel hebt an. Die versammelten Betreiber des Laboratoriums überbieten einander in der Beschreibung der Wunder, die sie von dem Unbegreiflichen gehört haben.

„Er soll ein Elixier besitzen, das ewige Jugend bewirkt."

„Angeblich nimmt er alle dreihundert Jahre wenige Schlucke davon, hernach schläft er hundert Jahre und erwacht darauf in alter Frische."

„Ich habe gehört, er lebt in einem Kreis von hundert Weibern, die ihm eine Unterhändlerin schafft."

„Er kann aus Flachs italienische Seide machen."

„Und aus kleinen Diamanten welche von der Größe von Straußeneiern."

„Er ist der ewige Jude."

„In Wien soll er mit dem Grafen Lobkowitz bekannt sein."

Der, von dem die Rede ist, steht ungerührt dabei. Sein Blick ist ein wenig amüsiert, ansonsten verzieht er keine Miene. Unter halb geschlossenen Lidern scheint er in die Ferne zu blicken. Oder in die Vergangenheit. Vielleicht auch in die Zukunft. Jedenfalls scheinen ihm solche Schauspiele nur allzu sehr bekannt und daher in erster Linie langweilig.

Ebenso unbeteiligt, wenn auch peinlich berührt von dem hysterischen Gegacker seiner Brüder, steht Leopold dabei und nützt die Gelegenheit, den Mann zu mustern: Er ist mittelgroß, sein Körperbau von auffallender Harmonie. Sein Antlitz von Adel und Anmut. Die Nase klassisch geformt, die Lippen voll und sinnlich. Die dunklen Augen voll lebhafter Neugier. Seine Beinkleider und sein Frack sind von silbergrauer Seide, die großen Knöpfe mit Brillanten besetzt. Noble Desinvolture ist alles an dem Mann.

Da dem wundersamen Gast das Aufheben, das hier um seine Person gemacht wird, allmählich doch zu viel wird, nähert er sich den Regalen mit den Büchern und Folianten, zieht, ohne zu zögern, einen Band heraus, nimmt auf einem Ohrensessel Platz, schlägt das Buch auf und beginnt darin zu lesen. Es ist der Paracelsus. Wie auf ein geheimes Zeichen hin verstummen alle Anwesenden plötzlich und Stille breitet sich im Raum aus. Daraufhin schließt der große Magier behutsam das Buch und erhebt sich langsam. Zu Gräffer gewandt sagt er: „Ihr bedürft des Empfehlungsschreibens des Malers übrigens nicht. Dieser ist schon todgeweiht, denn seine Lunge ist krank. Er wird am achten Juli 1803 sterben. Ein Mann namens Bonaparte, heute freilich noch ein Jüngling, wird mittelbar daran schuld sein. Und nun meine Herren, wie kann ich Ihnen nützlich sein? Ich weiß von Ihrem Tun. Sprechen Sie frei."

Der Hausherr ist der Erste, der aus seiner Erstarrung erwacht. Aus einem Wandschrank nimmt er Konfekt und wartet es dem unheimlichen Gast auf. „Sie sind der Freiherr von Linden, seit zwei Tagen Meister vom Stuhl der Loge *Zur Beständigkeit* und als solcher Nachfolger des Schauspielers Karl Ludwig Schmidt, der wegen eines Engagements in Salzburg sein Amt niederlegen musste. Seien Sie doch so freundlich, uns aus dem Keller ein wenig Wein zu holen. Ihre Brüder bedürfen offenkundig einer kleinen Stärkung."

Als sich von Linden entfernt hat, winkt der Marquis Herrn Gräffer zu sich und raunt ihm zu: „Sie wurden mir von meinem Freund Angelo Soliman empfohlen, dem ich noch in Afrika einige Dienste leisten konnte. Ihnen allein will ich daher dienen. Schicken Sie Ihre Freunde fort, sodass wir ungestört reden können."

Gräffer kommt dem Wunsch des Marquis nach. Leopold und die anderen begeben sich in den Vorraum. Gleich darauf tritt von Linden wieder ein und stellt zwei Bouteillen auf den Tisch. Saint Germain lächelt wissend und sagt, indem er auf die Flaschen deutet: „Dieser Tokaier kam nicht direkt aus Ungarn nach Wien, er kam vielmehr von meiner Freundin, der Zarin Katharina, aus Russland. Sie war mit der Arbeit des kranken Schlachtenmalers aus Mödling so zufrieden, dass sie ihm eine Kiste davon schickte."

Gräffer und von Linden sind neuerlich sprachlos: Den Wein haben sie in der Tat vor einigen Wochen von Casanova gekauft. Noch bevor sich die beiden Alchemisten von ihrer Verblüffung erholt haben, begehrt der Marquis Papier und Feder. Als man ihm das Gewünschte bringt, schneidet er von einem Bogen zwei Quartblätter ab und legt sie nebeneinander vor sich auf den Tisch. Mit beiden Händen ergreift er je eine Feder, taucht sie nacheinander in das Tintenfass und schreibt beidhändig und gleichzeitig je eine halbe

Seite voll. Anschließend unterzeichnet er beide Schriftstücke: das eine mit der rechten, das andere mit der linken Hand. Dann sagt er zu seinen Gastgebern: „Da ich weiß, dass Sie Autografen sammeln, erlaube ich mir, jedem von Ihnen einen kurzen Brief zu widmen. Wählen Sie eines der Blätter, es ist gleichgültig welches, denn sie sind identisch."

„Das ist Zauberei", rufen die Männer aus, „die Texte stimmen völlig überein, Buchstabe um Buchstabe, nicht der geringste Unterschied. Es ist, als wären es Abdrücke einer und derselben Kupferplatte. Unglaublich!"

„Ah", antwortet der Marquis lediglich mit der ihm eigenen Sprezzatura. Dann sagt er zu von Linden: „Dieses Blatt wünsche ich so schnell wie möglich an Angelo Soliman bestellt. Er fährt in einer Viertelstunde mit dem Fürsten Liechtenstein aus. Es ist wichtig, dass er die Nachricht noch zuvor erhält. Er wird Ihnen ein Schächtelchen übergeben. Bringen Sie dieses auf dem schnellsten Wege hierher."

Kaum hat der Freiherr den Raum verlassen, verriegelt der Marquis die Tür. Er nimmt an dem Tisch Platz, auf dem das Konfekt und der Wein noch immer unberührt stehen, und spricht: „Mein Freund, ich sehe an Ihren Apparaten und deren Anordnung, dass Sie sich mit Ihren Versuchen, Gold zu machen, zugrunde richten werden. Auch das Ansinnen dieses stummen Advokaten, aus Schimmel eine Arznei zu erzeugen, die die Lustseuche heilen soll, kann nicht gelingen. Wenigstens nicht in naher Zukunft. Ich habe jedoch etwas anderes für Sie. Betrachten Sie diese Perle." Bei diesen Worten zieht er eine Anstecknadel aus seinem Frack, an die eine Perle gefasst ist, so groß wie eine Haselnuss.

„Dieses Schmuckstück muss kostbarer sein als die berühmte Perle der Kleopatra", ruft Gräffer voll Bewunderung aus.

Dem Marquis entgeht der begehrliche Glanz in den Augen seines Gegenübers nicht. Ganz Gelassenheit antwortet er: „Da haben Sie freilich recht. Doch könnte ich diese Perle in Essig auflösen oder sie dem reichen Meere wiedergeben, ohne dass mich dies bekümmern würde. Denn ich allein unter allen lebenden Menschen auf diesem Erdenrund verstehe die Kunst, Muscheltiere dazu zu bringen, Perlen in jeder von mir gewünschten Größe zu erzeugen." Er zieht aus der Brusttasche seines Rockes ein Blatt: „Hier finden Sie das Rezept für das entsprechende Mittel, kopieren Sie es mit Sorgfalt."

Nachdem Gräffer mit dem Abschreiben fertig ist, vergleicht Saint Germain Original und Abschrift und nickt zufrieden.

„Was jetzt noch fehlt, ist das rote Pulver, das Ihr Freund in dem Schächtelchen von Soliman gleich bringen wird. In wenigen Minuten wird er hier sein."

Tatsächlich erscheint von Linden fünf Minuten später, in der Hand das bewusste Behältnis. Der Marquis reicht es an Gräffer weiter, dann verfällt er von einem Augenblick zum nächsten in eine unbeweglich feierliche Stimmung. Einige Herzschläge lang sitzt er stumm und starr da. Aus seinen bisher so lebhaften Augen ist jeder Glanz gewichen. Unendlich müde sieht er plötzlich aus. Doch im Handumdrehen hellt sich sein Blick wieder auf und seine Gestalt strafft sich. Mit der Rechten macht er eine unbestimmte Geste des Abschieds, die allerdings nicht erkennen lässt, ob er selbst zu gehen beabsichtigt oder die beiden Männer entlässt. Nach einigen weiteren Augenblicken hebt er an zu sprechen: „Ich scheide, meine Herren. Verzichten Sie darauf, nach mir zu suchen. Morgen reise ich ab. Man bedarf meiner in Konstantinopel, später auch in London, wo ich zwei Erfindungen vorzubereiten habe, die im nächsten Jahrhundert das Schicksal der Menschheit entscheidend beeinflussen werden. Leben Sie wohl, meine Herren!"

Betreten blicken Gräffer und von Linden einander an. Von der Macht der Eindrücke überwältigt, starren sie wortlos vor sich hin. Da ertönt ein Donnerschlag, grelle Blitze zerreißen das Dunkel dieser beispiellosen Frühlingsnacht. Im nächsten Moment peitscht ein plötzlich einsetzender Regen schwere Tropfen an die Scheiben. Unwillkürlich wenden die beiden Männer den Blick nach draußen. Als sie sich wieder umdrehen, ist der Sessel, auf dem Saint Germain gesessen ist, leer. Die Tür zum Vorraum schlägt mit einem dumpfen Knall zu.

Der Letzte, der den Marquis an diesem Abend zu Gesicht bekommt, ist Leopold. Während sich die anderen Freunde des Freiherrn, des Wartens überdrüssig, nach Hause begeben haben, hat Leopold in dem zugigen Vorraum des Laboratoriums ausgeharrt. Irgendetwas hat ihn davon abgehalten, zu Katharina und den Kindern in den Neustädter Hof heimzukehren. Eine Ahnung, ein Gefühl, das ihm sagt, dass der geheimnisvolle Fremde ihm etwas mitzuteilen haben wird, das für die Verwirklichung seines Traumes von Bedeutung sein wird, hat ihn an diesen unbehaglichen Ort gefesselt. Er erwartet einen Rat, ein Wort, das helfen wird, seine Stadt zu erbauen. Und wirklich bleibt der Marquis im Davongehen einen Moment lang dicht bei Leopold stehen. Mit einer Stimme, die durch Mark und Bein geht, flüstert er in Leopolds Ohr: „Herr Doktor Paur, Ihre Stadt steht und fällt mit dem Wohlwollen einer Frau, der Sie bereits zweimal begegnet sind."

20. August 1783

Die Ankündigung

Der Weg zur Hofkriegsratskanzlei ist heute Früh besonders beschwerlich. Schon seit Wochen hat es in Wien nicht mehr geregnet, weshalb man in der Haupt- und Residenzstadt allenthalben unter Trockenheit und Hitze leidet. Und unter dem Staub! Er wird durch einen beständig aus Südosten wehenden Wind aus den Vororten mit ihren ungepflasterten Gassen und Wegen in die Stadt geweht, von Equipagen und Fuhrwerken aufgewirbelt und mit Schuhen und Kleidern in jedes Zimmer getragen. Er setzt sich in die engsten Ritzen, kriecht in die schmalsten Spalten und dringt noch in die hintersten Ecken. Zu Puderzucker zermahlen, reizt er Augen und Haut, knirscht zwischen Zähnen und Zehen. Und es gibt nichts, was dagegen hülfe.

Um halb neun Uhr betritt Leopold, infolge der meteorologischen Verhältnisse bereits reichlich ermattet, das Gebäude des Hofkriegsrats durch den Eingang in der Seitzergasse. Zwar ist die erste Partei erst für neun Uhr einbestellt, doch findet sich Leopold gern etwas früher in der Kanzlei ein. Es behagt ihm, vor Beginn der Amtsgeschäfte ein wenig Zeit zur Ordnung seines äußeren und zur Sammlung seines inneren Menschen zur Verfügung zu haben. Außerdem hält ihn morgens selten etwas länger zu Hause als unbedingt nötig. Seit dem Tod von Katharinas schon früh verwitweten Schwägerin Elisabeth, die ebenfalls im Neustädter Hof logierte, vor einer

Woche ist Leopolds Ehegattin noch einsilbiger und verschlossener geworden.

Wie immer grüßt der Türsteher Johann Leibnitzgruber Leopold mit einem submissen „Meine Ergebenheit, Euer Gnaden" und begleitet diesen Gruß mit einer Verbeugung, deren Tiefe der exakt berechneten Balance zwischen der Dauer der Zugehörigkeit Leopolds zum Hofkriegsrat und dem Fehlen jeglichen Adelsprädikats in seinem Namen entspricht. Er erwidert den Gruß mit einer etwas gekünstelt wirkenden Mischung aus Desinteresse und Zerstreutheit – „Morgen, Leibnitzgruber" – und steigt sodann die schmale Treppe zu seinem Amtszimmer im dritten Stock empor.

Auf dem Gang vor dem Vorzimmer zum hofkriegsrätlichen Unterschriften- und Ratszimmer stehen Joseph Schwabel Edler von Adlersburg und Johann Jakob Dernuschek in ein mit gedämpften Stimmen geführtes Gespräch vertieft. Weiter im Hintergrund, am Eingang zum Depositorium, warten der Hofkriegsagent Erasmus Stettner mit seinem Mandanten und eine Handvoll Gläubiger. Augenblicklich schlägt Leopolds ohnehin schon miserable Laune in Missmut um. Denn weder kann er es leiden, wenn die Parteien so früh erscheinen, dass er ihnen bereits vor Beginn der Amtshandlung begegnen muss, noch ist es ihm angenehm, wenn sich wesentlich jüngere Juristen wie der Doktor Dernuschek bei lang gedienten Advokaten wie dem Herrn von Adlersburg anbiedern. Als sich Leopold nähert, heben seine Kollegen die Köpfe und verstummen. Mit einem vielsagenden Seitenblick zu Dernuschek murmelt Schwabel ein „Grüß Sie Gott, Paur" und entschwindet Richtung Hauptstiege. Leopolds Verdrossenheit steigert sich zum Zorn. Woher nehmen sich diese Adeligen das Recht, auf uns Bürgerliche herabzublicken! „Grüß Sie Gott, Paur!" – Was ist denn das für eine ehrabschneiderische Begrüßung! Ohne den verdutzten Dernuschek eines weiteren Blickes zu würdigen, betritt Leopold das Ratszimmer, dessen Tür ihm vom Amtsdiener Brauneis beflissen aufgehalten wird. „Ich habe die Ehre, Herr Doktor Paur", sagt Brauneis, folgt Leopold ins Zimmer und erkundigt sich sodann, ob er dem Herrn Doktor den Verlassenschaftsakt Leutnant Licius herbeischaffen und vorlegen dürfe. Der Sohn und die Gläubiger des Verblichenen seien schon anwesend, so Brauneis weiter. „Dass die Parteien schon da sind, hab ich gesehen, Brauneis. Ich bin ja nicht blind. Und überhaupt ist es eine Unart, derartig unpünktlich bei einer Behörde zu erscheinen."

„Aber, Herr Advokat ..."

„Keine Widerrede, Brauneis! Zu früh ist auch unpünktlich!", herrscht Leopold den alten Amtsdiener an. „Das sollten auch die Herren Agenten wissen! Glaubt man denn, dass man schneller zu seinem Recht oder an sein Geld kommt, wenn man schon in aller Herrgottsfrühe hier erscheint? Man könnt ja am Ende gar den Eindruck gewinnen, dass man solcherart versucht, die Behörde zu nötigen!"

Brauneis ist fassungslos. So hat er den Herrn Hofkriegsratsadvokaten noch nie erlebt.

„Verzeihen, Euer Gnaden! Man wollte Euer Gnaden gewiss nicht drängen. Halten zugute, Euer Gnaden ..."

„Is scho recht, Brauneis. Sie können ja nix dafür."

Nach einer kurzen Pause der Sammlung fährt Leopold fort: „Sagen Sie, Brauneis, Sie wissen doch immer alles, was hier im Amt so vor sich geht. Was wollte denn eigentlich der Herr Schwabel hier bei uns in den Niederungen des Hofkriegsrats?"

„Bedaure, Euer Gnaden. Nichts Genaues weiß ich nicht. Ich hab nur beiläufig gehört, wie der Herr von Adlersburg den Herrn Dernuschek nach irgendeiner Stadt gefragt hat, die was in Kupfer gestochen werden soll."

„So ist es also schon in der Behörde bekannt", seufzt Leopold halblaut.

Wenige Tage nach dem so unersprießlich verlaufenen Besuch im Laboratorium hat Leopold die Arbeit an der Ankündigung seiner Traumstadt wiederaufgenommen. Auch wenn er der Rezeptur seines aus dem Schimmelpilz stammenden Heilmittels noch nicht nähergekommen ist, will er den Plan zur Erbauung seiner idealen Stadt nun rasch dem Publikum mitteilen. Ist das Vorhaben einmal veröffentlicht, kann ihm niemand mehr die Urheberschaft daran streitig machen. Es wird später noch Zeit sein, die genaue Zusammensetzung der Arznei und deren richtige Dosierung herauszufinden und bekanntzumachen. Wichtig ist jetzt zunächst, die Neugier der Menschen für sein

Projekt zu wecken. Und was noch schwerer wiegt: Leopold braucht Geld, dringend! Die Forderungen des Famulus Neumann werden immer unverschämter, dazu kommen die Trinkgelder für Wärter und andere Vertrauensleute, ganz zu schweigen von den Kosten für die vielen Bücher. So bleibt ihm nur ein Weg: die Flucht nach vorne.

Wieder sitzt Leopold beim Schein der Kerze bis spät in die Nacht am Schreibtisch, konzipiert und schreibt, redigiert und verwirft; er konsultiert Cato, zitiert Plinius und kopiert Plutarch; er korrigiert ein Wort, ändert einen Satz, ergänzt einen Paragrafen. Immer tiefer versinkt er im Treibsand seiner Gedanken, immer schwerer fällt es ihm, aus dieser durchgeistigten Welt der Pharmakologen, Philosophen und Politiker, der Arzneikundigen, Alchemisten und Ärzte in die banale Ödnis der Advokaten, Agenten und Adlaten zurückzufinden. Der Tempel und die Agora wirken um so viel anziehender als die Wohnung und die Kanzlei! Wäre doch die erträumte Stadt schon Wirklichkeit! Die Reaktionen Katharinas auf Leopolds Betragen wandeln sich in diesen Wochen von Gezeter und Genörgel über Tobsuchtsanfälle und Wutausbrüche hin zu stummem Vorwurf.

Anfang Mai beendet Leopold die Arbeit an seiner Ankündigung. Vielleicht mag es an dem lieblichen Frühlingswetter liegen, vielleicht auch an einer unscharfen Erinnerung an einen ähnlichen Tag vor vielen Jahren, an dem man zum ersten Mal gemeinsam im Prater bei einem Spaziergang sich erging, vielleicht auch einfach an der Freude, diese schwierige Aufgabe gemeistert zu haben, jedenfalls fasst sich Leopold ein Herz und bittet Katharina, ihr den fertiggestellten Aufsatz vorlesen zu dürfen. Es ist später Vormittag, die Kinder sind außer Haus, die Vorbereitungen für das Mittagessen abgeschlossen und so stimmt Katharina Leopolds Wunsch zu. Man sitzt bei geöffneten Fenstern in der Stube, ein angenehm lauer Wind, der die bald einsetzende Hitze noch nicht erahnen lässt, bringt den süßen Duft der im Hof blühenden Linden in die Paurische Wohnung. Hoffnungsvoll hebt Leopold an: *„Keine Krankheit ist dem Staate und menschlichen Geschlechte schädlicher als die Liebesseuche. – Unzählige Leute, ohne Unterschied des Standes, werden durch selbe hingeraffet, oder wenigstens dergestalt verstümmelt und elend gemacht, daß sie bereits in ihrem besten Alter gänzlich entkräftet, und ihrer Gemeinde zur Abscheu und Last werden. – Und diese Klagen führen die Aerzte von Zeit der Entstehung dieses Uebels an durch einige Jahrhunderte, ohne jedoch ein Mittel zu entdecken, durch welches dieser schaudervollen Verwüstung vorgebogen und Einhalt gemacht worden wäre. Als Mensch glaubt ich daher berechtigt zu seyn, zum Nutzen des ganzen menschlichen Geschlechts die Wichtigkeit des Gegenstandes in reifere Erwägung zu ziehen."*

Leopold blickt vom Blatt auf. Katharinas Mienenspiel verrät ihre Meinung nicht. Etwas verunsichert fährt Leopold fort: *„Marcus Porcius Cato, jener grosse Rechtsgelehrte und berühmte römische Bürgermeister selbst, hat mich diesen Schritt zu wagen ermun-*

tert, da er nach dem Zeugnis des Plinius und Plutarch zwar seinem ganzen Hause allen Umgang mit den häufig nach Rom gezogenen griechischen Ärzten untersagt, aber doch selbst, als Weltweiser und sorgfältiger Hausvater, seiner Familie wider die gewöhnlichen Krankheiten solche Arzneyen und Lebensregeln schriftlich vorgeleget, wodurch selbe das höchste Alter erreichen konnten. – Was nun dieser strenge Sittenrichter in Ansehung aller Krankheiten unternommen, dies hab ich in Absicht auf die schädlichste und die Menschheit so sehr erniedrigende Seuche gewagt. – Ich rüstete mich mit muthiger Kühnheit wider diesen millionenköpfigen Drachen. – Gesunde Vernunft, reife Überlegung und echte Philosophie waren meine Waffen, und der Erfolg war so glücklich, als sich ein Menschenfreund nur wünschen konnte ..."

„So hast du also tatsächlich ein Mittel gegen die Lustseuche gefunden?", fragt Katharina mit Erstaunen. „Hast du nicht immer wieder über Rückschläge und Misserfolge bei der Suche nach dieser wundersamen Arznei geklagt?"

„Grundsätzlich bin ich, wie du dich erinnern magst, durch die Mitteilung des Abbé Dobrizhoffer schon die längste Zeit im Besitz des untrüglichen Wirkstoffes. Allein, wessen es noch bedarf, ist die am besten geeignete Darreichungsform und Dosierung desselben. Doch zweifle ich nicht daran, dass sich mir auch dieses Geheimnis bald offenbaren wird. Es ist dies letztendlich nur eine Frage der Zeit. Und der Mittel – vornehmlich der finanziellen."

„Ja, warum denn auch diesmal nicht!", ruft Katharina aus, „immer mangelt es dir an Geld!"

„Für die Erfindung eines solchen Heilmittels muss man nun einmal etwas tiefer in die Tasche greifen. Doch werden der zukünftige Ruhm, der nicht zuletzt auf dich und unsere Kinder fallen wird, und die daraus sich ergebenden Renditen die Investition von einigen Hundert Gulden allemal rechtfertigen."

„Von welchen Renditen spricht denn der Herr Hof- und Gerichtsadvokat, wenn es erlaubt ist, Euer Gnaden danach zu fragen?"

„Wenn du mich nicht so unsanft unterbrochen hättest, wüsstest du es bereits." Leopold überspringt einige Paragrafen, in denen er sich über die moralischen Aspekte der menschlichen Begierden verbreitert hat, und setzt am Beginn des letzten Drittels seines Textes ein: *„Meine Absichten, dieses so glücklich entdeckte Verwahrungsmittel dem menschlichen Geschlechte zu offenbaren, sind rein von ächter Nächstenliebe beseelt. Jedoch aus billiger Besorgniß des mir bevorstehenden Weltdankes, und daß etwa ein Betrüger sich die Erfindung zueigne, oder ein falsches Mittel anstatt des wahren jemand aufdringe, so habe ich mich entschlossen, dessen Kundmachung durch Unterzeichnung zu veranstalten – und da alle Menschen hieraus ihren Nutzen ziehen, so fordere ich von jeglichem derselben, um sich und seine Nachkömmlinge von so großem Uebel zu befreyen, zwanzig Kreuzer ..."*

„Großer Gott! Zwanzig Kreuzer! Da kannst du das Remedium ja auch gleich verschenken, Leopoldus Paur! Auf diese Weise werden wir nie dauerhaft eine Dienstmagd einstellen oder ein Reitpferd erwerben können, geschweige denn jemals einen Wagen anschaffen. Mein Schwager hingegen hat erst kürzlich eine ganz neue Halb-Berlinne gekauft, mit feinem Tuch ausgeschlagen, auf eisernen Federn hängend und mit fein geschliffenen Gläsern ausgestattet ..."

Leopold überhört diesen Vorwurf und liest weiter: *„... und betrachte alle Völker, sie mögen unter dem Namen der Kaiserthümer, Königreiche, Fürstenthümer, oder Freystaaten bekannt seyn, durchgehends als meine Subskribenten. – Die allerdurchlauchtigsten Landesväter werden in Rücksicht auf mehrere oder weniger Unterthanen den verhältnismäßigen Beytrag allergnädigst zu bestimmen geruhen. Die Subskription wird an mich postfrey eingeschicket, der bestimmte Betrag bey einem in Wien befindlichen und in der Unterzeichnung namhaft gemachtem Wechsler angewiesen: das Geld bleibt in des Wechslers Händen, bis dieses untrügliche Verwahrungsmittel allgemein kund gemachet und gut befunden worden: und erst nach Verlauf eines Jahres von dem Tag der Kundmachung, soll es mir erlaubt seyn, die eingegangenen Subskriptionsgelder zu beheben.*

„Jetzt verstehe ich deine Intention. Du rechnest also mit einer enormen Anzahl von Subskribenten." In Katharinas Stimme schwingt süffisante Skepsis mit. „Aber wie, im Namen des Allmächtigen, willst du ein ausreichend zahlreiches Publikum von deiner Wunderarznei in Kenntnis setzen?"

Leopold trägt trotzig weiter vor: *„Das Verwahrungsmittel selbst wird durch ein in allen europäischen Sprachen gedrucktes Werk bekannt gemacht werden, und ohne den elenden Weg der verdächtigen Vorausbezahlung einzuschlagen, wird man in jeder Sprache eine hinlängliche Anzahl genauer Abdrücke bereit halten, welchem die Namen der Subskribenten und deren gemachte Beyträge angefüget werden sollen. – In welcher Zeitschrift aber dieses zu Stande kommen werde, hängt allein von baldiger Einsendung der Unterzeichnungen ab."*

„Um Himmels willen, Leopold! Jetzt bist du endgültig übergeschnappt! Hast du denn auch nur die geringste Vorstellung, welches Vermögen ein solches Unterfangen verschlingen würde?"

In Leopolds Gemüt liegen Resignation und Zorn miteinander im Streit, als er seiner Gattin antwortet: „Seit Jahr und Tag beklagst du dich, dass deine Geschwister und Cousinen ein komfortableres und vornehmeres Leben führen als du selbst. Und jetzt, wo sich mir eine Gelegenheit bietet, nicht nur ein Vermögen zu verdienen, sondern auch den Namen unserer Familie in der ganzen Stadt, was sage ich, im ganzen Reich, im ganzen Erdteil berühmt zu machen, weißt du nichts Besseres, als mich mit deinen ewigen Nörgeleien zu reizen? Muss ich dich denn wirklich daran erinnern, wem du es verdankst, dass du im Haus deines noblen Herrn Onkels nicht eine Existenz als alte Jungfer fristen musst? Dieser hohe Herr könnte sich, nebenbei bemerkt, auch ein wenig für meine Hilfe beim Kauf des Hauses in der Rotgasse erkenntlich zeigen. Und wenn wir schon von Dankbarkeit sprechen, dann lass uns auch deine Frau Mama nicht vergessen. Meinst du denn, ich weiß nicht, dass sie mich nicht leiden kann, dass sie keine Gelegenheit auslässt, mich vor dir schlecht zu machen und dich davor zu warnen, mir Mittel aus deiner Erbschaft zu überlassen? Dabei habt ihr es einzig und allein mir zu verdanken, dass die Verlassenschaft deines seligen Herrn Vaters letztlich doch in eurem Sinne abgewickelt werden konnte! Sollte jedoch für die hochwohlgeborenen Mitglieder der Familie Décret Dankbarkeit gegenüber dem Sohn eines armen Ackermannes zu viel verlangt sein, so wünsche ich von ihnen wenigstens mit dem einem Hof- und Gerichtsadvokaten gebührenden Respekt behandelt zu werden! Und von meinem Eheweib mit dem gebotenen Gehorsam!"

Katharina setzt zweimal zu einer Erwiderung an, murmelt dann aber nur: „Ich bitt um Pardon", und zieht den Kopf zwischen die Schultern.

„Weil's wahr ist!", setzt Leopold nach und ist für den Moment zufrieden.

Später am Schreibtisch sitzend setzt sich etwas von Katharinas Zweifeln in Leopolds Gehirn fest: Wie soll es ihm tatsächlich gelingen, eine genügend große Zahl von Subskribenten für sein Verwahrungsmittel zu interessieren? Zwar ist Wien eine der größten Städte des Reiches, doch will Leopold sein Arkanum wirklich um nur zwanzig Kreuzer feilbieten, so reichen die Bewohner der Haupt- und Residenzstadt bei Weitem nicht aus, um die in Aussicht genommene Summe aufzubieten. Und auch mit dem Argument der unerschwinglich hohen Kosten für den Druck von Broschüren in allen Sprachen hat Katharina nicht unrecht. Auf welche Weise kann es also gelingen, mit einer einmaligen Ankündigung die Untertanen aller Fürstentümer und Königreiche des Heiligen Römischen Reiches Deutscher Nation von seiner Erfindung in Kenntnis zu setzen? Und, was noch wichtiger wäre, ihre Fürsten und Könige gleich dazu? Die Vermählung eines Regenten, bei der die Oberhäupter der bedeutendsten Herrscherhäuser zusammenkommen, böte sich vielleicht an. Doch nachdem der Kaiser sowohl seine von ihm über alles geliebte erste Gemahlin als auch seine zweite Gattin vor einigen Jahren durch die Blattern verloren hat, scheint Joseph eine dritte Vermählung nicht in Erwägung zu ziehen. Über die Heiratsabsichten der übrigen Mitglieder des Hauses Habsburg weiß Leopold jedoch kaum Bescheid, über die anderer Herrscherdynastien noch viel weniger. Doch gibt es jemanden, einen ehemaligen engen Vertrauten des Kaisers, den Leopold um Rat fragen könnte. Und dieser Mann schuldet ihm auch noch einen Gefallen ...

Drei Wochen später hält Leopold das Antwortschreiben Valentin Günthers, den er vor einigen Jahren in einem Hochverratsprozess erfolgreich verteidigt hat, in Händen. Ein dritter Freimaurerbruder, der Kaufmann Peter de Lucca, hat es ihm, begleitet von den besten brüderlichen Grüßen des nunmehrigen Feldkriegskonzipisten in Hermannstadt, überbracht. Zwar sei auch ihm nichts von einer in naher Zukunft stattfindenden Vermählung in einem der großen deutschen Königshäuser bekannt, doch wisse er eine andere, weitaus besser geeignete Gelegenheit zur Bekanntmachung des Heilmittels, so Bruder Günther in seiner Epistel. Eine, bei der weniger getrunken und gehurt würde; eine, bei der es um wichtige Geschäfte des Reiches gehe: der Reichstag in Regensburg! Zwar kämen seit dem Jahr 1663, als der Reichstag nicht mehr aufgelöst und somit in einen immerwährenden umgewandelt worden war, die Fürsten kaum noch selbst nach Regensburg, doch sei die Stadt immerhin Sitz von etwa siebzig Komitialgesandtschaften. Für den Sommer dieses Jahres rechne man zudem mit einem Besuch des Prinzipalkommissars, also des offiziellen Vertreters des Kaisers. Welch grandioser Vorschlag, denkt Leopold und beschließt, das Manuskript über die Ankündigung seines Verwahrungsmittels gegen die Syphilis zeitgerecht für eine Veröffentlichung in der Regensburger Zeitung im August einzusenden …

16. August 1784

Die Kritik

Leopold ist verzweifelt und verbittert. Bis dato haben nur ein paar Dutzend Subskribenten ihre 20-Kreuzer-Beiträge für die Bekanntmachung des Arzneimittels gegen die Syphilis beim Wechsler Wolfgang Friedrich Heilmann in der Alleegasse, draußen auf der Wieden, hinterlegt. Und nur ganz vereinzelt sind größere Beträge eingezahlt worden, so beispielsweise eine stattliche Summe von Leopolds Logenbruder Valentin Günther.

Zum Jahreswechsel, der durch eine wochenlange Kälteperiode gekennzeichnet war, die auf den Flüssen Mitteleuropas zu zerstörerischen Eisstößen und in New York – wie Leopold aus der Zeitung erfahren hat – sogar zum Zufrieren des Meereshafens führte, ist Katharinas Kritik an Leopold wieder aufgeflammt. Schuld daran war eine Nachlässigkeit Leopolds. Er hatte vergessen, den Brennholzlieferanten zu bezahlen. Dieser weigerte sich daraufhin, neues Brennmaterial herbeizuschaffen, solange die offene Rechnung nicht beglichen war. Nachdem Leopold das Geld für den Holzhändler endlich beisammen hatte, erklärte ihm der Mann, dass er aufgrund der besonders starken Nachfrage erst in zwei bis drei Wochen liefern werde können. So war die Familie Paur zunächst gezwungen, mit dem Brennholz hauszuhalten, später musste man sogar bei den Vorräten von Katharinas Mutter Anleihe nehmen. Je kälter die Temperaturen in der Wohnung wurden, desto heißer wurde die Glut im Herzen der Frau Doktor Paur, an der sich die Wut über die unsinnigen Ausgaben Leopolds aufs Neue entzündete.

Daran konnte auch das Erscheinen eines Druckwerks nichts ändern, das auf dreißig Seiten nicht nur Leopolds Erfindung in den höchsten Tönen lobt, sondern auch die Fürsten Europas zur Unterstützung des Erfinders ermuntert. Das Buch trägt den Titel *Aufforderung an die Fürsten wegen dem, vom Dr. Paur in Wien angekündigten untrüglichen Verwahrungsmittel wider die Lustseuche oder venerische Krankheit* und ist in einem Verlag in Frankfurt und Leipzig erschienen. Sobald es in Wien erhältlich war, erwarb es Leopold in der Ghalenischen Buchhandlung und trug es ohne Umwege nach Hause, um Katharina daraus vorzulesen. Voller Stolz zeigt er Katharina das in Leder gebundene Büchlein, auf dessen Einband sein Name prangt. Doch statt sich wie damals, als Leopold ihr den Entwurf für die Ankündigung seiner Arznei anvertraut hat, hinzusetzen und dem Vortrag ihres Gatten zu lauschen, nimmt sie ihm das Buch mit einer unwirschen Bewegung aus der Hand. Widerwillig schlägt sie den Band auf und beginnt darin zu blättern. Schon nach wenigen Augenblicken hält sie inne und ruft triumphierend aus: „Das Ganze fängt schon schlecht an! Entweder kann der Verfasser kein Deutsch oder der Verleger ist ein Trottel. Gleich auf Seite drei hat einer der beiden im Titel einen Fehler gemacht ..."

„Was? Das kann nicht sein! Zeig her!"

„Hier bitte, caro Leopoldus. Schau selbst. Hier steht ‚Auffoderung' statt ‚Aufforderung'."

Katharina hat recht. Im Schmutztitel fehlt ein „r". In Leopold steigt heiß der Unmut auf, wobei er nicht zu sagen vermag, ob dieser sich gegen Katharina richtet, die den Fehler gefunden, oder gegen den Schriftsetzer, der ihn verschuldet hat. Katharina blättert indes weiter. „Die ersten zehn Seiten bestehen lediglich aus der wörtlichen Wiedergabe deiner in der Regensburger Zeitung gedruckten Ankündigung, der Neuigkeitswert des ersten Drittels dieses Werkes ist somit wohl eher gering", konstatiert sie nicht ohne Häme in der Stimme. „Doch lass uns weiterschauen, was dieser Herr Erhart über das Doktor Paurische Wundermittel noch zu berichten weiß. Im Übrigen habe ich von diesem Herrn mein Lebtag noch nie etwas gehört."

„Auch ich kenne ihn nicht", gibt Leopold zu, „doch muss er ein großer Bewunderer meiner Idee sein, anderenfalls hätte er wohl kaum die Expensen für den Druck eines solchen Werkes auf sich genommen."

„Ja, billig war der Druck sicher nicht." Bei diesem Satz wird Leopold ein wenig blass. Katharina blättert weiter, liest halblaut einige Sätze, wendet eine Seite um, bleibt dort hängen und blättert noch einmal zurück: „Hier wird es interessant. Da fragt sich der Autor, ob das von meinem arzneikundigen Advokaten angekündigte Mittel probat und folglich auch untrüglich sei. Wie der Verfasser diese Frage beantwortet, ist in der Tat bemerkenswert. Höre! –

Die Materie gehört vor den Richterstuhl des Publikums und nicht vor den Richterstuhl der Aerzte. Bekanntermaßen ziehen alle Söhne Aesculaps den größten Teil ihrer Einkünfte von Krankheiten, deren Urquelle die Lustseuche ist. Es ergibt sich von selbst, dass es um die meisten sehr übel aussehen würde, wenn diese Pest von dem Erdboden vertilgt werden sollte. Die Aerzte in gegenwärtiger Anliegenheit um Rath zu fragen, würde Thorheit ohne Beispiel seyn: sie darinn entscheiden zu lassen, wäre unverzeihlich. – Das ist schon eine Dreistigkeit! Zum einen zu behaupten, dass gleichsam alle Krankheiten von der Lustseuche stammen würden! Zum anderen zu unterstellen, dass die Herren der medizinischen Fakultät Beutelschneider seien, denen daran gelegen sei, dass ihre Patienten nicht gesund werden. Man kann für diesen Schreiberling nur hoffen, dass er selbst niemals eines Arztes bedürfen möge. Dieser könnte ihm seine Frechheiten mit einigem Recht übel nehmen."

Katharina rückt sich nun doch einen Sessel zurecht, setzt sich und liest aufmerksam weiter.

„*Wo ist der Mann, der von Kindheit bis ins Alter immer steten und geraden Tritts einhergegangen ist, und nie gestrauchelt hat? Und soll er beim ersten Ausgleiten schon Gefahr laufen, zeitlebens lahm zu werden? Man weiß ja zuversichtlich, dass selbst die schrecklichen Folgen eines Uebels - dont la garde qui veille aux barrières du Louvre ne defend pas les Rois - bisher die Ausschweifungen dieser Art nicht hindern konnten* ... Oho, hier zitiert unser ominöser Herr Erhart sogar den großen Poeten Malherbe! Gebildet scheint er ja zu sein, doch predigt er eine ziemlich doppelbödige Moral!"

Katharina wendet wieder einige Seiten um und fährt dann fort: "Jesusmariaundjosef! Das wird ja immer schlimmer! – *Wenn man gar nichts mehr einzuwenden weiß, wird man sagen: von jedem Hundert der Aerzte würden neunzig ohne Beschäftigung seyn, und vielleicht an den Bettelstab kommen. Gott in seiner Natur, und der Monarch in seinem Staat opfert einzelne Individua dem Ganzen auf – warum sollte die Welt nicht einer Aufopferung der medizinischen Fakultät wert sein?* Also nicht nur einzelne Ärzte will dein Fürsprecher opfern, gleich die ganze Fakultät sieht er ob deiner Erfindung als überflüssig an! Und als wäre das noch nicht genug des Frevels und der Frechheit, wagt er es auch noch, die Regenten Europas aufzufordern, sich auf deine Seite zu stellen. Hör dir den letzten Satz an, Leopold: *Fürsten und Landesväter! Euch allein liegt es ob, alles anzuwenden, dieses Geheimniß habhaft zu werden, prüfen zu lassen, und nach befundener Echtheit eure Völker von einem Übel zu befreien, welches die Welt fast ebenso sehr drückt, als die Erbsünde. Eure Heere werden Euch Mut, Gesundheit und Kraft, der Staat eine blühende, gesunde Nachkommenschaft verdanken.* Das ist nun wirklich zu viel des Guten! Der Heiterkeit und des Hohns des Publikums kann sich Herr Erhart gewiss sein. Doch was noch viel, viel schwerer wiegt: Spott und Schimpf wird auf dich, deine Kinder und auf mich fallen. Meine arme alte Mutter wird sich ihres einzig verbliebenen Kindes schämen müssen!"

Das Druckwerk des rätselhaften Herrn Erhart konnte Katharina erfolgreich vor ihrer Mutter verbergen, die in den folgenden Wochen und Monaten in den Wiener Zeitungen veröffentlichten Kommentare und Kritiken zu Leopolds Ankündigung entgingen der alten Décretin allerdings nicht. Eines vorfrühlingshaft freundlichen Morgens besuchte Katharina ihre Mutter und fand die schon recht gebrechliche Frau mit hochrotem Kopf aufrecht in ihrem Bett sitzend, neben sich auf der Bettdecke einen Brief und ein aufgeschlagenes Buch. Mit schwacher, vor Aufregung und Zorn bebender Stimme begrüßte sie ihre Tochter: „Diesmal ist dein Ehegemahl vraiment zu weit gegangen!"

„Maman, was ist dir denn widerfahren? Du bist ja ganz echauffiert!"

„Gestern erhielt ich einen Brief von deiner Base aus Frankfurt, in dem sie mir zum Ruhm meines beaufils, des Monsieur L'Advocat, gratuliert. Anverwahrt fand ich die letzte Ausgabe von Herrn Nicolais *Allgemeiner deutscher Bibliothek*. Darin, so schreibt Caroline, erschien unter der Rubrik *Wiener Schriften* eine Kritik von Doktor Paurs öffentlichem Aufruf an Wiens Architekten und Kupferstecher, den Grundriss einer von ihm erdachten, nein, erträumten Stadt zu entwerfen und in Kupfer zu stechen. Sogar einen Preis für den besten Entwurf hat er ausgelobt – und zwar in der Höhe von zwölftausend Dukaten! Zwölftausend Dukaten! Das muss man sich auf der Zunge zergehen lassen! Hat nicht genug Geld, um seine Öfen zu heizen, und will zwölftausend Dukaten unters Volk werfen! Quel imposteur! Unter den Adjektiven, mit denen dein feiner Herr Gemahl in diesem Verriss bedacht wird, ist ‚possierlich‘ noch das schmeichelhafteste! Welche Schande bringt dieser Bauernlümmel über unsere Familie!"

In den folgenden Wochen war der Bauch der ehedem hageren Mutter immer dicker und die Farbe ihrer Augäpfel und ihrer Haut immer gelber geworden. Bald darauf konnte sie keine feste Nahrung mehr behalten und begann nach Luft zu ringen. Anfang Mai schließlich entschlief Frau Katharina Décretin im 78. Jahr ihres Lebens, versehen mit den heiligen Sterbesakramenten und im Kreise ihrer nächsten Angehörigen. Wiewohl die Totenbeschau als Todesursache Lebererhärtung und Gelbsucht festgestellt hatte, zweifelten die Hinterbliebenen nicht daran, dass dies nicht die wahren Gründe für das unerwartet rasche Hinscheiden der bis vor Kurzem rüstigen Niederlagsverwandtenswitwe gewesen wären. Katharina und die Familie ihres Onkels waren davon überzeugt, dass in Wahrheit Leopolds anmaßende Unbotmäßigkeit und prahlerische Verschwendungssucht zunächst zur Steigerung und letztendlich zur Stockung des Gallenflusses geführt hätten. Das Leichenbegängnis zweiter Klasse (man weiß im Hause Décret, was man seiner gesellschaftlichen Stellung schuldet, ist übertriebenem Pomp, der als hofartig und demnach nicht gottgefällig angesehen werden könnte, jedoch abhold) samt Beisetzung am Friedhof zu Sankt Peter verschlingt den Gegenwert zweier Monatsprämien des Famulus Neumann, wie Leopold mit zunehmender Verzweiflung konstatiert. Denn das Ausbleiben des durch die Veröffentlichung der *Aufforderung an die Fürsten* erhofften Geldsegens macht Leopold zunehmend zu schaffen. Schließlich basiert sein Plan der Stadtgründung auf den Einnahmen, die durch die Subskriptionen auf das Mittel gegen die venerische Krankheit hereinkommen sollten. Mit ihnen wollte Leopold die finalen Forschungen des Doktor Neumann, die der Gewinnung der Reinsubstanz aus den Schimmelpilzkulturen dienen sollten, ebenso finanzieren wie den Wettbewerb der Architekten und Kupferstecher. Doch so wie die Dinge sich jetzt darstellen, hat Leopold weder Zeit noch Geld, sich um Doktor Neumann und die Experimente an den vergifteten Insassen des Armenhauses zu kümmern.

In seiner Not beschließt er, seinen Stolz zu überwinden und ein weiteres Mal, diesmal in eigener Sache, bei seinem Freund Mannsperger vorstellig zu werden. Leopold betritt das Vorzimmer zu Mannspergers Kanzlei und bittet, beim Herrn Taxator angemeldet zu werden. Obwohl er am späten Vormittag vorspricht, wird er nicht sogleich vorgelassen. Als er nach zwanzig Minuten noch immer wie ein Bittsteller auf dem zugigen Gang steht, kommt in Leopold der Verdacht auf, dass ihn der Amtsdiener vergessen haben könnte. Empört über diese Behandlung poltert er, ohne anzuklopfen, ins Vorzimmer, um den Subalternen zu maßregeln, findet diesen aber zu seinem Erstaunen im Gespräch mit Mannsperger. Dieser blickt irritiert und auch, so will es Leopold zumindest scheinen, ein wenig peinlich berührt auf, fasst sich aber im nächsten Augenblick und kommt mit offenen Armen auf Leopold zu: „No, dass du dich wieder einmal anschauen lasst! Gut schaust aber nicht aus, lieber Freund." Als sie ins Mannspergerische Dienstzimmer treten, murmelt der Taxator noch etwas von der Unzuverlässigkeit des Kanzleipersonals, bittet dann Leopold, sich zu setzen. Verunsichert durch das eigenartige Verhalten seines Freundes bleibt Leopold mit hängenden Schultern auf der Stuhlkante sitzen.

Womit er denn dienen könne, fragt Mannsperger mehr dienstlich als freundschaftlich. Und keineswegs brüderlich. Er nehme doch an, dass Leopold den weiten Weg hierher in die Burg nicht auf sich genommen habe, um über Frau und Kind oder den schrecklich strengen Winter zu plaudern.

Leopold versucht sich noch in ein paar Höflichkeitsfloskeln, gewinnt dabei allerdings den Eindruck, dass sich auf dem Gesicht seines Gegenübers neuerlich dieser schon zuvor bemerkte Ausdruck peinlicher Berührtheit zeigt. Zunehmend verunsichert kommt Leopold, anfangs ein wenig stotternd und stammelnd – nach vielen Jahren stellt sich dieses Übel zum ersten Mal wieder ein –, jedoch ohne weitere Umschweife auf sein heutiges Anliegen zu sprechen. Zunächst berichtet er von der Veröffentlichung der Ankündigung seines Heilmittels in der Regensburger Zeitung.

Er habe wenige Tage nach dem Erscheinen dieses Aufsatzes von einem anderen Beamten seines Ressorts davon erfahren, unterbricht Mannsperger Leopolds Rede, und habe sich sogleich drei Dinge gefragt: primo, auf welche Weise der Herr Hofkriegsratsadvokat Kenntnis von einem solch untrüglichen Arzneimittel erlangt haben könne; secundo, weshalb Leopold ihn, seinen Freund und Bruder, den Taufpaten seines Erstgeborenen, nicht vorab von seinem Vorhaben unterrichtet habe; und terzo, warum sich Leopold dazu entschlossen habe, sein kühnes Unternehmen ausgerechnet in einem bayerischen Lokalblatt ankündigen zu lassen.

Leopold, mittlerweile schon wieder bar jedes Selbstzweifels, überhört die Skepsis an seiner Erfindung und die Kritik an seinem Vorgehen und stürzt sich triumphierend auf das letzte Argument Mannspergers.

„Das, mein alter Freund, war wahrlich genial ausgedacht, findest du nicht?!"

Verständnislos blickt Mannsperger ihn an.

Leopold richtet sich zu seiner ganzen geringen Körpergröße auf und erläutert seinem offenbar ein wenig begriffsstutzigen Freund generös sein Motiv für diesen klugen Schachzug: „Die zugrunde liegende Überlegung ist doch naheliegend, mein Teurer. Umso mehr nimmt es mich wunder, dass ausgerechnet du, ein so profunder Kenner der Wiener Seele und des Österreichischen überhaupt, nicht darauf zu kommen scheinst. Jeder Mensch, der auch nur wenige Jahre hier gelebt hat, weiß doch verlässlich, dass der Wiener den Wienern nichts bedeutet. Will man in Wien etwas gelten, muss man es zuerst im Ausland zu etwas gebracht haben!" Und nach einer kurzen Pause fügt Leopold hinzu: „Oder man muss gestorben sein."

Mannspergers Gesichtsausdruck wechselt während Leopolds Worten von Verständnislosigkeit über Verwunderung zu Fassungslosigkeit.

„Du hast also Regensburg als Ort deiner Veröffentlichung gewählt, um außerhalb Wiens zu Ruhm und Reichtum zu gelangen?"

„Natürlich. Denn wo sonst als in Regensburg tagt der Reichstag? Wo sonst als in Regensburg haben über siebzig Komitialgesandtschaften ihren Sitz?" Dass ihm diese Idee nicht alleine gekommen ist, verschweigt Leopold geflissentlich.

Mannsperger neigt sich nach vorn, stützt die Ellenbogen auf den Schreibtisch und verschränkt die Hände unter dem Kinn: „So sage mir, Leopoldus, bist du berühmt geworden, bist du reich geworden?"

Etwas kleinlauter als zuletzt gibt Leopold zu: „Nein, unglücklicherweise nicht."

„Und jetzt kommst du zu mir, um zu erfahren, was der Fehler in deinem so klug ausgedachten Plan war?"

„So ist es, lieber Freund."

„Um dir das zu erklären, ist es unumgänglich, ein wenig auszuholen und die Tiefen der Geschichte des Reichstags zu erhellen ..."

Leopold stöhnt leise. Die historischen Exkurse seines Freundes Mannsperger sind meist von ermüdender Weitschweifigkeit.

„Der eigentliche Ursprung deiner Schwierigkeiten liegt in Wahrheit im Westfälischen Frieden begründet. Doch soll es uns aus Gründen der Simplifizierung genügen, uns den Anfängen der Regierungszeit unseres Kaisers zuzuwenden. Die beiden Kanzler Colloredo und Kaunitz hatten Joseph II. schon zu Beginn seiner Regierung zur Umsetzung einer schon von seinem Vater geplanten Reichskammergerichtsvisitation, sprich zu einer Untersuchungskommission, geraten. Dieses Vorhaben wurde allgemein begrüßt; jedoch war eine flankierende diplomatische Offensive beim *Corpus Evangelicorum*, also bei den protestantischen Kurfürsten, verabsäumt worden. Die evangelischen Reichsstände hatten es sich aufgrund ihrer Unterrepräsentation zur üblen Angewohnheit gemacht, für sie unangenehme Urteile des Reichskammergerichts als Religions- oder Verfassungsfragen mittels Recoursen vor dem Reichstag zu beeinspruchen. Dieses Unwesen und die unter Fürst Karl Philipp Hohenlohe-Bartenstein grassierende Korruption hatten die Arbeit des Gerichts enorm behindert. Im August 1765 erstellte der Reichstag im Auftrag des Kaisers ein Gutachten, demzufolge die Visitation durch fünf Kommissionen – auch Klassen genannt –, deren Amtszeit je ein Jahr betragen sollte und in denen möglichst alle Reichsstände vertreten sein sollten, durchgeführt werden sollte. Die erste Klasse bestand unglücklicherweise aus Vertretern aller drei protestantischen Kurhöfe, die von Hannover den Auftrag erhielten, die Visitation zu sabotieren."

„Verzeih, wenn ich dich hier unterbreche. Du erzählst mir von Ereignissen, die sich vor fast zwanzig Jahren in Wetzlar zugetragen haben ..."

Unbeirrt von diesem unqualifizierten Zwischenruf Leopolds fährt Mannsperger fort: „Nachdem Seiner Majestät die vom Vertreter der evangelischen Partei im Reichsrat betriebenen Pläne zur Sabotage der Visitation zu Ohren gekommen waren, fand Joseph sich in seiner Intention, die Reform des Reichskammergerichts ohne den Reichstag durchzuführen, bestärkt. Dies wiederum stieß auf Ablehnung des Reichstagsdirektors, des katholischen Kurfürsten von Mainz. Auf diese Weise hatte sich Seine Majestät sowohl Gegner im protestantischen als auch im katholischen Lager gemacht."

„So saß unser geliebter Kaiser plötzlich zwischen zwei Stühlen?"

„Das ist zwar eine stark simplifizierte Sicht der Dinge, im Grunde läuft es aber darauf hinaus. Nachdem der Kaiser aber der Kaiser ist, begann die Visitation des Kammergerichts durch die erste Klasse. Wie man sich leicht ausrechnen kann, war der Eifer der aus Protestanten bestehenden Kommission begrenzt. Zur Veranschaulichung mag dir eine Zahl dienen: In über zweihundert Sitzungen stritt man über die Tagesordnung! Auf Betreiben des kaiserlichen Gesandten Eqid Valentin Felix Freiherr von Borié gelang es, die erste Klasse abzulösen. Im Jahr 1774 beschloss das *Corpus Evangelicorum* in Regensburg, seine Delegierten der zweiten Klasse am Reichskammergericht in Wetzlar an die eigenen Beschlüsse zu binden. Dies stellte einen eindeutigen Verfassungsbruch dar. Als daraufhin Mainz, das seinen Einfluss vergrößern wollte, das *Corpus Catholicorum* dazu bringen wollte, die bis dato an die Kurpfalz übertragene schwäbische Kuriatsstimme auf den westfälischen Reichsgrafen zu übertragen, führte dies zu heftigen Protesten der evangelischen Grafenbank. Diese beschloss daraufhin die sogenannte Grafensache vor den nächsten Reichstag zu bringen, um die vom Kaiser gewünschte Reform des Reichskammergerichts zu verhindern. Als dann im Mai 1776 die protestantischen Delegierten gegen die Anwesenheit des Vertreters der katholischen Grafenbank demonstrierten, reisten die kaiserlichen Kommissare auf Anweisung Josephs aus Wetzlar ab. In weiterer Folge griff der Grafenstreit auch auf den Reichstag selbst über. Es kam zunächst zur Abreise der katholischen, im Jahr 1783 auch der protestantischen Subdelegierten aus Regensburg, wodurch der Reichstag seither lahmgelegt ist."

Leopold ist erschüttert. Die als Glaubenskrieg getarnten Ränkespiele einiger Kurfürsten um persönliche Macht und die künftige Ausrichtung des Reichs haben nicht nur eine altehrwürdige Institution wie den Reichstag ausgeschaltet, sondern auch dazu geführt, dass sich in Regensburg kein Mensch von Rang und Namen mit seiner epochalen Entdeckung auseinandersetzt. Jetzt ist Leopold klar, warum die in Deutschland herausgegebene Aufforderung des Herrn Erhart an die Fürsten Europas ungehört verhallt ist. In leeren Rathäusern fehlt es schlicht an Ohren.

„Deine Lage ist wohl doppelt fatal, lieber Leopold. Keine Fürsten und Delegierten in Regensburg, dafür eine denkbar schlechte Presse in Wien. Doch das ganze Unternehmen ist, verzeih mir meine Offenheit, von Anfang an schlecht begonnen worden."

Leopold stutzt. „Wie darf ich das verstehen?"

„Selbst wenn man davon ausgeht, dass du im Besitz dieses Wundermittels bist – und ich gehe im Gegensatz zum Großteil des Wiener Publikums davon aus, weil du als Bruder Freimaurer der Wahrheit verpflichtet bist –, wenn du also über diese untrügliche Arznei verfügst, so besteht doch eine augenscheinliche Diskrepanz zwischen der lächerlich geringen Höhe der von dir geforderten Subskriptionen und der beinahe noch lächerlicher anmutenden Summe, die du als Preis für den besten Architektenentwurf und den prächtigsten Kupferstich in Aussicht gestellt hast. Wie überhaupt die Verknüpfung von Verwahrungsmittel und Stadtgründung ein äußerst fragwürdiges Licht auf die ganze Angelegenheit wirft. Diese Meinung teilen im Übrigen auch viele meiner Kollegen hier im Amt und im Hofstaat überhaupt, wo du bis vor Kurzem aufgrund deines Pamphlets über die Separierung der Diözesen von ausländischen Bistümern recht gut angeschrieben warst. Denn obzwar die Hofkanzlei die meisten der von dir angeführten historischen Quellen, wonach zu Lorch schon zur Zeit der Apostel ein Erzbistum errichtet worden wäre, widerlegt hat und die verstorbene Kaiserin von diesen Dingen gar nichts hören wollte, hast du damit bei ihrem Sohn einen Stein ins Rollen gebracht. Es wird sogar gemunkelt, dass Seine Majestät lediglich das abzusehende Ende des Grafen Firmian abwartet, um sodann die Sedisvakanz in Passau dazu zu nutzen, die Diözesananfrage endgültig in seinem Sinne zu entscheiden. Durch deinen abenteuerlichen Plan, am Manhartsberg eine ganze Stadt auf die grüne Wiese zu bauen, hast du jedoch, ich muss es dir sagen, ein Gutteil deines Kredits bei Hof verspielt. Und dann auch noch dieser Verfassungsentwurf, den du hast drucken lassen! Jeder Bürger deiner Stadt soll aus den zu erwartenden Einnahmen aus dem Verkauf deines Verwahrungsmittels sein Lebtag lang eine solche Summe Geldes bekommen, wie er für ein bescheidenes Fortkommen benötigt? Geld ohne Gegenleistung? Einfach so? Eine Stadt voller Faulenzer und Müßiggänger, die nichts anderes zu tun haben werden, als mit den Händen in den Hosensäcken Maulaffen feilzuhalten? Mein lieber Leopold, angesichts solcher Thesen kannst du es deinen Mitmenschen wahrlich nicht übel nehmen, dass sie an der Unversehrtheit deines Verstandes zweifeln!"

Leopold, der während der Rede Mannspergers auf seinem Besuchersessel immer mehr in sich zusammengesunken ist, richtet sich nun wieder auf und erwidert trotzig: „Von den meisten meiner Mitmenschen erwarte ich nicht, dass sie begreifen können, dass die Befreiung von der Sorge um das tägliche Brot einen Bürger erst wirklich unabhängig macht. Unabhängig und frei! Frei für hehre Gedanken und große Taten. Von einem im Lichte der Aufklärung erzogenen Bruder Freimaurer hätte ich jedoch mehr Verständnis für diesen essenziellen Punkt meiner Stadtkonstitution erwartet! Wie es aussieht, habe ich mich allerdings in dir getäuscht!"

Nach einer Pause antwortet Mannsperger kopfschüttelnd: „Ich werde dazu jetzt nichts mehr sagen. Lass dir zum Abschied aber einen Rat geben, Leopold. Um meiner Patenschaft für deinen Erstgeborenen willen werde ich deinen Hochmut ignorieren und will dir eines ans Herz legen: Verrenn dich nicht in etwas, das dir und den deinen zum Verhängnis werden kann und wird. Nimm um deiner Kinder willen Abstand von diesem Unternehmen. Noch ist es Zeit, sich ohne allzu großen Schaden aus dieser Affäre herauszuwursteln. Die Wiener vergessen schnell. Du wirst sehen, in ein paar Jahren kräht kein Hahn mehr nach dieser Geschichte. Und du kannst noch lange Zeit als ehrbarer Jurist tätig sein und gutes Geld verdienen. Sei gescheit, Leopold, du bist Advokat. Und kein Arzt oder Apotheker. Und schon gar kein Architekt!"

26. Oktober 1785

Der Bruch

Nachdem Leopold die Wohnungstür hinter seinem Besuch geschlossen hat, kehrt er in sein Studierzimmer zurück, nimmt an dem mit Papieren übersäten Schreibtisch Platz und ist dabei so guter Laune wie schon lange nicht. Ohne dass es ihm zunächst bewusst ist, summt er die Melodie, die eine Gruppe von Straßenmusikanten eine Stunde zuvor im Innenhof geflötet und gegeigt hat. Vorhin war ihm das von einem ausgemusterten Soldaten in zerschlissener Uniform krächzend vorgetragene und von zwei seiner nicht minder verwahrlosten Kameraden auf verstimmten Instrumenten begleitete Lied lästig und störend erschienen. Jetzt hingegen findet Leopold Freude an der einfachen Weise, die sich gegen seinen Willen in seinem Kopf eingenistet hat. Und er bedauert, plötzlich eingedenk des bei seiner Einweihung gegebenen Versprechens, sich der Not der Armen anzunehmen, dass er den zerlumpten Spielleuten nicht ein paar Pfennige zugeworfen hat. Er will sich in Hinkunft daran erinnern. Vergessen will Leopold jedoch die schmachvollen Tage und Wochen des vergangenen Jahres. Vergessen will er schreibende Spötter wie diesen Feigling Rautenstrauch, der sich hinter dem ohnehin allseits bekannten Pseudonym Rathsamhausen verstecken muss, um den Mut aufzubringen, im *Grillen- und Seufzerbuch* oder in Druckwerken mit zweifelhaft lustigen Titeln wie *Faschingskrapfen für die*

Herren Wiener Autoren von einem Mandolettikrämer Leopolds Heilmittel und Stadtgründung zu verreißen. Vergessen will er stümperhafte Reime wie *Sein Riß der Stadt im Traum fiel unvergleichlich aus, vergaß er gleich das nöthigste ... das Narrenhaus.* Einer aus Altenburg lässt sich von solchen Schwächlingen nicht beeindrucken. Die werden mich noch kennenlernen. Wäre doch gelacht, wenn man mit einem Schädel aus Granit nicht durch die Wand käme!

Voll Tatendrang schnellt Leopold vom Sessel hoch, geht immer noch summend zum Bücherkasten, in dem der alles aufbewahrt, was mit der Stadt im Traum in Zusammenhang steht, schließt ihn auf und entnimmt ihm einen sorgsam zusammengerollten großformatigen Bogen Papier. Zum Arbeitstisch zurückgekehrt, schiebt er mit einer energischen Bewegung die Sperrs-Relation und die übrigen zu seiner neuen Causa gehörigen Aktenstücke zur Seite, streift die Schutzhülle ab und entrollt einen der Abdrücke des Kupferstichs mit dem Grundriss seiner Traumstadt.

Die Aufrisse der Kirche und des Universalhauses sind Bruder Ziegler trefflich gelungen. Wie gut, dass ich ihn überreden konnte, meine Vorstellungen zu zeichnen und in Kupfer zu stechen! Und bald werde ich ihn auch dafür entlohnen können, denkt Leopold. Behutsam streicht er den Plan glatt, dann greift er zu Tinte und Feder. Nach kurzer Überlegung fügt er eine Vignette ein, in die er mit entschlossener Hand die Worte *„Contumelia non fregit eum, sed erexit"* – Die schmachvolle Behandlung zerbrach ihn nicht, sondern richtete ihn auf – einschreibt. Allem Unbill und allen Unkenrufen zum Trotz werde ich aufrechten Ganges und erhobenen Hauptes zur Errichtung meiner Traumstadt schreiten. Werde Hügel abtragen, Gräben zuschütten, Sümpfe trockenlegen lassen und Häuser, Straßen, Plätze und Tore bauen lassen! Die Visionen und Prophezeiungen werden Wirklichkeit werden, hat mein Fatum sich doch eben in Gestalt dieser Frau materialisiert.

Völlig unerwartet hatte es vor einer guten Stunde an die Wohnungstür geklopft. Leopold war an seinem Schreibtisch gesessen und hatte sich den Anschein gegeben zu arbeiten. Tatsächlich bestand sein Tun lediglich im wiederholten Studium der Adepten utopischer Stadtgründungen und Staatsformen. Um sich selbst Mut zu machen, las Leopold seit Wochen wieder in den Schriften der alten Autoren. Insbesondere beschäftigte er sich mit Thomas Morus und Samuel Gott. Katharina erledigte an diesem Morgen mit Maria die Einkäufe auf dem Markt, Anton war in der Schule, der Postbote würde erst zu Mittag kommen und Klienten waren auch nicht zu erwarten. Schon seit Monaten hatte niemand mehr den Gerichtsadvokaten konsultiert, der sich zum Doktor der Arzneikunde und zum Stadtgründer aufgeschwungen hatte. Erschrocken und auch ein wenig ungehalten über die unerwartete Störung war Leopold demnach zusammengezuckt und schließlich widerwillig zur Tür getrottet. Kaum hatte er sie geöffnet, fiel ihm mit einem unterdrückten Aufschrei das Buch, in das er vertieft gewesen war und das er geistesabwesend mit ins Vorzimmer getragen hatte, aus der Hand.

Im kalten Licht des Stiegenhauses stand sie. Sie, die Fremde aus der Kirche, die Unbekannte aus dem Augarten, die Namenlose aus der Prophezeiung des Marquis. Ihr Gesicht war bleich, die bernsteinfarbenen Augen dunkel umschattet, das Haar von grauen Strähnen durchzogen. Dass ihre Gestalt schmaler wirkte als in Leopolds Erinnerung, mochte am Schwarz der Witwentracht liegen. Unverändert geblieben war die vornehm aufrechte Haltung.

„Herr Doktor Paur?", fragte sie.

Leopold starrte sie fassungslos an.

„Herr Gerichtsadvokat Doktor Paur?", wiederholte sie. In ihrer Stimme zitterte Verwirrung. „Spreche ich mit dem Hof- und Gerichtsadvokaten Leopold Paur?"

Endlich fasste sich Leopold, dem plötzlich das Bild des damals durchgehenden Pferdes wie gemalt vor Augen gestanden hatte, bekam die eigenen Zügel wieder zwischen die Finger und parierte sich gleichsam selbst durch. „Leopold Paur, beider Rechte Doktor, Hof-, Gerichts- und auch Hofkriegsratsadvokat, ich stehe zu Diensten, gnädige Frau", brachte er stammelnd hervor und ärgerte sich, während er sie aussprach, über diese übertrieben förmliche Vorstellung. Wohl um den Eindruck der hölzernen Steifheit zu kompensieren, ergriff er die Rechte der Überraschten und führte sie – „Küss die Hand" – mit unbeholfen unrundem Schwung an seinen Mund, wo ihm die

Andeutung eines Handkusses ebenso gründlich misslang wie die verbale Begrüßung.

Nach einem Augenblick der Konsterniertheit legte sich ein gütiges Lächeln auf die Züge der Frau, das Vergebung bekundete und das Leopold an die Miene seiner Mutter erinnerte, mit der sie ihm kleine Unzulänglichkeiten nachzusehen und geringfügige Unbotmäßigkeiten zu verzeihen pflegte. „Grüß Gott." Diese zwei Worte, gesprochen mit der schlichten Geradlinigkeit einer Frau, die gewohnt war, die Dinge beim Namen zu nennen, genügten, um die reichlich groteske Szene auf der Schwelle der Paurischen Wohnung zu entkrampfen. „Mein Name ist Barbara Hacker. Verwitwete Hackerin, um genau zu sein. Ich möchte Sie in Angelegenheiten der Verlassenschaft meines verstorbenen Ehegemahls konsultieren. Darf ich eintreten?"

Leopold machte einen Schritt zur Seite, hob rasch das fallen gelassene Buch auf und bat die Besucherin in sein Arbeitszimmer. Frau Hacker berichtete, dass ihr Gatte, der Tischlermeister Ferdinand Hacker, überraschend und ohne Hinterlassung eines letzten Willens an einem Gehirnschlag verstorben sei. Es gebe eine Reihe von Gläubigern, aber auch einige offene Forderungen gegen Kunden. Er sei ihr von einem magistratischen Beamten als in Verlassenschaftscausen besonders bewanderter Jurist empfohlen worden, weshalb sie sich entschlossen habe, ihn auf gut Glück in seiner Wohnung aufzusuchen. Die erforderlichen Papiere habe sie gleich mitgebracht, schließlich dauerten solche Verfahren bekanntermaßen ohnehin ewig und einen Tag und da sei es doch klüger, gleich anzufangen. Begraben sei ihr Mann vor einer Woche und beweint habe sie seinen Tod jetzt lange genug; davon, dass sie weiter heule, werde er auch nicht mehr lebendig, außerdem müsse die Werkstatt zunächst weitergeführt, dann ein Nachfolger gefunden werden. Die Außenstände müssten eingebracht und die Lieferanten bezahlt werden. In knappen Worten handelte die Witwe Hacker die relevanten Punkte ab und vermittelte dabei den Eindruck einer Handwerkersgattin, die den Betrieb des Tischlermeisters wohl beinahe ebenso gut kennt, wie dieser es getan hatte. „Apropos Bezahlung", fuhr sie fort, „wie hoch ist denn das Honorar des Herrn Advokaten?" Doch bevor Leopold einen Betrag nennen konnte, sah sie ihm unverwandt ins Gesicht: „Mir kommt übrigens vor, dass wir uns kennen. Ich meine, nicht nur dem Namen nach. Den Ihren, will mir scheinen, habe ich bereits einige Male in der Zeitung gelesen, wenngleich in anderem Zusammenhang, wie ich mich zu erinnern glaube. Nein, ich habe viel eher das Gefühl, wir seien einander schon persönlich begegnet. Ist das möglich?"

„Sie täuschen sich nicht, Frau Hacker", antwortete Leopold und erzählte vom Zusammentreffen in Kirche und Park, verschwieg allerdings sowohl den Grund für seinen Messebesuch als auch die von ihm geahnte und vom Marquis bestätigte Bedeutung ihrer Person für sein Leben und seinen Traum. Während dieses Gesprächs stellte sich zwischen Leopold und der Witwe Hacker eine Vertrautheit ein, wie sie nur Menschen empfinden können, deren Lebenswege einander aus Gründen, die nicht erklärt werden können, kreuzen müssen, um irgendwann zumindest eine Zeit lang parallel zu verlaufen. Er spürte eine Nähe, eine Seelenverwandtschaft, wie sie Katharina und ihn nie verbunden hatte. Heute weiß ich, dachte Leopold, dass sie mir nicht verzeihen kann, dass es eben keinen Besseren gegeben hat, der sie, die Halbwaise, damals zur Frau genommen hat. Dieser Makel haftet mir seither an und kann mit nichts abgewaschen werden. Ganz gleich, was ich vollbringen werde, sie kann mir nicht vergeben, dass ich von niederer Herkunft bin. Und was am schwersten wiegt, dass ich kein Vermögen in unsere Verbindung eingebracht habe.

Leopold blickt von dem vor ihm liegenden Grundriss auf, lehnt sich zurück und betrachtet das Blatt noch einmal eingehend. Die Bezeichnung der Straßen und Häuser, Plätze und Foren ist bis ins Kleinste durchdacht. Der kosmopolitische Charakter der Stadt kommt durch die Benennung der acht Foren mit Namen von Landstrichen aus allen Kontinenten gut zum Ausdruck. Die Bezeichnung der insgesamt 856, den jeweiligen Foren zugeordneten Häuser mittels Namen bekannter Städte aus diesen Landstrichen wird die Orientierung für Bewohner und Besucher erleichtern. Und der Umstand, dass der Hauptplatz seiner Stadt *Forum Cretense* genannt werden soll, weist die Subskribenten ebenso auf seine humanistische Bildung hin wie die auf

Hebräisch verzeichneten Psalme und die griechischen Sinnsprüche. Dass der Spiritus Rector dieser Stadtarchitektur durch die entsprechende Namensgebung eines der Bezirke einen diskreten Hinweis auf sein erstes großes Projekt, den Vorschlag zur Wiedererrichtung des uralten Bistums von Lorch, nicht verkneifen konnte, werden nur wenige Eingeweihte bemerken. Auch mit seinem Porträt, das in der linken oberen Ecke platziert wurde und das von einem Schutzgeist mit den Zügen seines Erstgeborenen getragen wird, ist Leopold durchaus zufrieden. Und doch hat er das Gefühl, dass noch etwas fehlt. Ein unmissverständlicher Hinweis auf den Zusammenhang zwischen dem untrüglichen Arzneimittel gegen die Lustseuche und der Gründung seiner Stadt. Es muss auch für all jene, die nicht die Mühe auf sich nehmen wollen, die Konstitution der Traumstadt zu studieren, klar ersichtlich sein, dass sie mit ihrer Subskription nicht nur ein Anrecht auf die Ausfolgung des unfehlbaren Remediums erhalten, sondern auch einen Beitrag zur Errichtung eines idealen Gemeinwesens leisten. Das eine soll vom anderen nicht getrennt betrachtet werden können. Demnach braucht es ein entsprechendes Junktim. So nimmt Leopold aus Gründen der Symmetrieerhaltung an der rechten oberen Ecke noch folgenden Eintrag auf dem Plan vor: *Hier ist der Ort, wo ich das schützende Heilmittel allen Völkern zum öffentlichen Gebrauch freigeben will.*

Leopolds Hochstimmung sollte allerdings nur von kurzer Dauer sein. Immer wieder erscheinen im Laufe des Jahres weitere Spottschriften und Verunglimpfungen sowohl seines Plans als auch seiner Person. Besonders betroffen macht ihn, dass viele seiner Spötter den Reihen der Brüder Freimaurer entstammen, unter ihnen Johann Pezzl, Bruder Redner in der Loge *Zur Wohltätigkeit* und Alois Blumauer aus der Loge *Zur Wahren Eintracht*.

Und als wäre all das noch nicht genug der Aufregung und des Ärgers, kommt es in den letzten Novembertagen dieses Jahres zu einem weiteren Eklat mit Katharina. Leopold hatte an diesem grau-nassen Tag vormittags seine neue Klientin aufgesucht. Nachdem man einige Einzelheiten zum Verlassenschaftsverfahren besprochen hatte, wartete sie Leopold eine Schale heißer Schokolade auf und bat ihn, ihr noch ein wenig mehr über seine Traumstadt und deren Verfassung zu erzählen. So schilderte er ihr bereitwillig und in bunten Farben das große Becken bei Horn, in dem die Errichtung der idealen Stadt geplant sei; berichtete davon, dass der Flecken Burgerwiesen der Ausdehnung der Stadt zum Opfer fallen müsse, was jedoch nicht weiter bedauerlich sei, da er ohnehin nur aus windschiefen Hütten und verwitterten Häusern bestehe, deren Bewohner als Bürger der neuen Stadt weitaus bequemere und freundlichere Wohnungen in den Einheitshäusern finden würden. Warum denn alle Häuser von gleicher Bauweise sein sollten, wollte daraufhin die Hackerin wissen. Irritiert blickte Leopold sie an. Weil es eben darauf ankomme, auch durch die Architektur die Gleichheit aller Menschen zu demonstrieren, antwortete Leopold. Eine Anschauung, die auch der Kaiser teile und die durch die Weisung der Hofkammer zum Ausdruck komme, in dünn besiedelten Provinzen genormte Kolonistenhäuser erbauen zu lassen. Auch viele der allerhöchsten Anordnungen wie das Miederverbot für junge Frauen oder die Verlegung der Friedhöfe in die Außenbezirke der Stadt seien Beweise der Sorge des Kaisers um seine Untertanen. Diese jedoch, stets nur auf die eigene Bequemlichkeit bedacht, dankten Ihrer Majestät deren Fürsorge schlecht. Im Übrigen sei diese Übereinstimmung der Gedankengänge zwischen Leopold und dem Kaiser auch dem Wiener Publikum nicht verborgen geblieben, bemerkte er nicht ohne Stolz, sodass ein gewisser Herr Behrisch sich unlängst in einem Traktat überzeugt davon gezeigt hätte, dass Leopold seinen Namen durch sein Werk verewigen würde. Ein Lob, das, wie nicht anders zu erwarten, im Handumdrehen dem Spott der Wiener neue Nahrung gegeben habe. Von besonderer Dreistigkeit sei eine unter dem Pseudonym Joseph von Architekt publizierte Satire mit dem Titel *Traum über die im Traume von Herrn Doktor Paur gesehene Stadt*, in der unterstellt wurde, dass in Wahrheit der Kaiser selbst Leopold die Idee zur Gründung der Traumstadt eingegeben habe. Der Inhalt sei von einer solchen Impertinenz, dass sich die sonst für ihre Langmut bekannte Majestät dazu veranlasst gesehen habe, das Buch auf den Index zu setzen. War es die Verquickung des Namens des Kaisers mit Leopolds Plan oder das Odium der Gefahr, die mit Zensur und Verbot verbunden ist, die auf die Hackerin so anziehend gewirkt hatten? Leopold hätte es später nicht sagen können, was die Witwe dazu veranlasst hatte, ihm neuerlich einen ihrer von ihm so sehr ersehnten wie gefürchteten Blicke zu schenken, sich dann langsam von ihrem Sessel zu erheben und sich auf Leopolds Schoß zu setzen ...

Nachdem Leopold eine Stunde später seine Kleider wieder geordnet hatte und auf die Straße getreten war, wählte er aus Gewohnheit den Weg über den Graben. In den vergangenen Wochen hatte er bei seinen Gängen durch die Stadt absichtlich und aus hungriger Liebestollheit diese Route vorbei an den sich dort im Halbschatten tummelnden Dirnen eingeschlagen. Heute hingegen bot ihm dieser Umweg eine unbewusste Möglichkeit, den verräterischen Ausdruck satter Liebesblödigkeit aus seinem Gesicht zu bekommen. Als er der sich in verschiedenen Stadien der Verwitterung präsentierenden Prostituierten gewahr wurde, dachte Leopold erfreut, dass er nun bald im Besitz des Medikamentes gegen die venerische Krankheit sein werde. Denn mit der sicheren moralischen und erhofften finanziellen Unterstützung der Hackerischen Witwe, davon war Leopold überzeugt, würde er einen anderen geeigneten Ort für weitere Experimente finden und die Finanzierung des Doktor Neumann sicherstellen können.

Wenig später betrat Leopold mit ein wenig schlechtem Gewissen und viel Tatendrang die Wohnung, wo Katharina wohl schon mit dem Mittagessen warten würde. Doch statt einer warmen Mahlzeit erwartet ihn kalte Wut. Er hat Mantel und Hut noch nicht abgelegt, da schleudert ihm Katharina einen geöffneten Brief vor die Füße und einen wütenden Vorwurf ins Gesicht: „Diesmal bist du endgültig zu weit gegangen, Leopold Paur! Das schlägt dem Fass den Boden aus!" Zunächst fürchtet Leopold unsinnigerweise, dass Katharina etwas von den Geschehnissen der letzten Stunde erfahren haben könnte. Stotternd fragt er darum kleinlaut: „Was ... wie ... warum ...?" Als ihm klar wird, dass seine Befürchtung unbegründet ist, fängt er sich und fragt, nun seinerseits einen leichten Vorwurf in der Stimme: „Wovon sprichst du überhaupt?"

Statt einer Antwort stemmt Katharina die Hände in die Hüften und deutet mit ihrem Blick auf das am Boden liegende Stück Papier. Leopold bückt sich, erkennt den Absender und ahnt den Inhalt. Es handelt sich um ein Schreiben vom Abt des Stiftes Altenburg. Beigefügt ist dem Brief eine Abschrift des Totenbuches aus dem Jahr 1747. Leopold weiß, dass der Name der Mutter darin nicht zu finden ist. Er sackt in sich zusammen, ein paar Mal klappt sein Mund auf und zu, ohne dass er zu einem Wort fähig wäre. Schließlich stammelt er kleinlaut: „Katharina, lass dir doch erklären, ich kann ..."

„Hier erübrigt sich jeder Erklärungsversuch, Leopold. Ich habe dir jahrelang nachgesehen, dass du unser Geld, nein: mein Geld, zum Fenster hinausgeworfen hast; dass du es verprasst hast für Bücher und immer neue Bücher, für gotteslästerliche Experimente, für Ankündigungen und Annoncen, schließlich sogar für rotsamtene Paraderöcke, goldene Sackuhren und seidene Beinkleider. Ich habe stillschweigend hingenommen, dass du alle, die dich gewarnt haben und dich abbringen wollten von deinen größenwahnsinnigen Hirngespinsten, verspottet hast und am Ende dich und deine Kinder zum Gespött gemacht hast. Ich habe, ohne ein Wort zu sagen, ertragen, dass du die Sparsamkeit meiner Familie verächtlich gemacht und durch deine Prahlerei erreicht hast, dass niemand mehr vor dir Achtung hat. All das habe ich auf mich genommen. Anfangs weil ich mir gesagt habe, er ist ein großer Kopf mit einer großen Idee, große Ideen brauchen Zeit und Geld. Er ist dein Ehegemahl, du bist verpflichtet, ihn zu unterstützen. Dann habe ich mir gedacht, Katharina sei geduldig, er wird schon wissen, was er tut, es ist eben schwierig, die Menschen von großen Ideen zu überzeugen. Später habe ich mich damit getröstet, dass mir im Gegensatz zu meinen Schwestern und Cousinen gar nicht so viel an Kleidern und Schmuck liegt, dass wir in Wahrheit ja gar keinen Wagen oder eine Dienstmagd brauchen. Als die Zahl der Spötter dann immer größer wurde, habe ich mich dazu ermahnt, dass es meine Aufgabe ist, meinen Gemahl in Schutz zu nehmen. Kurz: Ich habe Entbehrungen und Schmähungen in Kauf genommen, weil ich von einem immer felsenfest überzeugt war, nämlich davon, dass du mir gegenüber stets aufrichtig und ehrlich wärest. Und jetzt zeigt mir dieser Brief, dass du mich getäuscht, hintergangen und belogen hast. Leopold, ich bin fertig mit dir!"

Kleinlaut entgegnet dieser: „Katharina, versteh doch: Ich war es dem Andenken meiner Mutter schuldig, ihren Namen auf meinem Plan als den einer ehrbaren Frau zu preisen, die viel zu früh verstorben ist. Wie hätte es denn ausgesehen, wenn ich zugegeben hätte, dass sie an der Lustseuche erkrankt war? Was hätten die Leute wohl gesagt, wenn ich geschrieben hätte, dass sie eines Tages einfach verschwunden war? Dass sie vielleicht ins Wasser gegangen ist?"

„Du willst nicht verstehen, worum es wirklich geht, Leopold. Und das ist das Schlimme daran."

19. Dezember 1785

Das Patent

Seit drei Tagen schneit es ohne Unterlass. Wien ertrinkt lautlos im Schnee. Auf seinem Weg von der Sterngasse zum Kienmarkt sinkt Leopold in den Gassen bis zu den Knien ein, sodass immer wieder leise Kälteschauer an seinen Waden herabrieseln. Die Strümpfe, wohl ein Dutzend Mal gestopft, sind zu harten Lappen erstarrt, die Zehen in den dünnen Lederstiefeln gefroren. Auf den Stiegen, die von der Sterngasse hinunter zum Bauernmarkt führen, rutscht Leopold aus und stürzt beinahe. In der Traumstadt werden ausreichend viele Schneeschaufler beschäftigt werden müssen, notiert Leopold gedanklich, schließlich schneit es im Horner Becken noch öfter und weit mehr als hier in Wien. Katharina hat ihren Gemahl zuerst gescholten, als er sich trotz der Witterung zum Ausgehen bereit gemacht hatte. Schließlich beschwor sie ihn sogar, sich nicht der Gefahr eines Sturzes oder einer Erkältung auszusetzen. Denn wie sollte man im Falle einer Verletzung oder Erkrankung die Schulden und das Brennholz bezahlen? Die ökonomische Situation der Familie Paur ist noch immer fatal. Am heutigen Tag hat Katharina dem Magistrat mitgeteilt, dass sich das Barvermögen ihrer vor anderthalb Jahren verstorbenen Mutter nach Abzug der Expensen auf 7.640 Gulden und 26 1/2 Kreuzer beläuft. An Banco-Obligationen stehen 10.234 Gulden zu Buche. Und nur, weil sich der Rest der Sippschaft nicht damit abfinden kann, dass Katharina zur Alleinerbin eingesetzt worden ist, hebt der Magistrat die Jurisdiktionssperre nicht auf, weshalb sie nicht an das Vermögen herankommt. Da ist es kein Wunder, dass sie sich um die Gesundheit und Arbeitskraft ihres Gemahls sorgt. Doch um nichts in der Welt wäre Leopold an diesem Montagabend zu Hause geblieben. Denn bei der heutigen Zusammenkunft in den Räumen der Loge *Zur Wahren Eintracht* sollen Fragen von weitreichender Bedeutung für die gesamte österreichische Freimaurerei erörtert werden.

Als Leopold das Haus *Zum Roten Krebsen* betritt, schlägt es von Sankt Stephan gerade drei viertel sechs. Schon hinter dem Haustor ist ein aus den Logenräumen im zweiten Stock sickerndes vielstimmig grollendes Gemurmel zu vernehmen. Auf Höhe der Beletage verdichtet es sich zu einer kompakten akustischen Staublawine, die Leopold schließlich beim Eintritt in den Vorraum der Wohnung fast den Atem nimmt. Weit über hundert Männer müssen hier versammelt sein. Die allgemeine Aufregung, die wie eine Nebeldecke aus wirbelnden Flocken über der Versammlung liegt, ist körperlich spürbar. Nur vereinzelt kann Leopold Gesichter erkennen. Angelo Solimans Turban ragt aus der Menge, auch die lange, schlanke Gestalt Ignaz von Borns, des Stuhlmeisters der Loge *Zur Wahren Eintracht*, ist auszumachen und neben dem Eingang sieht Leopold Herrn Mannsperger im Gespräch mit diesem aus Salzburg stammenden Kapellmeister und Komponisten, dessen Namen er sich nicht merken kann. Von den Worten, die wie Billardbälle durch den Raum fliegen und zwischen den Wänden und Decken pendeln, vermag Leopold *Kaiser*, *Patent*, *Verrat* und *Auflösung* zu unterscheiden. Demnach dürfte an den Gerüchten, wonach Seine Majestät zwecks Reglementierung der Freimaurergesellschaften dieser Tage ein Handbillet erlassen hätte, doch etwas Wahres sein. Da keiner der ihm persönlich bekannten Brüder Anstalten macht, mit ihm ein Gespräch zu beginnen, drängt sich Leopold tiefer ins Innere der Wohnung durch. Bloß nicht durch das Alleine-an-eine-Wand-gelehnt-Stehen den Eindruck des Pariertums erwecken. Lieber so tun, als hätte man am anderen Ende des Raumes einen Bekannten entdeckt, den man dringend begrüßen muss. Leopold ist noch nicht weit gekommen, als der Bruder Tempelhüter dreimal mit seinem Stab auf den Boden klopft und die Brüder auffordert, in der üblichen Reihenfolge zur Arbeit in den Tempel einzutreten. Zu Leopolds Erstaunen hat man heute trotz der Tragweite, die ein solches allerhöchstes Handbillet haben muss, zunächst die Einweihung eines Suchenden auf die Tagesordnung gesetzt.

Wieder erlebt Leopold das vertraute Wechselspiel von strenger Prüfung und brüderlichem Wohlwollen, von Warnung und Wärme, wieder bewegt es ihn tief. Vielleicht auch deshalb, weil er so wie alle Anwesenden ahnt, dass der gewohnte und liebgewonnene Ritus und alles, was in weiterer Folge damit zusammenhängt, an einem Wendepunkt steht.

Nach der gemeinsamen Arbeit und nach dem gemeinsamen Brudermahl werden die Türen zum Speisesaal geschlossen und sodann vom Meister vom Stuhl die Deckung der Arbeit an der *Weißen Tafel* hergestellt. Leopold sitzt zwischen zwei ihm unbekannten Mitgliedern der Gastgeberloge, die sich über seinen Kopf hinweg über bereits bekannt gewordene Teile des kaiserlichen Handbillets unterhalten. Leopold ist verärgert über dieses unbrüderliche Verhalten und will schon Aufklärung fordern, als der Stuhlmeister an sein Glas klopft und zu sprechen anhebt. Zunächst berichtet Bruder von Born von den enormen Anstrengungen, derer es bedurft hatte, um die *Große Landesloge von Österreich* zu etablieren. Deren vordringlichste Aufgabe war und sei es noch, den kaiserlichen Argwohn gegen Einflussnahmen ausländischer Kräfte, seien es weltliche oder geistliche, auf österreichische Vereine und Orden zu zerstreuen. Dies sei zwar weitgehend gelungen, doch bestehe nach wie vor ein Wildwuchs an Geheimbruderschaften, Winkellogen und Alchemiegesellschaften, die jeweils von sich behaupten, die einzig gültige freimaurerische Erkenntnis zu vertreten und zu lehren. Unglücklicherweise hätten sich deren Vertreter, meist unter Umgehung der österreichischen Großloge, immer wieder direkt an den Kaiser gewandt, um solcherart ihre Lehrart legitimieren zu lassen. Eine Unsitte, die Seiner Majestät sauer aufstoße. Um den Kaiser von diesem unhaltbaren Zustand zu befreien, fährt Born fort, habe der Großmeister der österreichischen Landesloge, Fürst Dietrichstein-

Proskau, Seiner Majestät ein Gutachten zur *Hintanhaltung allen Unfugs und der Winkellogen* übergeben. Um die Anzahl der echten Logen in Wien und Prag dem kaiserlichen Wunsch entsprechend nicht weiter zu erhöhen, wurde beschlossen, bei der Aufnahme von Suchenden noch strenger vorzugehen als bis dato. Außerdem wurde Seiner allerhöchsten Majestät verbindlich versichert, dass keine Loge auswärtige oder gar unbekannte Obere habe oder finanzielle Mittel aus dem Ausland erhalte, respektive dorthin fließen lasse.

Die neben Leopold sitzenden Brüder nicken zustimmend. Leopold selbst ist von den weitschweifig vorgetragenen Ausführungen des Stuhlmeisters durch ein neuerlich einsetzendes Frieren in den Zehen abgelenkt worden. Während der rituellen Arbeit im Tempel sind die zu Brettern erstarrten Strümpfe langsam aufgetaut und haben sich in nasse Hüllen verwandelt. Die jetzt unter den Türblättern des Gastraumes hereinströmende Zugluft kühlt die in den noch immer feuchten Stiefeln steckenden Füße empfindlich ab, was Leopold frostige Schauder den Rücken hinaufjagt.

„Unseligerweise hat sich vor wenigen Wochen der Stuhlmeister einer in Prag nach den Regeln der *Strikten Observanz* arbeitenden Loge beim Kaiser über die Vorgangsweise der Landesloge beschwert und versucht, eine Sonderregelung für das schottische Hochgradsystem zu erwirken", referiert von Born weiter. Dies habe möglicherweise den letzten Anstoß für das vor wenigen Tagen vom Kaiser verordnete Patent betreffend die Freimaurerei dargestellt. Es warnt vor den Gefahren für die öffentliche Ordnung und Moral, die von maurerischen Versammlungen ausgehen könnten, sollten diese weiterhin ohne eine strenge Kontrolle stattfinden. Auch sei zu befürchten, dass den Mitgliedern von unechten Logen unter dem Versprechen auf höhere Weihen Geld aus den Taschen gezogen werde. Aber auch eine Anerkenntnis der von Freimaurern vollbrachten Wohltaten enthält die kaiserliche Verordnung. Sie schließt mit dem Versprechen auf Schutz der echten Logen und listet am Ende die Bedingungen für das kaiserliche Wohlwollen auf.

Als der *Meister vom Stuhl* seine Rede beendet hat, herrscht ungläubig betroffenes Schweigen im Raum.

Nur mehr *eine* Loge in jeder Landeshauptstadt! Ort und Zeit der Logenversammlungen müssen gemeldet werden! Ebenso die Namen aller Mitglieder! Aufruf zum Denunziantentum!

Gleich darauf hört man die ersten Rufe: „Frechheit! Erpressung!", tönt es aus der rechten Ecke des Raumes. „Gut so", ruft ein anderer Bruder, „endlich können die echten Maurer unbehelligt arbeiten!" – „Das ist das Ende der Freimaurerei, das Ende der Freiheit an sich!", erschallt es links von Leopold.

Der Meister vom Stuhl ruft die Brüder zur Ordnung: „Ehrwürdige und geliebte Brüder! Ich muss euch bitten, euren Mut zu kühlen. Bewahrt Ruhe und Haltung und hört, was unser Bruder Kolowrat uns zu sagen hat." Der Angesprochene erhebt sich und berichtet, dass er versucht habe, die Veröffentlichung des

Patents zu verzögern, um der Großloge Zeit für Beratungen darüber zu geben, wie man auf diese Verordnung reagieren könne. Der Kaiser habe jedoch schon zwei Tage nach der Fertigstellung des Patents seiner Verwunderung Ausdruck verliehen, dass eine Veröffentlichung noch nicht erfolgt sei und bei ihm, dem Obersten Kanzler, dieselbe eingemahnt. Drei Tage später habe der Großmeister, Fürst Dietrichstein-Proskau, beschlossen, je zwei Delegierte aller Wiener Logen für den morgigen 20. Dezember zwecks Beratungen in das Quartier der Loge *Zur Gekrönten Hoffnung* einzuladen. Weiters sei vom Großmeister die Anordnung ergangen, alle Logenarbeiten einzustellen sowie alle Akten, Kassen, Protokolle und sonstigen Unterlagen zu versiegeln und für weitere Dispositionen an sichere Orte zu verbringen.

In diesem Moment begreift Leopold, dass die von ihm vor einer Stunde empfundene Vorahnung Wirklichkeit geworden ist. Die Freimaurerei in ihrer befruchtenden Vielfalt ist zum Tode verurteilt. Wenn etwas von ihr übrig bleiben sollte, so kann es sich dabei lediglich um einen traurigen Abklatsch, um eine überwachte, bespitzelte und verstümmelte Form der Maurerei handeln, um eine staatlich sanktionierte und gelenkte Vereinsmeierei, die nichts mehr gemein haben wird mit der Königlichen Kunst. Und was noch viel tragischer ist: Eine allenfalls überlebende Form der Maurerei wird weder in der Lage noch willens sein, die Umsetzung eines gigantischen Projektes, wie es die Stadt im Traume ist, zu fördern. Trotzdem muss ich alles daransetzen, zu den wenigen zu gehören, die weiter Maurer sein dürfen, denkt Leopold voll grimmiger Entschlossenheit, von seinem Lebensziel zu retten, was vielleicht noch zu retten ist.

„Was unser Oberster Kanzler verschweigt", raunt der Bruder rechts neben Leopold ihm unvermittelt zu, „ist, dass er selbst im Verein mit dem Großmeister maßgeblichen Anteil an der Formulierung des Patents hatte. Denn den beiden ist, ebenso wie Bruder Sonnenfels, als Anhängern des *Zinnendorf-Systems* und Mitgliedern des *Illuminaten-Ordens*, daran gelegen, alle anderen Pflanzschulen der Maurerei auszumerzen."

Leopold blickt überrascht auf.

Sein Nachbar nimmt dies als Zeichen des Interesses und fährt fort: „Mit diesem Plan haben sie sich beim Kaiser lieb Kind gemacht. Seine Majestät wiederum hat zwar am Beginn seiner Regentschaft in der Hoffnung, mit ihrer Hilfe Belgien gegen Bayern tauschen zu können, auf die Maurer gesetzt. Auch zur propagandistischen Verbreitung der kaiserlichen Reformen waren wir dem Kaiser von Nutzen. Jetzt aber, da dieser Plan gescheitert ist und die meisten Reformen umgesetzt sind, braucht uns Seine Majestät nicht mehr."

„Woher wissen Sie das alles, ehrwürdiger Bruder ...", fragt Leopold.

„Hebenstreit, Franz Hebenstreit ist mein Name. Ich arbeite in der Loge *Zu den Drei Adlern*. Unsere Bauhütte gehört der *Strikten Observanz* an. Auch dieses System ist den Gottsobersten ein Dorn im Auge und soll ausgelöscht werden, werter Herr …"

„Leopold Paur, Hof- und Gerichtsadvokat. Es freut mich, Ihre Bekanntschaft zu machen. Darf man erfahren, woher Ihre detailreichen Kenntnisse der Vorgänge in der Großloge und bei Hofe stammen?"

„Glauben Sie mir, teurer Bruder Paur, Sie schlafen ruhiger, wenn ich Sie über meine Quellen im Unklaren lasse. Nur so viel kann ich Ihnen verraten, meine Informationen stammen aus dem allerengsten Umfeld des Kaisers und sind demnach unbedingt verlässlich. Und seien Sie versichert: Was wir heute gehört haben, ist das Todesurteil der österreichischen Maurerei. Von kaiserlichen Beamten aufs Sublimste kondensiert, in schnörkelreiches Amtsdeutsch gegossen und trotzdem ein Todesurteil."

Leopold fröstelt. Seine Wangen glühen. Seine Glieder schmerzen, als wäre er nicht hundert Schritte, sondern hundert Meilen gewandert, um an diesen Ort zu kommen, an dem heute – wie ihm scheinen will – auch sein eigenes Todesurteil verkündet worden ist.

Ohne auf die düsteren Prophezeiungen seines Sitznachbarn weiter einzugehen, winkt Leopold, dem jetzt abwechselnd heiß und kalt ist, dem Schatzmeister, um seine Zeche zu begleichen. Als dieser ihm den Preis für das Brudermahl nennt, erschrickt Leopold. „So viel?", entschlüpft es ihm. „Seit immer mehr von diesen Bancozetteln in Umlauf sind, ist alles teurer geworden", stellt der Bruder Almosenier mit einem bedauernden Achselzucken fest.

Herr Hebenstreit, dem Leopolds Verlegenheit nicht verborgen geblieben ist, reicht dem Logenkassier ein Geldstück und erklärt: „Herr Paur ist heute Abend mein Gast, Bruder Schatzmeister."

Beschämt erhebt sich Leopold, verneigt sich stumm und verlässt die Bruderversammlung auf dem schnellsten Wege. Auf dem kurzen Heimweg beuteln den Durchfrorenen neben Fieberschüben auch schneidende Bauchkrämpfe. Mit Mühe erreicht er den im zweiten Hof befindlichen Abort. Eine geschlagene halbe Stunde sitzt er, während sich sein Innerstes nach außen kehren will, zitternd zusammengekrümmt im spärlichen Licht der Kerze auf dem klammen Brett. Trotz der eisigen Temperaturen stinkt der dampfende von den Hausparteien produzierte Kothaufen unter ihm höllisch aus der Grube.

Am 21. Dezember veröffentlicht das *Wiener Diarium* das per 1. Jänner in Kraft tretende Freimaurerpatent Josephs II. Den weiteren Verlauf der Geschehnisse erfährt Leopold, der über den Heiligen Abend hinaus von einem scheußlichen Lungenkatarrh und einem erbärmlichen Durchfall geplagt zwischen Schüsseln mit kochendem Salzwasser und dem Nachttopf pendelt, von anderen Mitgliedern aus der Vereinigung der *Asiatischen Brüder*. Zu Leopolds Bedauern sind ihre Meldungen aber ungenau und oft genug widersprüchlich. Als wesentlich brauchbarer erweisen sich hingegen jene zwei oder drei Nachrichten, die Herr Hebenstreit, der Leopolds Wohnadresse vermutlich dem Staatskalender entnommen hat, ihm zukommen lässt. Demnach hatte das Treffen der Delegierten der Wiener Logen lediglich den Zweck, diese mit den bereits im Vorhinein feststehenden Beschlüssen des Großmeisters Fürst Dietrichstein-Proskau vertraut zu machen. Denn weder gab es eine Diskussion noch war eine Abstimmung vorgesehen gewesen. Das einzige Zugeständnis, das der Großmeister vom Kaiser erreichen hatte können, bestand darin, die Zahl der Wiener Logen nicht auf eine einzige, sondern auf immerhin drei Bauhütten zu reduzieren. Die Stuhlmeister dieser drei Sammellogen hat die *Große Landesloge von Österreich* bereits ernannt. Wie zu befürchten gewesen ist, müssen sich alle Maurer Wiens, die sich um eine Aufnahme in eine dieser drei Bauhütten bewerben, dem Urteil einer neuen Kugelung durch die von Seiner Majestät genehmigten Logenbeamten unterwerfen. Somit steht so gut wie sicher fest, dass Freimaurer, die – so wie Leopold – bisher in anderen Systemen als dem *Zinnendorfischen* gearbeitet haben, den vom Kaiser anerkannten Logen nicht mehr angehören werden können.

Und als ob das Verbot seiner Loge, Lungenkatarrh und Diarrhoe noch nicht ausreichten, um die Lebensfreude eines alten Advokaten zu brechen, versetzt das Schicksal Leopold am Tag nach Stephani in Form eines Briefes der Schulleitung des Akademischen Gymnasiums einen weiteren Schlag: Darin legt man Leopold aufgrund seines, wie vom Rektor festgestellt wird, nicht mehr untadeligen Leumunds nahe, seinen

Sohn Anton von der Schule zu nehmen, um solcherart eine Rufschädigung dieses hervorragenden Instituts zu vermeiden.

13. Juni 1788

Das Geständnis

Warum das alles? Während Leopold nach einer Antwort auf diese Frage sucht, wandert der Schatten des Fensterkreuzes über das blendend weiße Leinen des reich bestickten Tuchentbezuges. Vom Himmelpfortkloster schlägt es drei viertel zwei. Schon mehrmals hat Leopold zu einer Erklärung angesetzt. Doch jedes Mal fühlte er, dass das, was er sich als Antwort zurechtgelegt hatte, zu kurz greifen, den Kern der Sache nicht treffen würde.

Barbara dreht sich zur Seite, stützt den Kopf in die Hand. Dabei gleitet die Decke hinab und gibt den Blick frei auf die Rundungen ihrer Brüste. Wartend blickt sie Leopold an, der gegen das Haupt des Bettes gelehnt vor sich hin starrt. „Warum das alles, Leo?", wiederholt sie, „was ist das Geheimnis hinter all dem?"

„Wieso glaubst du, dass es da ein Geheimnis gibt?"

„Alle Menschen haben Geheimnisse, Leo, weißt du das denn nicht? Mein Geheimnis besteht zum Beispiel darin, dass ich mich in dich verliebt habe, als ich dich damals im Himmelpfortkloster zum ersten Mal sah. Du wirst dich wahrscheinlich nicht mehr daran erinnern. Während der Predigt fiel ein Liederbuch zu Boden, da trafen sich unsere Blicke. Niemals werde ich den Ausdruck in deinem Gesicht vergessen: so leidenschaftlich erschrocken, so hilflos liebevoll. In diesem Moment war es um mich geschehen ... Jetzt schau mich nicht so ungläubig an. Ich habe mich sofort zu dir hingezogen gefühlt. Aber was hätte ich tun können? Ich war eine verheiratete Frau. Ich wusste nicht, wer du bist. Als ich dich dann Jahre später im Augarten wiedergesehen habe, hatte ich das Gefühl, dass dies kein Zufall gewesen sein konnte. Kannst du dir vorstellen, wie verzweifelt ich daher war, als du nach dem Zwischenfall mit dem durchgegangenen Pferd mit diesem Herrn einfach deiner Wege gingst, ohne mich zu beachten? Ähnlich groß wie meine damalige Verzweiflung war vor drei Jahren meine Freude, als ich in dem Advokaten, der mir zur Abwicklung der Verlassenschaft meines verstorbenen Ehegatten empfohlen worden war, den Mann wiedererkannte, von dem ich so lange geträumt hatte. Jetzt kennst du mein Geheimnis, Leo. Und jetzt will ich deines erfahren. Denn machen wir uns nichts vor: Ein Advokat, der eine Traumstadt bauen will, hat ganz bestimmt ein Geheimnis. Also: Warum das alles wirklich?"

Ja, warum eigentlich, denkt Leopold. Warum genügt es mir nicht, dass ich es als Sohn des seligen Landwirts und Dorfrichters Franz Paur zum Doktor der Rechte gebracht habe? Seine Gedanken schweifen ab zu dem Tag im Jänner dieses Jahres, an dem er einen Brief seiner Halbschwester Magdalena erhalten hatte, in welchem sie ihn in knappen knorrigen Sätzen vom Tod des Vaters in Kenntnis gesetzt hatte. Fünfundachtzigjährig war Franz Paur den Folgen eines Schlaganfalls erlegen. Versehen mit dem heiligen Sakrament der Krankensalbung und umringt von seinem einzig überlebenden Kind (Leopold war für den Vater am Tag seiner Abreise nach Wien gestorben), seinem Schwiegersohn Karl Perger, seines Zeichens Kutscher für das Stift Altenburg, und seinen Enkelkindern hatte der Dorfrichter sein Leben am zehnten Tag des Wintermonats ausgehaucht. Der Hof und die bewegliche Habe war dem Letzten Willen des alten Paur entsprechend an den Schwiegersohn gegangen. Entgegen seinen Erwartungen hatte Leopold beim Erhalt der Todesnachricht weder Erleichterung noch Genugtuung gespürt. Von Trauer konnte nach so langer Zeit der Trennung ohnehin nicht die Rede sein. Zunächst empfand er am ehesten etwas wie Verwirrung. Darum hatte er den Brief wieder und wieder gelesen. Und je öfter er ihn studiert hatte, desto zorniger war er geworden. Mit jeder Zeile war die Erinnerung an all die Zurechtweisungen, Kränkungen und Schmähungen in Leopold aufgestiegen, die er vom Vater hatte erdulden müssen. Die dabei sich verstärkende Wut hatte jedoch nicht nur diese Verletzungen zum Grund, sondern vielmehr den Umstand, dass der Vater abgegangen war, bevor Leopold mit der Errichtung der Stadt im Traume hatte beginnen können. Denn diese hätte seine Rache an dem herrschsüchtigen Vater sein sollen. Aber Leopold weiß, dass dies nicht die alleinige Antwort auf die Frage nach dem Warum war.

„Leo, schau mich an. Ich will wissen, was in deinem Kopf vorgeht. Mir kannst du dich anvertrauen. Ich bin dir immer gut."

Leopold zieht die Knie an, umschlingt sie mit den Armen. Dann beginnt er zu sprechen. Stockend zuerst, denn er will sich nicht verhaspeln, bald immer freier.

„Ich glaube, dass das alles mit dem Verschwinden meiner Mutter zusammenhängt. Weißt du, sie war die Einzige, die mich verstanden hat. Mit ihr konnte ich über alles sprechen, was mich bewegte. Der Vater hat mich immer nur ausgelacht. Womit er der Erste in einer langen Reihe von Menschen war, die mich im Laufe meines Lebens verspotteten. Im Dorf haben sie mich verhöhnt, weil ich der Sohn des Dorfrichters war, vor dem sich alle fürchteten. Oft genug habe ich stellvertretend die Prügel von jenen Burschen bekommen, deren Eltern sich von meinem Vater falsch beurteilt fühlten. Dabei war er es doch, der die Mutter auf dem Gewissen hatte. Denn er hat sie mit der Lustseuche angesteckt. Aber statt den Dorfrichter mit der Schandgeige durch den Ort zu treiben oder ihn an den Pranger zu stellen, hat man seine Frau, die ohnehin bereits von der Dornenkrone der Venus gezeichnet war, der Hurerei und des Ehebruches bezichtigt. Damit war meine Mutter in den Augen der Dorfbewohner schon lange vor ihrem wirklichen Ableben gestorben. Er hingegen überlebte die Seuche."

„Darum also der Hinweis auf ihre Tugendhaftigkeit, den du auf dem Kupferstich deiner Traumstadt hast anbringen lassen? Du tust das alles, um ihr Andenken zu ehren?"

„Vielleicht ist das tatsächlich einer der Gründe für all die Mühe, die ich auf mich genommen habe, um meine ideale Stadt zu erbauen. Und ganz sicher ist es der Grund, warum ich unbedingt dieses Mittel gegen die Syphilis finden muss. Meine Mutter war dir übrigens ähnlich, weißt du, Barbara. Nicht unbedingt in ihrem Äußeren. Oder nur ein wenig. Vielmehr darin, dass sie stets bedingungslos und unerschütterlich an mich geglaubt hat. Diese lautere Mütterlichkeit liebender Frauen zeichnet euch beide aus. Und darin unterscheidet ihr euch grundlegend von meiner Katharina."

„Hat sie nie an dich geglaubt, dich nie bewundert? Hat sie dich nie geliebt?"

„Ich weiß es nicht, Barbara. Anfangs vielleicht. Als es nur darum ging, als Advokat erfolgreich zu sein. Dass ich in meinem ersten Verfahren gewonnen habe, noch dazu gegen einen gefürchteten Rechtswissenschafter der Universität, hat sie schon beeindruckt."

Leopold stockt. Warum hat es mir nicht genügt, dass es mir gelungen ist, als beinahe mittelloser Advokat die Tochter eines der reichsten Kaufleute Wiens zu meiner Ehegemahlin machen zu können? Mehr zu sich selbst als zu seiner Geliebten fährt er fort: „Ich wollte ihre Achtung erringen, ihren Respekt, vielleicht sogar ihre Liebe. Ich habe mir, was Katharina betrifft, nie etwas vorgemacht. Ihr Onkel hat unsere Ehe zu Recht als ein gutes Geschäft betrachtet. Als eines, aus dem alle Beteiligten ihren Vorteil ziehen. Herr von Décret war nicht länger gezwungen gewesen, seine Nichte und seine Schwägerin zu versorgen, Katharina war dem Schicksal der alten Jungfer entgangen und der Advokat aus der Provinz konnte sich immerhin damit brüsten, eine Tochter aus einer der ersten Familien der Stadt zur Ehefrau bekommen zu haben."

Leopold erinnert sich an den Tag der Unterzeichnung des Ehevertrags im Rathaus. Deutlich fühlt er wieder die Hitze dieses Nachmittags, die ihn wie eine gläserne Wand, ein gleißender Block geronnenen Lichtes umgeben und umfangen hatte. Plötzlich weiß er wieder, dass er damals, als er auf die Straße getreten war, tief eingeatmet hatte. Und es ist ihm, als sei er seither stets nur obenhin hechelnd durchs Leben gerannt.

„Dass die Braut aufgrund der Schlamperei ihres Vaters und aufgrund des Misstrauens ihrer Mutter dem Schwiegersohn gegenüber nicht jene Summe Geldes in die Ehe einzubringen vermochte, die sich der auch nicht mehr ganz junge Hofkriegsratsadvokat erhofft hatte, wurde dabei gern geflissentlich verschwiegen. Aber kaum war aus der Braut eine Ehegefährtin geworden, erwartete sie von ihrem Gatten einen Lebensstil finanziert zu bekommen, der dem ihrer Geschwister und Cousinen ebenbürtig war. Denn wenn man sich schon einem solchen Bauerntölpel aus der Provinz an den Hals wirft, so muss am Ende auch etwas herausspringen. Hausgesinde sowieso, ein eigenes Zinshaus und ein Wagen nach Möglichkeit, Ansehen unbedingt. Ich wusste das von Anfang an. Darum wäre es überflüssig gewesen, mich bei jeder passenden und unpassenden Gelegenheit daran zu erinnern.

„Du suchtest also die ganzen Jahre hindurch nach einem Weg, dich deiner Frau würdig zu erweisen?"

„Wahrscheinlich. Daher habe ich auch die aussichtslosesten Causen übernommen. Nur um möglichst viel Geld zu verdienen, habe ich mich mit betrügerischen Verpflegsoffizieren, ihren ehebrecherischen Gattinnen und deren ledigen Kindern abgegeben. Ich hätte weiß Gott was noch getan, um einmal ein Wort der Anerkennung oder des Lobes zu erfahren. Doch gleich, was auch immer ich anfing, nie hat es für die dauerhafte Anstellung einer Magd oder Köchin gereicht, von einem Wagen oder einem Eckhaus ganz zu schweigen. Und statt Anerkennung und Ermunterung gab es Vorwürfe und Tadel. Doch dann habe ich mich eines Tages an meinen Traum aus Knabentagen erinnert."

„Damals bei der Predigt dieses Nonnenverblöders im Himmelpfortkloster fiel dir dein Traum von der idealen Stadt wieder ein?"

„Nein, ganz so ist es nicht gewesen, meine Liebste."

„Aber so steht es doch in deiner Ankündigung?" Barbara setzt sich jetzt auch auf, zieht dabei die Decke hoch und bedeckt ihre Blöße. Fragend schaut sie Leopold an: „Es gibt also noch ein anderes Geheimnis?"

Leopold weicht ihrem Blick aus, heftet den seinen auf die zerwühlte Bettstatt.

„Ja, es gibt noch ein Geheimnis. Oder zwei." Leopold seufzt und holt tief Luft: „Du hast vorhin den Herrn erwähnt, mit dem ich bei unserem ersten Wiedersehen im Augarten unterwegs war. Es handelt sich um den aus Dänemark stammenden Rittmeister von

Sudthausen. Auch ihm war ich damals anno '76 als Rechtsbeistand empfohlen worden. Er hatte behauptet, dass man ihm meinen Namen bei seiner Ankunft in Wien genannt hatte. Nachdem ich allerdings herausgefunden hatte, dass er auf seiner Reise nach Wien einige Tage Gast in Stift Melk gewesen ist, glaube ich vielmehr, dass der Nachfolger meines Onkels, Abt Urban, mich empfohlen hat. Du musst nämlich wissen, dass mein Onkel Thomas mir seinerzeit mit seinem Empfehlungsschreiben das Studium an der Universität erst ermöglicht hat. Doch zurück zu Bruder Sudthausen ..."

„*Bruder* Sudthausen?"

„Verflixt und zugenäht!", entfährt es Leopold, „jetzt habe ich mich doch tatsächlich verraten."

„Verraten?"

Leopold schluckt. „Ist eh schon alles egal. Warum sollst du bei dieser Gelegenheit nicht auch das geheimste meiner Geheimnisse erfahren? Ich bin ein Bruder Freimaurer. Oder vielmehr: Ich war es."

„Freimaurer sagst du? Ist das nicht diese geheime Bruderschaft, die vom Papst mit einem Bann belegt worden ist?"

„So ist es."

„Man hört viel Schlimmes über diese Männer. Das meiste davon ist vermutlich übertrieben. Da ich nun weiß, dass mein Leo einer von ihnen ist, bin ich sicher, dass es sich bei den Mitgliedern dieser Gesellschaft um ehrenwerte Männer handeln muss."

Leopold ist erstaunt. Mit allem hätte er gerechnet, aber nicht mit einer so entwaffnend pragmatischen

Reaktion. Da für Barbara dieses Thema damit offenbar erschöpfend behandelt ist, fährt Leopold fort: „Leider wurde meine Loge durch ein kaiserliches Patent aufgelöst. Auch hat dieses Dekret zu einem gewaltigen Aderlass in der Freimaurerei an sich geführt, sodass sie heute nicht viel anderes mehr darstellt als einen zahnlosen Leseklub. Zu jener Zeit aber, zu der Bruder Sudthausen mich zur Aufnahme in den Bund vorschlug, sprossen in den Bauhütten allerorten große Ideen, denen dank der brüderlichen Unterstützung auch zur Blüte verholfen werden konnte. Denn zu dieser Zeit, musst du wissen, gab es nicht nur unzählige maurerische Pflanzschulen, das System hatte, von England ausgehend, den gesamten Kontinent mit einem Netz aus Tempeln, Lesekabinetten und Laboratorien überzogen. Nicht nur Bürgerliche, nein, auch Adelige und Geistliche verkehrten ohne Ansehung des Standes und des Namens im Geiste der menschenfreundlichen Liebe miteinander ... Doch zurück zu deiner Frage. Bei einem unserer ersten Gespräche erwähnte der Rittmeister Sudthausen, dass es anderswo eine kreisrund angelegte Stadt mit schachbrettartigen Straßenzügen gebe. Erst dadurch erinnerte ich mich meines Traumes aus Kindertagen, der, um die Wahrheit zu sagen, sehr unkonkret war und, soweit ich mich heute noch daran erinnern kann, lediglich darin bestand, eines Tages mein eigener Herr zu sein."

„Also stimmt die schöne Geschichte mit dem Traum am Schulweg und der Erinnerung daran bei der Messe im Kloster gar nicht?", unterbricht Barbara.

„Zum großen Teil schon – auf gewisse Weise. Aber ich gebe zu, dass ich einiges hinzugedichtet habe, um die Menschen neugierig zu machen. Denn das habe ich im Laufe meines Lebens gelernt: Die Leute wollen immer eine Geschichte hören, die ihnen ans Herz rührt. Und sie brauchen eine Hoffnung. Daher die Sache mit dem Heilmittel."

„So gibt es auch diese Arznei nicht, Leopold?"

„Lass es mich so sagen, meine Liebste: Ich weiß mit Gewissheit, dass man aus Schimmel einen Stoff gewinnen kann, der die Lustseuche heilen kann. Ich vermute weiters, dass dieses Remedium auch bei der Verhütung der Krankheit wirksam sein kann. Doch leider ist es mir trotz deiner großzügigen Hilfe bisher nicht geglückt, den Wirkstoff zu destillieren. Hinzu kommt, dass ich, in dem Bestreben, mein Verwahrungsmittel allen Menschen auf dem Kontinent, ja, auf dem Erdball, zur Verfügung zu stellen, den Preis für die Subskriptionen zu niedrig angesetzt habe. Viel zu niedrig. Dies hat dazu geführt, dass das Publikum nicht an die Wirkung meines Mittels glaubt, weil man gemeinhin annimmt, dass etwas, das nichts kostet, nichts wert ist. Diesen Irrglauben konnten auch die von mir letztes Jahr dem ursprünglichen Kupferstich meiner Stadt hinzugefügten Bibelverse nicht zerstören. Denn wer glaubt in unserer aufgeklärten Welt noch an das Wunder der Heilung von Aussätzigen? Wer glaubt in Zeiten von Fabriken und Geldentwertung noch daran, dass Geben seliger sei denn Nehmen?"

„Vielleicht war es nicht sehr klug, diese Ergänzungen aus der Heiligen Schrift in griechischer Sprache anzubringen?", wirft Barbara ein, „denn wie viele deiner erhofften Subskribenten sind des Griechischen mächtig?"

„Jetzt verhöhnst selbst du mich!"

„Verzeih mir, Liebster! Ich habe es nicht böse gemeint. Denke an die Lobpreisungen, die dir und deiner hehren Idee auch widerfahren sind. ‚Ein Mann, der seinen Namen verewigen wird', hat man über dich geschrieben. Und hat nicht sogar ein Preuße deinen Plan für so gut befunden, dass er sich bemüßigt gefühlt hatte, eine Aufforderung an die deutschen Fürsten zu verfassen. Wie hieß der Mann noch gleich? Eberhart oder Erhart? Du hast mir letztes Jahr zu Nikolaus ein Exemplar seines Büchleins verehrt."

Leopold räuspert sich. „Der Autor nennt sich F. Erhart. Ist das nicht seltsam? Hast du dich je gefragt, wofür das F. wohl stehen mag? Für Franz? Für Friedrich? Oder für Fridolin? Wir werden es nie erfahren. Denn dies ist nicht sein richtiger Name, Liebste."

„Willst du damit etwa andeuten, dass ..."

„Ja, meine gutgläubige Geliebte. Mein Leben lang hat ein Traum zu einer Hoffnung, eine Hoffnung zu einer Vision, eine Vision zu einer Geschichte, eine Geschichte zu einer Flunkerei, eine Flunkerei zu einer Halbwahrheit, eine Halbwahrheit zu einer Unwahrheit, eine Unwahrheit zu einer Lüge geführt. Und eine Lüge zur nächsten. Immer musste eine noch größere Lüge erfunden werden, um die vorige glaubhaft erscheinen zu lassen. Und so hetze ich atemlos wie der Hase in dem Märchen unablässig die Ackerfurchen entlang, wo mich aber weder der Igel noch seine Frau, sondern lediglich die nächste Lüge erwartet."

15. November 1794

Der Brief

Hochedelgebohrner Herr Hofrath!

Im Merkur des November Stück 1793 wird von der in Amerika neu anzulegenden Stadt Washington viel Bewunderungswürdiges angeführet. Ungehindert ich in ganz Wien das Magazin universel von July 1793 noch nicht habe ausfindig machen können, wo die Stadt Washington in Kupfer beylieget, so habe ich doch aus der Beschreibung des Merkur ersehen, daß diese neue Stadt mit der von mir den 15ten November 1783 in Wien angekündigten und den 15ten August 1784 in Kupfer gestochenen Stadt im Traume eine große Aehnlichkeit habe.

Ich habe vier Ankündigungen voraus drucken lassen, welche der Wiener Zeitung beygeleget wurden. Hievon habe ich nur von drey Ankündigungen Abdrücke, welche samt dem Grundriß zur Stadt im Traume Euer Hochedelgebohrn zu uebermachen ich mir die Freyheit nehme. Es wird alles dem Herrn Buchführer Stahel in Wien uibergeben; welcher die Mühe auf sich genohmen hat, alles richtig zu bestellen, mich empfehle Euer Hochedelgebohrn gehorsamst Leopold Paur, der Rechte Doktor auch Hof- und Gerichtsadvokat.

Wien, den 24ten September 1794

Dreimal hat Leopold die Abschrift seines Briefes an Herrn Martin Wieland, Herausgeber des *Teutschen Merkur*, nun studiert. Er kann darin beim besten Willen keinen Fehler, keine Beleidigung oder Kränkung des Adressaten finden. Irgendetwas muss Herrn Wieland aber verstimmt haben, sonst hätte er schon längst geantwortet. Auch bei der heutigen Abendpost ist kein Schreiben aus Weimar dabei gewesen. Dass Leopolds Brief wohlbehalten dort angelangt und in der Wohnung Wielands persönlich abgegeben worden ist, hat ihm Vitus Joseph Stahel, Leopolds Lieblingsbuchhändler in Wien, jedenfalls mehrfach und jedes Mal glaubhaft versichert. Vielleicht hätte ich nicht zugeben sollen, dass es mir nicht gelungen ist, die bewusste Ausgabe der Zeitschrift hier in Wien aufzutreiben, überlegt Leopold. Das könnte man als mangelnden Eifer auslegen. Aber wie hätte ich sonst auf unaufdringliche Art und Weise um eine Übersendung des Kupferstichs vom Stadtplan Washingtons bitten sollen? Leopold steht von dem wackeligen Tischchen auf und wendet sich nach rechts, um in die Küche zu gehen. Inmitten der Drehbewegung hält er inne. „Das ist ja wirklich zu dumm", entfährt es ihm, „obwohl wir jetzt schon sechs Jahre hier wohnen, kann ich mich an den Grundriss der Wohnung nicht gewöhnen!"

Wobei Wohnung zu viel gesagt ist. Und von einem Grundriss kann auch keine Rede sein. Die Behausung umfasst genau genommen nur ein Kabinett und eine Küche. Zwischen den beiden Betten steht an der Wand ein Kasten, der die Kleider der Familie und die wenigen verbliebenen Bücher aufnimmt. Vor dem Fenster hat ein kleiner Tisch Platz gefunden, an dem Leopold seine Akten bearbeiten kann, wenn nicht gerade darauf gegessen wird. Die Paurische Kammer ist von der Wohnung des Hausbesitzers lediglich durch eine dünne Bretterwand getrennt. Wenn die Peinin einmal im Monat ihren ehelichen Pflichten nachkommt, ist ihr nächtliches Stöhnen genauso wenig zu überhören wie das beinahe tägliche Brüllen und Prügeln des betrunkenen Schlossermeisters.

Wenige Wochen nach seinem freiwilligen Geständnis bei seiner Geliebten Barbara sagte eines Abends der Hausbesorger Lang auf seinen Besen gestützt mit kaum verhohlenem Spott in der Stimme zu Leopold, als er von einer Verhandlung im Hofkriegsrat nach Hause kam: „Wie schad, dass der Herr Advokat unser ehrenwertes Haus verlassen werden. Ziehen Euer Gnaden leicht schon in die Traumstadt?"

An die Tatsache, dass Leute wie Lang alles wissen, was in den Häusern geschieht, die sie kraft ihrer Funktion als Statthalter ihrer Besitzer bemeistern, hat sich Leopold in den Jahren seines Lebens in der Großstadt bereits gewöhnt. Den in ihren Souterraingelassen hausenden Hausherrschern ist erfahrungsgemäß alles Wissenswerte bekannt und nichts Menschliches fremd. Sie schleichen auf stummen Sohlen durch Stiegenhäuser und Gänge, scheinen Betrug, Ehebruch und andere Vergehen gegen die staatliche oder himmlische Ordnung durch Türritzen wittern zu können und mittels unsichtbarer Antennen noch den leisesten Lustlaut und noch das schwächste Schmerzschluchzen orten zu können. So ist es kein

Wunder, dass sich die kaiserlichen Behörden ihrer gern als Spitzel bedienen. Was die Pfaffen in den Beichtstühlen für Gott sind, sind die Hausmeister in den Stiegenhäusern für die Apostolische Majestät. Darüber hinaus ist es ihnen, die bei der Erfüllung ihrer Dienstpflichten sonst ein Höchstmaß an Unzuverlässigkeit an den Tag legen, unerklärlicherweise möglich, zuverlässig zu den denkbar unpassendsten Gelegenheiten an den denkbar unpassendsten Orten lautlos aus dem Boden zu wachsen: und zwar, wie man annehmen muss, mit dem einzigen Ziel, die Hausparteien ihre Allmacht spüren zu lassen. Durch die Verwaltung der Haustorschlüssel dünken sich die Hausmeister außerdem zu Zerberussen jener Höllen geadelt, zu denen sie durch ihren Terror die unter ihrer Gewalt stehenden Häuser machen.

All dessen eingedenk war Leopold daher nicht allzu sehr überrascht, dass der Hausmeister über seine Traumstadt Bescheid wusste. Dass Herr Lang aber mit überzeugender Selbstsicherheit und unverschämter Impertinenz behauptete zu wissen, dass Leopold, der seine Wohnung in der Sterngasse sehr schätzt, aus dem Neustädter Hof fortziehen wird, machte ihn sprachlos. Von der hausmeisterlichen Häme überrumpelt, stürmte er, ohne auch nur ein Wort der Erwiderung zu finden, in die Wohnung, um von Katharina eine Erklärung für die freche Bemerkung des Ludwig Lang zu erhalten. Katharina teilte Leopold jedoch lediglich teilnahmslos mit, dass man aus der Wohnung ausziehen müsse. Es sei schlicht kein Geld mehr übrig. Und es finde sich auch niemand mehr bereit, dem verrückten Advokaten welches zu borgen. „Ausziehen! Aha! Ich nehme an, wir ziehen in das Haus deines Cousins? Dort ist ja nach dem Tod deines Onkels wieder etwas mehr Platz." Ja, man werde übersiedeln, hat Katharina geantwortet, aber nicht in die Rotgasse. Herr von Décret, sagte Katharina und betonte dabei das „von" besonders, Herr von Décret wolle den Ruf seines Hauses nicht weiter beschädigen und müsse daher von weiteren Unterstützungen der Familie Paur, welcher Art auch immer, Abstand nehmen. Im Übrigen solle sich Leopold hüten, den Namen ihres erst jüngst verblichenen Oheims in den Mund zu nehmen. Denn sie verdächtige ihn noch immer, für den wenige Tage nach dessen Bestattung in der Bayreuther Zeitung erschienenen bitterbösen Nachruf auf den Niederlagsverwandten verantwortlich zu sein. Wer sonst außer Leopold hätte wissen können, dass der Onkel ein Vermögen von fast einer Million Gulden hinterlassen, in seinem Testament tausend Taler für die Lesung von dreitausend heiligen Messen ausgesetzt und zur standesgemäßen Ernährung seiner Kinder in einen Fond ein Kapital von 125.000 Gulden eingezahlt hatte. Aus diesem und einer ganzen Reihe anderer Gründe sehe sich auch ihre Schwägerin außerstande, eine vierköpfige Familie in ihrer Wohnung hier im Neustädter Hof unterzubringen. Am Vormittag habe Katharina aber auf der Gasse zufällig die Gattin des Schlossermeisters Pein getroffen – eine überaus freundliche und zuvorkommende Person übrigens –, die ihr erzählt habe, dass ihr Ehemann, der Schlosser und Hausinhaber beabsichtige, von seiner Fünf-Zimmer-Wohnung auf der Beletage ein Kabinett samt Kuchl abzutrennen und zu vermieten. Der Zins dafür betrage hundert Gulden. Katharina hatte daraufhin sogleich die Wohnung besichtigt und mit der Schlossermeistersgattin per Handschlag verabredet, die Räume zu mieten. Alle Argumente, die Leopold in dieser Angelegenheit ins Treffen hätte führen können – den Umstand beispielsweise, dass der feine Herr Ludwig von Décret senior erst durch Leopolds Hilfe in den Besitz seines Hauses gekommen war – schmetterte Katharina mit einem Blick ab, der jede Widerrede schon im Keim erstickte.

In den folgenden Tagen hat Katharina jenen unabdingbaren Teil des Hausrats, der in dem Kabinett Platz haben würde, in Kisten verpacken und in die neue Wohnung in das nur wenige Schritte vom Neustädter Hof entfernte Haus *Zur schwarzen Bürste* in der Judengasse schaffen lassen. Ein Großteil von Leopolds Büchern und die meisten Pläne sind diesem Umzug zum Opfer gefallen. Lediglich die absoluten Lieblingswerke sowie eine der Kupferplatten mit dem Grundriss der Traumstadt hat Katharina Leopold erlaubt mitzunehmen.

Nun in der Küche stehend, wurde ihm mit einem Mal bewusst, dass er jetzt, da er völlig mittellos und hoffnungslos überschuldet war, niemals mehr in der Lage sein würde, seiner Stadt im Traume die von ihm so sehr ersehnte Konstitution zu geben. Eine Konstitution, die alle Bewohner zu Brüdern machen sollte, die einander nicht nur in Würde, sondern auch in allgemeinem Wohlstand begegnen sollten.

11. September 1800

Der Schlaf

Die Sonne steht im Zenit. Aber das ahnt Leopold mehr, als er es sieht. Das Bett, in dem er liegt, steht in der hintersten Ecke des Zimmers. Dorthin hat man es geschoben, als der Husten begonnen hat. Weil es dort am wenigsten zieht. Dorthin dringt jedoch kaum Licht, und es riecht faulig feucht. Daran, wann er den Himmel zuletzt gesehen hat, kann sich Leopold nicht erinnern. Überhaupt ist sein Gedächtnis unzuverlässig geworden, immer wieder spielt es ihm Streiche. Manchmal sieht er die Gestalt seiner Mutter so klar vor Augen und spürt die Wärme ihrer Wange an der seinen, dass er meint, sie wäre gestern erst gestorben. Dann wieder vermag er sich nicht einmal mehr die Farbe ihrer Haare vorzustellen. Ein andermal ist er unsicher, ob ihr Name Maria oder Katharina war. Oder Barbara. Und hat sie ihn nicht unlängst hier besucht? Sie war es doch, die ihm einen Becher Wein und ein Stück Kuchen gebracht hat? Oder hat er das geträumt? Es muss so sein, denn Kuchen und Wein hat es im Paurischen Haushalt schon seit Jahren nicht mehr gegeben. Woran hat er vorhin gleich gedacht? Ach ja, an den Himmel. Der Himmel ist grau. Oder blau. Manchmal ist er auch rot. Oder violett. Und an manchen Tagen steht die Sonne zwar im Zenit, aber man sieht sie nicht. Weil zu viele Wolken davor stehen. Oder Nebelschwaden, die aus einem dampfenden Becken aufsteigen, an einem schwülen Sommertag. Aber der Sommer ist vorbei, davon ist Leopold überzeugt. Denn wäre Sommer, wäre es nicht finster. Wäre Sommer, würde er nicht frösteln. Und wäre Sommer, würde er nicht husten. Wie lange huste ich schon, überlegt Leopold. Seit Monaten? Oder vielleicht noch länger? Alles kommt mir durcheinander. Das ist ärgerlich! Und dann diese Schmerzen in der Brust. Haben die vor dem Husten begonnen oder danach? Das Blutspucken hat jedenfalls mit dem Husten begonnen, das weiß ich sicher. Glaub ich zumindest. Um sich Gewissheit zu verschaffen, zieht Leopold das Taschentuch unter dem Kopfpolster hervor. Darauf findet sich zweifelsfrei Blut. Blut in allen Stadien des Trocknungsprozesses. Hellrote Spritzer, violette Tupfen, braune Batzen, schwarze Krusten. Und Schleim. Eitergelb und schimmelgrün. Alle Farben des Regenbogens auf diesem Fetzen Stoff. Schimmel? Regenbogen? Leopold muss husten. Glühende Lanzetten bohren sich in seinen Leib. Lanzetten, wie sie dieser Arzt mit der neumodischen Art der Untersuchung verwendet hat. Immer wieder hat er seine Brust abgeklopft, hat etwas von Wasser gesagt, das höher steige. Aber wie kann Wasser dort sein, wo Luft ist? Das hat Leopold nicht verstanden. Am Ende jeder Visite hat der Doktor Auenbrugger jedenfalls nichts anderes gewusst, als eine Vene zu öffnen und die Hand aufzuhalten. Die Schmerzen sind davon aber nicht weniger geworden. Als kein Geld mehr da war für ein Honorar, ist er seltener gekommen. Zum Ausgleich sind die Famuli, die den Meister begleiteten und die die Klopftechnik lernen wollten, zahlreicher geworden. Ich muss ein interessanter Casus sein, hat Leopold in seinen guten Stunden dann manchmal überlegt. Zu anderen Zeiten, vor allem nachts, wenn er manchmal stundenlang vom Hustenreiz gepeinigt wird, fühlt es sich so an, als würden riesenhafte Daumenschrauben seinen Rumpf zusammenpressen. Daumenschrauben? Nein, das ist das falsche Wort. Eiserne Jungfrau, das ist das richtige Wort. Wie im Inneren einer Eisernen Jungfrau fühlt es sich nachts beim Husten oft an. Nachts kann man die Sonne auch nicht sehen. Nachts kann man sie nicht einmal ahnen. Damals auf dem hölzernen Turm konnte ich aber immerhin vermuten, wo die Sonne steht. Es herrschte so ein seltsam unwirkliches Zwielicht, denn der Regen der vergangenen Tage hatte sich mit dem Morgentau vermischt. Als es dann heiß geworden war, stiegen dichte Dampfschwaden auf, die die Sonne verdeckten. Aber den Bauplatz, auf dem meine Stadt entstand, konnte ich gut erkennen. Ich muss bald wieder einmal hinauffahren und die Stadt im Traume besuchen.

Ein neuerlicher Hustenanfall unterbricht Leopolds Gedankengänge. Diesmal sind die Schmerzen so stark, dass er fürchtet, eine seiner Rippen könnte gebrochen sein. Der Medicus hat ihm bei der letzten Visite erklärt, dass sich das Brustgeschwür nicht nur in der Leber festkrallen, sondern auch in die Knochen fressen kann. Ja, nag nur an mir, du dreimal verfluchter Krebs. Es wird dir nichts helfen. Denn mit meinem Remedium mache ich dir am Ende doch den Garaus.

Schade nur, dass das mit dem Medikament aus dem Schimmelpilz nicht funktioniert hat. Ich bin sicher, dass eine Arznei, die gegen die Syphilis hilft, auch eine scharfe Waffe gegen den Krebs ist ...

Die Tür zur Schlafkammer öffnet sich und eine Frauengestalt tritt an Leopolds Bett. Im Gegenlicht des späten Nachmittags kann er ihre Gesichtszüge nicht erkennen. Es muss wohl Katharina sein, die da gekommen ist, um Nachttopf und Spucknapf zu leeren. Denn die Mutter kann es nicht sein. Die ist ja in Altenburg. Am Hof. Oder am Friedhof? Oder liegt ihr Körper am Grund des Doppel-Teiches? Zersetzt vom reinigenden Wasser, zernagt von fetten Karpfen? Ein Haufen bleicher Knochen, eingesponnen in grünglitschige Algen.

Eine schmale Hand, zartviolett nach Lavendel duftend, streicht mütterlich über Leopolds schweißkalte Stirn, betupft die eingefallenen Wangen mit einem feuchten Lappen, reicht dem in Hustenkrämpfen, in Bauchkrämpfen und Muskelkrämpfen sich windenden Mann ein frisches Taschentuch. Hilft ihm, sich aufzurichten, schüttelt die Polster in seinem Rücken auf und gibt ihm die bittersaure Medizin zu trinken. „Voilà, mon mari. Trink den Bleiessig. Das wird dir guttun." Leopold erkennt die Stimme. Es ist wirklich Katharina, denkt er dankbar. Sie hat mich nicht im Stich gelassen, die Teure. Ja, der Bleiessig wird mir helfen. Wichtig ist vor allem, dass man das Wasser aus der Quelle verwendet, die den Doppel-Teich speist. In zehn Unzen Wasser muss man eine

Unze Lithargit auflösen. Oder war es umgekehrt? Ich muss das überprüfen. Wo ist der Plan meiner Stadt? Dort habe ich die Rezeptur genau aufgeschrieben. „Katharina, bring mir den Plan! Katharina!"

Ermüdet vom Rufen, ermattet vom Husten sinkt Leopold in seine Kissen. Ich will nur kurz die Augen schließen und ein bisserl ausruhen.

Als Leopold die Augen wieder aufschlägt, ist es rings um ihn taghell. Der makellos aufgespannte Nachmittagshimmel hat die Farbe von Aquamarin. Er steht auf der Galerie des Kapitols auf dem *Forum Cretense* und schaut mit vergnügten Sinnen nach Südosten. Die *Porta Vulturni* strebt alabasterweiß ins satte Blau. Dem Lauf der Sonne folgend lässt er den Blick weiter wandern: *Porta Meridionalis, Porta Africi, Porta Occidentalis, Porta Caun, Porta Septentrionalis und Porta Aquilonis.* Sieben Tore. Offen und einladend ragen sie empor, sind Aufforderung zum Austausch von exquisiten Spezereien aus aller Herren Länder und von erlesenen Gedanken aus allen Denkschulen der Welt.

Träumer genießen auf dem indischen, abessinischen, äthiopischen, barbarischen, spanischen, moskovitischen, tartarischen und chinesischen Forum gleiches Ansehen wie Handwerker und Doktoren. Und nicht nur aus Wien oder Prag sind die Gelehrten in seine Stadt gekommen, sondern auch aus Paris und Bagdad, Tripolis und Jerusalem, ja selbst aus Sansibar und Shanghai haben sich hier die größten Denker und Mathematiker, Doktoren der Medizin und Arzneikunde, Juristen und Theologen versammelt. Zum Wohl der Menschen seiner Stadt und des ganzen Erdkreises sind hier jene Männer zusammengekommen, die in der Lage sind, den Hunger und die Pest, die Armut und den Aussatz, die Dummheit und die Krätze zu besiegen. In den beinahe neunhundert Häusern, in denen die Bürger seiner Stadt wohnen, sorgen je ein Dutzend hohe Fenster für ausreichend Licht und Luft. Die Grundrisse und Fassaden sind entsprechend den antiken Vorbildern gestaltet worden, ohne unnützen Zierrat, ganz dem Ziel der Formung und Festigung des Charakters ihrer Bewohner unterworfen.

Während Leopold das wohlgeordnete Muster der Straßen und Plätze seiner Stadt überblickt, dringt das erbauliche Konzert der Stimmen ihrer Einwohner an sein Ohr: ein belebendes Gemisch verschiedenster Zungen. Mit väterlichem Wohlwollen betrachtet er das fröhliche Gewimmel seiner Bürger: ein bunter Strauß an Menschenblumen. Denn ebenso vielfältig wie ihre Sprachen sind die Trachten der Traumstädter. Fräcke und Kaftane, Pelze und Baströcke, Soutanen und Uniformen sind zu sehen; Männer in Pluderhosen, Kniebundhosen und Sansculotten, Frauen in Schürzenkleidern, Reifröcken und solche mit Schnürmiedern bevölkern dieses Wirklichkeit gewordene Utopia und begegnen einander in Frieden, Freundschaft und Harmonie. Und sind dabei dankbar eingedenk der Quelle ihres immerwährenden

Wohlstandes: des untrüglichen Verwahrungsmittels gegen die Lustseuche.

Sterbend sinkt die Sonne. Grellrot erobert ein waidwunder Mond den Horizont und schleppt sich blutend fort. Als es Hochmitternacht schlägt, steht seine Scheibe anämisch am Himmel. Der Zeiger steht im Zenit, die Schlange fasst sich am Schwanz, der Blick des Meisters geht gen Osten. Dorthin, woher das Licht kommt. Im matten Glanz des moribunden Trabanten steht dort das achte Tor. Mit dem nächsten Schlag seines zitternden Lides findet sich Leopold in seinem gigantischen Schatten. Den Kopf in den Nacken legend, erkennt er gestochen scharf die Inschrift: *Dem unsterblichen Leopold Paur gewidmet, von den Bewohnern der Stadt im Traume.*

Leopold atmet aus und durchschreitet das Tor.

Personen

Karl Fortunat Calvi, Raitoffizier in der Hofkriegsratsbuchhaltung, Mitglied der Loge „Zum Heiligen Joseph", Alchemist.

Johann Christian Thomas Bacciochi, 1740 bis ?. Hauptzollamtswarenrevisor, Mitglied der Loge „Zum Heiligen Joseph", Alchemist, Gold- und Rosenkreuzer, Asiatischer Bruder, Schwager von Rudolph Gräffer.

Franz Décret, 1693 (Arâches-la-Frasse, Savoyen) bis 19.9.1768 (Wien). Kanzlist im Hof-Kommerzienrat, ab 1740 per Entschließung der Niederösterreichischen Landesregierung k. k. Niederlagsverwandter, Vater von Katharina Décret, verehelichte Paur.

Ludwig von Décret, 1712 (Arâches-la-Frasse, Savoyen) bis 16.4.1787 (Wien). Bruder von Franz Décret. 1738 nach Aufenthalt in Augsburg Ankunft in Wien, 1743 Hochzeit mit Maria Salliet. K. k. Niederlagsverwandter, ab 1765 k. k. Wechsel-Gerichts-Supernumerarius, ab 1768 erster Niederlagsdeputationsadjunctus. 1771 Kauf des Hauses Rotenturmstraße Nr. 17, ident mit Rotgasse Nr. 4. 1776 Nobilierung, „Edler von". 1781 Assessor am Merkantil- u. Wechselgericht Erster Instanz.

Johann Baptist Karl Walter Sigismund Ernest Nepomuk Alois Graf Dietrichstein-Proskau, ab 1802 Reichsfürst Dietrichstein-Proskau-Leslie, 27.6.1728 (Nikolsburg, Mähren) bis 25.5.1808 (Wien). K. k. Kämmerer, k. k. Wirklicher Geheimer Rat, 1756–1764 k. k. außerordentlicher Gesandter und bevollmächtigter Minister am königlich-dänischen Hof in Kopenhagen, Obersthofstallmeister, persönlicher Freund Kaiser Josephs II. Mitglied der Loge „Zur Gekrönten Hoffnung", Gold- und Rosenkreuzer, Asiatischer Bruder, Illuminat.

Martin Dobrizhoffer, 7.9.1717 ([wahrscheinlich] Friedberg, Böhmen) bis 17.7.1791 (Wien). Mitglied des Jesuitenordens, Missionar in Chile und Paraguay sowie Ethnologe. 1784 publizierte er seinen in klassischem Latein abgefassten und wenig später in einer deutschen Übersetzung erschienenen dreibändigen Reisebericht mit besonderer Berücksichtigung des Stammes der Abiponen *Historia de Abiponibus*.

Hans Heinrich (selbst zugelegt) **Freiherr von Ecker und Eckhoffen** (eigentlich nur Eckert), 1.8.1750 (Luxemburg) bis 14.8.1791 (Braunschweig). Schriftsteller, Mitglied der Loge „Zu den Sieben Himmeln", Gold- und Rosenkreuzer, Gründer des „Ordens der Brüder Sankt Johannes des Evangelisten aus Asien in Europa", später auch als Asiatische Brüder bezeichnet, flieht wegen finanzieller Unregelmäßigkeiten 1782 aus Wien.

Rudolph Gräffer, 1734 (Laussnitz) bis 1.7.1817 (Wien). Buchhändler, Verleger, Betreiber eines alchemistischen Laboratoriums in der heutigen Invalidenstraße, Mitglied der Loge „Zur Gekrönten Hoffnung", Asiatischer Bruder.

Johann Valentin Günther, 1746 (Büttstedt, Thüringen) bis ? (Hermannstadt, Rumänien), k. k. Oberleutnant, k. k. Konzipist in der Geheimen Kabinettskanzlei und Privatsekretär Kaiser Josephs II. 1782 wegen vermeintlichem Geheimnisverrat an seine Geliebte Eleonora Eskeles-Fließ zum k. k. Hofkriegsratsgericht in Hermannstadt strafversetzt. Mitglied der Loge „Zur Gekrönten Hoffnung".

Franz Ignaz Hebenstreit von Streittenfeld, 26.11.1747 (Prag) bis 8.1.1795 (hingerichtet). Studium der Philosophie, Militärdienst, ab 1791 Platz-Oberleutnant in Wien, Sozialutopist, Jakobiner. Im Zuge der Jakobinerverfolgung verhaftet und zum Tod verurteilt. Mitglied der Loge „Zu den Drei Adlern", Illuminat.

Maximilian Joseph Freiherr von Linden, 1736 (im Banat) bis 16.11.1801 (Dux, Böhmen). K. k. Administrationsrat im Banat, Betreiber eines alchemistischen Laboratoriums in der heutigen Invalidenstraße, Mitglied der Loge „Zu den Sieben Himmeln", Gold- und Rosenkreuzer, Asiatischer Bruder.

Jakob Ignaz Mannsperger, um 1704 (wahrscheinlich Ungarn) bis 28.2.1773 (Wien). Zunächst niederösterreichischer Regierungsprotokollist, später k. k. Hof- und Niederösterreichischer Regierungstaxator, Assistent der „Englischen Erzbruderschaft des hochheiligsten Scapuliers unter dem glorreichen Ehrentitel der Allerheiligsten Dreifaltigkeit von der Erlösung der gefangenen Christen", Taufpate von Pauls erstgeborenem Sohn Anton.

Johann Georg Obermayer, 15.12.1733 (bei Passau) bis 24.11.1801 (Wien). Kaiserlicher Rat in der Hof- und Staatskanzlei.

Katharina Paur, 1747? (Wien?) bis 6.12.1800 (Wien), geborene Décret, Tochter des Franz Décret, Niederlagsverwandter, und Katharina Décret, geborene Salliet.

Leopold Paur, 15.11.1735 (Altenburg bei Horn) bis 11.9.1800 (Wien). Sohn des Bauern und Dorfrichters Franz Paur und Anna Maria Paur, geborene Eisenhauer (angebl. gestorben am 9.1.1747), wahrscheinlich Neffe von Thomas Paur, Abt von Stift Melk. 1784 veröffentlichte er in der „Regensburger Zeitung" seinen Plan für eine ideale Stadt, die „Stadt im Traume". Zur Finanzierung des Projekts sollten Subskriptionen auf ein „untrügliches Verwahrungsmittel gegen die Lustseuche", also die Syphilis, dienen.

Marquis de Saint Germain, auch Graf von Aymar, Graf von Bellamare oder Balmar, Graf Welldone, ca. 1710 bis 27.2.1784 (Eckenförde). Abenteurer, Alchemist, Komponist.

Angelo Soliman, eigentlich Mmadi Make, um 1721 (Nigeria?) bis 22.11.1796 (Wien). Wird um 1728 von Sklavenhändlern entführt und nach Sizilien verkauft. 1734/35 erwirbt Fürst Georg Christian Lobkowitz Soliman und nimmt ihn mit auf Reisen und auf seinen Landsitz in Böhmen. 1754 taucht sein Name erstmals in den Rechnungsbüchern des Fürsten Liechtenstein auf. Nach seiner – ohne Erlaubnis seines Dienstherrn stattgefundenen – Verehelichung wird Soliman entlassen und erst 1773 von Fürst Franz Joseph von Liechtenstein wieder eingestellt. 1781 wird Soliman in die Wiener Freimaurerloge „Zur Wahren Eintracht" aufgenommen, wo er als Bürge für Ignaz von Born fungiert.

Anton Freiherr von Stubitza, Mitglied der Loge „Zum Heiligen Joseph", Alchemist, Asiatischer Bruder.

Franz August Heinrich von Sudthausen, 1734 bis 1802 (Heidthof/Mark). Königlich-dänischer Husarenrittmeister im Trunbachischen Freikorps, *Meister vom Stuhl* der noch heute bestehenden Hamburger Loge „Zur goldenen Kugel", Verfechter des aus Schweden stammenden und nach seinem Erfinder benannten Zinnendorf-Systems der Freimaurerei. Sudthausen weilte 1776/77 in Wien, wo ihm von Kaiser Joseph II. zwei Audienzen gewährt wurden.

Franz de Paula Johann Joseph Graf von Thun und Hohenstein, 14.9.1734 (Tetschen-Bodenbach, Böhmen) bis 22.8.1800 (Wien). K. k. Kämmerer, k. k. Wirklicher Geheimer Rat, Mitglied der Loge „Zur Wahren Eintracht", Gold- und Rosenkreuzer, Asiatischer Bruder.

Franz Xaver Joseph Graf Thurn und Valsássina-Como-Vercelli, 26.1.1748 (Bleiburg) bis 8.6.1790 (gefallen bei Gyurhyevó, Rumanien). K. k. Kämmerer, Mitglied der Loge „Zu den Drei Adlern", Mitglied des Ordens der Strikten Observanz.

Johann (Jean) Gottlieb Wolstein, 14.3.1738 (Bad Flinsberg) bis 2.7.1820 (Altona). Chirurg und Veterinärmediziner, Gründer und Leiter der zweiten Wiener Veterinärschule („Vieharzneyschule"), Fachbuchautor, Gründer des „Wolstein-Kreises", einer Versammlung von Jakobinern mit Treffpunkt im Gasthaus „Berghof", 1794 im Zuge der Jakobinerverfolgung zu zwei Jahren Festungshaft verurteilt, später begnadigt und des Landes verwiesen. Mitglied der Loge „Zu den Sieben Himmeln", Asiatischer Bruder.

Johann Andreas Ziegler, 11.7.1749 (Meiningen, Sachsen) bis 18.3.1802 (Wien [Freitod]). Kupferstecher, Radierer, Vedutenzeichner, Mitglied der Loge „Zur Beständigkeit".

Chronologie

15.11.1735	Geburt Leopold Paurs in Altenburg bei Horn, Niederösterreich, als Sohn des Rusticus und Dorfrichters Franz Paur und seiner Frau Anna Maria, geb. Eisenhauer, aus Fuglau
1740–1780	Regierung Maria Theresias
11.1.1746	Thomas Paur, vermutlich Leopold Paurs Onkel, wird zum Abt von Stift Melk gewählt.
9.1.1747	angeblich Tod Anna Maria Paurs
1747	Geburt von Katharina Décret
1748–1753	Besuch Paurs der *Schola Hornana*
1751	Veröffentlichung von Diderots *Encyclopédie*
1754–1760	Jusstudium Paurs an der Universität Wien
1755	Schweres Erdbeben in Lissabon
1756	Eröffnung des neuen Universitätsgebäudes auf dem heutigen Dr.-Ignaz-Seipel-Platz
22.12.1762	Tod von Thomas Paur, Abt von Stift Melk
1767–1763	Siebenjähriger Krieg
1763	Eröffnung der ersten Bandfabrik in Wien
1766	Erster dokumentierter Fall Paurs vor dem Hofkriegsrat
	Freigabe des Praters durch Joseph II.
1769	Übersiedlung Paurs ins *Kleine Karmeliterhaus*, Salvatorgasse
1770	Erste Häusernummerierung in Wien
31.7.1770	Vermählung Paurs mit Katharina Décret, Tochter des seligen Niederlagsverwandten Franz Décret und seiner Frau Katharina, geb. Salliet, Übersiedlung in den Neustädter Hof, Sterngasse 477 in Wien 1
21.7.1772	Geburt von Anton Jakob Paur
1773	Aufhebung des Jesuitenordens
1.12.1773	Paur hört im Himmelpfortkloster eine Predigt über Josef in Ägypten.
17.4.1774	Vorlage der Abhandlung *De restituanda metropoli Lauriacensi*
22.4.1774	Geburt von Maximilian Paur
1775	Freigabe des Augartens durch Joseph II.
1775–1783	Amerikanischer Unabhängigkeitskrieg
5.6.1775	Geburt von Johannes Baptist Nikolaus Paur
19.8.1775	Paur borgt sich von seiner Frau 700 Gulden.
1776	Erhebung des Burgtheaters zum „Deutschen Nationaltheater" durch Joseph II.
11.1.1776	Ankunft des Rittmeisters Franz August Heinrich von Sudthausen in Wien
19.9.1776	Geburt von Maria Paur

18.4.1777	Abreise Sudthausens aus Wien
6.8.1778	Tod Maximilian Paurs an den Blattern
9.8.1778	Tod Johannes Baptist Nikolaus Paurs an den Blattern
1780–1790	Alleinregierung Josephs II.
26.3.1781	Kaiserliche Verordnung, wonach weder geistliche noch weltliche Orden ausländischen Oberen unterstehen und an solche Angaben leisten dürfen
1.9.1781	Aufhebung der Leibeigenschaft
13.10.1781	Toleranzedikt
1783	Konstituierung des Wiener Magistrats
15.8.1783	Ankündigung eines „untrüglichen Verwahrungsmittels wider die Lustseuche" in der Regensburger Zeitung
1784	Veröffentlichung der *Aufforderung an die Fürsten* durch F. Erhart
	Eröffnung des Allgemeinen Krankenhauses
22.4.1784	Gründung u. Installation der Großen Landesloge von Österreich
25.7.1784	Tod von Paurs Schwiegermutter Katharina Décret
27.8.1784	Veröffentlichung des Grundrisses der „Stadt im Traume"
21.12.1785	Veröffentlichung des Freimaurerpatents Josephs II. in der Wiener Zeitung
25.1.1786	Tagsatzung zur Verlassenschaft von Katharina Décret
3.5.1787	Ergänzungen Paurs am Kupferstich der „Stadt im Traume"
1787	Abschaffung der Todesstrafe
12.6.1788	Einantwortung der Verlassenschaft der Katharina Décret an ihre Tochter und Universalerbin Katharina Paur
10.1.1788	Tod von Franz Paur in Altenburg im Alter von 74 Jahren
1789	Ausbruch der Französischen Revolution
	Übersiedlung Paurs ins Haus *Bei der Bürsten*, Judengasse 470
20.2.1790	Tod Kaiser Josephs II.
1790–1792	Herrschaft Kaiser Leopolds II.
1791	Premiere von Mozarts Zauberflöte
1792–1835	Herrschaft Kaiser Franz II./I.
1793	Hinrichtung Ludwigs XVI. und Maria Antoinettes
1795	Truppenaushebung gegen Napoleon
	Wiedereinführung der Todesstrafe
1796	Ernennung Leopold Paurs zum *Senior der juridischen Fakultät* der Universität Wien
21.5.1796	Weitere Ergänzungen am Kupferstich der „Stadt im Traume"
1797	Übersiedlung ins Haus *Zum Blauen Hechten*, Sterngasse 485
	Erstaufführung von Haydns *Volkshymne*

20.10.1798	Laut Staatsratsprotokoll Vorlage eines Vorschlags „zur Hereinbringung von 100 Millionen Gulden durch den Zoll"
1799	Napoleon wird Erster Konsul
1799	Paur versetzt angeblich unter dem Namen Joseph Gold eine goldene Sackuhr im Wert von 28 Gulden im Versatzamt.
25.10.1799	Paur versetzt angeblich unter dem Namen Barbara Hacker Kleider und eine Leinwand im Versatzamt.
11.9.1800	Tod Leopold Paurs an „Brustgeschwür" im Alter von 64 Jahren
6.12.1800	Tod Katharina Paurs an „Verbrennung" im Alter von 53 Jahren

Danksagung

Bei folgenden Personen, die zur Entstehung dieses Buches beigetragen haben, möchte ich mich herzlich bedanken:

Dirk P. Adler
Armin Brinzing, Bibliotheca Mozartina, Mozarteum Salzburg
Ingrid Buchgraber, Bundesamt für Eich- und Vermessungswesen
Ulrike Denk, Archiv der Uni Wien
Robert Eder
Michaela Fahlenbock, Tiroler Landesarchiv
Hans-Jürgen Feulner, Liturgiewissenschaft u. Sakramententheologie, Uni Wien
Edith-Ulla Gasser
Gerhard Gonsa, Haus-, Hof- und Staatsarchiv
Günter Hanika
Gerhard Hellwagner
Gerald Kohl, Institut für Rechts- und Verfassungsgeschichte, Uni Wien
Karl Kollermann, Diözesanarchiv St. Pölten
Gerald Krautsieder, Niederösterreichisches Landesarchiv
Irene Kubista-Scharl, Institut f. Österr. Geschichtsforschung, Uni Wien
Rudolf Malli
Sabine Laz, Stift Altenburg
Anita Luttenberger, Braumüller Verlag
Peter Matíc
Manfred Pittioni
Erich Rabl
Franz Schindl
Renate Seebauer
Stefan Spevak, Wiener Stadt- und Landesarchiv
Johannes M. Tuzar, Krahuletz-Museum, Eggenburg
Gerhard Vitek, Mozarthaus Wien
Johann Weißensteiner, Diözesanarchiv Wien

Stadt in

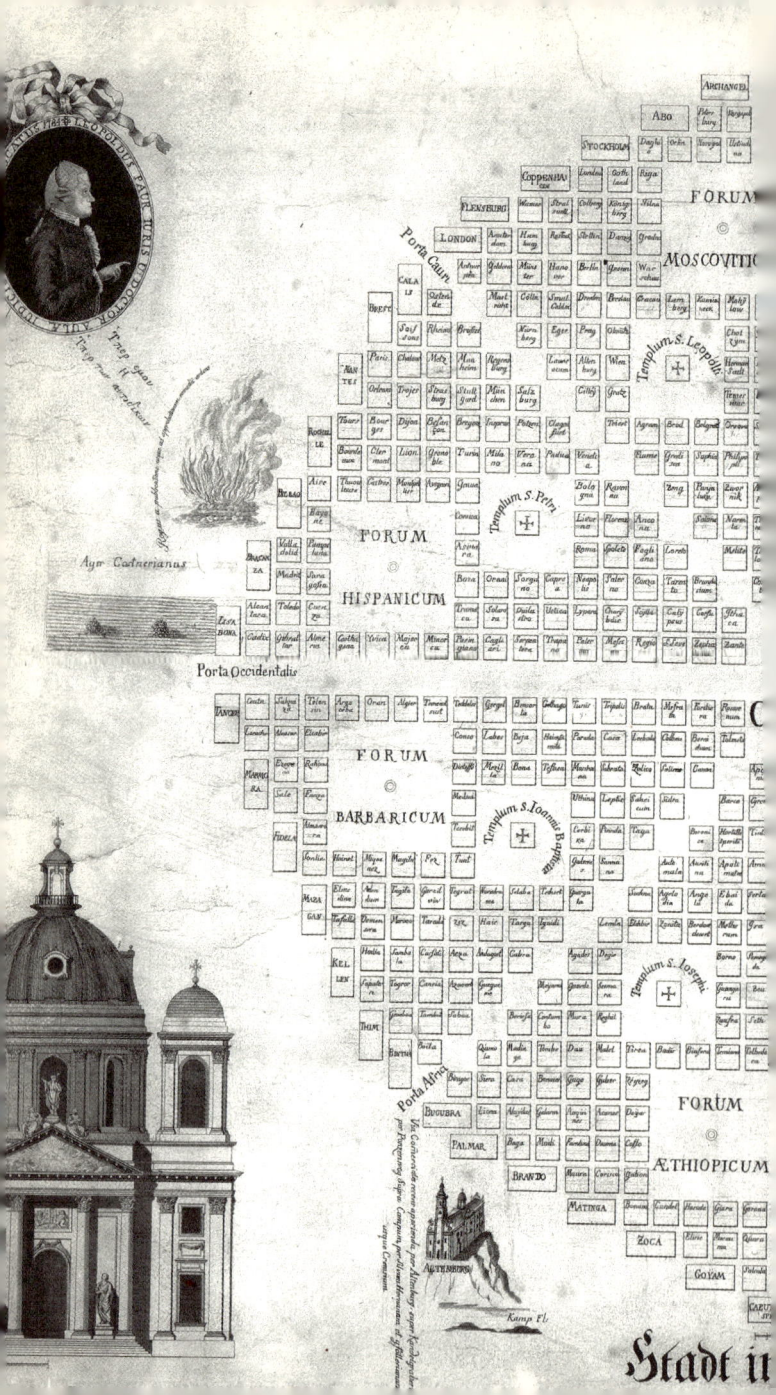

ARCHANGEL
ABO
STOCKHELM
COPPENHA...
FLENSBURG
LONDON

FORUM MOSCOVITICUM

Porta Caju

Templum S. Leopoldi ✠

FORUM HISPANICUM

Templum S. Petri ✠

Ayr Cadnemanus

Porta Occidentalis

FORUM BARBARICUM

Templum S. Joannis Baptistæ ✠

Templum S. Josephi ✠

FORUM ÆTHIOPICUM

Porta Afra

BUGUEBA
PALMAR
BRANDO
ALTENBURG
MATINGA
ZOCA
GOYAM

Kamp Fl.